Crime à l'université

Murielle Lucie Clément

Crime à l'université

Éditions Barzoï

Editions Barzoï
Le Montet – 36340 Cluis

ISBN : 978-2374320045
Dépôt légal : Août 2024

À vous

Prologue

Les trams grinçaient sur leurs rails et les trains faisaient trembler le macadam des quais. Ce charivari continuel, d'où se dégageait une âcre odeur de fer chauffé, couvrait des passagers les conversations devenues murmures dans cette incandescence sonore. Seuls les criaillements des mouettes dominaient l'air tiédi sous la verrière de plomb. Les sansonnets pépiaient à la recherche de miettes quelconques. Du remue-ménage ambiant s'élevait parfois les pleurs d'un enfant traîné à la main d'un parent énervé. Un coup de sifflet strident annonça un départ et une voix nasillarde sans trace d'émotions, laissa échapper en plusieurs langues, l'heure d'une arrivée.

La gare centrale, construite entre 1881 et 1889 par P. J. H. Cuijpers, possédait six quais si l'on omettait le prolongement du quai numéro deux. En fin d'après-midi, vu de l'extérieur, le bâtiment austère comme tous ceux d'Amsterdam, s'illuminait, les jours ensoleillés, d'une aura évanescente, transmise par les couleurs de ses briques, rehaussées d'ornements d'un blanc plâtreux sous la pluie mais, qui sous les rayons, éclataient de luminosité. A l'intérieur, la verrière laissait filtrer une lueur blafarde, quelles que soient les circonstances météorologiques. Une odeur de rails surchauffés, de graisse et de sueur assaillait tout voyageur à son débarquement.

Arrivée à destination, Gabrielle Sonar décida de rejoindre à pied le bâtiment de l'université. Un peu de marche lui ferait du bien. Elle passerait à la bibliothèque rendre les livres empruntés dont elle n'avait plus besoin et verrait si l'exemplaire de Lévi-Strauss était disponible. Au lieu de prendre la Spuistraat, elle préférait longer le canal Singel. Gabrielle n'aimait pas trop passer devant les vitrines éclairées en rouge où des femmes à moitié nues y attendaient le client. Vêtue d'un bikini rendu plus blanc que blanc par un néon violet et de cuissardes noires en fourrure léopard s'évasant en haut des cuisses, l'une d'elle la mettait foncièrement mal à l'aise. Franck, son mari, venu la chercher un soir à la fin des cours, lui avait confié l'envie de lui rendre visite. Gabrielle s'était gardée de l'interroger sur la mise à exécution de son projet ou s'il s'agissait d'une blague d'un goût douteux. Toujours est-il, à partir de ce jour, elle s'imaginait surprendre un air narquois dans le regard de la prostituée. C'était ridicule ; elle en était consciente. La fille ignorait tout d'elle et ne pouvait en aucune façon la reconnaître si

Franck, par hasard était devenu son client. Sa chambre, éloignée de l'université, ne lui permettait pas d'en discerner l'entrée. Mais, depuis cette déclaration de Franck, Gabrielle évitait soigneusement la Spuistraat, par ailleurs médiocrement alléchante avec ses boutiques disparates pauvrement disséminées.

Gabrielle était loin d'être prude. Ce n'était pas cela. Elle ne dédaignait pas la gaudriole et une partie de jambes en l'air à l'occasion ne la rebutait nullement. C'était différent. Savoir que Franck lui était parfois infidèle ne prêtait pas à conséquence. Elle-même n'avait pas toujours su résister à la tentation et n'en avait pas non plus vu l'exigence. Leur mariage se fondait sur des intérêts communs. Lorsqu'ils étudiaient tous les deux, elle avait arrêté la fac après sa maîtrise pour permettre à Franck de poursuivre jusqu'à l'obtention de son doctorat et trouver un poste bien rémunéré. Elle faisait bouillir la marmite, acceptant toutes sortes de petits boulots inintéressants sauf du point de vue pécuniaire. Elle avait donné pas mal de leçons de français, ce qui lui permettrait, elle l'espérait, d'occuper un poste d'enseignante après son doctorat. Pour l'instant, elle faisait de l'assistanat de professeur ce qui lui procurait une indépendance financière non négligeable. Franck assumait le gros des charges du ménage, l'hypothèque de la maison et les dépenses courantes.

Gabrielle poussa le tourniquet de verre. Le portier lui rendit son signe de tête. Elle s'engouffra dans l'ascenseur et appuya sur le bouton de son étage. Son casier postal était vide. Elle déverrouilla la porte du bureau qu'elle partageait avec Eva Struiter et une odeur indéfinissable, mais où prédominait le tabac froid lui assaillit les narines. Sa collègue avait encore fumé malgré l'interdiction. Elle le lui dirait tout à l'heure, les affaires sur la chaise devant l'ordinateur allumé dénotaient sa présence dans le bâtiment. Eva ne devait pas penser qu'elle était dupe. Elle ouvrit la fenêtre et pris le chemin de la bibliothèque un étage plus bas, refermant la porte à clé derrière elle.

Eva discutait probablement au quatrième étage avec son directeur de thèse, Alf van Duijn. Son projet l'avait embarquée dans des traverses d'où elle voulait sortir au plus vite sous peine de s'y perdre de façon irrémédiable, maintenant que sa thèse était terminée. *La Chanson de Roland : AOI, significations et élucidations (Gautier, Bédier, Mortier)*. Une question centrale qui avait laissé Alf pantois. D'autant plus que le nouveau professeur, Xavier Laroche, rencontré lors d'une conférence à Lille, s'était révélé enthousiasmé par le sujet. La différence culturelle entre un Français et un Néerlandais jouait à coup sûr dans leur appréciation respective.

De retour dans son bureau, Gabrielle brancha la bouilloire électrique pour se faire un thé avec le petit pain aux raisins, acheté à la cantine en passant. Elle s'assit devant son ordinateur, le mit en route et consulta ses courriels. Franck avait téléphoné et annoncé un article à terminer d'urgence qui le retarderait d'une heure environ. Sa voix trahissait l'impatience de la voir qu'elle connaissait bien. Elle était sans inquiétude, ce ne serait pas la première fois qu'ils se prouveraient leur attraction mutuelle sur le terrain de la faculté des Lettres ou ailleurs. « Aucun problème » lui avait-elle assuré. Elle se consacrerait à Joséphine.

Joséphine Baker chante La Petite tonkinoise *dans un texte proche de celui de Lekain – même occultation du vocabulaire sexuel – mais elle narre tout de même une histoire similaire à la version de Polin. L'homme y est le grand séducteur, ce qui a dû plaire aux mâles français de l'époque. Joséphine Baker prête sa voix à la femme indochinoise conquise par le colonial irrésistible et qui en est heureuse. Quant aux films de Baker, ils reproduisent* ad infinitum *le canevas exotique déjà mis en évidence dans les chapitres précédents.*

Relevant la tête de son écran, Gabrielle aperçut dans une chambre d'hôtel de l'autre côté de la rue, un homme évoluer nu, inconscient de sa présence. Fugitivement, Eva lui traversa l'esprit. Tant de fois elles avaient évoqué cette situation en riant. Elle pourrait lui dire que cela n'avait rien d'utopique, mais ralliait le monde des possibles.

Cependant le rôle de la femme exotique s'intensifie dans les scénarios cinématographiques. Elle n'est plus uniquement soumise ; elle prend une part active à l'histoire en sauvant la vie d'un héros français, son amant parfois, pour disparaître de sa vie et abandonner la place à une Française. Cette dernière permettra à son amour de trouver le véritable bonheur auprès d'une compatriote.

Gabrielle écrivait déjà depuis plusieurs heures. La nuit était tombée et l'écran répandait une lueur bleutée dans la pièce. La porte s'ouvrit sans bruit, tourna sur ses gonds dans son dos. Absorbée dans la relecture de son article, Gabrielle était sourde aux pas feutrés qui s'approchaient avec précaution.

Deux mains encerclèrent soudain sa gorge. « Pas un geste, pas un son, » siffla une voix qu'elle reconnut aussitôt. Mais, déjà les doigts de Franck glissaient sur ses épaules s'incrustant dans son décolleté ; il la basculait en arrière, lui embrassait tendrement le front, la levait de sa chaise pour la maintenir contre lui. Elle sentit son désir et remonta sa jupe jusqu'aux hanches. Leurs baisers devenaient plus pressants maintenant qu'il fourrageait d'une main entre ses cuisses et dégrafait son pantalon de l'autre. « Ah, comme j'aimerais être écossais, » soupira-t-il la voix rauque en la plaquant le dos à l'armoire en fer. Il la souleva du sol, lui serra les jambes autour de sa taille et entra en elle d'une secousse brusque qui lui arracha un cri.

Elle distinguait mal ses yeux dans la pénombre, mais savait qu'il scrutait son visage y guettant la montée du plaisir. Elle s'agrippait à lui, jouissait des ondes de béatitude qui la submergeaient par vagues et l'amenaient à l'orgasme. L'ardeur amoureuse de plus en plus frénétique eut raison du verrou de la porte qui céda avec un bruit sec sous le choc de leurs ébats. L'un des battants s'ouvrit dans une dernière secousse et avec fracas cogna le mur ce qui les fit rire. Gabrielle tenta de le refermer à tâtons et se raidit. Sa main avait frôlé une brosse qui n'aurait pas dû se trouver là. Franck fixait lui aussi le trou béant et ses yeux s'écarquillaient. Sans ménagement, il reposa Gabrielle au sol qui tourna la tête et vit ce qu'il voyait. Eva, coincée dans les livres et les étagères en quinconce, les contemplait d'un regard absent. Morte.

Première partie

1.

Deux mois auparavant, la découverte macabre du corps d'Eva Struiter engoncé dans un placard de son bureau avait sérieusement perturbé toute l'université et particulièrement la faculté de Lettres. Le département de français se remettait lentement de ses émotions. Puis, avec l'arrestation d'un amant éconduit et violent, tous avaient respiré, soulagés. L'homme criait haut et fort que, s'il avait bien rendu visite à Eva – il pouvait difficilement le nier, le portier l'ayant positivement identifié –, elle était encore en vie lorsqu'il l'avait quittée. Selon ses dires, ils avaient pris congé dans les meilleurs termes. Quel intérêt aurait-il eu à la tuer puisqu'elle avait décidé de renouer et qu'ils devaient se rencontrer dans la soirée ? Il ne serait pas le premier assassin à clamer son innocence. L'inconvénient était que le portier ne l'avait pas vu ressortir du bâtiment. Or, l'heure de son départ aurait pu procurer une indication précise. Celle du décès avait été fixée par l'anatomopathologiste entre trois heures, heure à laquelle Eva avait quitté la salle de cours, et cinq heures de l'après-midi. Gabrielle pensait être arrivée à seize heures trente. Donc, cela situait le meurtre avant, à moins que… Il était impossible de déduire si le tueur avait commis son forfait dans le bureau ou ailleurs, dans le couloir par exemple, et transporté le corps dans le placard ensuite… ou pendant l'excursion de Gabrielle à la bibliothèque.

Le commissaire optait pour le bureau comme lieu du crime. Avec les nombreuses allées et venues dans les corridors, peu probable que le meurtre fut passé inaperçu. D'un autre côté, les cours se terminaient à quinze heures ce jour-là et la plupart des étudiants s'étaient dispersés tout de suite, dont quelques-uns vers la bibliothèque. La cantine était fermée à partir de trois heures ; aucun ne s'y était attardé, exception faite d'un petit groupe qui avait quitté les lieux vers seize heures. Quoi qu'il en soit, personne n'avait rien noté d'anormal. D'autre part, le manque de traces de lutte sur le corps indiquait que la victime connaissait son agresseur. Tous les indices penchaient en défaveur de Joost van Dame.

La pièce était comme à l'accoutumée baignée à outrance par les rayons crus des néons. Le commissaire avait bien, sur sa table de travail, une lampe plus sympathique, mais il persistait à affirmer qu'elle éclairait trop peu, que cela produisait des ombres gênantes qui le distrayaient pour la lecture des documents, bref, qu'il préférait la clarté à la pénombre. Quant à lui, l'inspecteur Hartevelt présent de l'autre côté du bureau se serait bien passé de cet aveuglement disproportionné. Il mâchonnait un cure-dent avec application, le faisant aller d'un coin des lèvres à l'autre à l'aide de sa langue. Depuis l'interdiction totale de fumer dans les lieux publics, il s'employait à arrêter complètement. Sortir sur le trottoir à chaque fois qu'il ressentait le besoin d'une clope, non merci, très peu pour lui. Un cure-dent faisait très bien l'affaire. La psychologue du service le lui avait expliqué avec patience : tout n'était que l'idée que l'on s'en faisait. Là, il était en train de se convaincre qu'il n'aspirait aucunement, mais alors absolument pas, à une bonne bière bien fraîche avec une clope au Loulou's bar.

Le commissaire van Dijk leva les yeux du rapport et regarda brièvement Gerrit Hartevelt :

« Bon, alors, qu'est-ce qui cloche ?

– Tout est trop beau commissaire. Ce Joost van Dame n'a pas l'air d'un gars qui passe à l'acte.

– Depuis quand tu peux séparer les coupables des innocents en matant leur visage ? Tu as une boule de cristal ?

– C'est pas ça, Hartevelt haussa les épaules, mais, tout me dit que ce n'est pas lui. Il admet être allé la voir et, selon lui, il est resté avec elle à la cantine, il n'a même pas mis les pieds dans le bureau. Et puis, plusieurs témoins les

ont vus se tenir par la main en buvant leur café. Pas l'air d'un tueur et sa victime avant le délit.
– Peut-être, mais personne d'autre ne l'avait jamais menacée auparavant.
– D'accord, le gars a une grande gueule. Apparemment, elle ne lui en gardait pas rigueur puisqu'ils avaient rendez-vous le soir chez lui. Elle n'est pas venue. Il a téléphoné à plusieurs reprises, ce qui, entre nous, serait vraiment pervers s'il avait su qu'elle était morte, on a contrôlé ses appels et le lendemain on le cueillait. Une autre chose me tracasse. Si ce mec s'emportait grave et passait à l'acte, je le vois mal se servir d'un cendrier, ça ne colle pas à son profil ; ce gars-là, il étranglerait à mains nues. En outre, il n'y a aucune empreinte sur le cendrier. Du sang en veux-tu en voilà, mais pas d'empreintes. Cela signifie que le meurtrier s'est servi de gants, donc qu'il était préparé, donc préméditation. Ça colle de moins en moins avec Joost.
– Bon alors, qu'est-ce que tu proposes ?
– Je voudrais continuer encore un peu à chercher du côté de la famille et de l'université. Après demain, le nouveau prof entre en fonction. Selon mon frère, il prononcera un discours avec réception à la clé. J'aimerais y aller faire un tour, regarder un peu les têtes. En général, les gens se

lâchent un peu plus dans ce genre de pince-fesses.

– D'accord, mais il ne reste plus que quarante-huit heures. Passé ce délai, il faudra ou bien l'inculper du meurtre avec preuves à l'appui ou bien le relâcher faute de preuve. Deux mois d'incarcération est le maximum sans inculpation.

– Merci commissaire. » Malgré son attitude assurée, Gerrit Hartevelt n'avait pas le début d'une stratégie et encore moins celui d'une preuve que Van Dame soit blanc comme neige. Au contraire, tout concourait à le désigner comme l'auteur du crime.

Issu d'un milieu modeste, Joost van Dame était le cadet de trois frères et une sœur qui avaient tous réussi dans la vie. Son père, employé dans une entreprise de gardiennage, était décédé d'un cancer du colon et sa mère, devenue veuve, avait travaillé dur pour élever ses enfants en bas âge restés à charge. Joost avait sept ans au moment des faits et il se rappelait très bien son père : un homme grand et fort, sévère mais juste. Sa mère était très fière de ses enfants, et elle pouvait l'être. L'aîné, Georges, était devenu pilote long courrier. Il avait épousé une hôtesse de l'air. Le couple venait d'emménager dans une villa nouvellement construite à Aalmere. Ils attendaient leur second enfant en espérant qu'il s'agirait d'une fille cette fois-ci, leur premier né était un garçon. Les jumeaux, Adam et Matthijs, avaient terminé leurs études de physique avec brio. On les comparait souvent aux frères Bogdanov, en blond. La fille, Myra, était promise à une belle carrière de soliste car elle avait été acceptée au programme d'échange avec Juilliard. Quant à Joost, tout s'était bien passé pour lui jusqu'à l'année dernière où il avait rencontré des garçons de son âge qui l'avaient détourné de ses études. Il ne parlait plus que de politique et désirait changer de corpus, persuadé qu'une carrière de politicien l'attendait. Cela aurait été un moindre mal s'il s'était attelé à la tâche, mais il repoussait sans cesse sa décision et ne faisait plus rien à l'université. Ses résultats étaient catastrophiques ; il était sur le point de perdre sa bourse. Il traînait, fumait de l'herbe et buvait beaucoup plus qu'il n'était bon pour lui. Sa mère était d'autant plus inquiète qu'Eva, sa copine attitrée, avait rompu leur relation à la suite d'une dispute plus sérieuse que de coutume. Elle lui reprochait son indécision et ses sautes d'humeur.

Joost avait confié la plus grande partie de ces détails à Hartevelt. Ce qu'il ne disait pas, c'était qu'il avait terriblement souffert de la disparition de son père et que le décès de son meilleur ami, l'année dernière, avait ravivé la douleur de la perte au point de lui faire perdre ses repères. La souffrance l'avait projeté dans la spirale des mauvaises rencontres et des habitudes néfastes. Profitant des primes de voyage offertes par la compagnie aérienne de son frère aîné, il était allé en Thaïlande où il avait contracté un début de dépendance aux opiacés dont seul un retour précipité au bercail, initié par son frère qui avait senti le danger, l'avait tenu éloigné. Joost, têtu malgré sa sensibilité ou peut-être à cause d'elle, s'était acoquiné avec des malfrats qui profitaient de sa générosité naturelle et lui faisaient faire la mule en banlieue. Ses faits et gestes étaient connus des services de police et la brigade des stupéfiants le tenait à l'œil. Ils le laissaient courir car, tout compte fait, Joost n'était que du menu fretin. En dépit de son peu d'importance, ils l'avaient arrêté au retour d'une livraison en possession de plus de trois cent grammes de haschisch, bien plus que la limite autorisée pour usage personnel. Le juge lui avait octroyé trois mois avec sursis de manière à le ficher dans les dossiers. Un garçon sur une mauvaise pente, comme on le dit familièrement. Tout de même, cela ne faisait pas de lui un assassin, même si ses antécédents ne parlaient pas en sa faveur. Ses sautes d'humeur, de plus en plus fréquentes au dire de ses proches, s'accompagnaient de violence verbale. Et si elles s'étaient développées en violence physique ? Hartevelt cogitait, les neurones en ébullition, sans pour autant voir poindre le début d'une solution.

2.

Nouvellement muté à l'université d'Amsterdam, Xavier Laroche était parti en reconnaissance dans les rues de la cité le lendemain de son arrivée. Dans deux jours, il prononcerait son discours inaugural et, il tenait à respirer l'air du temps avant de faire face aux notables venus se faire valoir à la réception. Il pouvait encore flâner incognito sans craindre de croiser une tête connue. La visite du quartier rouge lui était peut-être interdite, mais il avait déniché des numéros de téléphone enrichissants. Une fille l'avait charmé par son esprit désuet. Elle débitait des histoires peu salaces, mais sa voix leur accordait un étrange parfum provocateur et insolent. Il repensait à l'échange du matin et la manière qu'elle avait d'enchaîner les sujets.

Bonjour. Ici Babette à l'appareil. Vous désirez parler à la fille du laboratoire ? Oui. C'est moi. Merci, je vais très bien. J'espère de même pour vous. Vous voudriez savoir si vos analyses sont prêtes ? Je viens juste de les terminer. Vous aimeriez connaître les résultats tout de suite. Eh, bien... c'est-à-dire... vous savez bien qu'en principe... il est interdit de transmettre les résultats par téléphone... mais... comme vous me le demandez si gentiment... bien entendu, cela reste sous le sceau du plus grand secret. Vous devez m'assurer de la plus grande discrétion, et vous savez bien, cher Monsieur, qu'il me serait très difficile de vous refuser quoi que ce soit après toutes les gentillesses que vous avez eues pour notre centre. Je disais que... en effet, je veux bien vous donner satisfaction par téléphone. Laissez-moi chercher le dossier. Voilà. J'ouvre la chemise et je suis très heureuse de vous dire que les résultats sont tout à fait positifs. Et tout à fait normaux pour un homme de votre âge. Bien sûr, il vous faudra à l'avenir peut-être commencer à prendre certaines précautions. Vous ménager. Mais, je l'entends à vos soupirs, ce que je dis vous fait très grand plaisir. Moi de même, très cher Monsieur. Il m'est agréable de converser avec vous et... d'après votre dossier... toujours... bien entendu... sous le sceau de la plus grande discrétion... disons... une dame en votre compagnie doit également être pleinement heureuse. J'accepterais volontiers d'être cette dame. Pour les prochains examens... vendredi soir vers cinq heures vous conviendrait-il ? Il me serait tout à fait possible de conclure en un week-end.

Dans l'option d'une satisfaction mutuelle, nous pourrions en refaire le week-end suivant. Vous êtes charmant dans votre réponse, cher Monsieur. Bien sûr, ces examens seront très intensifs et surtout… dans cette région, il faut prendre une foule de précautions, beaucoup de temps et surtout ne pas précipiter les choses…

Xavier n'avait pas prononcé une seule parole, même s'il avait tiqué sur le « un homme de votre âge ». Il ne doutait pas que la voix appartienne à une représentante du sexe féminin. Apparemment cultivée et faisant ce métier… Quoique par téléphone rien ne se produisait de répréhensible. Xavier était un cérébral et préférait l'illusion à la réalité. Pour les confrontations *de visu*, les professeurs et les étudiants suffiraient amplement, même si elles seraient d'un autre ordre.

Il avait rendez-vous en fin d'après-midi avec Alf van Duijn, le professeur de littérature médiévale qui désirait l'entretenir du projet de recherche d'une étudiante. En ce qui concernait Xavier, que l'on puisse parler de la folie d'aimer au Moyen Âge était l'évidence même. Cela valait-il la peine d'une discussion ? Toutefois, il devait se montrer coopératif. Après tout, on le payait grassement et un peu d'amabilité serait appréciée.

Longeant le Leidsegracht, il passa devant le Casino, remonta les escaliers, traversa le pont, la rue et s'engagea dans le Vondelpark, nommé d'après un écrivain du dix-septième siècle, le Prince des poètes à en croire certains. Maître incontesté de la littérature néerlandaise, Vondel se mit à dos ses pairs lors de sa conversion au catholicisme. Rien d'étonnant à cela, la conviction première et la religion de la République était le calvinisme. Peut-être que son amour pour une femme avait joué un rôle dans sa volte-face. Il avait écrit des pages magnifiques, d'un lyrisme sobre, sur sa fille décédée en bas âge. Ne dit-on pas de Vondel qu'il a inspiré le *Paradis perdu* de Milton ? Les deux œuvres présentent quelques similarités, il est vrai. Focalisation sur Lucifer, description de la bataille des forces de l'ange maudit contre celles de l'ange Michel et puis, la chute, les départs obligés d'Eve et d'Adam de l'Eden. Oui, mais la provenance de ces ressemblances pouvait aussi s'expliquer par leurs lectures respectives de la Bible.
Marchant sous les frondaisons, Xavier réfléchissait à tous ces grands hommes, habitants de son univers.

Il avait rencontré le Doyen, Pieter Hartevelt, qui l'avait mis au courant d'une affaire de meurtre récente au sein de la faculté, qui plus est dans l'un des bureaux du département de français. Une étudiante, avait été retrouvée le crâne fracassé par son amant. Elle venait de terminer sa thèse et la question était de savoir si on pouvait lui octroyer son doctorat de manière posthume. Xavier était pour, sans avoir pris connaissance du manuscrit. Sa décision, toute personnelle, reposait sur un sentiment de compassion vis à vis de la famille. Il en parlerait avec Alf van Duijn pour la forme, mais ils étaient tous d'accord. Des précédents existaient, peu, mais ils existaient. Le cas méritait d'autant plus d'être traité par l'affirmative que la thèse avait déjà été acceptée par la commission et la cérémonie aurait dû avoir lieu dans trois semaines.

L'été s'annonçait et les gens profitaient des beaux jours. Des mères poussaient des enfants sur des tricycles aux stabilisateurs incertains ; d'autres promenaient des bébés enfouis sous des plaids colorés dans des landaus hauts sur roues faisant penser à des charriots de supermarchés. Beaucoup de jeunes avaient étalé des couvertures sur les pelouses, lisaient, buvaient, mangeaient à l'ombre des grands arbres et, heureux de vivre, riaient. Les criaillements d'enfants, les piaillements d'oiseaux, les crissements des rollers et le bruissement de la brise dans les branches feuillues créaient un décor acoustique divertissant. L'université, avec ses bâtiments gris, semblait tellement loin. Xavier s'octroya un moment de répit assis à la terrasse du Vertigo.

Des colverts et des mandarins sommeillaient sur les berges du lac, indifférents aux cris alentour. Les ailes gris cendré le long du corps, les pattes rigides plantées dans l'eau et le poitrail blanc d'où s'échappaient des plumes filiformes traînant au vent en flammèches lactescentes, un héron se tenait immobile, penché en avant, dissimulé par le feuillage de la rive. Soudain, tel un éclair fulgurant, son cou s'allongea comme une lance, sa tête plongea sous la surface l'espace d'un souffle et se releva tout aussi rapidement, un poisson cisaillé à la pointe de son bec. Lançant son cou longiligne vers le ciel, d'une brusque saccade il avala sa proie sans rien mouvoir de son corps raide perché sur ses échasses. La scène n'avait duré que deux trois secondes ; il reprenait sa pose de guetteur. Quiconque se serait détourné un instant de la scène aurait pu croire que le héron pêchait sans succès, si rapide avait été l'action. Sur la pièce d'eau, une fontaine irisée crachait la palmure d'un arc-en-ciel nacré.

3.

La ville d'Amsterdam, construite de façon concentrique, offrait peu de possibilités de se perdre. Ses canaux, traversés par de grandes artères, suffisaient au visiteur pour se repérer car les voies d'eau possédaient des noms clairs, même pour un étranger. Le premier cercle, le Singel, creusé le plus proche de la gare centrale, était suivi du Herengracht, puis du Keizersgracht et enfin, à l'extérieur coulait le Prinsengracht. Le grand boulevard perpendiculaire à la place de la gare coupait l'hémisphère en deux et permettait au promeneur de trouver facilement son chemin. Dos tourné à la Centraal Station, à main droite, il avait un des premiers agrandissements de la ville datant du dix-septième siècle, le Jordaan, le Jardin et sur sa gauche, l'enchevêtrement d'anciennes ruelles et de passages un peu obscurs du quartier rouge, ses ponts étroits, ses restaurants chinois, ses bars à marins où les matelots ne venaient plus se désaltérer, et ses théâtres de l'art vénal aux enseignes criardes allumées en plein jour. *L'Éléphant rose, Casa Rosso, La Perle grise* promettaient des délices inconnus et moins rares en tous genres à des coûts défiant toute concurrence. Ici, le marché du sexe exposé en vitrine faisait oublier le sordide dissimulé derrière les tentures sanguines, tel un opéra orgasmique des désirs tarifés.

La prostituée, mâle ou femelle, grande ou petite, maigre ou grasse, impérativement en petite tenue, dévoilait ses appâts, assise ou debout, dans son étalage. Rideau ouvert, elle était disponible pour octroyer une partie de rêve à qui passait le seuil de son gourbi pelucheux ; rideau tiré, elle s'activait à combler un client. De temps à autre, une fenêtre garnie de vitrages, d'une jardinière de géraniums, rappelait qu'il s'agissait aussi d'un quartier d'habitation. Des enfants traînaient leur cartable sans prêter attention au spectacle offert dont se détournaient, gênés, quelques piétons.

Les façades des maisons qui bordaient le canal plongeaient dans l'eau où flottaient des détritus non identifiables, leurs murs rongés de salpêtre verdâtre. Dans les encoignures recouvertes de mousse, s'abritaient des oiseaux noirs au bec blanc. Les effluves de viande grillée, en provenance des cuisines des restaurants chinois, se mêlaient aux remugles de toutes sortes, un peu fades, où dominait l'odeur d'eau croupie. La liqueur sombre des canaux berçait des mouettes nonchalantes à l'affût de quelque parcelle de nourriture providentielle lâchée par les touristes. Que l'un d'eux jetât son sandwich, elles s'animaient soudain toutes, criaillaient et se précipitaient, se posaient à terre, et gobaient ce qu'elles pouvaient. Si l'une s'envolait avec son butin serré dans son bec orange, les autres la poursuivaient impitoyables, l'attaquaient pour lui faire lâcher son aubaine. Que celle-ci tombât, une autre la rattrapait et le manège recommençait.

Marié, père de deux enfants, Bart Verweijden était un client assidu des chambres aux rideaux couleur incarnat. Avant de se plonger dans l'univers des étudiantes en jupette, il aimait faire le détour par les femmes sans jupe. Quoique, à proprement parler, il ne fut pas tout à fait question d'un parcours s'écartant de son chemin. Pour être exact, ces lieux de perdition où il s'enfonçait avec allégresse, croisaient sa route. De l'est de la cité, son domicile, vers la faculté des Lettres de la Spuistraat, à moins d'effectuer un grand crochet, il devait emprunter les ramifications des ruelles du Sodome et Gomorrhe amstellodamois. Ne pas s'arrêter à l'un des étalages aurait été criminel. Bart Verweijden sacrifiait donc à une argumentation de choc. Il remplissait son devoir.

A l'entrée du quartier rouge, en passant par le Geldersekade, il descendait de bicyclette et la poussait à la main. Quand il était occupé à sa petite besogne, sa sacoche pleine de livres, bien arrimée sur le porte-bagage, l'attendait sagement au pied du lit de la dame de son choix. L'universitaire raffolait du changement. L'aspect physique de la dame importait moins que son acceptation du vélo à l'intérieur de sa boutique. Pour rien au monde, le professeur de littérature se serait séparé de ses ouvrages et détacher les sacs de cuir était trop fastidieux et une perte de temps inutile. Il prônait l'efficacité avant tout et traîner son deux-roues jusqu'à la couche de la belle était, selon lui, la meilleure solution au dilemme. Les filles d'Eve l'avaient surnommé Lance Armstrong. Pensant à tort qu'il était question d'une lubie fétichiste destinée à l'accroissement de sa jouissance et alertes à toute augmentation possible de gain, comme toute femme d'affaires se respectant, elles lui faisaient payer un supplément pour le bagage, ce dont il ne s'offusquait nullement, trouvant le procédé de bonne guerre. Son exercice terminé, il se remettait en route guilleret, prêt à se lancer frais et dispos dans les circonvolutions oratoires littéraires.

Ce n'était pas que sa femme ne lui procurât point de jouissance, mais Bart Verweijden était devenu un fervent visiteur du quartier rouge au sortir de l'adolescence et avait gardé l'habitude de ses excursions après le mariage.

Il avait espéré que son épouse saurait lui faire éprouver cette sensation d'infini abandon ressentie à chacune de ces fugaces rencontres, mais il n'en avait rien été. Il ne pouvait en imputer la faute à Jocelyne, pas plus qu'il fut capable d'analyser dans l'absolu le but de sa quête. En un sens, mais en un sens seulement, il considérait la situation avec un humour ironique. Avec toutes les femmes, il prenait du plaisir, fugitif, il est vrai, mais intense, sauf avec la sienne. Bart refusait de s'avouer que toutes les femmes étaient des prostituées, des femmes qu'il payait. Il préférait les voir comme des copines chez lesquelles il s'arrêtait un instant sur le chemin de son travail. Jamais il n'avait fait l'amour à une femme gratuite, excepté celle qu'il avait épousée. Elle était la seule vierge qu'il ait connue au sens biblique. Pendant trois années, elle avait su le faire patienter, lui permettant peu de privautés. Des baisers, souvent chastes, clôturaient les séances de cinéma où il avait le droit de passer un bras autour de ses épaules et occasionnellement de lui appliquer ses lèvres dans le cou à la racine des cheveux, en lui tenant la main, leurs doigts entrelacés sur ses genoux à elle, le dos de sa main effleurant la chaleur de la cuisse convoitée au travers du tissu de la robe. Jocelyne ne portait jamais de pantalons et combien de fois n'avait-il pas imaginé glisser la paume parmi les froufrous d'une jupe, remonter vers l'aine et son secret. Mais, Jocelyne lui avait refusé le moindre attouchement jusqu'à leur nuit de noces où il avait été trop ivre pour prendre pleinement avantage de la permission enfin conquise. Il avait assuré le minimum, sans plaisir, sans joie, abêti que ce ne fut que ça. De ce fait, il continuait à étancher ses désirs frivoles avec des péripatéticiennes. Il y avait des années que cela durait et il ne voyait aucune raison pour que cela changeât.

4.

Le soleil, tamisé par les voilages, baignait d'ocres et de rose le studio de musique où Éliane Vermont dispensait son savoir à une étudiante attentive.

« La plupart des gens confondent virtuosité et vélocité. Ils s'imaginent que plus ils iront vite, mieux ce sera et plus on les admirera. En fait, ce n'est pas du tout cela. Surtout pour cette musique. C'est une danse. Tu dois penser aux costumes d'époque des dames de la noblesse, les grandes robes à paniers qui les empêchaient de se mouvoir rapidement. Même si le titre de cette ariette réfère à une fille de la campagne, on a plutôt affaire ici à une bergère genre Marie-Antoinette. Les moutons bien lavés, peignés, bichonnés, enrubannés et parfumés à la fleur d'oranger.

Cette musique était composée pour les dames de la cour, pas pour les paysannes. Suis un mouvement de danse. Plus une pavane qu'une bourrée en sabots. Fais-en quelque chose. De l'élégance. Ici. Regarde. Chaque note compte. Et surtout : respire. Il n'est pas question de faire toutes les phrases sur une seule expiration. Si tu y parviens, d'accord. Mais, pas aux dépens de l'histoire que tu contes. Car cela en est une ! Tu invites une jeune fille à danser. *Danza, danza.* Deux fois le même mot sur des notes différentes avec une diversité dans le rythme. Du point de vue de la syntaxe et de la rhétorique musicale, il t'est permis de respirer à la virgule. Pense au mouvement de la robe à panier qui ondoie légèrement de la taille à l'ourlet. La pointe du soulier mutine qui dépasse des dentelles. Reste droite. Fais-toi grande. Regarde l'horizon. Cette femme a une perruque en échafaudage sur le crâne, son cou s'élance. Dégage les épaules. Cette femme, c'est toi. Deux mots. Deux petits mots. Mais avec ces deux mots-là, tu dois m'entraîner par la main et me transporter à Versailles. Mille miroirs. Je glisse sur un parquet sous les lustres de cristal aux innombrables bougies. A aucun moment, je ne dois avoir l'impression de connaître cet air-là. Tu as six notes pour me convaincre que ce que tu chantes est nouveau. Du jamais entendu. Du moment où tu ouvres la bouche, jusqu'à ce que tu la refermes, plus rien ne doit compter pour moi que le son de ta voix. N'essaie pas de créer un beau son. Ton son sera beau à partir de l'instant où il sera libre. La beauté n'est qu'une question culturelle, de goût individuel. Nous en avons déjà parlé maintes fois. Ce qui te charme peut me sembler horrible et vice versa. Ce que nous idéalisons peut paraître affreux à un Chinois. Allons-y. »

Martine restait stupéfaite qu'il puisse y avoir tellement à savoir sur six notes. Une véritable révolution. Inlassables, elles reprenaient ces deux petits mots à des hauteurs nouvelles, les montant ou les rabaissant sur la gamme. A chaque fois, elle découvrait quelque chose dont elle ne se doutait pas auparavant. Elle s'enfonçait dans l'antre de la musique, surprise d'avoir quitté sa peur. Soudain elle sut que sa voix répondait comme il se devait. Tout était noir et luisant. Une sorte de velours tridimensionnel l'enveloppait de toute part. Elle aurait put se perdre, mais Éliane était à ses côtés. Elle pouvait lui faire confiance, elle ne l'abandonnerait pas.

« C'est ça. Continue. *Fanciulla gentile al mio cantar*. Réfléchis à ce que tu dis. Lorsque tu chantes, tu communiques. Toute communication vient du cœur. Sinon, il ne s'agit pas de communication. Chaque note, chaque mot a une signification. Le compositeur les a utilisés pour une certaine raison. Il aurait pu en prendre d'autres. Le poète a donné son amour aux paroles que le musicien a glorifié avec sa mélodie. Séduis-moi. Donne-moi envie de danser. Je dois vouloir me lever de ma chaise, esquisser des pas gracieux en t'entendant. Je dois me sentir aimée, voulue, désirée. Tes consonnes sont trop dures. Adoucis-les. Rends-les plus clémentes. Elles me font l'effet d'une claque au lieu d'une caresse. Je sais que le son « k » est difficile. Polis-le. Concentre-toi comme si tu mettais la couche d'un bébé. Fais attention à ne pas le blesser. Manie ton texte avec une douceur infinie. Mais, reste ferme et résolue. Tes gestes peuvent être pleins d'attention et d'amour si, par inadvertance, tu lui piques les fesses avec une épingle à nourrice, il se mettra à hurler. Une consonne qui fouette m'éloigne de toi au lieu de m'attirer. La séduction, c'est l'attirance. Le fil invisible qui me lie à ton chant et que, tout doucement, tu tires vers toi, comme un pêcheur remonte une prise sur la berge. Tu dois me donner l'impression de rester libre tout en m'obligeant à t'écouter. C'est toi la cantatrice. Toi, vers qui tous les yeux sont tournés, toutes les oreilles tendues. C'est la seule chose importante pour toi. Ta voix ! »

5.

Bien calé dans un profond fauteuil club en cuir tourné vers la fenêtre, son carnet de notes sur les genoux comme s'il écrivait, les paupières closes, Wouter Huizinga avait tout du psychanalyste à l'écoute de son patient allongé sur le divan de rigueur. En l'occurrence, le patient était une patiente qui recevait toute sa considération puisqu'elle avait entrepris une analyse et venait épancher trois fois par semaine ses souvenirs d'enfance sur la couche recouverte d'un plaid de drap écossais dans des tons camaïeux. Pas de statues d'art primitif dans ce cabinet ni de rayonnages surchargés d'ouvrages aux reliures belle lettrées d'ors. Nus, les murs d'un bleu lavande offraient avec les plinthes et les chambranles crème coquille d'œuf un refuge tranquille. Le tout respirait le calme et la douceur, accentué par l'épaisse moquette d'un bleu légèrement plus soutenu, avec une riche peau d'ours polaire en son centre. Derrière une table, hors de vue de quiconque séjournait sur le divan, un tableau de facture abstraite dans les teintes de l'ensemble couvrait de part en part la largeur de la paroi.

Le cabinet de consultation tranchait avec le reste de la villa, ce que Wouter Huizinga était le seul avec la femme de ménage à savoir, attendu que, par définition, ses visiteurs ne pénétraient jamais dans les deux sections de sa maison. Dans l'une, privée, il recevait ses amis, rarement. Il n'aimait pas outre mesure se dépenser dans les joies de l'hospitalité et s'en dispensait au profit de rendez-vous au bar de l'hôtel Apollo à deux minutes de ses pénates. L'autre, le coin professionnel, son cabinet et son bureau, ne voyait que ses patients, ses clients comme il préférait les nommer.

Wouter Huizinga avait étudié la psychologie et la psychiatrie auprès de Jerome Kagan, John Bowlby, Elisabeth Roudinesco, et surtout, il avait suivi les séminaires de Jacques Lacan au Collègue de France, ce qui lui avait forgé une réputation solide que la gente huppée des Pays-Bas avait rapidement associée, sans que l'on sache pourquoi, à une méthode éprouvée. Sans aucune gêne, il professait que la guérison était toujours envisageable puisque ce dont souffraient ceux qui venaient le consulter tenait plus du problème de luxe que de la vraie souffrance, ce qu'il évitait, cela va de soi, de leur dire. Avant d'accepter ses patients, comprenant plus de femmes que d'hommes, son physique agréable n'étant peut-être pas étranger à cette particularité de sa clientèle, avant d'accepter une patiente, donc, il s'enquérait de sa solvabilité bancaire bien plus que de la crédibilité des maux qu'elle étalait à la première entrevue. Le mari payait pour se libérer de consacrer si peu de temps à une épouse qui n'avait plus l'heur de l'intéresser dans ses petits problèmes ; une maîtresse, en règle générale, plus jeune, ayant usurpé la place de la mère de ses enfants, dans son cœur, peut-être pas, mais certes dans son pied-à-terre, et le psychanalyste écoutait les doléances à leur place pour une somme modique dans le fond, comparée à la liberté d'action que cela leur procurait.

Avec l'escompte d'une rémunération consistante, un peu de compassion non feinte filtrait pour ces femmes, peu ou prou délaissées sans l'être tout à fait, qui pâtissaient d'avoir vieilli, pour la plupart de façon irréprochable, toujours aussi attrayantes pour qui les voyait pour la première fois, bien soignées, les maris payant les cures dans les fermes de beauté rubis sur l'ongle. Leur seul défaut était de ne pouvoir soutenir la comparaison avec leurs cadettes. Elles faisaient encore illusion dans une soirée. Là, sur le divan, dans l'intimité d'une conversation cœur à nu, le résultat était désastreux. Les enfants envolés du nid, étudiants ou voyageurs, elles étaient rendues à elles-mêmes et souffraient d'un mal connu en Occident comme l'oisiveté aiguë.

Avec le mariage, plusieurs avaient

abandonné une carrière à la naissance du premier enfant, pour se consacrer à la pleine réussite de leur vie familiale. Elles venaient d'un milieu où, si une femme se devait d'avoir reçu une éducation poussée, diplômes à l'appui, elle se devait aussi d'éviter de s'en servir. Une part générationnelle jouait un rôle dans le processus car les jeunes femmes de maintenant gardaient quelque activité pour ne pas répéter les erreurs de leurs aînées et, une fois les enfants élevés, se retrouver en psychanalyse.

Madeleine Ruiter n'était pas du nombre de celles qui avaient tout quitté pour se mettre au service exclusif de la cellule familiale. Elle aurait très bien pu. La situation de son époux l'aurait permis. Toutefois dans sa coterie, donner des cours de littérature à l'université était plus jugé comme un passe-temps honorable que comme une profession, ce qui ne l'excluait pas de venir, comme ses amies, accroître les revenus du docteur Huizinga. Faire une analyse augmentait le standing au même titre qu'un mas en Provence ou mieux, une villa sur la côte et un séjour aux sports d'hiver.

Huizinga prêtait une oreille distraite au récit interminable des premiers souvenirs d'enfance de Madeleine, qui pensait bien avoir mis le doigt sur l'origine de ce qu'elle appelait une paranoïa et où lui ne voyait que la peur du qu'en-dira-t-on commune à chacune de ses clientes imbues d'elles-mêmes et de l'impression faite sur leurs congénères. Quelque chose pourtant avait accroché son attention et l'avait sorti de ses rêveries personnelles. Le meurtre récent d'une doctorante à l'université réveillait des réminiscences enfouies qu'elle tentait de ramener à la surface de sa mémoire. Il prenait des notes. Si Madeleine Ruiter avait fait un beau mariage, elle était d'origines modestes comme le signalait son récit, une histoire de poussin de deux jours acheté au marché qui avait terminé sa vie d'apparat dans la basse-cour, rôti à la cocotte sur la table dominicale.

Madeleine Ruiter vivait séparée de son mari et partageait sa vie avec son fils de dix-huit ans. Le père réglait sans sourciller les factures de la psychanalyse et toutes les autres, si Huizinga avait bien compris l'imbroglio des premières séances. Maintenant qu'elle entrait dans la phase des souvenirs d'enfance, il était temps de lui proposer des sessions de quatre-vingt-dix minutes. Avec son approche intellectuelle et la distance qu'elle mettait pour raconter sa vie, elle le supporterait très bien. Si tout se déroulait de façon harmonieuse, il passerait à deux heures par visite. Il avait la nette impression que les sessions exerçaient un effet bénéfique sur elle, plus un repos qu'un travail. Il se dit qu'elle avait dû ressasser *ad infinitum* ce qu'elle lui dévoilait dans la pénombre tant le choix de ses mots était précis.

6.

Le bâtiment de la faculté des Lettres où se situait le département de langue française était de construction récente. C'était une charpente sans âme dont la seule fantaisie reposait sur des chambranles de portes aux couleurs distinctes pour chaque étage. Orange au troisième, bleu au premier, vert d'eau au quatrième, violet au cinquième et jaune tout ce qui était plus haut. En outre, tous les départements occupaient plusieurs paliers et comme tous les corridors se ressemblaient, l'orientation dans ce dédale aurait dû être aisée, mais elle restait approximative car se rappeler la direction prise à la sortie de l'ascenseur était un impératif pas toujours facile à remplir. Bref, une déambulation qui, pour quiconque s'aventurait en novice dans ce labyrinthe, n'était pas sans risque de fourvoiement. Les salles de cours, dépourvues de fenêtres vers l'extérieur, donnaient toutes sur les dégagements par l'entremise d'ouvertures vitrées qui avaient, cela va de soi, la fâcheuse particularité d'être transparentes au spectacle du passage, une distraction assurée pour les étudiants. Une concentration accrue de leur part était supposée en résulter. Seules les fenêtres de la cafeteria au troisième offraient d'un côté, une vue sur la Spuistraat et de l'autre sur le Singel. C'était aussi le cas des bureaux des professeurs et des doctorants.

Ilse van der Brug, directrice du département occupait un bureau à trois fenêtres dans lequel trônait une table de conférences, formée de deux plateaux en formica sur pattes, entourés de quelques chaises à dos droit. L'université ne s'était pas ruinée en ameublement. Des étagères couraient le long des murs, une armoire en fer à deux portes regorgeait d'ouvrages et de dictionnaires et complétait l'arrangement en plus de sa table de travail avec un ordinateur et un téléphone. Sur un classeur métallique, elle avait installé une machine à café et des tasses colorées à un euro au-dessus desquelles une mouche bourdonnait sans paraître vouloir se poser.

Ilse furieuse de colère rentrée venait de raccrocher le téléphone et fixait d'un œil courroucé l'appareil reposé sur son socle. Le doyen de la faculté lui avait transmis ce qu'il pensait être une bonne nouvelle et l'avait chaleureusement félicitée. Comme elle le savait déjà, une ancienne étudiante avait déposé, auprès de l'Académie des sciences responsable des subventions, un projet de recherche qui avait toutes les chances d'être accepté et, cela d'autant plus, que ce nouveau venu, Xavier Laroche, soutenait la candidature. Comment Dieu cela était-il possible ! Jamais elle n'avait fait part à Chloé Vermont du règlement de déposition de dossier pour l'obtention de crédits. Cette peste était bien trop dangereuse. Elle fourrageait sur le Net et découvrait des liens inusités, accédait aux données les plus secrètes et mettait ainsi son propre projet à elle, Ilse, en péril. Une action efficace s'imposait, mais de quelle manière déconsidérer Chloé à partir du moment où Xavier Laroche en personne se profilait derrière elle. Ilse forgeait un plan après l'autre pour le rejeter aussitôt. Le problème s'avérait insoluble et pourtant il fallait bien trouver une solution pour évincer définitivement cette donzelle, ce à quoi elle avait commencé à s'employer. Bien lui en avait pris. Ses soupçons se révélaient exacts. En effet, si le projet décrochait les subventions, cela signifiait que le sien passait à la trappe. Chloé, comme elle venait d'en recevoir la confirmation, avait concocté un truc sur les écrivains franco-russes, des auteurs entre deux cultures. A l'évidence, elle était la première à s'y intéresser et les auteurs maghrébins, sujet similaire perdait son originalité.

A court d'idée, Ilse éteignit son ordinateur et s'apprêta à se rendre à l'amphithéâtre où Alf van Duijn donnerait un cours magistral avec la présentation de son livre. Si Xavier Laroche se montrait, elle essaierait de lui arracher un rendez-vous, bien qu'il dût être sollicité à outrance.

7.

Le soleil se jouait dans les feuillages devant la fenêtre et projetait des flaques de lumière sur le piano. Éliane et Martine prolongeaient la révision du répertoire avec un plaisir accru.

« Dans un sommeil que charmait ton image Je rêvais le bonheur, ardent mirage… Martine s'arrêta brutalement de chanter.

– J'ai l'impression que c'est plat. Je dois l'avoir trop chanté.

– Ou jamais vraiment chanté ! répondit Éliane, avec bienveillance.

– Théoriquement, ce n'est pas bien sorcier, tout le monde le met à son répertoire.

– Mais tout le monde le chante mal. Tu as raison. La ligne mélodique est très simple. Toutefois, le début, là aussi, est décisif. Tu hésites, tenta d'expliquer Éliane.

– J'ai l'impression d'arriver comme un cheveu sur la soupe.
– Pense avec l'accompagnement, la la la la la La Ré Mi Fa. Tu dois déjà décoller à ta première note. Tu planes encore dans ton rêve. *Je rêvais*. Tu es toute alanguie au souvenir. *Le bonheur*, c'est de la crème fouettée subtilement parfumée, au citron si tu veux. Pas tout un clafoutis qui te remplit la bouche et que tu nous balances en pleine figure.
– Ce n'est pas du flan !
– Tout à fait. Vas-y ! »
Les doigts d'Éliane, tels des souffles rapides, caressaient les touches.
« Ce n'est pas un peu rapide comme tempo ?
– C'est un rêve pas un cauchemar, » rétorqua Éliane imperturbable sur son tabouret. « Andantino, ce n'est pas la marche funèbre et puisque l'on discute notes, je voudrais attirer ton attention sur la ligne de basse. » Sa main gauche virevolta d'accord en accord sur le clavier tel un papillon qui aurait arraché aux fleurs des petits gémissements sourds. « Chante la ligne de basse jusqu'à ce que tu l'assimiles complètement. » Martine chanta avec les accords.
« Sol, do, fa, si bémol, mi, la, ré, mi bémol, do. Je vois. C'est génial. C'est seulement sur « dent » de « ardent » qu'il met un accent. Toutes les autres mesures, juste sur le premier temps. Avec les deux premières sans basse

aucune.
– Tu as trouvé. Non négligeable non plus à savoir que la main droite reste dans une structure identique du début à la fin. Elle donne la couleur du rêve, du fond, la douceur. Et toi, tu as trois notes pour poser ton esquisse. Le reste coule de lui-même, si je peux dire. » Martine reprit la mélodie qui, alors, s'éleva pure avec un accent indéniable de sincérité.
« Je le sens maintenant.
– C'est ça. Tu quittes la terre et tu t'enfuis avec lui vers la lumière. Donc, tu développes et tu racontes jusqu'aux lueurs divines.
– *Hélas, hélas triste réveil des songes. Je t'appelle, ô nuit.* » Éliane l'interrompit.
– Un peu de regret, c'est tout. Pas de grand désespoir. Le songe reste présent à l'esprit, tu tentes d'y retourner.
– *Je t'appelle, ô nuit, rends-moi tes mensonges. Reviens, reviens…*
– N'oublie pas la répétition. Chaque syllabe compte. Presque un écho, doublé d'une sublimation.
– *Reviens, reviens radieuse. Reviens, ô nuit mystérieuse.*
– Oui, c'est bien ça. Dernier soupir. Tu ne t'endors pas. Au contraire, tu es pleinement réveillée.
– Formidable. J'adore cette mélodie.
– Et tu la chantes à merveille. Tu vas réussir à

transporter ton public dans le rêve. Fauré est splendide pour ça.
– Et Duparc. Pour le groupe français, je les mets tous les deux. Je suis heureuse d'avoir ce récital à moi toute seule. D'autant plus que cet automne je ferai *Les Nuits d'été* à New York.
– Tu m'avais caché ça !
– J'ai signé le contrat cette semaine. J'attendais d'être sûre pour te l'annoncer. Tu sais très bien que les pourparlers peuvent toujours tourner court.
– Malheureusement oui. Beaucoup de plans et de blabla avant le concret.
– Tiens ! Concert et concret forment une anagramme. C'est ahurissant. Le plus intangible devient du palpable.
– Dans toutes les données du terme puisque c'est après le concert que tu touches tes honoraires.
– C'est là que tu palpes. Ce ne peut être une coïncidence !
– Dans un tel moment, je suis profondément consciente de mon ignorance.
– Quelquefois en concert ou en répétition, la musique se matérialise. J'en vois chaque particule qui tourne et danse autour de moi quelques instants.
– Cela m'arrive aussi. C'est une présence. Insaisissable, mais bien évidente. Elle revient toujours comme pour t'encourager à continuer.

– Quel pouvoir, quelle force.
– C'est magique ! Ma voix... j'ai l'habitude qu'elle se tienne là, devant moi, mais lorsque la musique apparaît... c'est un moment sublime, comme l'amour parfait qui viendrait te rendre visite.
– Oui, soupire Martine, c'est ce qui rend la vie la peine d'être vécue. » Éliane acquiesça, mi-songeuse.

8.

L'université d'Amsterdam étendait son réseau sur la ville. Les départements hébergés un peu au petit bonheur la chance s'égaillaient dans les quartiers, rendant les distances entre les sections souvent moins heureuses qu'elles auraient pu l'être. Toutefois, les bâtiments de la faculté des Lettres, groupés dans le centre, comprenaient les édifices les plus anciens de la ville. Pieter Hartevelt était particulièrement satisfait de sa nouvelle recrue, Xavier Laroche, un chercheur hors pair. Ce dernier avait une liste de publications impressionnante à son actif et, ce qui ne gâtait rien, il s'intéressait à des domaines en dehors de sa spécialité. C'était un universitaire de la vieille trempe malgré sa quarantaine. Bien que son univers de prédilection fut la littérature slave, ayant fait une grande partie de ses études en France, il était un grand connaisseur de la littérature française médiévale et il ne dédaignait pas les auteurs contemporains.

Ils avaient fait connaissance à un séminaire sur Mikhaïl Bakhtine et s'étaient découvert une admiration commune pour les récits de Tchekhov ; ils avaient sympathisé et s'étaient, par la suite, invités mutuellement à donner des conférences dans leur université respective. Au départ du directeur des Études slaves, Hartevelt avait naturellement proposé son collègue et ami pour le poste vacant et celui-ci avait accepté. Sa compréhension du néerlandais avait pesé dans la balance de façon significative pour la défense de faire appel à un étranger devant la commission. Bien sûr, en tant que doyen de la faculté des Lettres, l'avis d'Hartevelt était de première importance, mais il se devait de le justifier à la satisfaction des membres. Que Xavier Laroche fut un spécialiste renommé en tant de domaines et qu'il parle sept ou huit langues à la perfection (et cela pour un Français !) avait fait pencher la balance d'un côté favorable. D'autre part, à titre personnel, sa connaissance presque omnisciente de la littérature russe de toutes les périodes formait un atout supplémentaire pour remplir la fonction et un *addendum* phénoménal pour le département.

Xavier Laroche ne cachait jamais ses préférences ni ses opinions et il avait peu de complaisance pour les tire-au-flan. Malgré cela, ou grâce à cela, ce qui était rarissime, il n'avait que des amis dans la profession, du moins parmi ceux dont l'avis comptait dans la sphère internationale. Tous l'appréciaient pour son intégrité. Ses goûts personnels ne prévalaient jamais pour considérer le travail d'un pair ou pour supputer les capacités présumées d'un étudiant. Ses seuls critères étaient la rigueur scientifique et l'originalité lors de l'évaluation des dossiers pour l'attribution des subventions. De ce fait, sa nomination n'avait rencontré aucune protestation et tous attendaient avec impatience son discours d'inauguration.

Hartevelt se réjouissait. La venue de son ami au sein de la faculté promettait des soirées de discussions où ils compareraient les auteurs et leurs écritures, les nouvelles parutions et, qui sait, peut-être pourraient-ils enfin terminer l'ouvrage sur Tchekhov, ébauché ensemble ? Ils y comptaient bien.

Un peu à contrecœur, Hartevelt s'était vu dans l'obligation de mettre Xavier au courant du meurtre insensé de la rentrée. L'arrestation du coupable n'avait pas mis un point final aux conversations, le sujet était bien trop sensationnel pour cela. Pauvre Eva, comment la situation avait-elle pu dégénérer à ce point ?

Une fille douce et un si grand talent ! Il venait de terminer la lecture de sa thèse absolument époustouflante de rigueur scientifique et d'une innovation sans pareil. Les professeurs étaient unanimes pour lui accorder un doctorat à titre posthume, qui plus est, avec les félicitations du jury et elle ne pourrait profiter de l'honneur qui lui serait rendu.

Grâce à elle, le mystère des initiales AOI de *La Chanson de Roland* s'estompait de façon plausible. Elle avait repris dans un travail considérable de fourmi les travaux de Gautier, Bédier et Mortier et comparé les trois au manuscrit d'Oxford. Le résultat était surprenant. Sa défense aurait attiré les chercheurs les plus éminents des études médiévales. Sa disparition soudaine, si elle ne remettait pas en jeu les acquis incontestables, n'en réduisait pas moins à néant les éclaircissements qu'elle aurait pu fournir sur le cheminement de sa pensée, strict certes, mais surprenant chez une si jeune personnalité. Les réponses resteraient à jamais hors d'atteinte.

S'arrachant à sa méditation, Pieter Hartevelt se prépara à rejoindre la PCH où le cours exceptionnel d'Alf van Duijn se déroulerait avant une réception fêtant la parution de son dernier ouvrage, lorsque des coups retentirent à sa porte. Il cria d'entrer. Le doyen de l'université franchit le seuil.

La soixantaine passée et les cheveux en bataille, Ron van Meersen-Tromp avait deux péchés mignons : le Scotch, qu'il nommait « Malt » et l'architecture.

Pieter lui offrit un siège et s'enquit de ce qu'il désirait boire bien qu'au fait des préférences de son visiteur.
« J'ai pensé que nous pourrions nous rendre ensemble à la sauterie de Alf, prononça-t-il après avoir bu une gorgée en connaisseur, du moins si tu y vas. » Pieter acquiesça. Oui, il allait à l'amphithéâtre et cela lui paraissait une bonne idée. « Donne-moi cinq minutes. » Il s'éclipsa afin de se raser et changer de chemise.

En traversant la cour, ses colonnades et ses statues, Ron ne put se retenir d'enfourcher son dada favori : « L'architecture et ses styles nous entourent, commença-t-il. Un langage comme les autres avec sa grammaire, ses règles de syntaxe et de rhétorique, mais visuel qui nous procure de temps en temps ce sentiment de déjà vu mal défini. Nous avons, par ailleurs, quelques difficultés à évaluer la raison pour laquelle une construction fait partie des canons ou non. Les ordres, qui en sont la base et se retrouvent dans le Classicisme, se manifestent d'une manière sous-jacente. Pense un peu à ces maisons de Londres dont le style des façades a évolué au cours des années tout comme notre manière de regarder. Quant à la Tour Eiffel, une construction de fonte et d'acier, eh bien, nous l'appréhendons d'une autre manière que nos prédécesseurs dont beaucoup ne pouvaient voir en elle un paradigme des pyramides égyptiennes. Il a fallu attendre la veille de la Première Guerre mondiale avant que Chagall n'en célèbre la beauté dans ses toiles. Que la complexité du Classicisme moderne et de ses manifestations soit malaisée à démêler, réside en partie du fait de l'absence des ordres allant de pair avec le canon. Le Pont du Gard, près d'Avignon, en est un flagrant témoignage. »

Hartevelt l'écoutait bien décidé à ne pas l'interrompre tout en se doutant que Ron ne l'avait pas rejoint pour lui faire un cours d'architecture. Celui-ci poursuivait sur sa lancée : « Deux Florentins, Filippo Brunelleschi et Leon Battista Alberti sont responsables de la naissance de l'architecture classique moderne, une tentative consciente de dépasser l'architecture antique. Alberti écrivit un traité *Les dix livres de l'Architecture* pour la rédaction duquel il a utilisé le texte de Vitruve datant du Ier siècle avant J. C. exposant le système proportionnel tel que les Anciens le connaissaient, fondé sur trois ordres : le dorique, le ionique et le corinthien. Si je m'en souviens bien, il nommait aussi le style étrusque. Plus tard, les

Romains y ajoutèrent le toscan. Un cinquième ordre combinant dans sa structure l'ordre ionique et le corinthien, l'ordre composite, avait été employé pour le troisième étage du Colisée et fut redécouvert au seizième siècle. Alberti ne voulait pas copier intégralement les monuments anciens, mais se servir de leur langage dans une interprétation nouvelle, ce qu'il fit à Rimini en 1446 utilisant pour Le Tempio Malatestiano les arches romaines comme façade à un bâtiment médiéval préexistant. »

La traversée de cette partie des bâtiments se prêtait à un exposé. La Oudemanhuispoort ou La porte de la maison des vieillards, était un des hauts lieux de l'université d'Amsterdam. A l'origine, c'était un asile de vieillards, d'où son nom. La construction datait du tout début du dix-septième siècle. Vers la fin du dix-huitième, elle avait acquis ses deux entrées monumentales. L'une donnait sur Oudezijds Achterburgwal, l'autre sur le Kloveniersburgwal.

Ils se dirigèrent vers l'Oudezijds. En chemin, Ron fit part de son soulagement à l'arrestation du fiancé d'Eva, comme il appelait Joost van Dame. Aussi absurde que cela puisse paraître, il avait craint que l'assassin soit un membre du personnel. Oui, une chance, vraiment, pour tout le monde que ce ne fut pas le cas.

9.

Xavier finissait sans hâte sa Pelfort. L'heure de rencontrer Alf van Duijn approchait. Il posa un peu de monnaie sur la table bien qu'un ami lui eut dit avant son départ : « A Amsterdam, pas la peine de laisser de pourboire, ils ne savent pas ce que c'est ! » Il n'avait pu déceler d'ironie sous les paroles et, les habitudes étaient les habitudes. Il abhorrait quitter un bar sans laisser la marque de son appréciation du service. Le gars qui lui avait apporté sa bière avait eu l'obligeance de lui faire la conversation et de l'entretenir brièvement de ses aspirations.

En attendant des jours meilleurs, il exécutait son boulot et voulait, comme beaucoup de ses congénères, devenir acteur. Il espérait La Rencontre et, par ailleurs, force était de l'admettre tout à son honneur, son physique soutenait ses ambitions. Que Xavier soit un producteur lui avait peut-être traversé l'esprit, ce qui aurait pu justifier sa confession spontanée.

A Paris, garçon de café était une profession ; à Amsterdam, une école de théâtre, un pis-aller pour comédiens en mal d'être engagés pour l'une des séries télévisuelles garantissant la notoriété instantanée, sans grands efforts croyait-on. Seconder dans un café – de loin préférable à un restaurant où les journées étaient plus lourdes et le service requérait des connaissances plus élaborées – passait pour une sinécure sympa où la possibilité de se trouver nez à nez avec une célébrité du moment n'était pas exclue.

Le Vertigo et la proximité du Musée du Film avait la réputation d'être le lieu par excellence où s'abattaient les promoteurs de talents entre deux productions. Sans exagération, les parages exhibaient une profusion incandescente d'olibrius en tous genres parmi lesquels pouvait très bien se mouvoir celui ou celle qui vous propulserait au zénith de la gloire.

Des rockers accoutrés du noir clouté de leur blouson de cuir, un aigle aux ailes déployées dans le dos, des bagues aux chatons en forme de tête de mort, énormes boursoufflures d'argent aux doigts, paupières bouffies par le manque de sommeil ou l'abus de drogues ; des cowboys aux chapeaux à larges bords, leurs vestes frangées et leurs bottes auxquelles seuls les éperons faisaient défaut pour parfaire l'illusion ; des étudiants en jeans des pieds à la tête, les cheveux au vent ; quelques complet-vestons croisés de yuppies pendant une pause s'éternisaient au soleil… et des filles. Des filles, toutes plus extravagantes les unes que les autres. Fabuleuses ou franchement ridicules, ringardes ou dernier cri, elles attiraient la curiosité. Toutes les couleurs étaient permises. Une rousse longiligne dans un fourreau noir entourée d'un boa vaporeux mauve arborait des faux cils argent ; une autre rousse portait une capeline verte avec des mitaines en dentelle assorties. Des jupes longues, courtes, plissées, droites ou amples, des jambes, des talons aiguilles, des bottines, des cuissardes, des sandales offraient un défilé de mode où l'excentricité le disputait au bon goût, le caprice personnel érigé en règle vestimentaire absolue. Fadeur et tenues consacrées avaient été bannies de cette terrasse où des avenirs se jouaient dans des réminiscences de passés lointains. Renoir ? Degas ? Les années folles ? Comment expliquer autrement les airs désuets légèrement surannés de ces divas en herbe dont les lèvres pulpeuses ou pincées, recouvertes d'épaisses couches de cosmétiques murmuraient les répliques éphémères d'un scénario connu d'elles seules, tant leur partenaire s'intéressait plus au paysage qu'à la compagne assise près d'eux.

Groupées autour d'une table, habillées avec une recherche subtile détonnant dans le décor ambiant, des jeunes femmes s'amusaient, riaient sous cape. Leur nonchalance dénotait la facilité acquise au côtoiement prolongé de l'argent, celui d'une fratrie : le pécule familial.

Soudain, une nuée de perroquets verts ou peut-être des perruches, voleta au-dessus des fauteuils de rotin au grand ébahissement de Xavier. Avisant son expression abasourdie, un voisin lui adressa la parole. Devant son incompréhension évidente, qu'il imputa à la méconnaissance de la langue, il passa à l'anglais que Xavier maîtrisait parfaitement.
« Les moineaux ont presque totalement disparu de la ville d'Amsterdam. Il s'agit d'une indubitable catastrophe écologique. Les pigeons, les freux, les corneilles, les choucas, les corbeaux, les pies, les mouettes, les goélands, les cormorans ont envahi les places, les rues et les canaux. Une vraie volière citadine ! Il y a une vingtaine d'années, les services de douane de Schiphol interceptait un arrivage clandestin de perruches en provenance des Caraïbes. Les pauvres oiseaux avaient souffert du froid et d'une pénurie d'eau dans la soute, sans parler de la faim, et les douaniers décidèrent de les relâcher afin de leur assurer une mort en liberté plutôt qu'encagée. C'était compter sans la nature ! Plus résistants que supposé, les oiseaux ne périr pas de suite et passèrent même l'hiver. Au printemps, ils se reproduisirent et cela

d'années en années. A l'heure actuelle, on peut voir des flopées vertes survoler les arbres des parcs et les toits des maisons. Quant aux moineaux, la surpopulation des autres espèces que je viens de vous nommer, se nourrissant des oisillons, a garanti leur disparition presque totale. La faune ailée navigue sur les canaux et se compose de colverts, de troupeaux d'oies et d'autres individus de basse-cour et d'oiseaux plus sauvages. »

Le garçon achevait ses études à la faculté de zoologie. Xavier, tout en le remerciant de ses éclaircissements sur la population des cieux et des eaux amstellodamois, se levait pour regagner son hôtel. A l'instant de la séparation, l'autre lui tendit la main mentionnant ses nom et prénom. Xavier déclina les siens, hésitant une fraction de seconde s'il devait ou non préciser sa fonction au sein de l'université. Il fut tiré d'embarras par le compagnon de son interlocuteur qui lui signalait un article surmonté de sa photographie dans le journal estudiantin annonçant sa nomination à la tête des Études slaves. Au temps pour l'incognito, songea Xavier.

10.

Sur l'écran d'ordinateur, des tableaux aux teintes vives s'affichaient. Alf van Duijn, d'un clic de souris agrandit l'un d'eux, littéralement subjugué par les couleurs d'une scène de chasse des temps jadis où les bleus et les verts dominaient. Au premier plan, deux petits chiens reniflaient l'herbe avec, sur la droite, un buisson fleuri de mauve dont les troncs et les branches ressortaient en brun clair. Les chevaux, richement harnachés, caracolaient au centre. L'un, gris pommelé, était monté par un damoiseau au souple manteau indigo brodé d'or et de vair, avec un tapis de selle vermillon. Trois dames vêtues d'amples robes vert Véronèse chevauchaient en amazone des coursiers fringants blanc, isabelle et gris. La première dame devait être la châtelaine du seigneur dont on apercevait les tourelles du château pointant au loin au-dessus des ramures. Une autre dame avançait à pied, tenant les pans de son costume céruléen généreusement décolleté au carré, festonné de lys, du moins semblait-il, étant donné que les broderies restaient minuscules malgré l'agrandissement. A gauche, des hérauts sonnaient dans des trompettes enrubannées d'emblèmes ultramarin.

Inspiré par ce festoiement bariolé, Alf sortit de la poche intérieure de son blazer, un paquet de feuilles à rouler. Délicatement, il en disposa trois de manière à former un cône triangulaire tronqué. Du tiroir de son bureau, il prit un court cylindre de carton et le posa avec d'infinies précautions. D'un étui à cigarette, il choisit avec soin une Chesterfield dont il égrena le tabac au creux de sa paume et le sema dans la rainure médiane du papier. Inspectant sa boîte à pilules, il s'empara d'un morceau d'afghan, d'un beau chocolat sombre, d'une consistance prometteuse. Il était passé le matin chez son fournisseur attitré qui avait produit cette pépite d'un nouvel arrivage en ville. Avec son briquet, dans la main droite, il réchauffa un bref instant la truffe noire, tenue entre le pouce et l'index de la main gauche, d'où émana immédiatement un bouquet méphistophélique. Adroitement, il détacha des copeaux de la masse amollie qu'il émietta avec régularité sur le tabac. Après avoir caviardé les brins blonds, il entreprit de rouler le pétard de dimensions honnêtes. Une papillote en terminait le bout arrondi. Satisfait de sa création, Alf y mit le feu et aspira goulûment la fumée ce qui déclencha une quinte de toux creuse en récompense.

Les chevaux se mirent en branle, le soleil au zénith brilla plus intensément, Mars sur son char d'azur tiré par ses quatre sémillants coursiers, transperça l'écran et disparut par la fenêtre ouverte. Le château se rapprochait et c'était la saison des foins, il se rapprochait encore et la moisson battait son plein ; on exécutait la tonte des moutons qui bêlaient dans les prés, couchés sur le côté, les flancs offerts au rasoir. On repartait à la chasse, au faucon cette fois et le moment des baignades arrivait. Les manants, nus dans l'onde, s'ébrouaient avant les vendanges sous un ciel sans nuage. Octobre, les semailles attiraient les pies et les corbeaux ; novembre les gorets allaient aux glands et décembre sonnait l'hallali, avec les chiens accourant pour la curée, le museau plongé dans les entrailles d'un sanglier. En janvier, on festoyait et février, tout de blanc encapuchonné, se réfugiait dans les bergeries.

Alf errait d'une image à l'autre. Il tira une dernière bouffée et se résigna. C'était l'heure de son cours sur le théâtre médiéval. Un cours magistral, ouvert à toute la faculté, avec la présentation de son dernier ouvrage et une collation offerte par son éditeur.

11.

Aafke van Rooyen était revenue de la faculté par un détour dans les rues de la ville. Le distillateur, trouvé sur Internet, n'avait pas livré cette semaine et sa réserve de sirupeux commençait à s'épuiser d'une façon telle, qu'elle avait trouvé plus judicieux d'aller s'approvisionner à tout hasard. Coincés entre les dissertations et les polycopiés, dix litres de Bols dans leur cruchon de grès alourdissaient son porte-bagage. Un peu essoufflée de son périple citadin, Aafke appuya sa bicyclette contre la haie de buis longeant l'allée menant à la cuisine. D'une main experte, elle soutint les sacoches de vélo pendant que de l'autre, elle tournait la clé dans la serrure, accueillie par Saussure et Martinet. Les deux persans, un crème et un bleu tabby, lui frôlèrent les mollets en silence, heureux de son retour annonciateur d'une pleine boîte de Gourmet versée dans leur écuelle.

Aafke descendit à la cave sous l'escalier, déposa cinq flacons de genièvre sur les rayonnages et réserva les autres pour le frigidaire. Remplir les gamelles de ses compagnons à fourrure lui prit deux minutes. Devant le placard béant, elle tergiversa un instant et opta pour une urne à pied en cristal de Bohême. Elle admira les flots d'or se déversant du goulot. L'orge et le seigle macérés avaient résulté en cette liqueur ambrée après une triple distillation et atteint quarante-cinq pour cent degrés d'alcool, assez pour se délasser après une course épuisante chez les commerçants éloignés les uns des autres.

Attentive à sa réputation, Aafke prenait soin de se ravitailler chez des détaillants variés. Comme elle avait une nette préférence pour le genièvre de grains fabriqué selon la recette ancienne et une consommation appréciable, elle alternait les fournisseurs, n'achetant jamais plus d'une bouteille à la fois à chacun d'eux. Si la stratégie possédait l'avantage de minimiser ses acquisitions à leurs yeux, elle présentait aussi l'inconfort d'une pérégrination cycliste, régulière sous peine de carence ; expédition dont elle allait maintenant tirer bénéfice.

Elle avala d'un trait le premier verre, et s'en versa derechef un deuxième qu'elle ingurgita de même. Elle alla déguster le troisième calée dans son fauteuil de cuir préféré au salon. Autour d'elle, les journaux s'empilaient, formant ici et là des tas faisant office de tables basses sur lesquelles des chemises de teintes diverses s'équilibraient de guingois. Bleues pour les dissertations à corriger, jaune celles des copies d'examens, rouge… Aafke ne savait plus la raison de ce choix, l'écarlate lui faisant l'impression d'une urgence alors que ces dossiers contenaient des coupures et des articles lus, à conserver, mais sans valeur immédiate de consultation. En fait, Aafke ouvrait rarement un de ces dossiers au contraire des verts qui recevaient toute son attention : ils recelaient les thèses en cours de rédaction de ses étudiants les plus prometteurs. Pour les autres, elle utilisait les chemises roses ou orange selon un système précis connu d'elle seule.

Si Aafke persistait à nommer cette pièce le salon, elle tenait plus de l'annexe de bureau que d'un séjour agréable. De fait, elle recevait rarement de la compagnie. Saussure et Martinet remplissaient le rôle de camarades à la perfection. Elle aurait pu déménager son fauteuil dans son bureau, mais les grandes baies vitrées procuraient plus de lumière ici et la vue des maisons voisines était obstruée par des sapins qui la dissimulaient aux regards fouineurs qu'elle supposait chez ses semblables du quartier. Ragaillardie par l'absorption de son troisième verre de gnôle, Aafke se dit qu'il était temps de s'attaquer à la correction des copies. Pas qu'elle s'y mît de gaité de cœur, mais cela faisait partie des impondérables de la profession et les étudiants attendaient les résultats des examens. En guise de stimulant, elle se dirigea vers la cuisine se verser une autre ration et décida de garder la bouteille à portée de main près de son siège où elle se rencogna tout en s'emparant d'une cargaison de devoirs en aplomb précaire sur le tapis.

Saussure en profita pour croire à une invite et lui sauta sur les genoux sans vergogne, d'où elle le chassa d'un vigoureux mouvement du poignet, ce dont il prétendit s'offusquer en lui tournant le dos pour s'adonner avec application à sa toilette. Martinet avait observé la scène d'un œil en coin en connaisseur de la ritournelle. Quand Aafke s'asseyait avec des papiers, il valait mieux la laisser tranquille et vaquer à d'autres occupations, ce qu'il fit en se préparant ostensiblement à faire une sieste ,après s'être assuré de la rénitence du coussin échoué sur le sofa comme une méduse sur le sable de l'estran.

La lecture de plusieurs corrigés la laissa indifférente tant ils détenaient peu de surprise. Les étudiants méritaient une note acceptable, sans plus. Avec application et plus ou moins de succès, ils avaient reproduit la teneur de ses cours. La nuit était tombée, l'éclairage automatique du lampadaire s'était depuis longtemps enclenché. Avant d'entamer la dernière pile, Aafke s'octroya une rasade généreuse.

Dès les premiers mots, elle sut tenir entre les mains la copie que tout professeur rêve de voir apparaître, celle où l'étudiant est allé plus loin que le corpus, celle contenant un raisonnement personnel, même s'il va à l'encontre du sien, ce que l'argumentation qu'elle venait de lire ne faisait pas.

« La langue serait considérée comme la surface de l'eau sur laquelle des phénomènes linguistiques isolés se répandraient comme une onde après en avoir percuté le miroir. L'étendue plus ou moins large de la diffusion dépendrait de la force et de l'intensité de l'innovation se propageant à partir d'un épicentre dans toutes les directions.

A l'encontre des phénomènes physiques, la fréquence, la longueur d'ondes et l'amplitude d'un phénomène linguistique restent difficiles à mesurer. Suivant la métaphore employée, nous assistons presque à un phénomène différent. Si l'innovation linguistique est comparée en tant que force perturbatrice au vent ou à une pierre tombant dans l'eau et la langue au médium, l'onde qui résulte de la percussion est l'énergie générée par celle-ci, en aucun cas le changement linguistique, puisqu'une fois l'onde passée le médium reste inchangé. En revanche, si nous adoptons la métaphore de la goutte d'eau en tant que force perturbatrice, nous arrivons à une comparaison tout à fait satisfaisante puisque la goutte d'eau pourra tout aussi bien créer une perturbation que s'assimiler au médium, si nous gardons la métaphore de la surface de l'eau pour la langue. De ce qui précède, nous pouvons déduire qu'un concept utilisé dans un domaine et passé à un autre, s'il retient son appellation, peut s'enrichir de nouvelles spécificités, voire occulter les caractéristiques antérieures à sa migration. »

Aafke terminait sa lecture, sidérée à un tel point qu'elle en oubliait de prendre une gorgée de son verre. Elle relu le développement et convint de l'aplomb du raisonnement. La comparaison était perspicace et comportait les bons modèles. Tout était déjà connu. La présentation et l'agencement renouvelaient la pensée et apportaient une conclusion formulée avec précision sans être péremptoire. Déduire au lieu de conclure, laissait la porte ouverte à une pensée ultérieure. Là se révélait la subtilité d'un talent de chercheur qui prolongerait ses investigations, Aafke en était certaine.

Sentant l'état euphorique de la maîtresse des lieux, Martinet s'étira longuement, bâilla avec un petit bruit de la mâchoire et, mine de rien, sauta sur l'accoudoir du fauteuil. Perdue dans ses réflexions, Aafke le caressa d'une main distraite dans laquelle il préféra voir une invite tacite et se pelotonna sur la pile de feuillets au creux de sa jupe.

Depuis son départ du nid familial, Aafke n'avait jamais eu d'autre relation que ses chats. Toute sa vie avait été dédiée à la recherche et à ses cours. Féale à la linguistique, aucun homme n'était venu troublé son cœur vierge où seuls les livres avaient leur place à côté de l'admiration sans borne qu'elle vouait à son père. Il lui avait inculqué le désir de savoir, de contrôler ses trouvailles, de forger des hypothèses et l'amour du travail bien fait des autres. Enfin, elle tenait devant elle la récompense d'un labeur acharné, la certitude d'avoir transmis ses connaissances. Loin d'être la première thèse qu'elle lisait, celle-ci pourrait bien faire la différence, son intuition aiguisée par ses années de lecture faisait battre son cœur devant le potentiel qu'elle discernait. Elle restait là, l'esprit béant, le regard au-delà des vitres irisées par la réverbération du soleil de fin d'après-midi. La stridence du téléphone la fit sursauter.

12.

La matinée s'écoulait tranquille et les étudiants se succédaient devant Éliane. Pierre était un débutant très prometteur, raison pour laquelle Éliane l'avait accepté.

« Pourquoi changeons-nous toujours de voyelle ? Nous les travaillons car elles ont une importance primordiale. La pureté des voyelles entraîne la pureté de l'émission. A l'encontre des consonnes, elles ne coupent pas le son. Au contraire, elles le portent. Bien souvent, on oublie que l'articulation ne se confine pas aux lèvres et aux mâchoires. Je dirais même plus. L'utilisation exagérée des lèvres et du maxillaire inférieur, puisque lui seul est mobile, forme un obstacle insurmontable à un son libre. Il faut à tout prix éviter d'appuyer le son sur les dents, ce qui l'habille d'une dureté mesquine et sans ampleur. À l'inverse, la jointure détendue, tu laisses passer l'air librement, sans contrainte d'aucune sorte. L'articulation pour un chanteur, consiste à contrôler totalement le muscle de la langue, cette masse de chair qui remplit la bouche et obstrue presque la gorge, et cela indépendamment des autres muscles de la cavité buccale. Prononce le o, puis le i, le a, le é, le ou. Sens-tu ta langue remuer et imperceptiblement changer de forme ? »

Pierre sentait surtout qu'il lui était impossible de faire ce qu'Éliane demandait sans arrondir ses lèvres pour le o et le ou et que sa langue se soulevait et empêchait l'air de passer lorsqu'il prononçait le i. Pourtant Éliane passait sans effort apparent d'une voyelle à l'autre sans qu'un seul muscle de son visage ne trahisse l'effort.

« C'est de la magie !

– Non. Seulement du travail.

– Mais c'est impossible !

– Tu te contredis.

– Oui, c'est vrai. Je veux dire… Il y a tout de

même… les labiales, les occlusives.
– Tu parles des consonnes. Nous n’y sommes pas encore.
– Tout de même. Certaines voyelles sont prononcées en avant, d’autres en arrière.
– Ce n’est qu’une théorie ou si tu préfères, ça ressort à une certaine pratique. Les vocalistes, eux, tendent à placer toutes les voyelles au même endroit. D’ailleurs, en y réfléchissant bien, notre appareil phonatoire est beaucoup plus flexible que voudraient nous le faire croire les linguistes ou les orthophonistes. Observe un ventriloque. Son énoncé reste indépendant de son faciès. Et que dire d’un perroquet ? Il prononce distinctement d’une manière très intelligible sans lèvres. Son bec est dur et inflexible. Vois-tu où je veux en venir ?
– Oui, dans un sens, tout n’est que l’idée que l’on s’en fait.
– Exact.
– Si je pense que je dois activer mes lèvres pour parler, je m’en sers encore plus que nécessaire. *Idem dito* pour les muscles de la mâchoire. Ceci dit, comment l’éviter ?
– Très simple. Primo devenir conscient de ce que nous faisons et non pas de ce que nous pensons faire. Et c’est ici que j’interviens. Mon rôle est moins de t’apprendre quelque chose que de t’aider à prendre conscience de tes actions.

– Je vois. Ça donne quoi en résumé ?
– Fais-en le moins possible. Les bonnes questions engendrent les bonnes réponses. Généralement, cela revient à se demander ce qu'il faut éviter au lieu de ce qu'il faut faire.
– En somme, c'est tout simple.
– Absolument.
– Au lieu de me dire "Qu'est-ce que je dois faire avec mes lèvres, ma langue ?" je dois penser "Ne rien faire".
– En gros, oui, c'est ça. A présent, je voudrais que tu éprouves bien l'articulation, la jointure de tes mâchoires. Mets ton index à la racine de ton oreille au-dessous des tempes. Ouvre la bouche et fais aller ta mâchoire de droite à gauche.
– Oui, je sens l'articulation.
– Avance légèrement les dents comme si tu allais l'ouvrir, mais sans ouvrir la bouche.
– Ça fait une petite boule.
– Maintenant ouvre en continuant à avancer un peu plus les incisives du bas sans forcer.
– Hmmmm.
– Te voilà en position idéale pour chanter. Tu viens de déverrouiller ta mâchoire. Répète cet exercice plusieurs fois par jour en y allant doucement, sans brusquerie.
– Personne ne m'a jamais montré ça. »

Oui, c'était bien le problème. Trop peu de professeurs s'occupaient du côté physique du chant. Du larynx ou du diaphragme, non plus,

Pierre n'avait certainement jamais entendu parler. Inutile de précipiter les choses, on ne faisait que commencer, pensa Éliane.

13.

Xavier remontait la Leidsestraat vers le centre. Il avait décidé d'aller visiter l'aula où il prononcerait son cours inaugural avant de se rendre à celui d'Alf van Duijn. C'était sur son chemin. Il jetait de temps à autre un coup d'œil aux étalages des boutiques et constatait que la mode avait ici une tout autre allure. C'était indéfinissable. Les teintes étaient les mêmes ou presque, mais agencées différemment. Il y avait peut-être moins de blanc qu'à Paris et beaucoup plus de couleurs primaires dont on se demandait quelles femmes pourraient bien porter de telles combinaisons. Pour Xavier, qui avait exploré plusieurs endroits branchés depuis son arrivée, la question avait sa réponse. En revanche, il aimait les petits établissements, mi-bistrot mi-salon de thé où l'on dégustait d'excellents capuccinos avec une pâtisserie. Les hommes s'attablaient sans gêne devant des gâteux monstrueux surmontés d'une obscène couche de chantilly. Xavier s'était mis au diapason, et une fois l'avait convaincu de ne pas rejouer la scène. Pour le café, il était d'accord, mais plutôt accompagné d'un journal au lieu de ces tartes sucrées à l'extrême. Pas étonnant de voir tant d'obèses déambuler péniblement en canard dans les artères de la capitale.

Quelques jours avaient été suffisants pour se repérer dans les lacis de canaux et de rues. Il pouvait, maintenant, se diriger sans erreur de parcours vers n'importe lequel des bâtiments de l'université du centre ville. Une visite guidée le premier jour l'avait aidé à se faire une idée *de visu* et *in situ* des facultés. L'aula, qui était son but, se dressait au bout de la rue après la bibliothèque centrale. Un immeuble gris d'une laideur moderne aussi bien à l'intérieur qu'à l'extérieur où les livres, emmagasinés dans des caves, n'étaient accessibles qu'après des manipulations informatiques complexes et, à condition de connaître les références exactes de l'ouvrage recherché. La bibliothèque ne comportait pas de rayons. A l'aide d'un ordinateur, il fallait consulter le catalogue et réserver la publication désirée qui, si tout se passait correctement, arrivait trente minutes plus tard au comptoir de prêts. Le système présentait quelques failles mineures. Selon le préposé, elles étaient minimes et les rares fois où elles se produisaient, cela était dû à une erreur de répertoire. Dans l'ensemble, le fonctionnement donnait satisfaction. Ceci dit, il était préférable de faire sa réservation la veille car les trente minutes d'attente annoncées s'étiraient souvent en une attente plus conséquente pouvant atteindre la demi-journée. Xavier connaissait, pour l'avoir feuilleté sur Internet, le catalogue et il savait qu'il y aurait peu recours. Il penchait en faveur de l'achat de manuels, aimait annoter ses lectures. De toutes façons, pour la recherche envisagée à présent, il lui faudrait plus écrire que lire.

Plongé dans ses pensées, il atteignit la grille de l'aula. Celle-ci était fermée à l'exception d'un portillon sur la droite. Xavier le franchit et se trouva en face des portes vitrées donnant accès à l'entrée proprement dite après avoir monté deux marches de marbre anthracite. La fermeture électronique joua simplement et les parois de verre coulissèrent sans bruit sur leurs rails de cuivre enfouis au sol et au plafond. Il pénétra dans un sas dont il poussa l'un des battants vitré. Toute l'entrée suggérait le luxe, mais un luxe sobre. Verre, acier et marbre s'harmonisaient d'une manière dépouillée, presque austère. Le génie de Calvin transpirait dans ce hall où un bureau donnait à penser qu'un portier, pour l'instant invisible, devait y monter la garde.

Xavier fit quelques pas, se demandant s'il devait s'aventurer plus avant en l'absence évidente du préposé. Les panneaux lambrissés d'un grand portail entrebâillé laissaient apparaître la salle. Après tout, il était venu pour visiter et sans plus de réflexion, il poussa le battant, et pénétra dans l'amphithéâtre. Les dimensions du lieu en imposaient. C'était une église avec, à la place de l'autel, une estrade flanquée de part et d'autre de fauteuils en chêne aux dossiers sculptés. Des lustres tarabiscotés, en cuivre, pendaient des voûtes en ogives au-dessus des bancs de bois astiqués, alignés bien sagement prêts à recevoir l'assemblée des grands jours. Les premières rangées étaient remplacées par des chaises empaillées, à l'air inconfortable. Il escalada le podium et se positionna derrière la chaire. Il surplombait la scène comme il se doit. Il empoigna le pupitre à pleines mains et commença mentalement son discours. Il s'imaginait s'adresser *ex cathedra* à la faune universitaire quand des coups sourds le tirèrent de sa répétition.

Regardant alentour, il en découvrit l'origine. Cela venait du balcon. Il allait se replonger dans ses pensées comme le bruit devint plus insistant. Il grimpa la volée de marches et remarqua que l'agitation était plus forte ici. Il identifia une sorte de tambourinement mêlé d'appels étouffés par la cloison et avisa une porte, une grosse clé dans la serrure, d'où provenaient les sons. Il enclencha la poignée et tourna la clé. Le spectacle offert à ses yeux avait de quoi le surprendre. Un homme qui, à voir son uniforme, était sans aucun doute portier, la face rouge près de l'apoplexie, était bâillonné et ligoté par terre. A l'aide de ses pieds, il avait réussi à frapper le battant de bois, ce qui expliquait les coups entendus. Le libérer fut l'affaire de quelques minutes. L'homme portait une blessure peu profonde à la tête, mais son col blanc ensanglanté démontrait qu'il avait été frappé avec force.

14.

Aafke van Rooyen et Madeleine Ruiter pédalaient dans la De Lairessestraat près du Concertgebouw qu'elles dépassèrent. Elles tournèrent à gauche au feu rouge et suivirent la piste cyclable le long de l'Albert Heijn, puis contournèrent le Musée de la Ville par la droite, longèrent le Musée van Gogh et débouchèrent sur le Musée d'État en pleine rénovation. Elles avaient décidé de se rendre ensemble au cours magistral d'Alf van Duijn et Aafke van Rooyen était passée chercher Madeleine Ruiter. Elles faisaient souvent la route ensemble lorsque leurs horaires le permettaient pour rejoindre ou revenir de l'université. Habitant à cinq minutes l'une de l'autre, tantôt Madeleine passait prendre Aafke, circulant sous les arcades en brique rouge du Lyceum. Du Valeriusplein à l'avenue Apollo, quelques minutes suffisaient pour faire le trajet à bicyclette et, tantôt Aafke empruntait le chemin en sens inverse lorsque c'était son tour de faire le détour. Elles avaient instauré ce système et, à tour de rôle, faisaient le crochet pour que ce ne soit pas toujours la même qui doive partir plus tôt. Celle qui démarrait la première téléphonait à l'autre qui se préparait et l'attendait devant sa porte.

Lorsque le téléphone sonna, Aafke avait pensé qu'il s'agissait de Madeleine la prévenant qu'elle se mettait en route. Or, il n'en n'était rien. Ilse était à l'autre bout du fil. Cela, en soi, n'avait rien d'étrange, Ilse lui téléphonait régulièrement, mais, en règle générale, ses appels la joignaient au bureau. La sachant très jalouse de sa vie privée, il était inhabituel qu'une collègue l'appelle à l'improviste chez elle. Cela était d'autant plus bizarre qu'Ilse n'avait rien de précis ou d'urgent à lui transmettre. Elle lui avait demandé si elle envisageait de présenter les travaux d'un de ses étudiants cette année. Trop abasourdie pour répondre de suite, Aafke l'avait priée de répéter. C'est alors qu'Ilse avait précisé sa requête. Y avait-il parmi les étudiants sous sa direction, un étudiant ayant fourni une thèse digne de plus d'attention que les autres. Aafke ne s'était pas sentie prête à dévoiler le niveau exceptionnel des travaux qu'elle venait de lire parce qu'elle voulait s'accorder un peu de temps de réflexion. Elle était restée dans le vague devant cette question équivoque, prétextant qu'elle n'avait pas encore tout lu ce qu'on lui avait remis, ce qui était la parfaite vérité. S'était-elle trompée ou bien avait-elle discerné comme une vague de soulagement chez son interlocutrice ? Elle l'aurait cru, mais comme une raison plausible lui échappait, elle avait mis sa perception sur le compte de l'imagination. En quoi Ilse pouvait-elle être débarrassée d'un poids à l'écoute de sa réponse évasive ? Elle se trompait sûrement. Puis, Ilse avait raccroché lui souhaitant un incongru bonsoir, pour se reprendre et lui dire qu'elles se verraient certainement à la salle 105 plus tard.

L'apostrophant vivement, Madeleine rompit le cours de ses pensées et lui intima de faire attention. Elle avait, perdue dans ses réflexions, presque renversé un piéton. La conduite dans la Leidsestraat requérait plus de concentration. Le trafic y était perpétuellement encombré de trams qui occupaient le milieu de la chaussée et des touristes imprévisibles baguenaudaient devant les étalages d'un trottoir à l'autre, sans oublier les cyclistes qui se lançaient de tous côtés dans des gymkhanas audacieux pour écourter de quelques minutes leur temps de transport.

Arrivées à l'UvA, elles constatèrent être en avance d'un petit quart d'heure. Trop peu de temps pour entreprendre quoi que ce soit dans leur bureau respectif. Alors qu'elles rangeaient leur vélo dans le garage du sous-sol, Madeleine se tourna subitement vers Aafke :
« Tu ne trouves pas choquant ce silence autour de la mort d'Eva. Cela fait deux mois…
– Pas tout à fait, l'interrompit Aafke qui prisait la précision avant tout.
– Bon… oui, euh, presque deux mois, et on ne nous communique plus rien. Son ami, Joost, a été arrêté, mais non inculpé, je te rappelle, ce qui signifie que les charges contre lui sont trop minimes pour cela ».

Aafke, à vrai dire, n'avait pas d'opinion sur le sujet, qui était loin de son domaine d'intérêts habituels. Elle regardait Madeleine sans la voir, plongée dans ses réflexions. Toutefois, pour lui faire plaisir, sachant comme Madeleine pouvait s'emporter pour un rien – le manque d'information sur un sujet ne requérant en aucune façon son attention étant considéré comme une peccadille ne méritant pas une vigilance excessive –, elle lâcha avec un enthousiasme feint dont la subtilité

échappa à Madeleine :
« Tu as raison, c'est tout simplement abracadabrant.
– Je ne te le fais pas dire », renchérit Madeleine contente de l'approbation de son amie et collègue.

Dédaignant l'ascenseur, elles montèrent les escaliers vers le premier étage. Tout en gravissant les degrés, Aafke s'interrogeait sur l'absence d'Eva dans la conversation d'Ilse qui, en tant que directrice du département, aurait dû s'occuper à rassurer et informer ses troupes. Bah, ce ne serait pas la première négligence dont elle se rendrait coupable, conclut-elle en son for intérieur alors qu'elles franchissaient le seuil de l'amphithéâtre.

15.

L'amphithéâtre était bondé. Pourtant, plusieurs collègues manquaient encore à l'appel. Alf était sans inquiétude, ils arriveraient tous à temps pour la réception qui clôturerait son cours spécial. Peu résistaient à l'appel des petits fours et d'une consommation gratuite. Encore sous l'effet du joint monumental qu'il avait royalement savouré, il passait en revue les visages familiers à la fin de son exposé. *La Folie au Moyen Âge*. Son choix avait été guidé par la certitude de pouvoir captiver son auditoire avec des projections sélectionnées. De nos jours, les gens, habitués au télévisuel, n'imaginaient plus de suivre une conférence sans l'apport d'un diaporama sur Powerpoint ou une vidéo. Cela tombait bien. Alf se sentait plus d'humeur à commenter des images qu'à parlementer pendant une heure pour un public qui n'attendait que l'apparition des tables roulantes et l'entrée des collations. Depuis trop longtemps à l'université, il avait perdu ses illusions quant à la force de fascination des cours magistraux ou des conférences, aussi inattendues et brillantes soient-elles.

Les applaudissements crépitaient et les jalousies relevées électriquement laissaient à nouveau filtrer la lumière du jour dans l'hémisphère. Des collègues venaient le saluer, lui serrer la main, le louer sur la manière dont il les avait entretenus et le féliciter pour son ouvrage, la raison de ce cours. Madeleine Ruiter, longue dans un ensemble gris se tourna vers Aafke van Rooyen assise à côté d'elle pour lui faire remarquer l'absence de Xavier Laroche qui n'avait pas échappée non plus à Ilse van der Brug. Moins surprenant était celle de Bart Verweijden. Il apparaissait en règle générale comme par enchantement dès les premiers verres servis.

Pieter Hartevelt s'approcha d'Alf et le complimenta pour la parution de son ouvrage qu'il venait d'acquérir sur la table où quelques piles étaient entreposées à cet effet, sous la vigilance d'une employée de la maison d'édition, et le pria de lui dédicacer son exemplaire. Tirant un Mont Blanc de la poche intérieure de son veston, Alf s'exécuta avec un plaisir évident. Ce fut le signal et tous formèrent une queue devant l'heureux auteur qui profitait de l'attention tel un gosse de son anniversaire. Ce n'est pas tous les jours que l'on peut se bercer de l'illusion d'une célébrité personnelle et bien que les vapeurs du haschich commençassent à se dissiper, le brouhaha des conversations mêlé aux compliments résonnaient en une berceuse bénéfique à ses oreilles, encore plus agréable que le roulis à l'estran par temps calme.

Le débarquement des dames du buffet poussant devant elles des chariots surmontés de provisions, de verres et de bouteilles tintinnabulants et la délectation anticipée qui subséquemment se répandait dans les rangs furent occultés par l'apparition tardive de Xavier Laroche. Sa grande silhouette brune dans son costume impeccable se découpait hésitante dans le chambranle de la porte. Ce n'était pas tant son retard que son allure qui fascinait les invités prêts à se colleter aux sandwiches variés. En quelques pas, il fut sur Hartevelt et son attitude trahissait une urgence non justifiée par son entrée tardive sur le lieu des réjouissances. Il murmura à l'oreille de son ami ; celui-ci pâlit et l'entraîna rapidement à l'écart d'une écoute indiscrète.

En quelques mots, Xavier Laroche le mit au courant de la séquestration du portier. Le fait que rien n'ait été dérobé les mettait mal à l'aise sans savoir pourquoi. Ils discutaient de la meilleure marche à suivre, l'homme ayant décidé qu'il pourrait très bien aller faire une déposition dans la journée du lendemain. Hartevelt pensait taire cette information jusqu'à la fin de la réception. Les professeurs absents de leur bureau, les nouvelles prendraient plus de temps à se propager. Xavier s'excusait auprès de Alf van Duijn et ce dernier l'assurait de sa compréhension en l'entourant d'un bras protecteur. Hartevelt les enjoignait à venir prendre un verre lorsque Bart Verweijden surgit près d'eux. Suivant un schéma qui lui était propre et dont plus personne ne s'offusquait, il venait se restaurer et surtout boire une quantité raisonnable de Beaujolais ou de Côtes du Rhône selon l'offre du jour.

Contre toute attente, le portable de Pieter sonna. Il reconnu la voix de son frère lui annonçant l'agression du gardien qu'il savait déjà. Ce fut comme un signal. Les portables sonnèrent les uns après les autres et la nouvelle se répandit à la vitesse des airs électroniques. Ceux qui ne recevaient pas d'appels étaient prévenus par les autres et en moins de quinze minutes, toute la salle répercutait des exclamations ponctuées d'onomatopées traduisant la stupéfaction parcourue d'un soupçon d'horreur. Ils s'interrogeaient à voix haute pour discerner si l'attaque entretenait un lien possible avec le meurtre récent, encore présent dans les mémoires, ravivé par l'événement. Que de violence venait tout à coup remuer l'univers autrement si calme des Lettres !

Hartevelt opta pour une courte allocution pour divulguer un renseignement aux allures de fait divers et déjà sur toutes les lèvres, ce qui eut pour effet de précipiter un assaut de questions à l'adresse de Xavier Laroche, devenu en quelques minutes le centre de curiosité de l'assemblée. Les femmes le regardaient avec un mélange d'effroi, les hommes avec un peu d'envie, tous persuadés qu'il venait de vivre des moments inoubliables, et d'aucuns le voyaient sous un jour inédit où le prestige d'être le nouveau directeur des Études slaves s'auréolait de celui d'un héros de série télévisée, que la plupart suivaient fidèlement, bien que d'un niveau intellectuel à proscrire, mais ô combien plus déluré que les documentaires convenant au corpus de professeurs, dont les événements les plus émoustillants du quotidien se résumaient à un pneu crevé de bicyclette au moment précis où ils se rendaient à leur travail. Alors que là, parachuté au centre de leur petit monde, en plus ou moins deux mois, un bel homme découvrait un portier ligoté quelques semaines après qu'un cadavre eut surgi d'un placard ; ils vivaient soudain dans un film. Les langues allaient bon train ainsi que les suppositions les plus osées. Bart Verweijden profita de la confusion générale pour s'approprier subrepticement un verre de vin rouge, imité par Aafke van Rooyen qui, elle, s'empara d'un blanc ; Madeleine Ruiter pris contact avec son psy pour une séance supplémentaire ; Alf van Duijn, pas mécontent de cet ajout dramatique à sa sauterie, signait dans les exemplaires du *Théâtre au Moyen Âge* des dédicaces malicieuses et Ilse van der Brug glissa avec force dans la cohue et vint se planter devant Xavier Laroche et Pieter Hartevelt en grande conversation, bien décidée à arracher un rendez-vous au nouveau directeur. Parmi cette effervescence policée, Ron van Meersen-Tromp entretenait une stagiaire polonaise de l'échange Erasmus des subtilités de l'architecture amstellodamoise à travers les siècles.

16.

Cette voix sur son répondeur lui plaisait. De toute évidence, un étranger. Un Anglais probablement. Peut-être un Américain. Éliane était incertaine de la nationalité. Il y avait un je-ne-sais-quoi. Il avait laissé son numéro. Elle décida de le rappeler. Elle était curieuse. C'était touchant d'entendre quelqu'un faire de grands efforts pour parler français. Elle composa le numéro. Une voix très différente et peu amène lui répondit.

« Vous demandez qui exactement ?

– Excusez-moi, mais votre numéro est sur mon répondeur, alors je vous rappelle.

– Non, je ne vous ai pas appelé. C'est quoi votre nom ?

– Éliane Vermont et vous ?

– D'où appelez-vous ?

– Bon ! Excusez-moi de vous avoir dérangé. »

Découragée et intriguée tout à la fois, elle raccrocha. Une sorte de menace pesa sur elle. Sans savoir pourquoi, elle avait la sensation d'un danger imminent. Elle s'interrogea. Se pouvait-il que son intuition fût juste ? A l'écoute de ses sensations, elle analysait le message. Des escrocs ! Elle secoua la tête, incrédule. C'est alors que le téléphone sonna. Elle décrocha.

– Éliane Vermont à l'appareil.

– Bonjour, mon nom est Richard Price…
– Ah ! D'accord. Bonjour. J'essayais justement de vous avoir au numéro que vous avez laissé mais une autre personne a répondu.
– …
– Enfin, ça arrive. Que puis-je faire pour vous ?
– Vous êtes prof de chant ?
– Oui.
– Vous donnez des leçons aux ténors ?
– J'aimerais vous dire que je donne des leçons de chant pour aider les chanteurs à développer leur voix. Quelquefois à des débutants. Plutôt en général à des chanteurs confirmés ou en passe de le devenir. Ils viennent me voir pour parfaire leur technique, pour trouver une oreille. Certains d'entre eux sont des ténors. Pas tous. Si les ténors vous intéressent, sachez que Sergey Slouchaev, le ténor russe, a fait son premier Don José avec moi, Alain Marot a étudié son premier Werther et son Faust chez moi. J'ai donné Radamès et Cavaradossi à Bernard Rodin et dans le répertoire lyrique, Jacques Loriot est mon étudiant depuis quatre ans ; il a chanté avant-hier soir Nemorino à La Scala. Il sort de chez moi. Ça vous va ? Quel est votre répertoire ?
« J'ai chanté Gilbert et Sullivan. » Éliane avait peur d'avoir mal entendu. Elle lui fit répéter.

– Gilbert et Sullivan ?
– Oui.
– C'est vaste. Quand et où ? Quel rôle ?
– Capitaine Fiddle. J'ai de l'argent pour prendre des leçons.
– L'argent n'est pas la priorité. Ce qui est primordial, c'est le travail acharné quotidien et la non complaisance vis-à-vis de soi-même. La volonté est nécessaire et la confiance aussi. L'amour bien sûr et un peu de chance aussi. Tout votre travail ne vous servira à rien si vous manquez d'un peu de chance. Il en faut. Pourquoi voulez-vous chanter ?
– Il y a quelques années, je me suis trompé. J'ai suivi le chemin de la raison, alors que j'aurai dû prendre celui de mon cœur. Je me rends compte maintenant que j'ai fait une sottise. Je veux la réparer. »

Le tout était prononcé avec une certaine sincérité, mais l'oreille exercée d'Éliane perçut le jeu de l'acteur dans le ton, ce qui éveilla son intérêt. Un seul problème. L'opérette. Sa spécialité, c'était l'opéra. Aurait-il le bon goût d'évoluer ?

« Si vous voulez venir pour une leçon, je verrai ce que je peux faire. Par téléphone, c'est peu pratique pour enseigner.
– D'accord. Quel moment vous conviendrait-il ?
– Dites quelque chose et je dirai oui ou non suivant mon agenda.

– Jeudi prochain ?
– Le 11 ?
– Oui.
– Sept heures ?
– Oui. Ça va.
– Eh bien, à jeudi 11 à 19 heures.
– C'est ça ! A jeudi. »

En reposant le combiné Éliane avait tout de même des sentiments mitigés. Elle ne put s'empêcher de trouver bizarre ce qui s'était passé au téléphone. Sitôt raccroché, ce Richard avait téléphoné alors qu'elle essayait de le joindre. Éliane ne croyait pas au hasard. La voix de ce type était pourtant claire et donnait l'impression d'appartenir à un homme ayant reçu une bonne éducation. Un coup d'œil à sa montre la tira de sa rêverie. Six heures quarante-cinq. Il lui restait peu de temps avant le prochain étudiant.

17.

« Il était une fois dans un royaume très loin d'ici, un tsar et une tsarine qui vivaient dans leur château. Ils avaient un fils, le tsarévitch Ivan, et trois filles, les princesses Maria, Olga et Anna. Le tsar et sa famille passaient les journées paisiblement. Ils donnaient des bals masqués et des dîners l'hiver et organisaient de longues promenades dans les jardins et les

parcs fleuris l'été. Malheureusement, le tsar et la tsarine tombèrent malades et moururent. Sur leur lit de mort, ils firent promettre au tsarévitch de donner ses sœurs en mariage à la première occasion. Le cœur meurtri, Ivan, Maria, Olga et Anna enterrèrent leurs parents. La cérémonie les avait épuisés et une fois le dernier invité parti, ils descendirent dans la fraîcheur du jardin afin de se reposer un peu. »

Hartevelt se demandait si une histoire de parents qui meurent laissant quatre orphelins était appropriée pour de jeunes enfants avant de s'endormir. La veilleuse dispensait un lueur orangée dans la chambre et le visage d'Anneke ne traduisait aucune alarme. Quant à Remco, avec ses quatre ans, il était encore trop petit pour connaître la signification exacte des mots. Seule la voix et la présence de son père lui importaient et suffisaient à l'épanouir avant la plongée dans le sommeil. Le voile de ses paupières cachait par intermittence ses yeux confiants. Toutes les histoires de son père étaient fabuleuses pour lui et les images de ce nouveau livre de contes, sublimes. Anneke, par contre, devenait déjà une petite analyste. Ses remarques s'avéraient fréquemment judicieuses mais, à en juger par sa mine ravie, elle était aujourd'hui heureuse de se blottir, en toute simplicité ,sous la couette, tous les trois ensemble ; elle serrait son nounours dans ses bras et souriait dans le vague, pas très loin d'être envahie par les brumes de Morphée.

Les deux frères Hartevelt, Gerrit et Pieter, partageaient un goût immodéré pour la littérature russe et le football. Malgré leur prédilection commune pour la langue de Tolstoï, ils avaient suivi des voies divergentes et embrassé des professions pour le moins dissemblables. Par un hasard comme seule l'existence sait en forger, Gerrit était devenu inspecteur de police, marchant dans les traces de leur père et Pieter, le puîné, avait échappé à la tradition familiale et concrétisé à lui tout seul leur désir commun et avait pu se diriger vers une carrière universitaire bien menée puisqu'il avait été nommé directeur de l'Institut des Études slaves de l'université d'Amsterdam, puis doyen de la faculté des Lettres. Le livre que Gerrit lisait aux enfants était un cadeau à ses neveu et nièce. Resté célibataire sans progéniture, Pieter les gâtait à outrance tout en essayant de leur transmettre son amour des Lettres russes, ce qui réussissait parfaitement, leur père étant tout à fait à l'unisson avec lui sur ce point.

Les enfants, bien qu'attentifs à la suite des péripéties d'Ivan et ses sœurs, commençaient à s'engourdir.

« Ils devisaient tranquillement, se rappelant les bons moments et l'affection de leurs parents et pleurèrent à ces tendres souvenirs. Subitement, le ciel se couvrit d'une sombre nuée et quelques gouttes d'eau tombèrent. Une brise se leva et rida la surface du bassin. – Rentrons, mes chères sœurs, si nous voulons échapper à l'orage » dit Ivan. En effet, déjà les gouttes se faisaient plus nombreuses, le vent arrachait les pétales de fleurs et au loin, des éclairs zébraient le ciel devenu plomb. »

Hartevelt referma le livre. Les petits visages reposaient sur les oreillers les yeux fermés. Les enfants étaient partis au pays des songes. Il quitta la chambre sans bruit sur la pointe des pieds en prenant soin de laisser la porte entrebâillée. Une armée de peluches montait la garde près de son plus cher trésor.

Marlyne, sa femme, l'attendait dans l'intimité confortable de leur salon. Elle avait servi le thé fumant dans des grands bols chinois qu'elle affectionnait particulièrement. Dix années de mariage lui avaient appris à lire le visage et les yeux de son mari. Dès qu'il franchit le seuil, ce soir-là, et bien qu'il ait répondu d'un ton enjoué aux mille questions des enfants qui se précipitaient vers lui, elle sut qu'un événement important s'était produit sur une enquête. Les années passées ensemble lui avaient aussi appris à ne jamais le questionner. Elle se contentait d'être attentive, de le cocooner un peu. Elle savait qu'il se confierait de lui-même le moment venu s'il le désirait. La seule chose dont il avait besoin était le réconfort de la présence de ses proches.

De son côté, Gerrit Hartevelt évitait soigneusement d'apporter les soucis de son travail au domicile familial. Il n'avait pas l'intention de mélanger les deux lorsqu'il s'agissait d'une affaire trop violente et dans le cas du portier, il voulait s'abstenir d'en parler à Marlyne de crainte que cette agression, qui s'était, somme toute, bien terminée, ne soit liée avec le meurtre de la jeune doctorante le mois passé. Il comprenait le désir de savoir de sa femme, mais il tentait de protéger sa famille au maximum en ne la mêlant pas à ces histoires qui perturbaient la tranquillité de l'université ces derniers temps. Il ferait appel à son frère, Pieter, pour en discuter avec lui le lendemain. Ils devaient aller chez ses beaux-parents pour l'anniversaire de son beau-père. Il prétexterait un amoncellement de dossiers urgents en retard. Ils comprendraient.

Hartevelt s'assit en face de son épouse, prêt à entendre comment elle avait occupé sa journée. Il savait qu'il ne la tromperait pas, qu'elle verrait qu'il était ailleurs pendant qu'elle lui raconterait dans le détail le dernier mot des enfants, mais c'était inclus dans leur accord tacite. Il l'aimait et la respectait pour cela.

18.

Jifar était l'heureux propriétaire d'un trois pièces spacieux dans un immeuble récent qui surplombait la station Weesperplein. S'il revenait de province, sitôt descendu du train à la gare centrale ou celle de l'Amstel, en dix minutes, une rame le transportait chez lui. Trois lignes de tramways faisaient la jonction avec diverses parties de la ville et, ce qui n'était pas négligeable, il se trouvait aussi à une dizaine de minutes de son terrain de chasse favori, le square derrière la gare de l'Amstel. L'endroit n'était plus ce qu'il était du temps de son installation à Amsterdam et l'urbanisation du site avait repoussé le coin des rendez-vous un peu plus loin vers la périphérie, mais c'était encore faisable. L'été, il revenait habituellement à pied vers ses pénates en suivant la rive du fleuve. L'hiver, ou par mauvais temps comme maintenant, en deux stations de métro, il rentrait chez lui.

Jifar n'invitait jamais ses amants chez lui. Il s'était forgé une réputation imméritée de coureur de jupons. Même si Amsterdam se montrait très libérale sur le plan des mœurs, une homosexualité affichée empêchait l'avancement dans beaucoup de carrières et Jifar n'était pas du genre à se laisser gêner pour une histoire de fesses de quelque nature qu'elles soient. De plus, toujours charmant et prodigue de compliments vis-à-vis des troupes féminines de l'université, il passait pour un homme à femmes. Ses collègues le suspectaient de voler de conquête en conquête sans jamais s'attacher à l'une d'elles. La vérité était autrement moins florissante, presque sordide à ses yeux, mais ce soir, l'envie était trop forte.

Dissimulé par l'ombre protectrice des grands peupliers, il longea les massifs d'églantiers défleuris et observa le manège des voitures aux chauffeurs en quête de frissons. Il savait que les prostitués l'avaient déjà repéré et l'ignoreraient jusqu'à ce que l'un ou l'autre vienne l'accoster. L'offre était composée de créatures au sexe indéterminé dont seule la disponibilité à se faire enfiler était le point commun. Grandes ou petites folles sur des talons aiguilles ou des semelles compensées, leur jupe au ras des fesses, elles discutaient avec les clients, montaient dans une voiture ou disparaissaient dans un fourré du talus.

Des buissons sur sa gauche émergea un jeune garçon. Revenu d'une passe, il tirait une ligne de coke sur son miroir de poche avant de se repoudrer le nez. Surpris de ne pas avoir aperçu Jifar plus tôt, il se reprit rapidement et s'approcha de ce client potentiel. Le langage corporel de l'Arabe, qui ne se dérobait pas, lui apprit qu'il avait vu juste ; il rempocha son poudrier et fouilla dans l'entrecuisse où la verge raidie lui confirma tout ce qu'il avait besoin de savoir. Quelques mots rapides furent échangés et des billets passèrent d'une poche à l'autre. Le travesti entraîna sa proie derrière les broussailles où il avait son endroit de prédilection. Il s'accota à un tronc et tira Jifar à lui, mais celui-ci n'avait rien d'un Max Aue et se faire mettre n'entrait pas dans ses plans. Il retourna face contre l'écorce l'adolescent qui comprit en un éclair ce que l'on attendait de lui et retroussait le pailleté de sa jupe jusqu'aux hanches pendant que Jifar agrippait un préservatif en toute dextérité. Alors que l'autre avançait la main pour lui manier les parties, il le repoussa sans ménagement ; le pénétra d'un coup et jouit aussitôt. Foudroyé par la violence de son orgasme, il haleta quelques secondes avant de se retirer. Il quitta l'autre sans un regard. Soulagé, mais pour combien de temps !

Deuxième partie

1.

A la construction de la ligne, les ingénieurs n'avaient pas prévu que les bouches d'aérations du métro, faisant office d'issues de secours par la même occasion seraient, par temps de pluie, un repaire idéal pour les clochards et les dealers de substances interdites. Il suffisait de soulever la grille d'évacuation, non verrouillée et pour cause, sans être vu et se faufiler dans l'ouverture. Un escalier en fer, aux marches solides et larges conduisait au souterrain près de l'extrémité du quai. D'autres grilles étaient disséminées tout au long du parcours, parfois enfouies dans les buissons, dissimulées au regard et encore plus faciles d'accès. La police connaissait cette pratique, mais elle fermait les yeux car la plupart des indigents n'aimaient pas s'aventurer dans le tunnel du métro et préféraient s'agglutiner aux abords de la gare centrale ce qui limitait leur nombre dans les abris souterrains.

Dans une niche longeant la voie quinze, plusieurs d'entre eux avaient installé leurs pénates précaires. Un endroit presque confortable comparé à ceux aménagés dans les portiques. Il possédait l'avantage d'être en contact avec la ligne de métro ce qui offrait plusieurs issues de secours, détail non négligeable s'il prenait à la police fantaisie d'effectuer une descente. C'était peu probable, mais participait du domaine des possibles.

Tapissée de carton en guise de tentures, la pièce était demeurée invisible aux cheminots qui passaient pourtant régulièrement à deux mètres au plus de l'ouverture cachée par un poteau en acier. Il fallait se couler entre les barres et s'engager dans l'interstice en forme de coude réservé dans la muraille. On débouchait alors dans un espace entre les piliers, un carré de trois mètres de côté dont Ruud et Frans avaient fait leur logis. Ils avaient trimballé, sans se faire repérer, tout un fourbi qui formait l'ameublement. Si la police les voyait parfois s'enfoncer sous terre, elle ignorait que les deux compagnons y avaient leur coin bien à eux, ce qui était aussi le cas des autres SDF.

Un peu plus loin sous le quai, une autre niche semblable était toujours inhabitée, inconnue de tous. Frans et Ruud se gardaient bien de la mentionner à qui que ce soit ; ils savaient que si la chose s'ébruitait, c'en serait finit de leur relative tranquillité. C'était une chose de passer inaperçu à deux, mais il ne faudrait plus y compter avec un contingent qui ferait des va et vient tout au long du jour et de la nuit. L'autre niche était d'une superficie presque trois fois supérieure à la leur, ce qui attirerait du monde. Ils avaient opté pour la plus petite, juste assez grande pour eux deux, pour ne pas avoir à la partager le cas échéant et aussi pour le confort. Plus la pièce était petite, plus il était aisé de la chauffer. Et Ruud et Frans tenaient à leur confort comme le prouvait leur agencement.

Leurs matelas reposaient sur des cageots pour les isoler du sol, somme toute assez froid ; des briques agencées en placard supportaient un réchaud à alcool sur lequel ils réchauffaient des boîtes de conserves ou faisaient bouillir de l'eau pour du café ou du thé, parfois un peu de riz ou des pâtes lorsque l'un d'eux ressentait des velléités de cuisinier. Au milieu des deux lits, une planche recouverte de feuilles de papier journal et posée sur des tronçons de madriers faisait office de table. Avec quelques traverses, ils avaient construit des étagères où trônaient des objets hétéroclites divers et dans le coin, au pied de l'une des couches, un amas de chiffons servait de panier à Sam, leur berger allemand.

Depuis plusieurs nuits, ce dernier s'agitait bien avant l'aurore. Les oreilles dressées, il épiait des pas prudents sur le ballast. Toute une cohorte, en fait. Cette nuit, le calme revenu ne laissait pas de le rendre inquiet ce qui alerta Ruud qui, sans bruit, enfila ses chaussures et se rendit jusqu'à la porte. Sam hésitait. Devait-il se lever ? Allaient-ils faire une promenade ? Ruud ne lui transmettait aucune indication. Celui-ci n'ayant rien remarqué de suspect se recouchait déjà, lorsqu'il discerna un juron étouffé près de la porte. Sam l'avait perçu de même et, sur le qui-vive, était prêt à bondir sur l'intrus. Mais, qui que ce fut, car il ne faisait aucun doute qu'il y eut quelqu'un, il passa son chemin. Il sembla à Ruud que l'inconnu s'enfonçait dans le tunnel au lieu d'en ressortir, mais ne voulant pas risquer de se découvrir inopinément, si cela n'était déjà fait, il demeura allongé dans l'obscurité avec Sam qui veillait, mais s'était étendu sur le flanc, signe que tout danger était écarté pour l'instant.

2.

Cinq heures et demi du matin. Ron van Meersen-Tromp revêtit son imperméable par dessus sa robe de chambre ouatinée, enfila ses pieds nus dans des mocassins de cuir souple à semelle de crêpe et décrocha la laisse de la patère du vestibule. La porte sitôt ouverte, Léon s'engouffra dans l'ouverture à un train d'enfer, traversa le jardin en flèche et se faufila au travers des barreaux de la grille pour, une fois sur le trottoir, saluer son lampadaire favori à la manière canine. Ron van Meersen-Tromp, les mains derrière le dos, tenait la laisse qui lui battait mollement les mollets au gré de sa démarche. Tous les jours, exactement à la même heure, lui et l'épagneul blond faisaient le tour du pâté de maison. Invariablement à son retour, le journal du matin l'attendait dans sa boîte aux lettres. Rentré chez lui, il mettait la cafetière en route, passait sous la douche, s'habillait et savourait debout sa première tasse d'arabica de la journée en lisant *De Telegraaf*.

Ce matin-là, il ne dérogea pas à ses habitudes et une fois au courant des nouvelles de la matinée, il passa dans son bureau avec sa seconde tasse. Plusieurs dossiers sur sa table de travail requéraient son attention. Deux d'entre eux lui causaient des maux de tête. Le premier, dans une très grosse chemise à élastique contenait les plans de la nouvelle bibliothèque centrale de l'Université, en plein centre d'Amsterdam, à proximité de l'actuelle, ce qui serait idéal. Mais, les locataires des appartements voués à la démolition pour la réalisation du bâtiment s'étaient regroupés, chose insolite, avec les propriétaires et faisaient bloc pour empêcher les plans d'aboutir, ce qui était, pour le moins, fâcheux. Les renseignements étaient imprécis, la menace diffuse, on n'avait pas encore identifié les meneurs, mais à l'heure actuelle, les plans stagnaient, au grand dam de Ron van Meersen-Tromp qui aurait aimé inaugurer les nouveaux locaux avant son départ à la retraite dans deux ans.

Il avait réalisé des transactions juteuses, certaines à la limite de la légalité, mais les soupçons ne s'étaient jamais portés sur lui. Van Meersen-Tromp avait réussi à garder secret son péché mignon. Le jeu. Il était un adepte des casinos officiels et autres. Il avait gagné, il avait perdu, s'était renfloué, avait subi de nouvelles pertes colossales cette fois-ci, avait dû hypothéquer sa maison, mais l'opération qu'il envisageait allait lui permettre d'assainir ses dettes. Il s'était promis juré de ne plus jouer. Enfin, de rester raisonnable et de mieux contrôler ses mises. Qui penserait un instant que ce bon Ron trempait dans des affaires louches ! Satisfait de lui, il s'attaqua au second dossier autrement délicat. Léon en profita pour s'étirer voluptueusement à ses pieds et émettre un profond soupir, une sorte de grognement de plaisir avant de regagner son panier.

La grosse chemise comportait en fait deux dossiers. L'un traitait d'un projet de recherche sur les auteurs maghrébins ; l'autre sur les écrivains franco-russes. Il s'interrogeait sur le premier, celui de Ilse. Comment l'avait-elle envisagé ? Il se doutait qu'elle n'en avait pas eu seule l'idée. Peut-être ce Jifar. Après tout, elle l'avait pris dans son équipe du département sans qu'il ait à donner des cours. La commission, fait rarissime, avait rendu un verdict à l'unanimité. Il fallait subventionner le projet sur les Franco-russes. Du moins le rapport en soulignait-il l'excellence à tous les points de vue. Nouveauté, méthodologie envisagée etc. La conclusion s'imposait d'elle-même. Ron savait qu'il s'agissait du programme de la jeune docteur ès Lettres, Chloé Vermont et qu'Ilse avait été son directeur de thèse. Si des crédits étaient alloués à Chloé, aucuns ne pourraient l'être pour les Maghrébins de Ilse. C'était une loi immuable de l'Université de ne subventionner chaque année qu'un seul projet par Faculté. Ils avaient bien entendu toute latitude et pouvait faire fi de la recommandation de la commission, mais cela ne s'était jamais produit. Il en parlerait avec Hartevelt, tout en sachant pertinemment que l'indication serait suivie. Cela demandait peut-être de prévenir discrètement Ilse. A bien y réfléchir, il serait préférable d'attendre que ce soit définitif. Un point jouait en faveur du plan de Chloé Vermont. Même deux points. Premièrement, qualité inestimable, il était nettement moins onéreux. Deuxièmement, il ne lui déplaisait pas de voir un étudiant dépasser son mentor. Il savait aussi que le nouveau directeur des Études slaves soutiendrait le projet, ce qui faisait d'une pierre deux coups puisque, de cette façon, le département slave ne ferait pas de proposition pour l'année suivante. En somme, ce projet était une véritable aubaine et tout bénéfice.

Van Meersen-Tromp rangea les copies du dossier, il ne sortait jamais d'originaux de son bureau à l'université, et se prit à rêver à une retraite tranquille. Grâce à Chloé Vermont, son université aurait initié une recherche dans les Lettres. Pour cette raison, il était certain que Hartevelt aurait la même opinion que lui, la quête littéraire sur les Maghrébins étant un peu dépassée au niveau de la nouveauté.

3.

Sept heures du matin. Au sous-sol du bureau de la Warmoesstraat, la réunion des inspecteurs commençait. Les équipes et les patrouilles de nuit se préparaient à passer le relais à celles de la journée. La nuit avait été rude. Les ambulances et les pompiers avaient été dépêchés sur la place du Dam où un quidam se faisait brûler vif. L'hélicoptère des premiers secours avait atterri sur les pavés devant le palais. Les agents avaient immédiatement fait un cordon pour contenir les badauds, heureusement peu nombreux à cette heure matinale. Les clubs étaient fermés pour la plupart et les seuls traînards, des junkies, préféraient rester éloignés des forces de police. Les témoins présents sur les lieux, un groupe de fêtards qui enterraient une vie de garçon, avaient vu l'homme partir en flammes. Des noctambules avaient essayé d'éteindre l'incendie avant l'arrivée des secours, mais peine perdue ; le gars s'était aspergé avec un carburant quelconque. Une fois sur les lieux, les pompiers ne trouvèrent plus qu'un corps calciné et méconnaissable et des personnes traumatisées par le spectacle auquel, impuissantes, elles venaient d'assister dans l'air puant la viande roussie. L'ambulance prit la direction de la morgue avec son chargement lugubre. Les inspecteurs notèrent les identités en vue de dépositions ultérieures, mais d'ores et déjà, il était clair qu'aucune des personnes présentes ne connaissaient l'homme. Il faudrait passer à la morgue pour l'autopsie. L'inspecteur chef désigna l'un des agents pour cette corvée.

Derrière l'ancien bureau de poste, transformé en centre commercial haut de gamme, le Magna Plaza, dans un renfoncement d'entrée d'immeuble, Garcia et Van den Ouden, en faisant leur ronde, avaient repéré le corps encore chaud, mais sans vie, d'une femme.

Rien ne laissait supposer qu'elle ait été victime d'une agression, toutefois, seuls les résultats de l'institut médico-légal pourraient le certifier. Le anatomopathologiste, appelé sur place, avait déclaré que, selon toute probabilité, la femme était décédée dans un autre endroit.

De retour au bureau, Garcia et Van den Ouden avait consulté la base des données et le signalement de la victime ne correspondait à aucune des personnes portées disparues. Elle n'avait sur elle ni papiers ni clés. Ses vêtements démontraient qu'elle ne vivait pas dans la rue. De toute évidence, si elle était décédée autre part, elle n'était pas venue là par ses propres moyens. Il faudrait faire une enquête de voisinage, même si le peu d'habitations dans les environs augurait d'un résultat défavorable à l'avancée de l'investigation. L'analyse poussée donnerait peut-être des résultats plus précis et l'autopsie en dirait plus. Un profil biologique serait établi avec mention d'éventuelles fractures, anciennes ou récentes, une estimation de l'âge, du sexe exact. Il pouvait toujours s'agir d'un autre sexe qu'à première vue. Transsexuel, travesti. Tout était possible. La teinte des cheveux. Teinture ou couleur naturelle ?

Depuis la promulgation de la nouvelle loi sur les cadavres de personnes humaines inconnues, le maire était responsable de la recherche de l'identité de ces personnes décédées et inconnues trouvées sur le terrain de sa commune. Les résultats de l'analyse de l'ADN étaient rentrés dans les bases de données. De cette manière, on avait pu fixer l'identité de dizaines de personnes dont on avait rien su avant de les inhumer. Dans le temps, il était impossible de pratiquer des prélèvements de tissus ADN. Les développements récents offraient des possibilités presque illimitées. Dans les grandes métropoles, chaque année, plusieurs corps impossibles à identifier étaient découverts. Les personnes étaient mises en terre par les services municipaux dans un coin réservé du cimetière de Rotterdam. Une quarantaine de tombes attendaient une identification. Il y avait encore une centaine de places dans ce carré des laissés-pour-compte.

L'inspecteur principal en charge continuait le rapport « Et, il y a un appel pour tous les départements. La brigade des mœurs a décelé une affiche à tendance pédoporno. Selon la mère du modèle de deux ans, il s'agit d'une "adorable photo". La police voit cela d'un œil différent. Quatre agents de la brigade des enfants ont confisqué tout le matériel de promotion du Festival du film estudiantin européen Cinéstud au cinéma Kriterion. Les affiches et le matériel représentent un garçonnet nu avec un caméscope. L'avocat général et le juge délibéreront aujourd'hui s'ils vont assigner en justice ou non. Le cinéma s'est assuré des services d'un avocat et craint un préjudice financier à cause de la confiscation du matériel de promo. Selon l'un des organisateurs, je cite : "N'importe quel idiot voit bien qu'il n'y a rien de spécial dans nos intentions avec cette affiche. Ce n'est pas de la porno enfantine". Selon lui, la police s'est fourvoyée depuis que lundi dernier, des agents ont mis la main sur une grande quantité de pédoporno autre part.

L'affiche est la création du photographe Piet Demanner. Il a photographié le môme cet été sur la plage de Bloemendaal en pensant utiliser les clichés pour le Cinéstud. La session a eu lieu en présence des parents après avoir pris rendez-vous. D'après lui, je lis sa déposition : "La signification de la photo est claire. Il s'agit des réalisateurs du futur. Il fallait que ce soit le plus possible naturel, spontané et sans malice. Quelles sont les personnes qui peuvent y voir autre chose ?". Ou bien le gars est naïf jusqu'à la moelle ou bien c'est un acteur de première. A nous de voir.

L'affiche, placardée sur un abribus, a été dénichée par une voiture de surveillance dans le quartier du Watergraafsmeer. Les agents ont averti la brigade des mœurs et celle des mineurs. La mère du modèle n'aurait jamais pu imaginer qu'il y aurait toute cette commotion, nous a-t-elle dit. La session s'était bien déroulée. Elle trouve le petit super mignon sur la photo avec sa petite tête un peu arrogante. Elle oublie de dire que l'on voit aussi sa petite queue sur l'affiche. Bref, soyez vigilants.

Des questions ? Non. Bon alors, Garcia et Van den Ouden, vous restez sur la bonne femme. Identité et tout le tintouin. Clair qu'elle n'est pas venue là toute seule. Brughel et Verkerk : allez faire un tour du côté du cinéma et interrogez les responsables du festival. Le maire a téléphoné et la fête doit avoir lieu sinon on aura la presse sur le dos. Il fera une conférence à treize heures donc, rapport à midi tapant. The show must go on. Okay ? Hartevelt et Stoeken, on en est où à l'université ? Pas grand chose de nouveau ? Vous vous occupez de la plainte des panneaux de signalisation. Du vandalisme, c'est certain, mais allez y faire un tour, cela rassurera les pékins ».

Les tâches distribuées à chaque équipe, la relève ayant eu lieu, tous se dispersèrent vers leur bureau respectif, prêts à entamer une nouvelle journée, qui d'enquête, qui de patrouille, réservant pour le plus tard possible la corvée de la rédaction des rapports et la paperasserie.

4.

« Bien sûr, raconté comme ça, ça fait pas mal. Bien réfléchi et tout. La vérité, c'est qu'il y a un mec quelque part à qui j'ai envie de fracasser la tête contre les murs ou bien de lui enfoncer mon talon de godasse entre les deux yeux. Vlan ! Ça doit être pas mal du tout les talons aiguilles. Non mais, je vous jure ! Qui est-ce qui emménage pour déménager au bout de quatre jours ? Comme expérience, c'est plutôt salé. J'en pleurerais ! J'ai envie de crier. De tuer, même. Tu parles, comme il disait "Chloé, ma chérie, si tu veux obtenir une chose de moi, tu me prends par les bourses". J'aime mieux te dire qu'il ne faudrait pas qu'elles me tombent maintenant sous la main ses noix. Je te leur donnerais un massage super-vibrant !

– C'est quoi qui te met en colère au juste ? Tu l'aimais ce type ?

– Ben justement, je ne sais pas. Je n'ai pas eu le temps de savoir. Il est reparti avant que je puisse analyser.

– Bon écoute. D'après moi, si tu lui remets les clés de ton appartement et que tu lui donnes ton atelier pour qu'il installe son violon d'Ingres, c'est tout de même significatif non ?
– Tu dois avoir raison. Je pense qu'au fond, au début je n'étais pas amoureuse et puis, petit à petit, je me suis prise au jeu.
– Je comprends.
– Tu vois ce que je n'arrive pas à saisir, c'est pourquoi le type se met à saboter dès qu'il a les clés en mains.
– Et avant, aucun signe ?
– Enfin, si, peut-être. Mais, justement je pensais que cela passerait dès que nous serions vraiment ensemble. Au lieu de ça… En plus, je lui avais bien précisé de ne pas toucher à mon ordi. “Ne t'inquiète pas, je comprends très bien ce que tu ressens. C'est normal que tu veuilles quelque chose à toi, un truc qui reste personnel”. Je pensais qu'il était sincère. Bref, le lundi, en me plaçant devant l'écran, j'ai eu l'intuition que quelqu'un s'en était servi. Ça ne pouvait être que lui, mais comme il m'avait assuré qu'il ne l'utiliserait pas, je me suis dit que je faisais fausse route. Mercredi, en revenant de l'université, la même chose se passe et je n'avais plus de doute. Je l'interroge, lui demande ce qu'il en est. S'est-il servi de mon ordi. Il me répond par l'affirmative. J'étais abasourdie. Aucune excuse, rien ! S'il ne voulait pas que je m'en

aperçoive ? “Si au contraire, je voulais que tu le voies”. Je tombais des nues, je t’assure. J’étais en ébullition. Qu’est-ce que j’ai pu être con !
– Et tu le connaissais depuis combien de temps ?
– En tout six mois.
– C’est court.
– Dans un sens, oui. Mais, tu sais comme avec moi c’est rapide. Et, il y a bien des couples qui se rencontrent et ne se lâchent plus jamais. Comme ça ! D’un coup. Alors pourquoi pas moi ?
– Oui. Pourquoi pas ! Bref, tu l’as viré !
– Eh bien non justement. Je lui ai redemandé les clés de mon appart’.
– C’est du pareil au même !
– Pas exactement. Je lui ai dit textuellement : “Je ne te fous pas dehors, il est onze heures du soir. Cependant, je trouve que tu devrais partir”.
– Non ! Alors ?
– Il a fait “J’aimerais mieux pas” j’ai dit “Ça, c’est compréhensible. Malgré tout, c’est ce que tu devrais faire. T’habiller, prendre tes cartes de crédit et te barrer !”
– Tout ça calmement ?
– Glacial plutôt.
– Tu es impayable ! Tu ne le regrettes pas j’espère ?
– Ben…

– N'hésite pas. C'est du viol ce qu'il a fait le gars. Sois contente d'en être débarrassée !

– Tu as peut-être raison.

– Bien sûr que j'ai raison. Dans quelques semaines, tu n'y penseras plus à ce type.

– Et toi, quelles nouvelles ?

– Quelle journée tu veux dire ! Le train-train en folie. Bien travaillé tout de même. Une étudiante a raté son rendez-vous ou plus exactement elle est venue un jour à l'avance. A l'heure, mais en avance de vingt-quatre heures ! Celle-là, il lui faudrait plutôt un psy qu'un prof de chant, c'est certain. Un nouvel étudiant m'a téléphoné. Un britannique, je crois. Bien éduqué, mais très matérialiste. La première chose qu'il a mentionnée, c'est qu'il a du fric pour prendre des leçons ! S'il savait que je donne des ateliers gratuits lorsque ça me toque. Je ne pense pas qu'il prenne plus de trois mois de leçons. Peut-être deux. De l'opérette. Quel goût ! Un bon point pour lui, il veut se remettre à chanter. Réflexion faite, c'est ce qui m'inquiète. Pourquoi s'est-il arrêté ? That's the question. Maryse fait des progrès. Pas autant qu'elle pourrait. Elle ne fait pas ses exercices. Elle a peur d'échouer. Ça la freine. Elle fait les gros bras comme toujours. Dès qu'ils ont l'angoisse, ils montrent comme ils excellent dans d'autres domaines. Le problème, c'est qu'ils veulent chanter et n'osent pas. Ils se cachent derrière leur job, leur bagnole, leur fric. C'est leur sécurité. C'est peut-être aussi pour ça que je les aime. Ça change des pros ».

Depuis son veuvage, Éliane s'adonnait à ses cours avec passion. Sur l'instigation de sa sœur, elle s'était inscrite à l'université en musicologie. Elles avaient gardé l'habitude de leur rendez-vous hebdomadaire chez l'une ou l'autre à tour de rôle pour faire le point. Chloé vivait mal la solitude imméritée de son aînée.

Calées dans le sofa, le dos aux accoudoirs, un plateau entre elles deux, Éliane et Chloé se gavaient de ces petits pains dont elles raffolaient. Chloé revenait d'une exposition en Belgique où elle avait présenté une toile. Elle aurait aimé voir Éliane quitter le célibat.
« Tu ne vas pas recommencer !
– Qu'est-ce que tu veux, ça me rend triste de te voir seule. Dire que pas un homme est capable de t'accepter à ta juste valeur.
– N'exagérons rien !
– Ah bon ! Il y a encore un soupirant éconduit ?
– Bof ! Tu sais… l'étudiant espagnol dont je t'ai parlé. Je suis allée dîner chez lui.
– Alors ?
– Alors rien. Il sait bien cuisiner.
– C'est tout !?
– Ce qu'il veut, c'est coucher avec moi. Il me

l'a proposé, comme ça de but en blanc : "Je voudrais une relation avec toi". Elles s'étouffaient de rire lorsqu'Eliane imita la voix et l'accent de l'homme.
– Rien de tel pour te faire sortir de tes gonds, non ?
– En effet. Seulement, je commence à m'interroger. Qui de nous deux donnera une leçon à l'autre ?
– Ça me paraît sur la bonne voie. Tu lui as fait le coup de l'éthique ? Un professeur ne peut entreprendre une relation avec un élève… »
Éliane se fâcha presque.
– Tu sais bien que c'est sérieux pour moi. Parlons plutôt de toi. Tu travailles sur quoi en ce moment ?
– Les relations sociales dans leur forme la moins étudiée.
– Genre tropismes en couleurs ?
– Si on veut. Je réfléchis. Tu vois, quelquefois… Cette semaine à Bruxelles, j'ai vu des tas de toiles dont j'ignorais que quelqu'un puisse les peindre. Encore moins qu'elles puissent être exposées. Un Hollandais, Ronald Ophuis. Il a choisi de mettre l'horreur en scène. Ce n'est pas nouveau, tu me diras. Il y a eu Goya et Saturne. Mais, c'est autre chose. Ce qu'il fait est d'un réalisme épouvantable. Du sang partout. Chacune de ses toiles est un scandale de presse, mais en fait, c'est surtout une

dénonciation de la société. La première dont j'avais entendu parler, représentait le viol de deux gamins par trois hommes adultes. Le viol d'enfants, c'est déjà inadmissible en soi, alors… avec la mise en scène et les teintes… tout se passe dans une pièce délabrée au plafond à moitié crevé, brûlé, on ne sait pas trop, des murs salis et deux vieux matelas posés à terre. Ce qui surprend encore plus, c'est que le viol proprement dit se passe à même le sol. Il y a aussi des toiles de viol collectif entre prisonniers, dans des camps de concentration, entre sportifs et des passages à tabac. Beaucoup de violence. Une femme, entourée par les bras de son copain, fait une fausse-couche dans une salle de bains, genre bloc sanitaire de camping troisième zone. C'est pas tant les sujets, déjà durs en eux-mêmes, que la manière de peindre qui transmet l'horreur indicible. Tu es pris aux tripes. Identique pour une scène d'amour au bord d'un lac. Elle suinte la menace. Ses personnages sont difformes ; leurs vices, leurs défauts ou leur souffrance ressortissent à leurs attitudes d'une manière incroyable, suffocante. Pourtant, en face de la toile du camp de concentration, j'ai éclaté de rire. Le mec ne sait pas peindre, je t'assure !

– Alors, c'est quoi ?

– Une sorte de passion. La volonté de choquer ou la fascination pour le mal, la souffrance des autres. Ce qui révolte le public, je crois, c'est tout ce sang partout.

– Tu veux dire l'instrumentalisation de la douleur d'autrui à des fins picturales ?

– C'est valable. Sauf s'il a été témoin de la fausse-couche d'une amie ou de sa femme ou s'il a été violé, enfant.

– Ou pire, s'il a participé.

– Peut-être un peu loin. Ce qui est certain, c'est qu'il n'a pas été, physiquement, prisonnier dans un camp de concentration. En revanche, il s'est très bien documenté et a fait le voyage à Auschwitz, pris des photos… Il utilise des acteurs pour ses toiles. Il les fait poser dans son atelier, prend des photos et reporte ensuite les clichés sur la toile, quand tout le monde a dégagé le plancher.

– Tu l'as appris comment ?

– Par le livre que tu peux te procurer à l'expo. Mieux qu'un catalogue. La genèse de l'œuvre dans tous ses détails.

– Très bien documenté, donc. Dans tous les sens.

– Oui. Cela m'a donné à réfléchir sur l'instrumentalisation des êtres dans le cadre des relations sociales.

– Explique-toi.

– Disons, lorsqu'une rupture a été consommée entre deux êtres qui étaient si proches l'un de l'autre que leur relation avait donné naissance à une progéniture, marque indélébile et indéniable de la situation affective dans laquelle se déroulaient une partie de leurs rapports, on ne peut cependant assurer qu'il y ait eu plus qu'un lien banal qui les a unis pour un moment de plus ou moins longue durée, puisque la séparation a révélé ultérieurement l'absence de cette chose recherchée au départ et qu'ils pensaient avoir trouvée l'un dans l'autre, qui fit que l'un alla vers l'autre avec plus ou moins de réciprocité dans la force de l'élan. Dans ce cas, peut-on réellement admettre, sincèrement penser, que l'un des partenaires aurait mis en branle un mécanisme ayant le seul but de lui procurer un confort, de l'argent, des enfants, une position ou une amélioration de sa position, reposant sur l'instrumentalisation de l'autre pour réaliser son objectif, jouant par ce fait avec la vie de l'autre ?

– L'enjeu dans ce cas paraît disproportionné.

– C'est aussi ce que je pensais jusqu'à ce que je tombe sur le bouquin de Jacques Rossi, *Fragments de vie*. Il a passé presque vingt ans dans les camps communistes. Ce sont des bribes de vie en Sibérie qu'il raconte. Une fois, il se promène en mission avec d'autres prisonniers dans la neige et le froid. Ils trouvent un homme gelé, assis les mains autour des genoux. Au cou, il a deux entailles près de la jugulaire et deux grandes plaies aux flancs. On lui a sucé le sang et bouffé les reins. Rossi explique que la pratique est courante. En cas d'évasion, les truands emmenaient un jeune ou un novice qui servirait de provisions s'ils venaient à manquer de vivres. Son sang était bu chaud et ses reins consommés crus, car faire du feu aurait révélé leur position à leurs poursuivants. Pourquoi pas le foie ou le cœur, il ne le dit pas. En revanche, il dit qu'il reconnaît le gars. Il avait quinze ans. Pour te dire que question instrumentalisation de l'autre, ça peut aller encore plus loin que ce que l'on voit journellement. Ce n'est plus du cannibalisme au figuré. Plus rien à voir. Ce qui m'anéantit, ce n'est pas qu'un mec soit bouffé par les autres. On peut le concevoir. Rare, mais envisageable. Disons, tu te retrouves dans une situation où ta seule chance de survie est de t'envoyer le voisin, je ne dis pas.

– Cela s'est vu. L'avion fracassé dans la cordillère des Andes ?

– Exact. Ou ils bouffaient les cadavres des passagers défunts ou ils crevaient sur place. Remarque, certains ont préféré se laisser périr plutôt que de becqueter de la chair humaine. Mais longtemps à l'avance, prévoir un plan en conséquence… ! Sympathiser avec un gars pour le cas échéant le bouffer, c'est autre chose. Rossi spécifie que c'était les truands qui en étaient capables. Moi, je me demande

s'il n'est pas resté naïf à ce propos.
– Tout le monde en serait capable ?
– N'importe qui, c'est sûr. Pour sauver sa peau. Pas forcément une question de milieu ou d'éducation. D'après moi, c'est une partie de la honte qu'éprouvent les rescapés des camps. Ils sont vivants parce qu'ils ont dû choisir pour eux à un moment donné. Ils ne se pardonnent pas d'avoir été égoïstes, alors qu'ils n'ont fait que suivre leur instinct de conservation.
– En somme, tout l'envers d'un mec qui embobine une mémé en lui faisant le coup du rentre-dedans pour se barrer six mois plus tard avec ses économies », lance Éliane pour essayer d'alléger la conversation.
– Tout à fait. A part que la mémé, elle a seulement perdu son fric.
– Et sa confiance en la gente masculine.
– Peut-être, elle avait trop confiance en elle et croyait tous les bobards du prince charmant trente ans plus jeune qu'elle ! ». Leur rire fit s'envoler les dernières miettes du plateau.

Éliane partie, Chloé prit un livre. Elle voulait se préparer pour son prochain colloque. D'autre part, elle effectuerait un remplacement en fin de matinée et devrait avoir toute sa concentration à sa disposition. Madeleine Ruiter lui avait demandé d'écouter les présentations de ses étudiants. Elle-même serait chez son psy et incapable de revenir à temps à la faculté. Chloé avait accepté avec enthousiasme. Entendre des opinions différentes sur la littérature du XXIe siècle lui plaisait ardemment et elle était curieuse de voir quels livres recueillaient la préférence des jeunes.

5.
Assis à la table de la cuisine, Bart Verweijden surveillait du coin de l'œil le petit déjeuner de ses deux filles, Nina et Joy. C'était sa semaine de les lever, les habiller, les nourrir et les conduire à l'école. Il avait versé les céréales et le lait dans leur bol et mangeait distraitement une tartine. Il relisait son cours sur Voltaire qu'il allait présenter aux étudiants de seconde année. Il l'avait écrit à la hâte, mais il en était satisfait.

« L'Ingénu *de Voltaire - 1767*
Cette œuvre de Voltaire évoque, outre la répression contre les Huguenots qui suivit la révocation (1685) de l'Édit de Nantes (1598), la lutte entre les jésuites et les jansénistes qui faisait fureur à l'époque et se répercutera tout au long du siècle. Un point typique, et sans doute l'un des passages clés de ce récit, est la conversion de Gordon à la philosophie par l'ingénu "... un Huron convertissait un

janséniste" Chapitre 14. Le deuxième point névralgique se trouve certainement dans les conseils d'un jésuite. Ici le père Tout-à-tous gratifie la belle Saint-Yves de son expérience, passage dans lequel Voltaire dépeint l'hypocrisie de l'ordre jésuite et sa sympathie pour les jansénistes (chapitre 16). Dans son ensemble, L'Ingénu *est représentatif du siècle des Lumières pour plusieurs raisons. »*

Nina et Joy, huit et six ans, regardaient leur père plongé dans sa paperasse. C'était le moment opportun de rajouter du sucre dans leurs céréales sans se faire réprimander. Elles savaient d'expérience que plus rien ne comptait pour lui que sa lecture. Pas question de se disputer et d'attirer son attention. Elles formaient, au contraire, une équipe solide et puisaient l'une après l'autre, cuillérée après cuillérée dans le sucrier. Joy par maladresse, excusable vu son jeune âge, renversa une fournée sur la table ; Nina l'aida tout naturellement à réparer les dégâts et de concert, elles décidèrent que leur bol contenait assez de sucre. Un coup d'œil à leur père les rassura. L'incident lui avait échappé.

« En situant l'action explicitement en l'année 1689 sous le règne de Louis XIV, Voltaire fait comprendre au lecteur de 1767, qui ne peut "ignorer que les jésuites sont expulsés de

plusieurs pays d'Europe et aussi de France depuis 1764, alors que les jansénistes occupent des positions influentes dans les parlements et dans l'administration", que les proscrits d'aujourd'hui peuvent avoir été les persécuteurs d'hier et réciproquement, donc que l'ordre et l'agencement des structures est moins immuable qu'il ne le paraît, que l'homme peut y exercer une influence certaine.

L'Ingénu, la représentation de l'homme sauvage que s'est forgée Voltaire, a, par là même, une fonction didactique, ce qui illustre l'esprit des philosophes qui se voulaient être des enseignants répandant la connaissance. Par les réflexions du héros, les mœurs de Basse-Bretagne d'abord, puis celle de la société ensuite, sont sans cesse comparées à celles de son pays d'origine, le pays des Hurons, le Canada qui serait de loin préférable dans son agencement au pays où il vient de mettre pied, la France. Un trait tout de même intéressant à ce sujet, mais dépassant le propos de notre cours et sur lequel je ne m'étendrai pas outre mesure, consiste en ce que le Huron se révèle être après quelques péripéties oratoires, non pas un sauvage, mais un Breton.

L'Ingénu, *le symbole de l'innocence persécutée, représente aussi en essence les campagnes de Voltaire contre les erreurs judiciaires dont* Le Traité sur la Tolérance *à l'occasion de la mort de Jean Calas (1762) et contient les germes de toutes ses œuvres, autant passées que futures. Toutefois, nous pouvons nous demander ce que Voltaire aurait écrit de notre époque de progrès, sur la télévision qui nous abreuve sans discontinuer d'images de guerres, de foyers incendiaires de répression des minorités qui sont malheureusement la réflexion véritable de la situation de beaucoup de pays très près de nous. Là, devant nous, les Ingénus contemporains nous éclairent l'obscurité des charniers, l'horreur des camps concentrationnaires, dont nous étions à même de croire qu'ils avaient disparus à jamais. Et qui prétendra que les livres ne sont plus interdits, que la presse est libre ? Ce ne serait pas monsieur François-Marie Arouet qui lui s'est rendu plusieurs fois indésirable, mais qui jamais n'a pu être accusé de démagogie. »*

Nina et Joy s'étaient levées de table et attendaient Bart tout équipées, chaussures lacées et parkas enfilées. Il les félicita et les aida à passer les bretelles de leur sac à dos. Le trio fin prêt, enfourcha chacun sa bicyclette et s'élança sur le chemin de l'école.

6.

Ruud avait fini par s'assoupir et il se réveilla en sursaut lorsque Frans le tira par la manche. Il était étendu sur son matelas, au-dessus de son duvet.

« Tu ne t'es pas couché ? interrogea Frans plus par sollicitude que curiosité.

– Non, si. Oui. Enfin… j'ai entendu du bruit et Sam était inquiet.

– Vous êtes sortis ?

– Non, j'ai eu l'impression qu'une personne marchait sur le ballast et s'arrêtait à notre porte.

– C'est possible. La nuit dernière, j'avais cru que des gens se baladaient par-là. Mais bon, tant qu'ils ne viennent pas ici, on est tranquille, non ?

– Oui, mais tout de même, cela me chiffonne.

– Tiens, j'ai fait du café. Tu sais, on doit se dépêcher si on veut avoir une bonne place sur le Damrak et passer à la gare avant.

– Quelle heure est-il donc ?

– Déjà huit heures passées. »

Frans était tout guilleret. Il avait enfilé un pantalon jaune et un pull-over vert bouteille. De son pull dépassait le col d'une chemise violette sous lequel il avait noué une cravate à rayures blanches, rouges et bleues. L'ensemble, violemment coloré, lui allait bien. Avec sa chevelure flamboyante, comme seules celles des roux peuvent l'être, Frans s'était dit depuis longtemps qu'il lui serait impossible de passer inaperçu et de se fondre dans la masse. Alors, il avait opté pour accentuer sa différence et choisissait des tons contrastés qui faisaient disparaître le feu de ses cheveux en attirant les regards.

Ruud s'était habitué à la dégaine de perroquet de son ami et, sans complètement s'être mis au diapason de ses préférences en matière de coloris, il ne dédaignait pas de s'affubler de quelques touches voyantes ici et là. Il puisa dans son sac un sweater jaune canari en accord avec le pantalon de Frans, mais garda son jeans noir, ce qui lui donnait un peu l'allure d'une grosse guêpe. Il noua autour de son cou un cache-col lie de vin en épaisse laine au cas où il ferait frais dehors.

Avant de sortir, ils avaient pris l'habitude de faire le point et se mettaient d'accord sur l'itinéraire du jour. Ils se décidèrent pour un arrêt à la gare centrale avant de rejoindre la devanture de la banque ABN-AMRO près du passage C&A sur le Rokin où ils s'assiéraient sur le trottoir avec leurs instruments. Si le temps restait clément, ils pouvaient espérer réunir un petit pactole en aumône et ils iraient ensuite à la soupe populaire.

Après avoir ingurgité une seconde tasse de café, mangé leurs tartines, rassies mais beurrées de margarine, et avoir nourri Sam, Frans et Ruud longèrent les voies et passèrent par l'arrière de la gare. Ils ne virent rien d'anormal aux abords de leur recoin et ils firent ce détour uniquement par surcroît de précautions car Sam reniflait plus que d'habitude les traverses et s'agitait, la truffe au vent comme sur les traces d'un gibier alléchant, lui qui, pourtant, était loin de se conduire en limier de chasse à l'ordinaire.

Dans le hall de la gare, rien de suspect au regard, et les poubelles contenaient les journaux, les sachets et gobelets qu'ils fouillèrent sans rien trouver d'utilisable mis à part quelques restes de sandwiches qui feraient les délices de Sam le moment venu.

7.

Il se tenait devant elle, gauche et souriant. Il alla droit au but.

« Je vais être très franc avec vous. J'ai une autre prof depuis, maintenant, trois ans. Seulement, voilà : j'ai l'impression de ne pas avancer. Elle me dit des trucs que je ne comprends pas. Elle n'explique jamais ! Alors, je lui ai envoyé une lettre pour lui dire que je ne prendrai plus de leçon pendant

quelque temps. Que je veux voir venir. Pendant ce temps-là, je cherche un autre prof.
– Tu sais, je n'ai pas l'habitude d'accepter les étudiants des autres professeurs sans qu'ils me les envoient eux-mêmes.
– Non… mais, je l'ai prévenue.
– Je veux bien regarder ta voix.
– Oui. Ce que je voudrais, c'est faire uniquement de la technique. Avoir l'impression que je comprends ce que je fais.
– Je vois ».

Éliane avait tellement souvent entendu cette histoire que bien malgré elle, elle se laissa attendrir. Elle s'assit au piano.
« Sais-tu ce que c'est que ton larynx, tes sinus, ton diaphragme ?
– Mes sinus, oui. Mon diaphragme, c'est là non ? » Il plaça ses mains sur ses côtes à hauteur des reins.
– Le diaphragme est le muscle, dirons-nous, la paroi qui sépare la cavité de l'abdomen de la cage thoracique où se trouvent tes poumons. Les poumons, tu connais, non ?
– Oui, oui. » Ils rirent tous les deux de bon cœur. La glace était rompue. « Donc, ce diaphragme, plus ou moins tendu, agit un peu comme une peau de tambour sur laquelle l'air résonne. Trop tendu, tu as un son sec avec peu d'harmoniques. Trop lâche, le son est mat et mou et ne porte pas. Jusqu'ici, c'est clair, je crois.

– Pas de problème.
– Il y a un autre aspect. Il a une autre fonction par rapport au chant. Il aide à régler la pression de colonne d'air qui, lui, est incompressible. Si tu l'abaisses, tu dégages les cordes vocales qui vibrent alors librement. Voici une partie du contrôle de la respiration. Nous y reviendrons plus tard. Pour l'instant, je voudrais surtout que nous travaillions sur tes mâchoires et la position de ton larynx. C'est-à-dire, si tu veux être mon étudiant.
– Oui, j'aimerais venir régulièrement et travailler ma technique. »

La mère d'Éliane, Janine Marquant, avait comme la plupart des cantatrices, gardé son nom de jeune fille à la scène. Tradition qu'Éliane avait poursuivie pendant la période de son bref mariage. Peu parmi le public connaissait leur filiation. Sa mère était l'idéal sur lequel elle avait essayé de modeler sa vie. Ses parents étaient décédés dans un accident d'avion pendant son voyage de noces. L'égoïsme et la vanité de son mari s'étaient révélés à cette occasion. Il fut incapable d'assumer son rôle de consolateur et de protecteur. Éliane, offusquée et déchirée dans les profondeurs de son être les plus intimes, entama la procédure de divorce peu après les funérailles. Quelques mois plus tard, ils se séparaient définitivement pour ne plus se revoir qu'à de rares occasions mondaines.

Ébranlée par le naufrage de son mariage et la perte soudaine de ses parents, elle s'était réfugiée dans la musique ; le seul monde qu'elle connut vraiment et qui lui inspirait confiance. Elle refusait de sortir, si ce n'était pour aller à un concert ou à l'opéra. Elle restait des journées d'affilée à écouter des œuvres entières les unes après les autres, les partitions sur les genoux, de préférence, et le son poussé au maximum. Elle se nourrissait de biscuits et de fruits secs qu'elle piochait à même le paquet posé à côté d'elle. Elle laissait le téléphone sonner et ignorait les messages du répondeur lorsqu'elle ne le débranchait pas complètement. Le courrier s'entassait dans le bureau, empilé par les soins de la femme de ménage qui passait régulièrement deux fois par semaine. C'était la seule visite qu'elle tolérait. Ses amis respectaient sa douleur.

Puis, un soir à l'opéra, une inconnue l'avait accostée pour lui demander un conseil sur sa voix. Éliane l'avait invitée à venir le lendemain chez elle pour l'écouter. La période de deuil était terminée. Elle se remit au travail, trouva sa voix changée et aborda les grands rôles dramatiques qu'elle interpréta dans les théâtres lyriques autour du monde. Sa réputation de travailleuse acharnée et indéfectible lui apporta les contrats nécessaires à une carrière plus que décente. Bien sûr, tout son travail aurait été inutile sans cette voix d'un beau velours sombre, aux accents un peu spéciaux, jamais en défaut et que tout un chacun reconnaissait entre mille. La Vermont était née.

En souvenir de cette étudiante qui, un soir, l'avait abordée à l'opéra, Éliane se consacra aussi à l'enseignement et devint une pédagogue recherchée grâce à sa compréhension de l'instrument et à ses facultés à transmettre son savoir. Elle acceptait aussi bien les débutants que les étudiants plus avancés du moment qu'ils étaient engagés et prêts à faire les sacrifices indispensables. Sa méthode donnait de bons résultats. Elle était fière de ses élèves et ils l'adoraient sans exception. Ce qu'elle leur rendait bien. D'aucuns lui reprochaient ce qu'ils croyaient être de l'arrogance sans voir qu'elle ne faisait que se prémunir contre une déception qu'elle pensait inévitable. C'était pour cette raison et seulement pour cela qu'elle gardait ses distances et créait si besoin un espace entre elle et les autres. Un fossé infranchissable qui lui garantissait liberté et protection.

8.

Pour la première fois depuis la découverte du corps sans vie d'Eva, Gabrielle Sonar se rendait à la faculté. Elle avait pris le train de 8h36 à La Haye et arriverait, si tout se déroulait suivant l'horaire affiché, à la gare centrale d'Amsterdam, une heure plus tard. En fait, il lui faudrait moins d'une heure, mais elle préférait arrondir le temps du trajet, ce qui lui en facilitait le calcul. Additionner des minutes n'était pas son fort et les trains accusaient plus souvent qu'à leur tour du retard. Elle assisterait à la réunion des professeurs et irait dans son bureau. Il faudrait bien qu'elle s'y décide un jour, alors pourquoi pas aujourd'hui. En fin d'après-midi, il y aurait l'intronisation du nouveau professeur, le directeur des Études slaves et la réception qui suivrait promettait une distraction bienvenue.

Depuis l'incident, elle dormait mal, souffrait d'insomnies chroniques et de migraines. Franck n'était plus le même. Leur mariage s'en ressentait. Surtout leurs nuits. Ils n'osaient pas se l'avouer, mais ils avaient l'impression que s'ils n'avaient pas fait l'amour ce jour-là dans le bureau, ils n'auraient pas découvert Eva, ce qui était vrai en un sens, mais n'aurait en rien dévié le destin de leur amie. Cela les éloignait l'un de l'autre sans qu'ils en connaissent la raison. Gabrielle somnolait dans la journée et était incapable de fermer l'œil la nuit. En cela, peut-être que la confrontation avec le lieu du drame lui serait bénéfique et s'avèrerait le remède à ses insomnies. Elle soupçonnait Franck de chercher dans d'autres bras une sorte de consolation qu'il ne trouvait pas auprès d'elle. Il la rejoindrait à la réception.

Elle ne l'avait pas vu le matin. Elle dormait lorsqu'il était parti et comme il avait élu domicile sur le divan de sa pièce de travail depuis plusieurs semaines, ses préparatifs ne l'avaient pas réveillée. En prévision de leurs retrouvailles, elle avait apporté du soin à sa toilette. Sous son manteau rouge, elle portait un tailleur noir à la jupe droite serrée à mi-cuisses. Des bas résille, noirs également et des escarpins rouges. Dommage qu'elle ait dû prendre un sac en cuir noir pour ses documents. Si elle ne s'était pas sentie si fatiguée, elle aurait vu qu'elle était très désirable.

Schiphol. Des gens encombrés de valises de toutes les couleurs et de toutes les tailles prenaient le wagon d'assaut. La plupart des étrangers ignorait le principe du compartiment silencieux et les conversations allaient bon train. Un habitué se leva et réclama le silence à la ronde, expliquant en anglais les raisons pour lesquelles tous devaient ou bien se taire ou bien changer de wagon. Quatre Espagnols qui ne comprenaient pas la langue de Shakespeare continuaient à voix haute une discussion où il était question du moyen de locomotion pour se rendre de la gare à leur hôtel. Le voyageur entreprit de leur faire la leçon en leur précisant, toutefois, que pour l'instant, ils devaient se taire. Le gars parlait espagnol, ce qui les surprit un peu à voir leurs yeux s'agrandir. Il était à peine assis derrière son journal que les passagers se mettaient à murmurer, ayant assimilé le principe du compartiment silencieux à moitié et le prenant pour un synonyme de « presque pas de bruit ». Les chuchotements s'enflaient et cela devenait nettement irritant. Le monsieur, passablement en colère, frappa un grand coup la vitre de son journal ce qui eut pour effet de faire sursauter plusieurs touristes.

Gabrielle elle-même se demandait si, pendant le dernier quart d'heure entre Schiphol et la gare centrale, les quelques conversations n'étaient pas préférables aux démonstrations intempestives de mauvaise humeur du monsieur. Après tout, le mot Silence, écrit en transparence sur les fenêtres, échappait la plupart du temps aux Néerlandais qui ne recherchaient pas spécialement la tranquillité et n'étaient souvent pas au courant de sa signification. Alors, on pouvait imaginer qu'il n'était pas repérable pour ceux qui ne parlaient pas la langue du pays. Gabrielle en avait fait plusieurs fois l'expérience avec des amis belges, wallons ou flamands. Aucun n'avait associé le vocable, s'ils l'avaient remarqué, avec la nécessité d'être silencieux. Il est vrai que de plus en plus d'artistes étaient requis d'écrire des phrases ou des mots sur des bâtiments dans une forme d'art contemporain alliant les mots et les images. L'injonction du train passait pour de l'art aux yeux d'un grand nombre de passagers, pas pour une requête à laquelle il aurait fallu obtempérer.

Le groupe d'Espagnols se levait, prêt à sortir à la Sloterdijk station pensant être au terminus. Personne ne les détrompa. Gabrielle car elle n'était pas sûre de son espagnol ; le voyageur en colère maugréa un « bon débarras » et les autres n'avaient aucune idée de la gare où ils se trouvaient. Lorsque les Espagnols se rendirent compte de leur fourvoiement, les portes se refermaient et le train repartait, les laissant dépités sur le quai avec toutes leurs valises.

9.

Marijke Nieuwkerk avait obtenu son doctorat avec une thèse sur la réception de Proust aux Pays-Bas. Bien qu'elle n'ait développé aucune théorie – son travail avait consisté en une interminable énumération, sans commentaires, des articles de journaux parus depuis la parution de *La Recherche* –, elle était considérée comme une proustienne car elle avait collaboré à la fondation d'une association, « Les Amis de Marcel Proust », dont elle se chargeait des travaux de secrétariat. De plus, utilisant une ancienne traduction, elle en avait entrepris une nouvelle changeant ici un mot, inversant là une préposition et rafraîchissant un tant soit peu l'écriture qui datait. Bref, le traducteur étant décédé depuis belle lurette, elle s'était approprié sans vergogne son travail dont personne ne se souciait vraiment, le plagiat étant, par ailleurs, monnaie courante au sein de l'université néerlandaise. N'était-il pas d'usage de publier des *Histoire de la littérature* en traduisant franchement et sans façon des ouvrages de l'anglais, du français ou de l'allemand ? Le risque d'être confondu était minime car rares étaient ceux qui feraient la comparaison entre la version néerlandaise et l'originale. En cela, Marijke Nieuwkerk s'inscrivait dans une tradition bien établie à l'université batave.

Cela ne l'empêchait, par ailleurs, nullement, d'être un professeur enthousiaste qui motivait les étudiants. Seul problème, il lui était difficile de leur inculquer les premières notions de l'éthique scientifique. Son cours sur Proust était peu suivi, l'auteur ayant la réputation d'être ardu et impénétrable. Il est vrai que même Marijke Nieuwkerk était incapable de lire *La Recherche* en français et d'en comprendre les finesses. Comme tout un chacun, elle se perdait dans les phrases, les coordonnées, ignorait la signification d'un grand nombre de mots, mais cela n'était-il pas le lot commun à la plupart des lecteurs de Proust ? Ne pas tout comprendre ne faisait-il pas partie d'un des charmes de cet auteur et non le moindre ?

Dans la classe, il y avait les jumelles, Sarah et Esther van Thijn, Otto van Bast et Stéphane Linden, un garçon à qui ses gros verres de myope donnaient l'apparence d'un têtard globuleux. Toujours vêtu d'un jean et d'un blouson en velours côtelé beige, il avait l'air de l'étudiant lambda. C'était son tour de faire un exposé. Il avait choisi la mémoire involontaire. Exception faite de quelques erreurs de langage plutôt minimes, il s'en sortait bien et lisait d'une voix agréable.

« Dès les premières ébauches du *Contre Sainte-Beuve*, en 1909, le thème de la mémoire involontaire fait son apparition dans le cadre du réveil du narrateur. Au sortir du sommeil profond de la nuit, les sensations physiques qu'il éprouve le font se remémorer les lieux où il a dormi autrefois. A partir de ce moment, le récit se développe et va donner naissance au roman d'où sortira la future *Recherche.* Proust continuera en effet d'exploiter ce thème et, dès le début de *Du côté de chez Swann*, le fameux épisode de la "madeleine trempée dans du thé" par le narrateur ressuscite aussitôt "Combray et ses environs" et par là même, toute son enfance. J'espère que vous suivez, commenta Stéphane, parce que moi au début, j'ai eu du mal à imaginer que cela était possible.

– Pourquoi donc, interrogea Sarah. Pourquoi cela serait-il impossible ?

– Eh bien… qu'une simple madeleine, qui est un gâteau sans goût formidable, fasse ressurgir toute une vie…

– Mais non, pas toute une vie, mais son village natal…

– Pas natal ! » s'exclama Esther lui coupant la parole, « c'est où il allait en vacances et le goût lui rappelle un souvenir, et de là… eh bien, tout s'enchaîne.

– Bon, je continue. Les questions et les commentaires se feront à la fin. Oui, je sais… et je m'excuse. C'est moi qui ai commencé l'interruption.

– Ne t'excuse pas, nous t'écoutons.
– Donc, je continue. Dans *Le Temps retrouvé*, les souvenirs liés à la mémoire involontaire jouent un rôle déterminant dans la vocation du narrateur. Revenu à Paris, après la guerre, il va revivre son passé, grâce à une série de réminiscences de ce type, lors de la matinée chez la Princesse de Guermantes. Lorsqu'il bute dans la cour de son hôtel sur des pavés "mal équarris", il éprouve une félicité comparable à celle ressentie par l'intermédiaire de la madeleine. Cette fois, c'est Venise, où il avait trébuché sur deux dalles inégales du baptistère de Saint-Marc, qui lui est restituée dans sa totalité.

Ensuite, dans la bibliothèque de la Princesse de Guermantes, il entend le bruit fait par un maître d'hôtel heurtant une cuillère contre une soucoupe. Aussitôt, la sensation de félicité revient, liée à une rangée d'arbres entrevus au moment d'une panne du train dans lequel il se trouvait, en rase campagne, et qu'un employé avait réparée en frappant sur les rails ; des coups de marteau dont le bruit était proche de celui de la cuillère tintant contre la coupelle.

Enfin, une réminiscence tactile provoquée par le contact d'une serviette de table ayant le même "genre de raideur et d'empesé" que celle de la serviette de toilette donnée par un maître d'hôtel de Balbec, fait revivre pour un instant le premier séjour au bord de la mer.

Après ces résurrections de Venise, de la campagne et de Balbec, le narrateur, constate que l'œuvre d'art est le seul moyen d'analyser les sensations. Cette interprétation est d'ailleurs confirmée par la lecture, dans la bibliothèque, d'un passage de *François le Champi* de George Sand qui le replonge dans son enfance où il revit la scène vespérale du baiser maternel, contrariée par la présence de Swann, relatée dans *Combray*. Or, *Le Temps retrouvé* s'achève sur le départ des invités de la matinée de la Princesse de Guermantes qui évoque aussitôt le tintement de la clochette annonçant le départ de Swann qui permettait enfin à la mère du narrateur de venir l'embrasser. La boucle est donc bouclée. Le narrateur se rend compte qu'il doit remonter le Temps pour réaliser enfin sa vocation d'écrivain. »

Stéphane termina son exposé sous les applaudissements de ses camarades. Les questions et les rires fusaient.

« Moi, j'ai suivi un cours à l'Institut des Études slaves sur la littérature du XXe siècle et un auteur russe, Ivan Bounine, avait déjà écrit sur ce phénomène de la mémoire involontaire dans une nouvelle, *Les Pommes d'Ivanov*, je crois, dix ans avant Proust. Je me demande si les spécialistes le savent, déclara

Otto van Bast qui se targuait d'être un dénicheur d'informations passées inaperçues des professeurs. »

Marijke Nieuwkerk ignorant jusqu'au nom de l'auteur auquel il faisait allusion ne sut que répondre et promis de faire des recherches. Le moment n'était pas aux allégations trop sérieuses. Et puis, un auteur russe…

– Oui, mais il a eu le prix Nobel de littérature avant la guerre, insista malicieusement Otto van Bast.

– Mais, utilise-t-il le terme de mémoire involontaire ? », commença à s'intéresser Marijke.

– Il décrit le phénomène. Et, d'ailleurs, la mémoire involontaire est un terme imprécis employé par Proust, mais qui correspond en fait à la mémoire sensitive des scientifiques.

– Tu as bien creusé le sujet. C'est méritoire, lança Esther.

– Oui, je trouve aussi, renchérit Sarah, tu devrais faire un papier là-dessus.

– J'y ai pensé », répondit Otto, heureux d'avoir accaparé l'attention de ses camarades qui éclatèrent de rire.

Tous, y compris Marijke, se sentaient euphoriques à la perspective qui les attendait en fin d'après-midi à l'occasion de l'installation du nouveau professeur, directeur de l'Institut des Études slaves. Avant de se lancer dans les réjouissances, ils devraient encore suivre deux cours sur la littérature contemporaine. Heureusement, les exposés continuaient, ce qu'ils aimaient particulièrement, pouvant se contenter d'écouter plus ou moins sans avoir à prendre de notes, le travail ayant été accompli en amont par un autre.

10.

« Mon premier souvenir est quelque chose de très vague, un éclair de conscience, une image floue, mais aussi une sensation. Je brave un interdit. Je suis assise là où cela est défendu, mais où il m'est si agréable d'être, sous la desserte entre la tirelire et la coupe de fruits. Très confortable et protégée par les colonnes du meuble. J'enferme dans mon poing une banane. J'ignore si je la savoure. Un sentiment de plénitude et de légère panique m'irradie, se transforme en une paralysante angoisse dès que j'aperçois une pantoufle de ma tante tapie sur le chambranle de la porte. Il m'est impossible de me souvenir de ses paroles si tant est qu'elle en ait prononcées. J'ignore ce qu'elle fit. Elle dut se tenir sur deux pieds, mais cela n'est plus une image pour moi. Je ne vois que cette grosse charentaise brune, écossaise, avec un liseré marron qui surgit au coin de la porte et rampe vers moi ».

Madeleine fit une pause ; l'exercice la fatiguait. Elle poussa un profond soupir. Par son silence étudié, le docteur Huizinga l'encourageait à poursuivre. Ce qu'elle fit.

« C'est tout ce qui subsiste d'une période de deux ans. Les années pendant lesquelles je résidais chez ma tante Elodie. De cette époque, je ne me souviens pas de ma mère. Absolument rien. Pas un seul reflet de sa présence. Absence totale. Pas une seule ombre. Était-elle là ? La voyais-je ? Je ne saurais le dire. De sa mère, ma grand-mère, en revanche, oui.

Je suis debout sur son lit, elle m'habille. Une décision inattendue. Je dois passer la nuit chez elle. Une chemise d'un de mes oncles, ses fils, me sert de vêtement de nuit ; une cravate devient une ceinture. Elle me soulève dans ses bras. Une fête de déguisement plaisante. Elle me dépose devant l'armoire à glace et je vois mon reflet dans le miroir : "Regarde, comme tu es jolie", dit-elle. Tout de blanc vêtue, je me fascine. Mes yeux se portent alors sur Gégène. Est-ce vraiment le même jour… ?
– Pouvez-vous me parler de Gégène, qui est-ce ? »

Après un instant de réflexion, Madeleine poursuivit.
« Gégène est un baigneur merveilleux. Il a de beaux cheveux bruns ondulés. De grands yeux bleus, sous de fins sourcils, les paupières ourlées de longs cils soyeux. Il sourit continuellement. Gégène est d'une telle beauté… Le corps potelé, plein de fossettes, des lèvres rouges vermeil et les yeux luisants avec un point noir en leur centre… Gégène possède deux dents qui brillent violemment dans sa bouche entrouverte. Mais, le plus beau… ce sont ses petons. La boule du talon comme des petites balles et ses orteils comme des billes minuscules. Si je les regarde longtemps, ils commencent à frétiller. On voit ses ongles. Les mains ouvertes, les doigts bien droits, Gégène me tend les bras. Ô Gégène, je voudrais te serrer contre moi, donner à ton doux corps ma chaleur, te câliner, te dorloter, embrasser tes yeux et rester avec toi, joue contre joue. Je veux rouler tes doigts entre les miens. Avec mes ongles gratouiller tes ongles ; trifouiller dans la conque de tes oreilles, sucer tes orteils. Avec l'intérieur de mes lèvres, je veux goûter tes boucles et laisser ma langue errer dans tes fossettes. Gégène, Gégène. Je te veux. Grignoter tes doigts, mordre tes orteils. Repousser avec mes doigts tes dents au plus profond de ta gorge.

Quelle est la profondeur de ta bouche, Gégène ? Mâcher tes oreilles, te démanteler, te démembrer, te briser en mes bras. Tu dois être mien, Gégène… Gégène… je t'aime. Tu es à moi ! »

La poitrine de Madeleine se soulevait avec fracas et des soupirs de plus en plus exaltés emplissaient l'air. Un cri qui se termina en un râle lui échappa : « Gégène », puis avec un soupir encore plus profond que les autres, elle sembla s'endormir pendant que ses lèvres murmuraient : « Mais, sur un napperon de dentelle blanche, posé sur une sellette, Gégène restait hors d'atteinte pour moi. »

Si un doute persistait, les larmes qui ruisselaient sans sanglots sur ses joues suffirent à convaincre Huizinga de l'émotivité réelle de Madeleine. Sans un mot, il lui tendit la boîte de Kleenex d'où elle piocha un voile vaporeux et s'en tamponna les yeux. Il était satisfait. La séance avait été fructueuse. Un barrage avait disparu. Ils pourraient progresser sur le chemin dégagé des souvenirs. En dépit de, ou peut-être grâce à son amour de l'argent, Huizinga avait développé un véritable intérêt pour les maux de ses patients. Il avait un faible pour ceux dont les émotions étaient authentiques et, la sincérité à fleur de peau de Madeleine le touchait. Il mit fin à l'entretien avec ménagement et inscrit le prochain rendez-vous dans son carnet avec plaisir. Légère, Madeleine le quitta, assurée de le revoir.

11.

Pierre absorbait avec dévotion les explications d'Éliane.

« Tu vois, on a beau dire, mais bien que le son doive avoir la même qualité, il y a des divergences fondamentales entre les voyelles.

– Tu veux parler des nasales et des orales ?

– Oui, bien sûr. Il y a les nasales et les orales et les arrondies et les plates. Ensuite, on peut les classer d'après leur degré d'aperture. Fermées le i, le u, le ou. Mi-fermées le é, le eu, le o. Une seule moyenne : le e muet. Les mi-ouvertes le è, le in, le on, le un et les ouvertes : le a et le au.

– Donc une nasale peut aussi être ouverte ou fermée ?

– C'est cela même. Elles peuvent être classées d'après leur lieu d'articulation, on les baptise alors palatales, vélaires, post-palatales ou bien d'après le mode d'articulation ou la participation des lèvres également. En fait, là n'est pas la question. Ceci concerne les phoniatres, les linguistes. Pour nous, vocalistes, une chose importe, une seule. Chaque voyelle, quelle que soit sa classification scientifique doit être produite

exactement au même endroit, avec la même attitude du phonateur.
– Alors, pourquoi en parler ?
– Parce que nous devons être conscients du nombre incalculable de petits muscles et de nerfs qui entrent en fonction dans la production du son.
– Si je prononce un « ou » ou un « i », ce sont d'autres muscles qui travaillent ?
– Théoriquement, oui. Mais, pour nous les chanteurs, ce sont les mêmes.
– Comment est-ce possible ?
– Nuance notable dans l'approche. Un phoniatre part du principe qu'une voix est malade. Il veut la guérir, la transformer. Le linguiste, comme tout scientifique, est bloqué par le programme de recherche auquel il doit conformer sa thèse sous peine de se voir couper les subsides ou de rester sans éditeur. Le chanteur, lui, entend dans chaque voix un individu à part entière, un appareil sain dont il veut uniquement élargir les possibilités. Pour moi personnellement, chaque voix a sa beauté propre avec son identité, son caractère, son niveau actuel de capacités. Un étudiant vient vers moi pour les agrandir. Améliorer son instrument.
– Ma voix est normale ?
– Sans aucun doute. Tu peux déjà plus que ce que tu pouvais il y a deux mois. Dans deux mois, ton pouvoir aura encore augmenté.

– Formidable !! Pour être franc, je me sens même plus puissant, dans le sens de capable, qu'il y a trente minutes. Chaque fois que je sors de chez toi, je plane. J'ai l'impression d'avoir appris quelque chose.
– C'est ainsi que cela devrait être. Je ne te donne pas de leçons, je te les vends. Autrement dit, tu dois en avoir pour ton argent, progresser. Nous avons affaire à des muscles innombrables qui agissent indépendamment de notre volonté.
– Indépendamment de notre volonté ?
– Oui. Figure-toi qu'à chaque note que tu émets, tu es loin de donner un ordre genre : maintenant, je veux que mes cordes vocales vibrent à 880 pulsations par secondes. »
Pierre s'esclaffe.
« D'accord. Je comprends. Continue. C'est passionnant.
– Donc, ces muscles inconscients, si j'ose dire, ne peuvent être actionnés que par des idées, des images, des métaphores. D'où la nécessité de changer notre manière de penser.
– Tu crois que l'on puisse devenir chanteur ?
– Pour paraphraser Beauvoir à l'envers "On naît chanteur, on ne le devient pas". En revanche, on apprend à se connaître, à se manipuler, si tu préfères.
– N'est-ce pas vrai pour tout le monde ?
– En un sens, certainement. Mais, le chanteur doit aussi en supplément produire une voix,

un son qui réponde exactement aux critères requis. Le même instrument que celui de la conversation. Cependant, lorsque tu chantes, tu es de plus confronté à l'organisation structurée des sons : la musique. Tu produis pour reproduire.
– Et dans l'improvisation ?
– Tu suis la voix à cent pour cent.
– Je suppose que pour ça, il faut une technique sans défaillance ?
– Ou une confiance à toute épreuve !!!
– Peut-on faire confiance sans technique ?
– Disons qu'il te faut amasser tellement de technique pour que tu puisses passer outre.
– Donc ?
– Donc. Tu travailles, tu travailles sans discontinuer, et il arrive ce qu'il arrive.
– Et je l'accepte.
– Tu as compris. »

12.
Lana Adrianampoimerima avait décidé de poursuivre sa recherche sur le Mal dans la littérature et avait choisi de parler d'un livre paru à la rentrée. Elle s'installa sans hâte au pupitre, ajusta ses lunettes et commença posément, d'une voix claire, la lecture du résumé qu'elle avait écrit.

« Depuis le succès planétaire de Jonathan

Littell et *Les Bienveillantes*, plusieurs auteurs se sont lancés dans la représentation du Mal dans leurs romans ces dernières années. Ainsi avons-nous lu *L'Origine de la violence* de Fabrice Humbert, *HHhH* de Laurent Binet et *Jan Karski* de Yannick Haenel pour ne nommer que ceux-là parmi tant d'autres. La rentrée littéraire 2010 semble être l'opportunité pour continuer ce qui pourrait devenir une tendance.

Dans *Le Wagon* d'Arnaud Rykner, loin d'être un pavé, à peine 140 pages, un narrateur prend la place d'un déporté pendant les trois jours d'un voyage interminable vers une destination inconnue, mais dont il y a tout lieu de croire qu'elle est celle d'un camp de la mort, commencée dès l'embarquement inhumain d'hommes, femmes et enfants : "Lequel aurait pensé pourtant qu'on entasserait cent corps dans ce wagon prévu pour 'quarante hommes ou huit chevaux en large' ? Et cent corps dans le wagon devant. Et cent corps dans le wagon derrière. Et vingt wagons, ou plus, pour aller où ? Vingt wagons à la queue leu leu, comme des enfants punis, des enfants honteux, morveux, battus, sales, retenant leur culotte, se retenant pour ne pas souiller leur culotte".

Avec pudeur et compassion, Rykner reproduit un train de pensée qui, s'il étonne parfois, fait montre de cohérence et de réflexion, pensée de celui au bord du gouffre, qui résiste pour éviter d'y sombrer.

Le héros, mais peut-on encore parler de héros dans le cas d'un corps pressé jusqu'à l'étouffement, sans le vouloir, comme envahi par une mémoire involontaire, bénéficie du voyage forcé pour réfléchir sur des questions existentielles auxquelles il n'aurait peut-être, sans cela, jamais été confronté. Horreur de l'acheminement accentuée par la chaleur, le manque criant de provisions de bouche et la totale absence d'eau. Impossible de rester raisonnable dans ces conditions et chaque tentative de relativiser ou d'analyser à voix haute la situation devient un sujet d'hystérie collective. Il en est ainsi lorsque l'un d'entre eux essaie d'expliquer le processus chimique à l'œuvre dans le pourrissement de la paille étalée en litière dont s'échappent des vapeurs nocives.

Le narrateur reporte avec minutie l'enfer du voyage. Le tas de cadavres empilés, des morts succombés dès le premier jour de douleur où il essaie d'échapper à leur vue impressionnante et annonciatrice d'une fin éventuelle prochaine. La libération ne viendra pas ; le lecteur le sait dès la première page, la première ligne où il a encore le choix. Continuer la lecture ou poser le livre. Que peut-il apprendre de cette introspection, descente dans les tréfonds de l'horreur ? Peut-être justement est-ce de sentir ce que la déportation a pu être pour la part de l'humanité qui l'a subie sans jamais se départir de son savoir, de la connaissance de son bourreau : l'homme embrigadé dans une spirale de haine où même les enfants avaient leur place dans le processus de destruction. Savaient-ils donc la destination finale des Juifs transportés dans les trains sur les rails si près d'eux ? Comment des enfants pouvaient-ils souhaiter la mort de leurs semblables ? Il est probable que ce soit cela le véritable Mal, lorsque les enfants reprennent à leur compte les plus vils concepts des adultes et ne reconnaissent plus des membres de l'humanité comme les leurs. Une situation encore douloureusement présente dans nos médias à l'heure actuelle. Pour ce qu'il offre de réflexion dans les questions qu'il pose, le roman d'Arnaud Rykner n'aura pas été vain. »

Un silence pesant accompagna ses dernières paroles. Personne n'osait proférer un mot. Ils étaient sous le coup des extraits entendus qui exprimaient une souffrance intolérable. Après s'être raclé la gorge plusieurs fois, Stéphane van Linden prononça incertain :
« En fait, d'après les fragments que tu as relevés, il s'agit d'une écriture simple, mais très dense.
– Dans ce début de siècle, justifia Lana, il y a

peu de témoins directs encore en vie. Quelqu'un doit bien faire ce travail de mémoire en écrivant des livres sur le sujet.
– Il rappelle un peu *Le Grand voyage* ou un titre approchant de Jorge Semprun. Grande différence, ce voyage-ci n'est pas autobiographique.
– C'est impossible de dire que l'on aime ce texte, c'est trop horrible. Cependant, je le trouve beau. Le rythme est haché comme si l'écriture avait été douloureuse.
– Un de ses proches a fait ce voyage infernal.
– De cette façon, il est impossible d'oublier ce que les humains sont capables d'infliger aux autres.
– Alors tout serait reparti des *Bienveillantes* de Littell ? » Esther attaquait visiblement et suivie par Sarah. Les jumelles étaient touchées, cela s'entendait à leur voix.
« Vous avez noté que depuis cet immense succès, le lecteur est abreuvé de récits fictionnalisés sur la Seconde Guerre mondiale, comme le fait remarquer Lana. J'ajouterais : avec une nette prédilection pour ce qui touche à la Shoah. Je ne suis pas d'accord avec ce qui se passe. La littérature a bon dos. Sous prétexte de littérature, tous les ouvrages, selon moi, ne peuvent prétendre à ce titre, on nous ressert ce que l'homme a de plus monstrueux en lui. Le pire est que nombre de lecteurs se repaissent de cette fange, à voir les ventes

pharaoniques de certains ouvrages. »

De toute évidence, les jumelles étaient d'accord et avaient débattu la question entre elles. Elles se relayaient pour faire valoir leur point de vue commun.

– Pourquoi cet exercice de style, se glisser dans la peau d'une victime, rabâcher toute la panoplie des actes déments dont elle fut le témoin, dont elle souffrit, en proie aux immondices dans lesquels elle dut vivre et subir les actes discriminatoires mortifères des barbares pour qui le meurtre était pitance quotidienne, pourquoi cet exercice de style, disais-je, aurait-il une valeur pédagogique ? Je ne crois pas. Il n'y a qu'à voir ce qui se passe dans le monde actuel pour comprendre que cette répétition du même ne profite qu'aux éditeurs devenus marchands, mais pas marchands de rêve, dont le seul but est le bénéfice.

– Tu oublies, répondit Lana, qu'Arnaud Rykner a ressenti le besoin impérieux d'écrire ce livre à cause d'un membre de sa famille.

– Qu'il l'écrive, soit ! rétorqua Sarah du tac au tac, mais devait-on le publier pour cela ?

– Mais… avança Otto, il y a tout de même eu ce train avec ce voyage de Compiègne à Dachau en 1944. Deux mille hommes entassés dans les wagons dont cinq cents ne survécurent pas.

– Oui, et alors ? » Sarah était remontée. « Ne

voyez-vous pas que c'est pitoyable de le décrire ainsi ? On n'est plus dans l'Histoire avec un grand H, mais dans l'anecdote, dans la fiction, dans le ridicule. Pensez-vous sincèrement qu'un de ces hommes aurait pu écrire ce livre ? Bien sûr que non. Aucune des questions existentielles abordées ne lui serait venue à l'esprit, allons. Il devait survivre, survivre et pour quoi ? Pour mourir. L'absurde dans toute sa complexité que l'auteur veut présenter en, combien… cent quarante pages ! FOUTAISES !

– Tu ne peux nier qu'il y ait une nouvelle voie dans la littérature qui traite le sujet.

– Et alors ? Je le déplore profondément. As-tu pensé aux victimes ? A leur famille ? Cette vampirisation de leur souffrance est abjecte. »

Sarah, hors d'elle, martelait les mots.

« La Shoah n'est pas de la littérature et elle ne le sera jamais », asséna-t-elle avec force.

– C'est devenu une industrie littéraire, » renchérit Esther.

Les autres comprenaient que l'on avait ébranlé une corde sensible et qu'arguer que Semprun avait accueilli avec maintes louanges ce genre de littérature était vain. Voyant que la conversation s'enlisait dans l'impasse, ou pire, dans le pugilat, Chloé risqua une alternative :

« Je voudrais vous proposer de lire, si ce

n'est encore fait, *Eichmann à Jérusalem* de Hannah Arendt et nous pourrons parler de la banalisation du mal avant de reprendre cette discussion. Il y a plusieurs visions possibles sur ces travaux. Lana, nous te remercions pour cette très belle présentation sur un sujet aussi sensible. Faisons une pause de quinze minutes avant d'entendre les prochains exposés. »

13.

L'ascenseur accumulait les allers et retours dans sa cage de verre et déversait des visiteurs curieux sur le palier. D'aucuns, plus courageux entreprenaient les escaliers d'un pas allègre ou revenaient des étages supérieurs en posant avec les précautions timides d'une démarche hésitante, le pied sur les degrés dont la transparence leur enlevait l'assurance de se déplacer sans danger. Tout de verre et d'acier, l'escalier flottait entre les étages et contrastait avec la solidité apparente des murs d'un mètre d'épaisseur. Construit en 1863 sur cent deux mètres, la plus longue façade d'Amsterdam abritait à l'époque plus de quatre cents femmes indigentes. Aux alentours de 1920, une totale rénovation transformait l'asile en hôpital avant qu'il ne devienne le prestigieux musée des années 2000. L'heure du concert approchait et la foule s'intensifiait. Tous voulaient confier leurs affaires au vestiaire où un préposé les refusait systématiquement et les dirigeait vers l'autre extrémité du hall et les cintres de secours installés sur des porte-manteaux mobiles. La pluie soudaine des derniers jours n'avait pas empêché les gens de sortir, d'autant plus qu'une éclaircie en début d'après-midi promettait une soirée agréable.

Assis sur un banc du grand vestibule, Gerrit Hartevelt surveillait de loin les portes coulissantes de l'entrée, s'attendant à voir surgir Pieter. En prenant rendez-vous, la veille au soir, ils ignoraient l'inauguration de la nouvelle exposition de l'Hermitage prévue aujourd'hui et l'affluence de visiteurs le surprenait. Pieter avait bien mentionné quelque chose à ce sujet, mais il pensait à la semaine prochaine. Comme, selon toute probabilité, le musée n'avait pas avancé la date, il s'était fourvoyé dans les nombreux événements culturels de son agenda. Perdu dans ses pensées, Gerrit ne le remarqua qu'une fois qu'il lui tapa sur l'épaule en guise de salut.

« La foule des grands jours !

– Ne m'en parle pas. J'ai le tournis rien qu'à les voir passer ».

D'un commun accord, ils sortirent de la fourmilière géante et se dirigèrent vers le Dantzig où ils escomptaient un peu plus de calme. Le Neva n'était pas propice à une conversation tranquille en ce jour, en admettant avoir eu la patience de faire la queue pendant trois quarts d'heure en attente d'une table. Ils avaient visité l'exposition précédente sur les costumes. Tenues de bal, uniformes, vaisselles d'apparat les avaient comblés d'aise ; ils reviendraient plus tard pour celle-ci. Pour l'instant, ils devisaient de tout et de rien le long de l'Amstel et réservaient le sujet de leur rencontre pour la tranquillité relative du bar près de l'Opéra.

Avec sa façade hémisphérique en marbre blanc, percée de grandes ouvertures aux vitres carrelées, la construction, ni laide ni belle, tranchait sur les maisons alentours de facture ancienne, habitations de poupées comparées au colosse. Dans l'absolu, l'Opéra était de dimensions modestes, mais planté au centre de la ville, il faisait office de monstre. Les plans en avaient violemment été contestés, à leur présentation, par les groupes d'action, tout comme ceux du métro adjacent. Puis, au fil des ans, les gens, habitués à sa présence, ne le remarquaient plus. Ceux qui avaient lutté contre son implantation s'accordaient à lui décerner le crédit d'un esthétisme moderne et les ennemis jurés d'alors du métro circulaient avec jubilation dans les rames tout de même très pratiques. Le métropolitain d'Amsterdam, avec ses cinq stations souterraines et ses lignes aériennes, ne pouvait rivaliser avec ceux de Paris, New York, Londres ou Tokyo, mais le conseil municipal se targuait, grâce à ce réseau, de ranger sa ville parmi les métropoles internationales. Toutefois, la réputation d'Amsterdam auprès des touristes se portait sur un tout autre plan.

La combinaison, si célèbre, de tulipes, moulins et fromages avait été remplacée au profit d'un slogan non moins vendeur : sexe, drogue et rock'n'roll. Quoique le rock'n'roll n'était pas à proprement parler un produit typiquement amstellodamois, mais les discothèques et les coffeeshops où les directions toléraient l'usage des drogues, douces et moins douces, avaient contribué à la nouvelle renommée de la capitale hollandaise. En gros, les jeunes de quinze à vingt ans venaient pour les hallucinogènes, les vingt à quarante ans s'intéressaient plus spécifiquement au sexe et passé cette tranche d'âge, les tulipes, les sabots, les moulins et les fromages reprenaient leurs prérogatives d'attraction et les captivaient, sans oublier l'incursion coquine au quartier rouge car une visite de la cité des bulbes aurait été jugée incomplète sans une virée dans un peepshow et une déambulation, appareil photographique en bandoulière, le long des étalages où les décolletés généreux et les cuisses découvertes jusqu'à l'aine suscitaient les commentaires folâtres des ménagères du groupe avec nombre clins d'œil polissons à leur mâles compagnons.

Dans les années soixante, l'avant garde du sexe s'éparpillait dans le plus vieux quartier avec une invasion cadencée dans les rues chic et damnait le pion aux associations de boutiquiers moralistes. Il en allait de même des coffee-shops qui profitaient de la confusion générée par la division entre drogues dures et drogues douces pour s'installer sans discrimination et s'agglomérer par grappes entières dans le centre et les environs. A l'époque où Nikita Sergueïevitch Khrouchtchev décrétait par oukase « un potager pour chaque famille », Amsterdam implantait son premier coffee-shop où la consommation de haschich et autres drogues douces devenait possible, que ce soit sous forme de cigarette, dans des narguilés ou incorporés dans un gâteau, les fameux « space cakes ». La politique de tolérance, relayée par la presse au-delà des frontières, attira les hordes de touristes nouvelle vague. Relégués aux oubliettes, les sabots, les tulipes et les fromages ! Amsterdam exhibait des trésors plus attrayants, interdits dans les autres parties de l'Europe.

Le Dantzig était bondé. De plus, un échafaudage de ravalement de façade cachait la vue sur l'Amstel. Après le pont, le Puccini n'offrait aucune place visible. Au temps pour les délices chocolatés ! Les deux frères décidèrent de pousser jusqu'à l'hôtel de l'Europe où ils étaient assurés d'une table dans le hall et ses colonnes de marbre rouge.

Un groom en livrée actionna le tourniquet aux ferrures de cuivre et, propulsés dans le charme désuet, ils foulèrent la moelleuse moquette couleur brique et ses motifs vert bouteille. Ils se dirigèrent sans hésitation vers le fond du hall ouvert sur une vue paisible de ciel et de feuillage. Ils choisirent une table près des fenêtres qui surplombaient le fleuve après s'être débarrassés de leur imperméable dans les bras d'une charmante hôtesse en costume de soubrette. Bien installés devant un thé gourmand, ils purent enfin entamer la raison de leur rencontre.

14.

En ce jeudi après-midi, la Kalverstraat regorgeait de piétons traversant le Dam dans leur déambulation vers le Nieuwendijk et vice versa. La foule se pressait dans les boutiques, avide de dépenser ses euros nouvellement acquis en ce début de mois. De grands sacs en plastique aux logos tonitruants à bout de bras, c'était à qui dévaliserait le plus de rayonnages.

Parallèlement, sur le Rokin, des badauds attroupés applaudissaient aux pitreries d'un mime, vêtu et grimé de blanc, autour d'un homme immobile. Un peu plus loin, Ruud, Frans et Sam faisaient la manche sans s'épuiser. Assis sur une couverture écossaise étalée à même les dalles du trottoir, adossés contre le mur de la banque ABN-AMRO, Ruud jouait du pipeau, Frans battait mollement la mesure sur un tambourin à grelots et Sam, la truffe au ras du sol, louchait sur la casquette destinée à recueillir les aumônes, assez substantielles en ce début de mois. Ce n'est pas que la musique ait été envoûtante, mais l'air propre sur soi qu'ils arboraient et les soupirs prolongés de Sam, avaient toujours fait leur petit effet sur les promeneurs et les touristes honteux de dépenser leur argent en futilités alors que certains avaient visiblement à peine de quoi se nourrir. En outre, aucun des trois ne sollicitait les passants. Ils donnaient plutôt l'impression de s'en moquer littéralement. Enfin, surtout Ruud et Frans, parce que Sam entrait moins en ligne de compte, mais son pelage brillant attirait les regards.

Frans et Ruud s'étaient connus en première et seconde année de philosophie à l'université d'Amsterdam. Ils s'étaient perdus de vue et, un jour, s'étaient retrouvés dans la queue devant l'Armée du Salut. Les paroles étaient superflues ; ils avaient tout de suite compris à mots couverts qu'ils étaient faits l'un pour l'autre sans équivoque. La nature de leur relation n'avait rien d'ambigu ; le fait de pouvoir discuter ensemble, d'avoir un arrière-plan similaire les avait rapprochés, de même de n'utiliser aucune drogue. Depuis qu'ils avaient aménagé leur cache sous les quais, ils se mêlaient peu aux autres sans abri et la faune de la rue les respectait. C'était des gars sans histoires.

Deux agents patrouillaient à pied sur le trottoir, sans être excessivement attentifs au spectacle autour d'eux. Leur présence suffisait, en général, à calmer le jeu des petites frappes qui opéraient ici et là et les pickpockets réduisaient leurs activités à la vue de l'uniforme. La place de la Bourse abritait, comme à l'accoutumée, des garçons et des filles qui fumaient des joints, en attente du grand événement qui allait bouleverser leur vie. Des touristes musardaient sur les dalles de grès rose des trottoirs où perchaient des lampadaires modernes peints en une couleur vert émeraude délavé.

Une cavalcade soudaine et des cris attirèrent l'attention d'un groupe sur le point d'aller mettre à mal les rayons à l'entrée du Bijenkorf. Deux garçons couraient à perdre haleine avec deux hommes à leurs trousses. Ils s'engouffrèrent dans le parking souterrain. C'est alors qu'une fourgonnette grise démarra en trombe coupant la route aux poursuivants. Certains affirmèrent ensuite avoir entendu l'éclatement d'une crevaison de pneu, d'autres avoir tout de suite reconnu des coups de feu, toujours est-il qu'un homme s'affala sur la chaussée au même moment qu'une Mercedes blanche émergeait du parking à l'allure d'un bolide, faisait une embardée, évitait de justesse l'homme effondré sur le trottoir, la tête auréolée de sang dans le caniveau alors qu'une seconde voiture, une Volvo noire ou bleu nuit, se propulsait à tout aussi grande vitesse à l'air libre. Du côté passager par la vitre baissée, un homme tenait un revolver pointé vers la fourgonnette. Tout dans son attitude suggérait qu'il allait s'en servir. Il tira sur le conducteur dont la tête éclata après que le pare-brise se fut brisé en une myriade d'esquilles. D'autres coups de feu retentirent. Cela, tous les témoins de la scène s'accordèrent pour le déclarer. Ils se jetèrent à terre comme un seul homme pour se protéger pendant que les deux policiers de patrouille galopaient vers eux. Les deux policiers purent constater que l'homme abattu avait succombé à ses blessures par balles ainsi que l'homme à terre et que les deux voitures avaient disparu au milieu de l'affolement général et d'une fusillade bien nourrie. Il ne restait plus qu'à faire venir des renforts. Ceux-ci arrivèrent trop tard sur les lieux pour identifier les marques de voitures en question et les témoignages se contredisaient.

Un message sur le talkie-walkie apprit aux agents que les deux véhicules étaient pris en chasse par des collègues sur le Prins Hendrikkade et qu'ils se dirigeaient vers l'entrée du IJtunnel. Mauvaise nouvelle. À la sortie, il n'y aurait personne pour les accueillir. L'alerte donnée, il faudrait au moins dix minutes aux policiers du bureau Nord pour parvenir sur les lieux, bien plus que le temps nécessaire pour traverser le IJtunnel à une voiture lancée à fond.

Ruud et Frans avaient vu la scène sans s'en mêler, cela va de soi, mais les visages des automobilistes de la première voiture, la Mercedes blanche, leur étaient clairement apparus. Ils ne les connaissaient pas. Il n'était plus question de jouer tranquillement du fifre pour l'instant. Les gens ne parlaient que des événements récents. Même ceux qui n'avaient rien vu déroulaient leur théorie. Les commentaires allaient bon train. Histoire de drogue pour les uns, règlement de comptes pour les autres ; trafic d'organes ou traite d'humains. Tous d'accord : la ville dégénérait et la pègre ignorait le code de l'honneur de nos jours ! Pire qu'une série télévisée américaine était l'avis général. Et, dangereux pour le bourgeois !

Les touristes ne comprenaient pas un mot autour d'eux et, conscients de la gravité de la situation, cherchaient en vain des interprètes. Tout le monde était bien trop occupé à discuter pour s'intéresser à une traduction pour qui que ce soit. La commotion inattendue faisait le bonheur des pickpockets qui s'en donnaient à cœur joie parmi la foule gesticulant. La circulation était bloquée par les ambulances, les voitures de police sur place et les brancardiers qui attendaient pour emmener les corps que les photographes de l'institut médico-légal, convoqués en urgence, aient terminé leur travail. Les gars de la balistique avaient délimité un périmètre avec des rubans de plastique blanc et rouge : la scène du délit englobait toute la place de la Bourse et une grande partie du Damrak, ce qui obligeait les tramways à stationner jusqu'à ce que les rails aient été inspectés en vue de la récupération éventuelle de douilles ou de balles ou des deux dans la version la plus optimiste.

Ruud et Frans plièrent bagage et s'esquivèrent discrètement avec Sam. De toute façon, ils avaient prévu d'aller dîner à l'Armée du Salut sur le canal et il était bientôt l'heure d'aller faire la queue pour s'assurer d'une bonne place et d'une portion parmi les meilleures.

15.

Les tables rangées autour de la salle formaient une arène. Au milieu, Bart Verweijden piétinait d'avant en arrière, tournait subitement à droite, plongeait de nouveau vers le tableau blanc, contournait son bureau, tapotait légèrement sa paume gauche avec le marqueur tenu dans la droite, sans cesser de tonitruer son cours. C'était à se demander si le silence régnant était dû à l'attention des étudiants ou bien étaient-ils tout simplement assourdis par le niveau grandissant de décibels déferlant dans la pièce. Les carreaux de la paroi vitrée tremblaient un peu plus au fur et à mesure que le discours se prolongeait :
« Il n'existe guère de symbole dans l'histoire des mythes et de l'esprit humain plus important que celui de la lumière. La lumière du soleil conditionne toute vie ainsi que la prospérité de l'homme et de la nature. Les mythes ont donc doué le soleil de la puissance

divine suprême et sa course a été décrite comme la promenade du dieu du soleil traversant le jour et les enfers. Mais, la naissance de la lumière se traduit dans le monde intérieur par la prise de conscience, l'Illumination, la Connaissance. La lumière est ainsi devenue le symbole universel des événements aussi bien du monde cosmique extérieur que du monde spirituel intérieur. »

Bart avait la fâcheuse habitude de parler de plus en fort en accord avec l'avancée des aiguilles de la pendule, qui tournaient bien trop lentement au gré de certains. Ilse van der Brug était de ceux-là. Après la réunion mouvementée du matin, en tant que directrice du département, elle se devait d'assister à un cours de chaque professeur, un devoir accompli avec frilosité. Oui, la réunion du matin s'était avérée inefficace.

Petite sans être menue, les yeux levés au plafond, les paupières clignotantes, les iris disparus sous des frémissements spasmodiques, Ilse van der Brug s'évertuait à convaincre les professeurs du département du bien fondé de sa position :
« Il est inadmissible que des étudiants se permettent de telles privautés dans *Le Charivari.* » Elle agitait frénétiquement un exemplaire du journal en martelant ses

paroles. Une vingtaine de feuilles pliées en deux, copiées et agrafées formaient l'opuscule mensuel des étudiants de français. Autour de la table de conférence, les enseignants présents étaient incertains à quelles privautés elle se référait. Comme tous les mois, les feuilles recelaient quelques articles lardés des usuelles fautes d'orthographe et de typographie. A leur connaissance, aucune pornographie, ni racisme, ni menace ou discrimination quelconque ne s'était glissé dans les pages. Il est vrai qu'aucun d'eux n'avait pris la peine de les lire, tout au plus de les parcourir.
« Nous sommes bien d'accord, n'est-ce pas… ». Personne n'osait s'enquérir explicitement de quoi il s'agissait. La poignée de la porte grinça et la tête hirsute de Jifar Mehaouid apparut dans l'entrebâillement : « Vous avez déjà commencé… ? » Un soupir de soulagement imperceptible s'échappa des poitrines et les visages se tournèrent reconnaissants vers cette diversion inespérée. Ilse, courroucée par l'interruption intempestive, hésita entre un sourire de bienvenue et une réprimande pour le retard. Elle opta judicieusement pour la première solution.

Mehaouid, sans contrevenir à son habitude, entra tout sourires. Il jouait parfaitement

l'Arabe de service de façon naturelle. Très simplement, il faisait ce que l'on attendait de lui et prétendait toujours ignorer les conventions en usage après plusieurs années aux Pays-Bas. Intégré en gardant ses différences. Où un des professeurs ferait profil bas et regagnerait sur la pointe des pieds un siège, Jifar s'avança main tendue et, toutes dents dehors, salua chacun personnellement, un mot gentil distribué à tous. S'enquérant des enfants de l'un, du projet de l'autre avec de grands éclats de rire ponctuant ses phrases sans que la raison de son hilarité de bon aloi n'apparaisse de façon claire.
« Surtout ne vous dérangez pas pour moi », était l'un de ses traits favoris après avoir dérouté le plus chevronné de n'importe lequel des conférenciers. Ilse rongeait son frein, les lèvres crispées dans un masque qui trahissait son impatience. Elle avait besoin de Jifar, pilier du projet mis récemment sur pied et en attente de subventions. Le département de français déclinait. De moins en moins d'étudiants s'inscrivaient pour apprendre la langue de Molière, lui préférant celle de Shakespeare ou plutôt de Columbo ou De Niro. Mais, la priorité d'Ilse était autre et l'accroissement de l'intérêt des jeunes, le cadet de ses soucis, raison pour laquelle elle devait louvoyer sans cesse.

Après avoir étalé ses papiers devant lui, Jifar lança un dernier sourire épanoui à l'assistance et annonça fièrement la sortie de son nouveau roman qu'il tenait à bout de bras. L'assemblée se confondit en félicitations, tendit les mains pour saisir la preuve palpable du génie jifarien. Sur une couverture brillante s'étalaient en rouge groseille des lèvres entrouvertes sur un baiser gourmand dont le destinataire était un couple de cerises mûres. Dans le coin gauche supérieur, d'autres cerises, tout aussi appétissantes, faisaient pendant à une paires de talons aiguilles vermeille dans le coin inférieur droit. Le fond, un peu strié de jaune en flaques inégales, suggérait plus ou moins des barreaux ou de la dentelle, au choix, selon les penchants de l'observateur. Jifar Mehaouid en grosses lettres dorées boursouflées dans un relief gondolé surmontait le tout. Petit en vert foncé, en bas de page : Éditions Julep. Une couverture gaie annonciatrice de la prose jouissive de Jifar. Le titre, un lever de soleil barrait la page en diagonale, se mêlant en inscription orange parmi les striures du fond : *La Ville la plus gaie du monde.*

Marijke Nieuwenkerk dota d'un regard torve cette profusion de couleurs. Elle venait de publier un recueil sur Michel Houellebecq. La plage de la couverture qui lui paraissait, hier encore, un délire chamarré avec le sable jaune pâle, les rochers gris noir, le ciel bleu et la mer indigo, semblait faite de grisaille maintenant. Elle regrettait d'avoir opté de diriger seule ce recueil, d'autant plus qu'elle avait sollicité la coopération de Chloé qui avait accepté de l'aider. Mais, Ilse lui avait déconseillé la collaboration, Chloé n'étant qu'une universitaire sans statut. Seulement, Chloé avait édité la première monographie sur l'auteur controversé sans rien dire à personne et Marijke se retrouvait le bec dans l'eau. Chloé les avait tous sidérés. Dire qu'Ilse vivait mal la chose était nettement en dessous de la vérité. Marijke pouvait encore se consoler en prétendant être le professeur de Chloé, ce dont elle ne se privait pas à chaque occasion, espérant ainsi recueillir un peu des lauriers. De plus, Chloé parcourait les colloques où elle présentait des communications sur les sujets les plus divers. Rien d'interlope dans cela, ses articles étaient repris dans des revues au-dessus de tout soupçon. En outre, elle rapportait ses frasques avec humour dans *Le Charivari*. Cela faisait deux ans que cela durait et il n'y avait aucune raison pour que cela cesse. Où trouvait-elle l'énergie, le temps, l'inspiration et l'imagination ? Ses articles, même s'ils ne possédaient pas tous une ligne d'argumentation irréprochable, faisaient montre d'une certaine originalité. Elle retombait toujours sur ses pieds et concluait sur des préceptes inattendus, il fallait le reconnaître.

Marijke se rendit compte qu'elle s'était laissée entraîner par la morosité de ses pensées. Madeleine Ruiter lui parlait. Confuse, elle la pria de répéter sa remarque. Madeleine, polie suivant son habitude, lui dit que cela était sans importance. En bout de table, Ilse frappait la surface de son dossier avec la gomme de son crayon pour raviver l'attention de la séance. Tapotement léger, mais péremptoire, laissant peu de doute sur ses intentions de reprendre les choses en mains. Sans lui porter la moindre attention, Jifar se lançait dans un de ses monologues :
« La littérature est une histoire d'amour vécue en toute liberté et toute inconscience, non un mariage arrangé par le devoir. Dès la première page d'un roman, le coup de foudre doit saisir dans toute son amplitude. Une rencontre d'où jailliront les étincelles de plaisir et de jouissance du texte lu. Un roman, pénétré seulement après plusieurs tentatives ou bien passé les cent cinquante premières pages, est un roman à retardement, voire pire, un roman frigide. Même les traités scientifiques de meilleure eau possèdent cette capacité à plaire dès les premières lignes. Ils

renversent le lecteur à bras le corps ou bien l'entraînent gentiment par la main. Le message est irrévocable et sans ambigüité ; ils ne le lâcheront plus avant le dernier point lu. »

Sur ces paroles accompagnées d'applaudissements enthousiastes des collègues, Jifar avait sorti deux bouteilles de champagne d'un sac porté sur l'épaule et avait prié la secrétaire d'aller chercher des gobelets en plastique, des coupes étant hors de question. Ilse n'avait pas osé protester, cela aurait été de mauvaise guerre, mais elle ne cessait de ressasser ce qu'elle considérait comme un échec de son autorité. Elle reconnaissait que le champagne était de qualité mais, après avoir bu au succès de Jifar et laissé les commentaires d'usage se formuler, la réunion s'était achevée dans le brouhaha sans qu'elle ait pu faire adopter son point de vue. Elle ruminait ce contrecoup et assister à ce cours était loin d'améliorer son humeur.

16.

Le bureau de l'IJtunnel et celui de la Warmoesstraat étaient en pleine effervescence. De mémoire de policier, on n'avait jamais assisté à une fusillade doublée de chasse à la voiture en ville. Deux agents blessés, six morts et un disparu. Incroyable !

Des hélicoptères des forces spéciales tournoyaient encore aux abords de la gare centrale et de l'IJtunnel. Que s'était-il passé ? Selon les premiers rapports, les deux voitures civiles s'étaient précipitées dans le tunnel avec les véhicules de police à leur suite. Au plus profond du tunnel, les agents avaient vu les deux carcasses imbriquées l'une dans l'autre au milieu de la chaussée ce qui, à première vue, semblait un carambolage. L'une des voitures avait pris feu et contraint les agents sur place à reculer à cause des risques d'explosion, leurs extincteurs n'étaient pas de taille à lutter contre la fureur de l'incendie. Prévenus, les pompiers s'étaient frayés un passage alors que le réservoir de la première voiture explosait, catapultant des débris de carrosserie dans tous les sens. Les agents, sans masque de protection, avaient dû refluer vers la sortie laissant le champ de manœuvre aux ingénieurs du feu et à une deuxième explosion. Le second réservoir, certainement presque vide, produisit moins de dégâts. L'alarme donnée depuis le début de la poursuite, l'IJtunnel était fermé dans les deux sens à la circulation, sage mesure, incapable toutefois de contenir plusieurs petits malins. Ils passèrent outre l'interdiction et l'un d'eux avait été grièvement blessé, atteint par un morceau de tôle brûlant. Transporté à l'hôpital d'urgence, sa vie était hors de danger.

Les occupants des deux véhicules étaient morts sur le coup, mais selon les recoupements, le passager de la Mercedes s'était volatilisé en pleine nature, du moins dans le tunnel. Les résultats préliminaires de l'enquête étaient formels. Il n'y avait que cinq cadavres parmi les débris. Comment l'homme avait pu s'échapper restait un mystère. Où était-il passé ? Un employé des Travaux Publics avait été convoqué d'urgence avec les plans du tunnel. Si le passager de la Mercedes était vivant, et tout le laissait supposer, blessé ou non, il était un témoin oculaire et le seul qui pourrait fournir des détails sur le déroulement des événements. Il fallait le retrouver coûte que coûte. Le tunnel avait bien été interdit à la circulation, mais si un quidam avait pu s'acheminer sur les lieux de l'accident par curiosité, un autre pouvait tout aussi bien s'être frayé le chemin inverse pour sauver sa peau. De toute évidence, on avait affaire à des criminels endurcis qui, sans hésitation, tiraient sur des représentants de l'ordre. Deux d'entre eux étaient hospitalisés. L'un avec juste une éraflure à la tempe, l'autre avec une balle lui ayant traversé le gras du bras. Cela aurait pu être pire. Tout le monde en était conscient.

Pendant que des agents continuaient à fouiller

le tunnel dans les deux sens, sans grande conviction de mettre la main sur le fugitif, l'employé des Travaux Publics dépliait des cartes et des plans. « L'IJtunnel, ouvert au public le 30 octobre 1968, est exclusivement destiné à la circulation automobile et fait la jonction entre le centre d'Amsterdam et le quartier nord de la ville. Il fait partie de la voie A10 à partir du tronçon du nord par le Nieuwe Leeuwarderweg (la S116), la Valkenburgerstraat, la Weesperstraat, la Wibautstraat et le Gooiseweg (la S112) rejoint la A10 à Duivendrecht ».

Le commissaire Van Dijk, appelé par son collègue, fulminait en son for intérieur. Ces experts remontaient toujours aux sources connues pour expliquer l'évidence ! L'expert en question, inconscient des exaspérations ambiantes continuait son rapport. Dans son esprit, on ne pouvait jamais être trop précis dans un compte rendu et il était difficile d'évaluer les savoirs de chacun, d'où la nécessité de parfois annoncer des choses connues, mais qu'il pourrait être catastrophique de ne pas connaître dans certaines circonstances.

« La longueur totale du tunnel, en comptant la portion de l'entrée et celle de la sortie, est de 1682 mètres. La partie couverte a 1039 mètres de longueur. Le point le plus bas du tunnel se situe à 20,32 mètres au-dessous du niveau de la mer. Les mensurations moyennes de la construction, en béton je vous le rappelle, sont de 24,80 x 8,75 mètres divisées en deux voies de circulation avec, au centre, des conduits pour les câbles et les tuyaux.

Les ventilateurs, situés dans deux unités sur les rives de l'IJ, insufflent de l'air pur par des conduits installés sous la chaussée avec des ouvertures dans les parois des espaces routiers et aspirent l'air vicié. A l'entrée côté nord, des grilles reflétant les rayons du soleil ont été posées. Côté sud, ces grilles ont disparu à cause du bâtiment du Nemo construit au-dessus du tunnel. Le contrôle routier s'effectue à l'aide de vingt-deux caméras réparties à intervalles réguliers sur le trajet dans les deux sens. Des éléments de chauffage, ajustés sous la chaussée, préviennent la formation de verglas et un ordinateur règle l'intensité des éclairages aux deux extrémités du tunnel, de manière à créer un passage progressif de l'éclairage artificiel à la lumière du jour et vice versa.

La route par l'IJtunnel est construite comme un axe routier citadin, comprenant deux voies séparées, chacune avec deux voies parallèles. Ce profil continue côté nord jusqu'à l'A10 et, au sud, jusqu'au Prins Hendrikkade, ensuite le profil se rétrécit à une

voie des deux côtés ». A bout de patience, le commissaire Van Dijk interrompit brutalement le récit :
– Y a-t-il une possibilité de s'introduire dans une bouche d'aération et où cela conduirait-il ?
– Pour s'introduire dans un conduit d'aération, il faudrait ouvrir la grille de fermeture…
– Cela est-il possible ? Sont-elles cadenassées ?
– A vrai dire, ces grilles sont amovibles de façon aisée afin de permettre les travaux d'entretien.
– Donc, n'importe qui peut s'insinuer à l'intérieur d'un conduit. Bien. Et où cela mène-t-il ?
– Du côté nord, on débouche au-dessus du tunnel et au sud, dans le Nemo.
– Comment ça dans le Nemo, rugit Van Dijk, vous voulez dire qu'il y a un passage du tunnel au Nemo !
– Oui. N'oubliez pas que le Nemo a été construit après et juste au-dessus du tunnel et que les conduits d'aération devaient rester en place par mesure de sécurité.
– Eh bien, nous savons maintenant à quoi nous en tenir et savons aussi comment notre fugitif a disparu. Espérons que les chiens le repéreront ! »

17.

Cet homme qui passait le seuil, jeune encore, était vraiment obèse. Au moins cent kilos. Éliane percevait mal les gens qui se laissaient aller. Elle les suspectait d'enfouir leur chagrin sous leur poids. Elle-même essayait de gérer sa silhouette au maximum. Été comme hiver, elle faisait une heure de marche par jour et arpentait le chemin d'un pas ferme. Sa sœur le disait toujours : un exercice sain et bon marché. Dans un sens, elle avait peu de mérite à garder son allure de jeune fille. Elle buvait rarement de l'alcool et bien entendu, elle ne fumait pas une seule cigarette. Le tabac, c'était compréhensible. Pour la voix, pas très recommandé. Question alcool, c'était par manque de goût. D'ailleurs, cela ne lui procurait aucune euphorie. Elle préférait de loin les vocalises qui lui nettoyaient la tête. Ainsi évaluait-elle les mensurations du jeune homme, légèrement surprise.

« Entrez, je vous prie.

– Merci.

– Désirez-vous une tasse de thé ? » Et en toute simplicité, elle le précéda à la cuisine pour faire bouillir de l'eau.

De son côté, Richard revenait à peine de sa surprise. La femme qu'il avait devant lui ne ressemblait en rien à son attente. Il avait imaginé une grosse blonde, bien soignée certes, mais blonde. Il se trouvait en face d'une rousse pétulante aux yeux de braise, svelte comme un roseau. Contrairement à ce qu'il avait pensé, elle ne portait aucune bague à ses doigts manucurés aux ongles ras. En revanche, une chaîne en or avec une clé de sol pendait à son cou. Ses seins petits et hauts plantés perçaient sous l'étoffe. Si c'était son nouveau prof, sûr qu'il allait se remettre à chanter !

Ils passèrent dans le salon où trônait un piano à queue gigantesque. Les murs étaient couverts de photos de célébrités du monde lyrique. Au-dessus de la cheminée, un immense portrait d'Éliane, surplombant les canaux d'Amsterdam.
« Très beau portrait ! claironna Richard à la ronde en déposant son sac.
– Merci. »
Ils s'évaluèrent du regard pendant deux ou trois secondes. Éliane, comme à son habitude, prit la direction des opérations.
« Dites-moi exactement, pourquoi voulez-vous chanter ?
– C'est à dire que mon père était ténor et je suis aussi ténor. J'ai déjà chanté sur scène, mais j'ai embrassé une autre profession. Maintenant, je me rends compte que j'aurai dû continuer à chanter. C'est pour cela que je veux prendre des leçons.
– Oui, c'est possible. Quel était le répertoire

de votre père ?
– …
– Que chantait-il ?
– Il chantait toutes les chansons que chantent les ténors.
– C’est-à-dire ?
– Enfin, il n’était pas un ténor professionnel. Il était dans l’armée. Il faisait partie d’une chorale pour son plaisir.
– Ah ! Très bien. Et vous ?
– Moi ?
– Oui. Vous. Que chantez-vous ?
– Je… enfin.… cela fait plusieurs années que je n’ai pas chanté.
– Cela ne fait rien. Que chantiez-vous ?
– Comme je vous l’ai dit, j’ai chanté Gilbert et Sullivan.
– Quel rôle ?
– Capitaine Fiddle.
– Très bien. Levez-vous. Venez près du piano. Je voudrais entendre votre voix. »
Richard reposa sa tasse sur la petite table près de son fauteuil et s’approcha du piano. Ses yeux ne quittaient pas ceux d’Éliane.

Elle plaqua quelques accords pour le mettre à l’aise, puis joua une suite de notes simples.
« Reproduisez ces notes-là sur o, s’il vous plaît.
– O, o, o, o, o, o, o, o, o. ♪♫ ♫♪♫
Elle montait à chaque fois l’exercice d’un

demi ton.
– Maintenant sur a. » Richard s'exécuta.
« N'ayez pas peur. Cela n'est pas grave de ne pas y arriver du premier coup. »

Richard s'appliquait à faire ce qu'elle lui demandait. Une heure s'écoula ainsi. Elle proposait un exercice qu'elle lui jouait préalablement au piano et le lui répétait avec la voix. Toutes les voyelles de l'alphabet y passèrent sur tous les tons. Lorsqu'ils eurent terminé, la sueur perlait à son front. Il était en nage.
« Désirez-vous une tasse de thé ?
– Oui, volontiers. » Il se laissa tomber épuisé dans le fauteuil.
« Pour vous dire la vérité, je pense que vous êtes un ténor, mais votre voix est dans une condition déplorable. Pour la remettre en état, il va vous falloir beaucoup de patience et de persévérance. Je peux vous aider. Cependant, je ne peux rien vous garantir. Tout dépendra également de votre aptitude au travail. Il est impossible de faire un pronostic après une heure. Disons que vous avez des possibilités.
– Le travail ne m'effraie pas.
– Très bien. La discipline ?
– Je vois ce que vous voulez dire. J'essaie.
– C'est tout ce que l'on peut faire. Essayer et essayer encore. Vous voulez revenir ?
– Si c'est possible, oui. J'aimerais apprendre

avec vous.
– Très bien, revenez. »

18.

Discerner les jumelles l'une de l'autre aurait été impossible si elles n'avaient revêtu des tenues dissemblables dans leurs coloris et leur allure. Sarah affectionnait les jupes amples, les voiles et les colifichets alors qu'Esther, dans des robes droites et des tailleurs cintrés, évoquait un militarisme de bon aloi dont les uniformes auraient adopté les teintes les plus folles. L'une déplaçait des monceaux de froufrous pastel, l'autre semblait l'hôtesse d'une compagnie aérienne inconnue ou d'une armée fantaisiste. Cette diversité vestimentaire reflétait leur divergence de caractère. Inséparables, elles se complétaient et écrivaient ensemble leurs dissertations. Dans un précédent exposé, elles avaient choisi Annie Ernaux, non parce qu'elles raffolaient de l'auteur, au contraire. Elles préconisaient qu'il était primordial d'étudier aussi en profondeur les écrivains avec lesquels l'identification s'avérait difficile ; cela offrait de plus grandes opportunités de réflexion et d'abstraction. Le *close reading* était leur spécialité. Aujourd'hui, elles avaient opté pour un auteur différent avec lequel elles disaient ressentir beaucoup d'affinité. Elles présentaient Andreï Makine. Esther prit la parole :

« Pour commencer, nous parlerons de *La Vie d'un homme inconnu* paru en 2009 pour ensuite aborder son dernier roman, *Le Livre des brèves amours éternelles*, paru également au Seuil au mois de Janvier. Pourquoi avoir choisi ces deux romans en particulier ? Parce que cela nous offre l'opportunité de réfléchir sur l'amour chez Andreï Makine. Peu de critiques se sont penchés sur ce sujet chez l'auteur, mais ces deux derniers romans en sont empreints encore plus que les autres. Nous avons opté pour l'intégration de larges citations que nous vous avons polycopiées et que vous pourrez relire plus tard pour nous pénétrer du style inimitable de l'auteur qu'il serait vain et ridicule de paraphraser.

Dans *La Vie d'un homme inconnu*, il est question de plusieurs histoires d'amour. Celles du narrateur, un écrivain du nom de Choutov, héros du second roman traité, se terminent mal. L'une d'elles est la rupture avec son amie plus jeune, l'autre est un fantasme qui n'arrive pas à terme. En revanche, il est donné à Choutov de recueillir une histoire d'amour incommensurable, celle de Volski et Mila, à qui il suffisait de regarder le ciel, pour savoir qu'ils s'aimaient, même lorsque la cruauté de la vie les séparait. Le second ouvrage, *Le Livre des brèves amours éternelles*, comporte plusieurs histoires d'amour, celles du narrateur, qui n'en forment qu'une à vrai dire car c'est de son éveil à l'amour dont il est question. Voyons le premier roman. »

Les jumelles avaient effectué leur travail en équipe et Sarah enchaînait :

« *Ils restèrent immobiles, face à face, évitant la moindre mimique, déjouant la montée des larmes. Il faisait, ce matin-là, moins trente, ce n'était pas le moment de pleurer.*

Mila et Volski avancent dans les rues glacées de Leningrad assiégée, tirant péniblement chacun leur mort sur un chariot de fortune et se reconnaissent. La vie les séparera encore et, encore ils se retrouveront.

Il revint vers le banc, s'accroupit et chantonna tout bas, telle une berceuse : "A vous, ma bien-aimée, je vais confier mon rêve..."

Leur amour vaincra le froid, la faim, le goulag et même… la mort. Mila et Volski sont jeunes, anciens étudiants du conservatoire de musique ; l'air d'une opérette, l'hymne de leur amour. Des années plus tard, Volski, seul, devenu grabataire, se confie à Choutov, écrivain à la recherche de son passé. Dissident grincheux, émigré à Paris, celui-ci revient en Russie fuyant le désastre de sa liaison brisée avec Léa.

Avec *La Vie d'un homme inconnu*,

Andreï Makine, auteur entre autres, est-il besoin de le rappeler, du *Testament français*, prix Goncourt et prix Médicis 1995, *La Musique d'une vie*, *La Femme qui attendait*, *L'Amour humain*, signe un roman majestueux d'une composition toute en subtilités profondes et denses, dans un équilibre vibrant de compassion, laissant le lecteur pantois, émerveillé par la fluidité magique de la narration des images ciselées par la maestria makinienne. *La Vie d'un homme inconnu* infirme une recrudescence de fraîcheur, une vigueur soyeuse dénonçant la maturité scripturale de l'auteur. C'est que Mila et Volski n'abandonneront jamais leur amour ni leur promesse.

Tous les jours regarde le ciel, au moins un instant, je le ferai aussi…

Ce qui aurait pu n'être qu'une banale histoire d'amour devient un chant sublime dont les notes de tendresse et de souffrance s'élèvent dans un ciel toujours plus pur allant grandissant.

La nuit, l'eau bruissait sous leurs fenêtres, des vaguelettes battaient doucement contre les marches. Il fallait dire ce calme et cette joie pour aider les gens à vivre autrement. Mais le dire avec quelles paroles ?

S'il s'agit pour Volski d'une interrogation, il semblerait bien que Makine ait trouvé la réplique dans ce roman à l'écriture ample et juste portée par un souffle puissant que seuls les plus grands possèdent.

Selon nous, dans tout le roman, comme souvent chez Makine, il s'agit de passages auto-réflectifs : la réflexion sur la mémoire. »

Sans se concerter, comme si elles avaient répété plusieurs fois leur exposé, les deux jumelles se relayaient et prenaient la parole tour à tour.

« Nous passons au second roman, *Le Livre des brèves amours éternelles.*

Dans celui-ci, Andreï Makine nous livre ses réminiscences d'un pays disparu dans la tourmente ravageuse des années quatre-vingts et ce qui pourrait être des clés pour mieux le connaître. En effet, l'auteur s'est toujours montré très discret sur sa vie, mais avons-nous là des éléments de sa biographie en lisant celle du narrateur grandi dans un orphelinat ?

Le roman se déroule sur huit scènes présentant l'éveil d'un être à l'amour. Un amour qu'il porte en lui – le lecteur le comprend – et ne le quittera jamais en dépit des aléas, parfois cruels, de la vie ; en dépit aussi des rencontres éphémères enfouies en son âme depuis lors comme des perles de souffrances douces-amères, celles de la séparation dont ne restent plus que des réminiscences nébuleuses, mais si intenses qu'elles peuvent porter un homme au pinacle de la grâce d'aimer. Il en est ainsi pour Dmitri Ress, dissident, dont on dit *"Il l'aimait... comme on ne peut être aimé... qu'ailleurs que sur cette terre"*.

Le tête-à-tête avec cet homme qui, usé par les séjours itératifs dans les camps, à quarante-quatre ans paraît un octogénaire, sous-tend et colore les face-à-face du narrateur avec les femmes, qui formeront son cœur et son esprit par la tendresse de la transcendance des moments vécus :
« Grâce à elle, je compris soudain ce que signifiait être amoureux : oublier sa vie précédente et n'exister que pour deviner la respiration de celle qu'on aime, le frémissement de ses cils, la douceur de son cou sous une écharpe grise. Mais surtout éprouver la bienheureuse inaptitude à réduire la femme à elle-même. » Dmitri Ress s'est opposé avec récurrence au régime par des caricatures, des pamphlets avec une lucidité sauvage lui valant ses condamnations sans pour autant ramollir ses convictions à « la fermeté d'un silex » dont l'acuité s'est transmise à ses traits selon le narrateur : *« Il ressemblait d'ailleurs à un long éclat de cette pierre et son regard jetait parfois des reflets ardents, les battitures d'une pensée indomptée dans un corps défait. »* Ress lui donnera la conscience de la subversion et de l'incommensurable endoctrinement dans son

pays lorsqu'il lui fait entrevoir la répétition de la scène du même défilé dans tout l'empire.

Devenu adulte, le narrateur fait la connaissance des douceurs des liaisons éphémères, celles ancrées dans les replis des souvenirs alimentés par les détails ineffaçables du quotidien.

La cocasserie d'instants comiques le dispute au tragique des moments cruels métamorphosés en minutes immarcescibles sous la magistrale plume de l'auteur. Andreï Makine offre à ses lecteurs une leçon, non seulement d'amour et de compassion, mais d'attitude existentielle car dit-il : "... *nous sommes tous capables de quitter la marche grégaire du défilé, ses vociférations exaltées, ses emblèmes écrasants, ses mensonges.*"

Andreï Makine dévoile donc aussi l'un des secrets de sa formation rigoureuse et exempte des richesses superficielles et superflues, contaminant dans un foisonnement de futilités pondéreuses notre quotidien ainsi banalement surchargé devenu oppressant : *"Nous possédions si peu et si brièvement que le monde entier s'offrait à nos rêves."* »

19.

Xavier, champion du baratin, supputait ses chances. L'approcher comme toutes les autres lui semblait le meilleur moyen. Parlez-moi de vous. Je sens chez vous des choses insoupçonnées, pas communes. Au-delà de votre beauté, c'est votre profondeur qui m'intéresse. Vous êtes si différente. Vous vous habillez simplement, mais avec une telle recherche. Cet ensemble irait à très peu de femmes, et vous, mon Dieu, vous le mettez carrément en valeur. Le couturier devrait vous remercier, créer un modèle uniquement pour vous. Ne jamais parler de soi. Se concentrer exclusivement sur elle. Au fait, de quel signe êtes-vous ? Comment ? Mais, j'en étais certain. Incroyable ce qu'il y a d'affinités entre nous. C'est surprenant, voyez-vous. Vous êtes pleine d'imprévus, mais je me sens tellement bien avec vous. Je suis en confiance à vos côtés. Cela ne m'arrive jamais. Vous êtes unique. Nous devons absolument garder cet instant le plus longtemps possible. Restons ensemble. Elle ondulerait de plaisir devant lui. Il n'aurait plus qu'à cueillir le fruit offert.

Ces chances étaient théoriques car, pour l'instant, il se préparait à jouer le nouveau directeur des Études slaves dans son bureau avant de faire son discours inaugural. Il avait revêtu sa toge noire à la simarre bleue, emblème de la faculté des Lettres. Il se mira dans la glace en pied, posa sa toque d'aplomb sur sa chevelure et, ma foi, cela pouvait très bien aller. N'aurait-il pas mieux fait de s'habiller une fois sur place ? Xavier ignorait la nervosité et pénétrer dans l'enceinte où devait se jouer son premier contact officiel avec la pègre universitaire, ne lui procurait aucun frisson particulier. Il ne doutait pas qu'ici, comme ailleurs dans toute arène académique, ce ne fut une véritable corrida avec mise à mort rituelle de temps à autre. A ce point de ses pensées, il s'arrêta net. La mise à mort des semaines précédentes n'avait rien de virtuelle. Et si elle avait un rapport quelconque avec le statut universitaire de cette étudiante ? Comment s'appelait-elle déjà ? Eva. Oui, Eva. C'était bien cela. Se rasseyant dans son fauteuil, sans crainte de froisser sa toge, Xavier examinait plusieurs possibilités et concluait se trouver devant un mystère. Pour ce qu'il en savait, le meurtre pouvait tout aussi bien être lié à sa venue.

Son ami Hartevelt l'avait mis au courant sans trop lui fournir de détails pour la simple raison qu'il n'en avait pas, à vrai dire. Ils en étaient tous à spéculer dans l'attente d'une évolution dans un sens ou dans l'autre. En proie à de telles préoccupations moroses, il se décida pour une petite pose et prit son portable au fond de sa poche. Il enfonça la touche d'appel direct. La voix préenregistrée, devenue familière, répondit immédiatement :

« Allo... Ici Babette à l'appareil. Oui, cher

*Monsieur. C'est elle-même qui parle. Très, très heureuse de faire votre connaissance. Je dirais même, si vous le permettez, plus que très heureuse. Je suis ravie de vous entendre. Comment se sont passées vos vacances ? J'espère qu'elles vous ont procuré le punch nécessaire pour reprendre à la rentrée. Quant à moi, je préfère vous dire que je suis très satisfaite que la saison recommence. L'opéra surtout nous apportera quelques productions intéressantes. Saviez-vous qu'*Armide *de Lully vient prochainement dans notre théâtre ? Tout à fait autre chose qu'en 1789 avec tous ces sans-culottes. Mon Dieu... Je frémis en y pensant. Remarquez bien... dans un sens, il y a une analogie évidente. Tous des soldats. Enfin, je veux dire... autour d'Armide plein de batailleurs aussi. Dire qu'elle enchanta toute une armée... Celle de Godefroy de Bouillon. Cela fait beaucoup de monde, n'est-ce pas ? Même si l'on tient en considération le fait qu'elle était très habile dans l'art d'ensorceler. Des milliers d'hommes.... Comme cela... ! Elle devait être superbe. Une vraie walkyrie et puis, ces hommes avaient très peu de femmes à l'armée... alors... la beauté... le doigté d'Armide... tout cela aidant... Il n'y a pas à dire, vous devez en convenir vous-même,* Armide *c'est autre chose que* Jeanne au bûcher ! *Notre charmante pucelle reste vierge, selon tous les* *livres sur l'histoire. Elle obligeait même les soldats à se marier avec les catins qui suivaient l'armée. Ahurissant comme les mœurs peuvent changer d'une armée à l'autre. D'ailleurs... Armide était si belle ! Aucun homme ne pouvait lui résister. Jeanne ? Elle... elle inspirait tellement le respect... cela tenait les hommes à distance... Il y a bien sûr cet incident où un soldat raconte lui avoir empoigné le buste et avoir reçu une gifle magistrale. Ensuite, il se l'est tenu pour dit. Pardi ! Qu'auriez vous fait à sa place ? »*

Bonne question !! La connexion coupée, Xavier se sentit mieux. Inutile de faire la conversation. Écouter cette voix le calmait mieux qu'un massage. Il se leva, passa dans le cabinet de toilettes attenant, but un grand verre d'eau fraîche et, fin prêt, quitta son bureau en grande tenue.

Son entrée fut fracassante. Du jamais vu. Le nouveau directeur des Études slaves, ponctuel à la seconde près, passait les portes de verre habillé de sa toge et se dirigeait tout droit vers l'estrade où trônait le pupitre devant lequel il vint se planter. Toute l'université était présente ou presque, et chacun retint son souffle. De mémoire de chercheur, pas un ne s'était jamais promené dans les rues d'Amsterdam en tenue universitaire. Xavier balaya la salle du regard.

Sur le devant, au plus près du podium, assis sur des chaises qu'il savait inconfortables, se tenaient les personnalités les plus éminentes. D'aucuns lui avaient déjà été présentés. Derrière, sur les bancs, raides comme des bâtons, venaient les personnels de moindre influence parmi lesquels s'étaient glissés les étudiants les plus téméraires ou les novices. Le reste de la foule estudiantine préférait toujours de loin les balcons, d'où, accoudés à la balustrade, ses membres s'offraient une vue d'ensemble sur la cérémonie. Certains d'entre eux donnaient la préférence au niveau inférieur où ils peuplaient le fond de la salle, pour être plus près de la porte et de la plongée vers le lieu de la réception, ses canapés, ses cacahuètes, et… ses libations gratuites.

Xavier temporisa quelques minutes et laissa s'installer le silence. Tout relatif au début, celui-ci devint de plus en plus distinct au fur et à mesure que les secondes passaient. Quand tous se furent tus et le regardèrent les yeux chargés d'attente, il commença. Surprenant tout le monde, il parlait sans consulter aucune note, sans feuillets à portée de main, d'une voix agréablement modulée, loin du micro auquel, par ailleurs, il ne faisait jamais confiance.

Ses paroles emplissaient l'espace et se répercutaient clairement avec une légère vibrance due à l'acoustique excellente sous les ogives ancestrales. Cette allocution, une tradition universitaire, était de façon générale choisie pour refléter plus ou moins les préoccupations ou les recherches du professeur prenant ses fonctions. Xavier avait pensé un moment déroger à la règle, mais en y réfléchissant, avait conclu qu'il serait plus simple de s'y conformer. Il avait compris que là résidait le plus de chances de les mettre de son côté. Il ne parlerait assurément pas des récents troubles meurtriers. Il choisissait l'approche Coca-cola : Faites la joie autour de vous, donnez-leur du plaisir et ils vous aimeront, était le crédo des publicitaires de la grande marque. Xavier savait s'y prendre pour charmer son public.

« Lorsque Said parle de l'intellectuel comme exilé, il insiste sur ce qu'il nomme le plaisir, il emploie même le terme de privilège, associé au statut d'exilé : toujours être à nouveau surpris et ne rien prendre pour argent comptant ; acquérir une vue d'ensemble plus large car chaque expérience, chaque événement est toujours mesuré à un autre événement ou expérience dans un autre contexte culturel, celui d'où l'on vient, d'où l'on est parti, que ce soit volontairement ou sous la contrainte de données politiques ou personnelles. Fréquemment, la nouvelle situation engendre une plus grande liberté de créativité intellectuelle, puisque à l'étranger les contraintes conventionnelles pèsent toujours moins sur le déraciné que dans le pays d'origine. C'est vous dire si je suis heureux, comblé, de pouvoir être parmi vous dans cette magnifique ville d'Amsterdam et de m'adresser à vous en tant que directeur des Études slaves de l'université dont la réputation n'est plus à faire ».

Les visages légèrement tendus dans l'expectative et l'appréhension peut-être, au début, s'épanouissaient sous les compliments voilés. Des sourires commençaient à se dessiner subrepticement çà et là. Gagner leur sympathie était l'unique but de Xavier. Dans ce dessein, il déroulait son introduction. Même si on attendait de lui qu'il dévoile ses batteries sur la direction qu'il ferait prendre à l'institut, il n'avait nullement l'intention de jouer ce jeu-là. Dans son opinion, le problème, pour autant qu'il y eu problème, était à résoudre avec ses proches collaborateurs. Il voulait bien leur donner une ou deux suggestions, mais sans plus et s'il était entièrement honnête, plus que cela, il ne le pouvait pas, pour la bonne raison qu'il l'ignorait encore lui-même. Il avait eu l'impression, dans sa conversation avec Hartevelt, que plusieurs changements dans le fonctionnement seraient souhaitables et qu'il lui revenait d'en décider. Pour l'instant, Xavier pensait surtout introniser pour lui-même une période d'observation, ce qu'il put communiquer à l'assemblée qui opina comme si chacun eut pu y changer quoi que ce soit.

Il prétendit que le travail de son prédécesseur avait fait ses preuves, donné de bons résultats, formé des chercheurs adéquats et qu'avant de préconiser des innovations, il fallait être sûr de son fait : ne jamais jeter les vieilles chaussures avant d'en posséder une paire de neuves ; on ne changeait pas d'attelage au milieu d'un pont. La majorité des auditeurs étant des calvinistes de la plus pure espèce, ses paroles ne pouvaient que les réjouir. Il leur présenta ensuite une courte description de ses travaux actuels.

Au moment où il était sûr d'avoir aiguisé leur vigilance à ses propos et endormi simultanément leur éventuelle hostilité intellectuelle, toujours à fleur d'esprit vis-à-vis d'un confrère, il entama la fin de son discours qui contenait la torpille qu'il s'apprêtait à faire exploser. Il le savait, il allait toucher un point sensible dans cet encart de la Francophonie dédié aux écrivains « venus d'ailleurs », mais pas de n'importe où.

« Le projet de recherche d'une de nos

docteurs ès Lettres m'est parvenu et j'ai été charmé par la fraîcheur d'idées accouplée à une rigueur d'analyse scientifique de bon aloi. Sans être cuistre, ce chercheur, excusez-moi si malgré qu'il s'agisse d'une femme, je n'emploie pas le terme "chercheuse" et continue à manipuler le masculin, ce chercheur donc, a déjà publié sur le sujet et sa conclusion mérite de la soutenir dans des investigations ultérieures. »

Leurs yeux s'étaient démesurément agrandis. Ce Xavier Laroche ne faisait rien comme tout le monde. Ils venaient de s'en apercevoir. Au lieu de continuer à parler de ses études, de ses publications, en un mot de ses travaux passés, présents et futurs, il défendait ceux d'un jeune docteur dont personne n'avait encore entendu parler.

« Je voudrais, si vous me le permettez, citer sa conclusion qui mérite attention.
"Au XIe siècle, lorsque Anna, fille de Iaroslav le Sage, épouse le roi de France Henri Ier, les relations franco-russes culminent déjà. Se déroulant au fil des siècles, ces relations ne furent, bien entendu, pas exemptes de tout incident, mais néanmoins persistèrent harmonie et bonne entente. En comparaison, il faut attendre plus de quatre siècles (1502) pour voir apparaître les Antilles dans l'index

européen et encore un siècle et demi supplémentaire pour que la Couronne de France y fonde sa première colonie. En ce qui concerne le Maghreb, son apparition se fait encore plus tard (1830), tout autant dans une relation dominant/dominé, la France tenant le premier rôle. Quant aux anciennes colonies africaines (AOF et AEF), la France y avait aussi établi une relation dominant/dominé (1895 et 1910). Dès le départ, la position discriminatoire dans laquelle seront tenus les habitants du Maghreb, des Antilles ou des territoires africains et la pratique du français – imposée et non choisie comme pour les Russes – comme langue officielle explique – partiellement – pourquoi des écrivains originaires des ex-colonies ou des DOM TOM ont une relation particulière au français. Beaucoup d'entre eux semblent, en effet, ressentir le besoin de faire violence à une langue, à la fois héritée et imposée : langue d'écriture et d'expression, certes, mais aussi langue de l'ex-colonisateur ; langue qu'il faut utiliser, mais langue à créoliser, langue à malmener, langue à marquer, pourrait-on dire, afin de la re-posséder pleinement. Les Russes, en revanche, héritiers d'une tradition appuyée sur des bases d'échanges culturels, littéraires et sociaux, d'égal à égal, la cajolent, cette langue, ce français « à eux », et la manient avec tendresse. Par exemple,

Romain Gary, Henri Troyat, Andreï Makine font amplement l'éloge de la langue française.

Pour les auteurs issus d'une situation coloniale vécue comme traumatique, ou du moins comme une source d'inégalité entre dominants et dominés, dans une période où le français fut une langue imposée par le colonisateur et non choisie, il y a donc souvent à l'intérieur du texte une situation conflictuelle, Assia Djebar parle de sa langue marâtre. Parmi les autres auteurs, non issus de la situation coloniale, mais dont le choix du français en tant que langue d'expression scripturale est libre, on pourrait nommer Cioran, Becket, Kundera... sans être la langue officielle de leur pays d'origine, la condition des auteurs franco-russes est tout à fait exceptionnelle. Elle s'inscrit dans une situation où le choix, bien que libre et d'origine sociale, s'insère dans une longue tradition littéraire, historique et culturelle : la tradition franco-russe."

Je pense qu'un institut se doit de faire avancer la recherche et quand il a la chance d'être confronté à une nouvelle vision, force est d'admettre que ce projet soit une priorité. Mes collaborateurs seront, j'en suis persuadé, d'accord avec moi sur ce point. Maintenant, comme nous le savons tous d'expérience, les discours les plus courts étant toujours les meilleurs, je m'en voudrais de retenir plus longtemps votre attention et surtout de vous tenir cloués sur ces sièges inconfortables et je vous remercie de votre patience et de votre attention. »

20.

Le crépitement des applaudissements s'estompait progressivement et l'aula s'emplissait du bruissement, des chuchotis, du crissement des chaises repoussées sur les dalles de marbre, du frottement des semelles, des pas qui se dirigeaient qui vers Xavier, qui vers le fond de la salle et la collation tant attendue par ceux qui n'étaient venus que pour cela.

Imperturbable et souriant, Xavier recevait les félicitations, serrait les mains tendues. Le doyen, conforme à sa marotte, s'approcha et l'entreprit sur la date des ogives transversales et des restaurations successives. Il avait indubitablement payé plus d'attention au plafond nouvellement repeint qu'aux paroles de Xavier, ce qui ne le prévenait nullement d'affirmer que le discours avait été extraordinaire de clarté avec des digressions exceptionnelles, ce qui sans être inhabituel était tout de même non pareil.

Ron van Meersen-Tromp, en dépit de ses cheveux de neige, était loin d'être gâteux et il n'avait pas son égal pour distribuer les éloges accompagnés d'un sourire lumineux empreint de sincérité. Après tout, personne ne s'était jamais plaint d'un compliment, même exagéré, et personne ne lui reprochait de vivre dans un monde où la courtoisie avait cours. Petit, rubicond, un sourire constant aux lèvres à toute heure, on l'aimait bien pour son éternelle jovialité. Il était incollable sur les monuments d'Amsterdam et en suivait les constructions nouvelles, les architectes, les dates, les styles… Lui qui s'endormait régulièrement à l'opéra et abhorrait le modernisme, avait fait le voyage à Sydney dans les années 80 pour admirer les plans réalisés par Jørn Utzon dont il se profilait l'aficionado depuis.

Célibataire, il était toujours disponible pour distribuer un conseil, prêter une oreille compatissante aux déboires des uns et afficher un enthousiasme contagieux aux plans des autres. Ce n'était un secret pour personne qu'il entretenait une relation amoureuse qui remontait à la nuit des temps avec sa secrétaire, mais il gardait le décorum et revendiquait une liberté qu'il avait depuis longtemps aliénée. A l'occasion des rassemblements universitaires, ils restaient toujours éloignés l'un de l'autre, arrivaient et repartaient séparément, sans pour autant tromper personne.

Pieter Hartevelt flanquait son poulain, faisait les présentations lorsque cela s'avérait nécessaire. Xavier était bien décidé à quitter sa toge à un moment donné, mais pour l'instant il voyait comme seul moyen d'attendre la fin des palabres. Tous y allaient de quelques mots de bienvenue « parmi nous », sans beaucoup d'originalité, mais prononcés avec gentillesse. Xavier évitait de s'embarquer dans des réponses emberlificotées et se contentait d'un « merci, nous nous parlerons plus longuement plus tard » qui ne l'engageait à rien et dont semblait s'accommoder la plupart.

Les battants du portail au fond de la salle s'étaient ouverts et, comme aspirée, l'assemblée s'écoula avec rapidité au soulagement de Xavier qui voyait la fin des congratulations approcher. Il put s'éclipser pour se changer et réapparut en costume quelques minutes plus tard. La comédie avait duré assez longtemps ; il était content de retourner à la vie civile ! Il s'achemina en direction de la salle où le champagne coulait, non pas à flots : on était aux Pays-Bas, mais néanmoins de manière acceptable. Une coupe lui paraissait tout à fait justifiée après la cérémonie éprouvante malgré tout.

Depuis son séjour, Xavier avait eut le temps de s'étonner de plusieurs coutumes hollandaises. Ce qu'il vit le laissa malgré tout pantois. Des plats de harengs crus, décorés d'oignons, crus également, circulaient parmi de grandes assiettes couronnées de crevettes frites pour agrémenter le champagne rose ou blanc dans des gobelets à pied en plastique transparent. Les Bataves n'avaient pas leur pareil pour défier les lois gastronomiques. Les amuse-gueules étaient larges comme la main et les enfourner d'une seule bouchée relevait de la performance olympique. En dépit de cela, chacun s'empiffrait à une allure vertigineuse, s'assurant ainsi son repas du soir.

Sous l'emprise d'un ébahissement quasi-cataleptique, Xavier s'empara au vol d'une coupe, déclina la nourriture. Une femme, un pilon de volaille d'une main et un verre dans l'autre, manœuvra vers lui. « Ilse van der Brug », prononça-t-elle. Il s'apprêtait à lui tendre la main, se ravisait, lorsqu'elle reposa tout naturellement l'os rongé sur un plat passant à sa portée sans offusquer le serveur souriant. D'emblée, elle entra dans le cœur du sujet.

« Vous semblez plus intéressé par les travaux de jeunes chercheurs que par ceux des professeurs confirmés ».

Il s'agissait plus d'une assertion que d'une question et il garda le silence, les yeux un peu dans le vague et un sourire discret aux lèvres. Réflexion faite, il s'agissait aussi d'une provocation. Raison de plus pour rester coi et attendre la suite qui ne le fit pas languir :
« Pensez-vous sincèrement qu'un jeune chercheur, frais émoulu, puisse avoir une idée aussi brillante que vous le dites ? »

D'évidence, elle exigeait une réponse. Il ouvrait la bouche en vue de la satisfaire, et avant qu'il profère une parole, Ron van Meersen-Tromp fondait sur eux avec deux coupes, une dans chaque main.
– Laissez-moi vous fournir de nouvelles munitions. Vous avez l'air bien sérieux tous les deux. Au moins vois-je que vous avez fait connaissance. » Et il enchaîna, « Savez-vous que cet édifice dans lequel nous avons le plaisir de déguster ce Krug en votre honneur, cher Xavier, a été construit sur l'emplacement exact de l'ancienne église domestique, la chapelle, si vous préférez, des luthériens. Les travaux ont été dirigés par Wessel Becker et Willem van Daelen en 1632-1633. Depuis plus de trente ans, le service se déroulait dans un entrepôt à cet endroit, Le Pot doré. Quel nom ! En se rendant propriétaire des immeubles voisins, l'Église s'est agrandie. En 1631, la ville donna l'autorisation d'ériger une

église à la place des sept maisons. Contrairement à ce qu'il paraît, le sol était à l'origine très inégal et en 1925, les fondations ont été totalement rénovées. Elles ont résisté plus de trois siècles !! Phénoménal, non ? Ah, on savait construire en ce temps-là ! Dès qu'elle fut terminée, l'église a été utilisée. Elle a abrité le culte jusqu'en 1961 où, à cause de la décroissance des fidèles, l'Église l'a louée à l'université. Nous sommes locataires, sans plus. Regardez-moi ces colonnes et les grandes orgues », poursuivait-il avançant vers la nef, sans regarder en arrière, certain qu'ils lui emboîteraient le pas. N'était-il pas le Doyen de l'université ? Cependant, Ilse qui avait déjà entendu l'histoire des dizaines de fois, leur faussa compagnie et resta sur place, les laissant s'éloigner. « Voyez-vous continuait, Ron à l'intention de Xavier, tous les lambris ont été remis en état lors de la dernière restauration. Elle a duré deux ans, de 1984 à 1986 ». Pieter Hartevelt s'approchait d'eux : – Alors, tu prends des cours d'architecture ? Quand il enfourche son dada, pas moyen de le distancer !

– Je me devais de le sauver des griffes d'Ilse, tu sais comme elle est ». Xavier comprit avoir évité un péril sans bien savoir lequel.

« Elle a un projet sur les Maghrébins », lui indiqua Pieter, alors que Ron allait éclairer plus loin de ses connaissances architecturales

un groupe agglutiné autour d'une portion de crevettes frites.
« Viens que je te présente la jeune docteur dont tu as fait l'éloge. »

Chloé et Éliane, un peu en retrait, une flûte à la main, observaient les invités et virent Xavier et Pieter venir vers elles.

Des bulles montaient lentement à la surface, éclataient en une danse légère et pétillante. Éliane termina le liquide doré en une gorgée pendant qu'elle fouillait des yeux l'assistance à la recherche d'un plateau où déposer sa coupe vide. Le doyen lui cria de regarder celui qui arrivait. Elle se tourna et son regard percuta un homme qu'elle crut aussitôt ne pouvoir être que Xavier Laroche dont Chloé venait de l'entretenir car elle avait raté la cérémonie. Cet homme était d'une telle élégance qu'il était difficile de ne pas être surprise quand on ne l'avait jamais vu. La coupe de son costume tranchait étonnamment sur celle des hommes présents.

Il avait apporté ce jour-là un soin particulier à sa toilette, choisi méticuleusement sa pochette, ses chaussettes et sa cravate retenue par une épingle discrète. Sa parure augmentait son air naturellement brillant. De son côté, Xavier vit que Pieter le dirigeait vers deux femmes superbes. L'une,

les yeux gris ardents, vifs, à peine fardée, grande rousse, dans un tailleur vert d'eau froufroutant au décolleté généreux qui contenait avec peine de superbes mamelles dont la fermeté apparente ne devait rien à la chirurgie esthétique, il en aurait juré. Des talons aiguille, en cuir fin d'une hauteur démesurée, assortis à un réticule accroché en bandoulière, complétaient l'ensemble. Pour toute parure, un solitaire de dimensions respectables scintillait à l'annulaire de sa main droite. L'autre femme, légèrement plus petite portait une robe de chiffon crémeux faisant ressortir sa peau hâlée et ses cheveux noirs, relevés en chignon, dégageaient une nuque gracile. Des sandales à talons en crocodile rouge la faisaient se cambrer, accentuaient le galbe de sa poitrine et la chute des reins à peine voilée par la mobilité du tissu.
« Laisse-moi te présenter Éliane Vermont, cantatrice et Chloé Vermont, docteur ès Lettres, auteur du projet sur les écrivains franco-russes que tu as si chaleureusement défendu. »

Éliane avait entendu le compte rendu de la cérémonie que lui en avait fait Chloé et pensait sincèrement que l'homme en face d'elle était ce qu'il y avait de mieux fait et de plus agréable parmi les convives et surtout, Chloé le lui avait dépeint de telle sorte et lui en avait parlé tant de fois depuis le début de la réception qu'elle était curieuse et même impatiente de faire sa connaissance. Quant à Xavier, il ne pouvait s'empêcher de faire parler ses yeux d'une manière si éloquente que Pieter hésita un instant avant de prononcer les paroles d'usage de peur de déchirer le voile d'un charme.

Ilse, demeurée sur place, devint consciente d'un regard posé sur elle et rencontra les yeux de Gerrit Hartevelt qu'elle reconnut aussitôt. Il avança la mine plaisante. Il savait qui elle était, mais elle ignorait qu'il fut le frère de Pieter et ne pouvait en aucune façon le deviner car ils se ressemblaient peu.
« Bonjour, Inspecteur. Vous fréquentez les sauteries universitaires maintenant ? Je crains fort que nous ne soyons un véritable divertissement. » Il s'inclina devant elle.
– Bonjour, Madame. Au contraire. Ne vous méprenez pas. Les discours de vos collègues peuvent l'être.
– Vous m'en voyez ravie. Et quand aura lieu le procès de cet homme abominable ?
– De qui parlez-vous ? » Elle le considéra un instant, surprise.
« Mais de cet homme qui a tué si sauvagement notre chère collègue.
– Ah, pour cela, Madame, c'est entre les mains de la justice. Nous autres policiers ne

faisons qu'un travail de recherche, nous réunissons des preuves. Ensuite, la justice suit son cours.

– Et dans le cas qui nous occupe, vous avez les preuves nécessaires, n'est-ce pas ?

– Nous avons des preuves certaines. » La conversation prenait un tour pour le moins curieux lorsque Gabrielle Sonar fit irruption près d'eux. Elle embrassa Ilse sur les deux joues.

« Bonjour Inspecteur. » Elle lui tendit une main ferme et franche.

« Mademoiselle, je suis heureux de vous voir remise de vos émotions.

– Disons que je me suis fait une raison. Ce qui est arrivé est arrivé.

– Justement, l'inspecteur me disait que le coupable recevra le châtiment mérité.

– Sans aucun doute, mesdames. Notre homme est sous les verrous et justice sera rendue. Cela ne ramènera pas votre infortunée collègue, mais…

– Ah, mais, c'est l'Inspecteur Hartevelt », tonitrua Bart Verweijden, lui administrant une tape amicale sur l'épaule. Gerrit avait cela en horreur, mais évita vaillamment de le montrer. De loin, un clin d'œil de son frère lui apprit qu'il avait réussi à cacher son mécontentement.

D'aussi loin qu'il se souvienne, Pieter l'avait

toujours soutenu de ses encouragements, que ce soit de près ou de loin. Situation étonnante car c'était lui l'aîné. Leur père s'absentait régulièrement. Le soir, mais aussi durant les fins de semaine, son service l'appelait loin de sa famille. Parfois en plein milieu d'une occupation, il quittait les siens. Sa mère, sa sœur, son frère et lui continuaient comme si de rien n'était. Au début, avant la naissance de sa sœur, Gerrit prenait invariablement Pieter sous son aile. Puis, Pieter, plus jeune d'une année, s'était mis à grandir plus rapidement que lui. De plus, comme l'un était du mois de septembre et l'autre de mai, la direction de l'école, afin de leur procurer les mêmes horaires, les avait d'emblée scolarisés depuis le cours élémentaire dans la même classe, évitant à leur mère des aller-et-retour superflus. Pieter avait naturellement pris soin de lui à peu près vers la même époque. Leur caractère à l'opposé l'un de l'autre les faisait s'apprécier mutuellement. L'un analysait les forces réparties et l'autre frappait au cours des bagarres qui les opposaient au camp adverse. Les cours d'écoles successives avaient appris à redouter les frères Hartevelt. Leur complicité ne s'était jamais démentie, même après les années de service militaire qu'ils avaient accomplies séparément, l'armée n'ayant aucune affinité avec les raisonnements d'écoles primaires. La classe était la classe et voilà tout. Leurs dix mois respectifs, ils les avaient fournis l'un après l'autre. Presque deux ans de séparation.

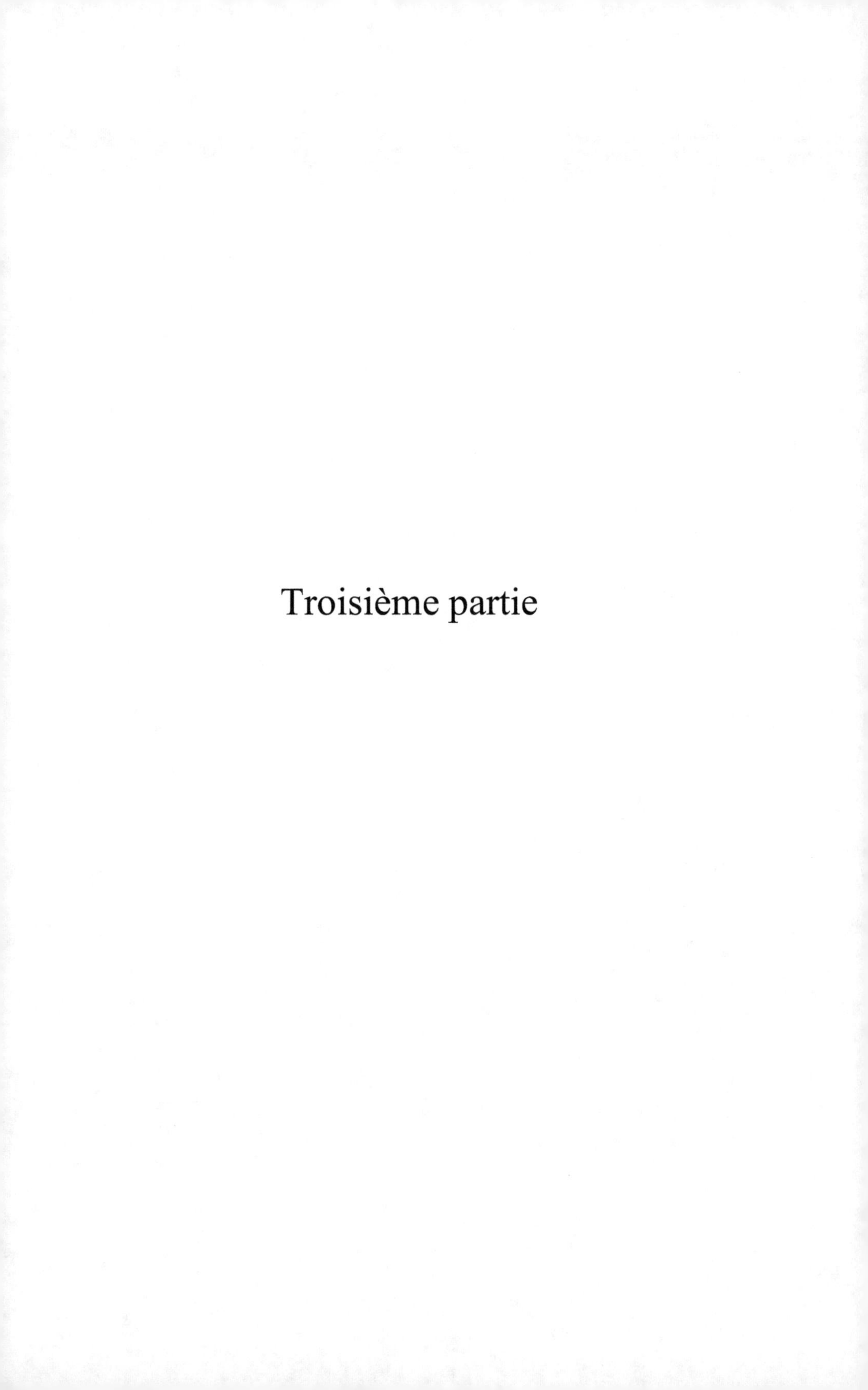

Troisième partie

1.

Harry Grund était conscient de la chance inouïe qui lui était échue dans le tunnel. Une balle lui avait perforé le biceps sans toucher l'os et l'avait atteint à l'épaule. Sous l'impact de la douleur, il avait replié son bras par réflexe et s'était cogné contre le levier de la porte. Par un heureux hasard, le système d'ouverture s'était déclenché et il avait été éjecté au moment de la collision des deux voitures survenue presque simultanément. À moitié groggy, projeté à trois-quatre mètres, il avait assisté au début d'incendie et avait aperçu, à un mètre de lui, une bouche d'aération dans laquelle il s'était jeté juste avant l'explosion. Une sortie de secours se profilait dans le recoin sur sa droite.

Il avait escaladé les marches, laissant derrière lui des traces de sang qui, il le savait, seraient suivies si les flics amenaient des chiens. Mais, les dieux lui étaient favorables et il avait débouché dans un escalier du Nemo et de là dans des toilettes d'hommes.

Entré dans l'une des cabines, il avait inspecté sa blessure. Même s'il avait abondamment saigné, elle apparaissait superficielle. Il fabriqua un tampon de fortune avec du papier hygiénique et un morceau de la serviette arrachée du distributeur. Il se rafraîchit le visage à l'eau, se passa les doigts dans les cheveux en guise de peigne, masqua le trou de balle et le sang avec son pull nonchalamment noué sur les épaules, sortit sans se faire remarquer et se mêla à la foule, brouillant ses traces par quelques allers-retours. Par excès de précautions, il se rendit à la cafétéria, pris sur le présentoir plusieurs sachets de poivre avec un sandwich et s'en fut saupoudrer ses chaussures dans les WC. Il savait qu'ainsi, même les plus fins limiers seraient désorientés et, qui sait, perdraient définitivement son odeur s'ils venaient jusqu'ici. Il avait lu une fois dans un roman que les fuyards d'un pénitencier remplissaient les revers de leur pantalon de poivre pour échapper à leurs poursuivants, pour gêner l'odorat des chiens. Cela devait valoir, à plus forte raison, en ville. Tout de même, il préféra ne pas trop s'attarder. Personne ne fit attention à lui lorsqu'il franchit la porte. On demandait les billets à l'entrée, pas à la sortie. Sous l'effet de l'adrénaline, ses yeux s'ensoleillèrent brièvement d'un sourire.

Sentant le besoin de réfléchir, il se dirigea vers la bibliothèque, monta au septième étage sur la terrasse du restaurant d'où il surplombait le Nemo et l'entrée du tunnel d'où montaient les volutes d'une fumée noire. Il l'avait échappé belle. En outre, il savait où était entreposée la came, à qui elle était destinée et où et quand devait avoir lieu la livraison. Ses collègues disparus, il était le seul à détenir l'information. S'il la jouait serrée, il pourrait récupérer la mise. Son automatique s'était perdu dans la foulée, mais les numéros de série en avaient été limés, ce qui rendrait ardu de tracer sa provenance. S'en procurer un autre n'érigerait pas de problème majeur.

2.

En garant sa voiture le long du trottoir, Gerry Hartevelt vit par la fenêtre du salon les enfants en pyjama apprêtés pour le rituel du coucher. Il était à l'heure pour lire ensemble la suite de leur histoire. Il retrouverait son frère plus tard au restaurant et aurait tout le loisir de saisir les conversations. Pour l'instant, rien n'avait attiré son attention parmi les collègues de Pieter. Van Meersen-Tromp, de son air jovial, l'avait entrepris sur l'architecture et il avait fait la connaissance d'une cantatrice, la sœur de la jeune diplômée dont le nouveau directeur avait fait l'éloge.

Il poussa la porte d'entrée et les enfants accoururent se précipiter dans ses bras.

« Hé, là ! doucement ! Comment vont mes petits poussins ?

– Tu viens nous lire l'histoire d'Ivan ! décida Anneke en le tirant par la manche.

– Bien sûr. Juste une minute. Allez vous laver les dents.
– C'est déjà fait.
– Alors, au lit. J'arrive tout de suite. » Remco et Anneke grimpèrent à la hâte les escaliers. Si leur père venait lire une histoire, ils ne traînaient pas !
« On peut dire que tu sais te faire écouter ». Marlyne lui déposa un baiser sur la joue.
– Comment s'est passée ta journée ?
– Hum…, ça va. J'ai vu au Journal cette histoire de fusillade en pleine ville et la poursuite. Enfin, le reportage a été fait lorsque tout était terminé. C'est quoi cet homme évadé ?
– Apparemment, d'après les dernières nouvelles, il y avait un passager qui se serait enfui.
– Il n'était pas blessé ? Tous les autres ont été tués ?
– Si, justement. Et par balles, mais il s'en est sorti. Ils ont apporté les chiens, mais le temps qu'ils soient sur place… Ils ont découvert que le mec avait pris un passage d'aération conduisant tout droit au Nemo. Une fois là… avec la foule… Ils ont perdu sa trace.
– Ils n'en ont pas parlé aux Infos.
– Inutile de semer la panique. Il y a tout de même eu deux policiers tués. Mais, je doute fort que cela ait un rapport quelconque avec mon histoire à l'Université. À propos, je

ressors tout à l'heure. Mission spéciale. Je vais au restau avec Pieter et ses collègues. Qui sait, je glanerai peut-être une chose ou deux.
– Tu glaneras au moins un bon repas ! Vous allez où ?
– Chez Lucius.
– Hum, miam-miam ».

Marlyne, en bonne épouse de flic savait que c'était envisageable. Sitôt à la maison, il devait repartir. Elle lui était reconnaissante d'avoir fait le trajet pour les enfants. Sur ce dossier-là, il faisait son maximum, pas comme d'autres, d'après les histoires qu'elle entendait parfois. Elle l'aimait aussi pour cette sollicitude qu'il ne manquait jamais de leur témoigner.

Anneke et Remco avaient pris le livre et ils l'attendaient sagement, les couvertures tirées jusqu'au menton. Gerrit sentit une douce chaleur l'envahir à ce spectacle et c'est avec une émotion à peine voilée qu'il commença.
« Vous vous rappelez. Ivan et ses sœurs sont au jardin et l'orage les surprend et ils rentrent vite au palais. » Les deux têtes firent des signes affirmatifs de concert et il enchaîna.

« Ivan et ses sœurs ont tout juste regagné le palais que le tonnerre éclate dans un bruit assourdissant. Des éclairs zèbrent le ciel de

tous les côtés, le plafond se fend et un splendide faucon, toutes ailes déployées pénètre dans la salle et s'abat gracieusement sur les dalles de marbre. Ses pattes touchent le sol et, aussitôt, il se transforme en un guerrier à l'air valeureux. Il s'incline profondément et d'une voix amicale s'adresse au jeune tsar :
« Bonjour, Ivan-Tsarevitch. Je suis venu en ami et aujourd'hui je demande la main de ta sœur Maria ». Ivan répond : « Si tu lui plais, je suis d'accord pour qu'elle t'épouse. » Maria qui avait entendu, rosit légèrement de pudeur et accepte. Le faucon devenu son mari au cours d'une belle cérémonie de cour, l'emporte dans son royaume.

Ainsi les jours se succèdent, les heures sonnent les unes après les autres et une année se passe dans la tranquillité. Ivan-Tsarevitch et ses deux sœurs se promènent au jardin. Jour pour jour, une année plus tard, au cours de leur promenade quotidienne, le vent tourbillonne soudainement, une nuée sombre couvre l'horizon et des éclairs fulgurent annonçant l'orage.
« Rentrons vite, mes sœurs, dit Ivan-Tsarevitch. Se prenant par la main, ils se précipitent au palais. À peine ont-ils regagné le hall que les roulements du tonnerre déchirent les tympans, les fenêtres claquent au vent, le plafond s'ouvre en deux et un aigle

fonce à tire-d'aile sur le dallage et se transforme en un élégant guerrier.
– Bonjour, Ivan-Tsarevitch, je suis venu en ami et je demande la main de ta sœur Olga. » Ivan-Tsarevitch lui répond : – Si tu lui plais, je ne m'opposerais pas à votre mariage. » La tsareva Olga consent. Après les noces qui furent somptueuses, l'aigle l'emporte dans son royaume. »

Gerrit voyait les têtes blondes s'incliner, les yeux se fermer et il comprit que la suite de l'histoire serait pour le lendemain. Il était temps pour lui de s'esquiver et rejoindre son frère et la joyeuse compagnie. Façon de parler car il avait maintes fois observé que les universitaires avaient tendance à discuter avec sérieux des sujets les plus futiles.

3.
La voiture de police patrouillait derrière la gare. Elle passait et repassait sur le Ruijterkade, ce qui rendait le peuple des sans-abris et des junkies de plus en plus nerveux. Les nouvelles se propageaient rapidement dans les rues, même chez ceux qui n'avaient pas l'habitude de lire les journaux ou de se coller au *Vingt heures*. Depuis la rénovation de la gare, la surveillance était plus difficile à

cause des barrières, des palissades et des grillages, disposés partout en quinconce. Les hommes pouvaient se glisser entre les planches et disparaître hors de vue des agents en un clin d'œil. Garcia et Van den Ouden s'en faisaient chaque fois la remarque. Ils saluèrent leurs collègues en automobile. Eux faisaient leur ronde à pied. Ce soir, ils étaient spécialement vigilants et attentifs aux allées et venues des ombres qui frôlaient la muraille. Deux des leurs s'étaient fait trucider cet après-midi et ils seraient loin d'être tendre si le rescapé leur tombait sous la main. Pourtant, quelque chose leur disait qu'ils ne le trouveraient pas ce soir. La gare fourmillait d'agents en uniforme et en civil. Il lui serait impossible de prendre le train s'il ne l'avait déjà fait. Mais, qui disait qu'il en avait l'intention ? Le gars ne devait pas être loin, mais de là à tenter sa chance près des guichets pour s'acheter un billet... Garcia et Van den Ouden n'y croyaient pas.

Bien que la foule se pressât et traversât la chaussée pour aller prendre le pont comme de coutume, il flottait une sorte de fébrilité dans l'air, comme si, non seulement les policiers étaient sur les dents, mais que tous les clodos s'affolaient un peu. Le comportement des junkies sortait de l'ordinaire. Ils s'agglutinaient par petits groupes, mais ne se séparaient plus. Et pour cause. Aucun dealer ne venait les ravitailler. Deux ou trois gars connus des services passèrent en coup de vent, lancèrent une phrase ou deux et repartirent comme ils étaient venus sans faire d'affaires. On aurait dit qu'ils étaient à sec ou du moins qu'il y avait un retard dans la livraison ; personne ne se décidait à quitter les lieux après leur passage.

Les équipes dans la gare n'avaient rien noté de semblable, mais cela n'avait rien de surprenant, vu que le trafic se tenait de ce côté-ci de l'édifice, dans la semi-obscurité où l'on pouvait s'enfuir à la moindre alerte. Garcia et Van den Ouden s'approchèrent d'un groupuscule de cinq-six drogués qui avaient presque bonne mine. Ils n'étaient pas encore en manque à part l'un d'eux assis à même le sol qui avait l'air mal en point.
« Il est malade votre copain ? demanda Garcia, bien que connaissant la réponse qui ne se fit pas attendre.
– Enfoiré ! Comme si tu savais pas ce qu'il a, » répliqua un grand Antillais à la coiffure rasta passée de mode. Et se tournant : « Lève-toi, tu vois pas que tu attires du monde ».

Le gars se leva. Il tremblotait des membres. Dans une heure ou deux, il ne pourrait plus tenir debout.

Une voiture s'arrêta à leur hauteur. Les décibels de la sono crachaient un Rap violent dont les paroles se dispersaient en crépitant comme les balles d'un fusil mitrailleur. Le passager fit un signe négatif de la tête vers le groupe qui avait assisté à l'approche du véhicule, un reflet d'attente sur le visage. Le conducteur embraya dans un crissement de pneus : sa démonstration du peu de cas qu'il faisait des agents à proximité. Garcia et Van den Ouden surent alors qu'il se passait quelque chose d'inhabituel dans les bas-fonds d'Amsterdam. Pas à cause du comportement des passagers de la voiture, non, mais parce que les passagers venaient et repartaient aussitôt sans deal et qu'ils le laissaient voir. Si cela avait un rapport avec les événements de l'après-midi, il était trop tôt pour le dire. Toutefois, ils n'en auraient pas été surpris, même s'ils n'avaient aucune idée de la manière dont les deux pourraient s'agencer.

Leur ronde touchait à sa fin ; ils prirent la direction du bureau.

4.

L'ascenseur arriva au rez-de-chaussée. Richard, sur le point de s'engouffrer entre les portes coulissantes, s'arrêta pile, sidéré par la vision qui s'offrait à lui. Chloé était tout aussi stupéfaite de le trouver sur son passage.

« Toi ici ! » s'écrièrent-ils simultanément. La surprise leur coupa le souffle. Un instant, ils oublièrent le monde autour d'eux, balayés par un tourbillon de souvenirs qui les propulsait plusieurs années en arrière.
« Toujours aussi belle. » finit-il enfin par articuler. Elle avait si peu changé.
« Tu as un peu grossi non ? » remarqua Chloé trop surprise pour trouver autre chose à dire que la vérité. Richard sourit à sa spontanéité.
« C'est un understatement. » Les yeux écarquillés, ils s'observèrent en silence. Ils n'éprouvaient aucune rancune l'un envers l'autre. Seule la vie les avait séparés.
« Tu habites ici maintenant ?
– Je viens voir quelqu'un, » éluda Richard qui voulait éviter d'avouer qu'il prenait des leçons de chant. « Et toi ?
– Je reviens de chez une amie. » Elle décida de prendre l'initiative : « Si tu veux, on pourrait prendre un verre ensemble for old time's sake !
– Avec plaisir. Quel est ton numéro ? » Il lui donna le sien. Avec une petite vague de tendresse amicale, elle comprit que son numéro de portable était resté inchangé.
– Je te passe un coup de fil ce soir.
– D'accord. »

Parvenu chez Éliane, Richard se dit qu'il

devait avancer ses affaires. La rencontre avec Chloé lui avait remis en esprit des souvenirs agréables et lui faisait envier une relation. Pourquoi pas avec son professeur ? Il était impossible de renouer avec Chloé, cela, il ne le savait que trop bien.

Il était là, devant elle. Plus exactement à côté d'elle. Assis de trois-quarts à la table de la cuisine. Il faisait nuit. La lumière cuivrée des appliques les enveloppait d'un voile d'intimité. Elle servit le thé. Ses yeux bleus la fixaient.

« Je veux avoir une relation avec toi.
– … !!?
– Je suis entiché de toi. Je t'aime bien. Je veux avoir une relation avec toi.
– Impossible. Je suis ton prof. »

Le silence s'établit entre eux. Richard porta tranquillement la tasse à ses lèvres. Il la regarda, aspira une gorgée sans la quitter des yeux. Il reposa la tasse sur la soucoupe. D'une manière délicate. Sans faire de bruit. Éliane se sentit prise au piège. Elle ne pouvait que répéter sa phrase.

« Ce que tu demandes est impossible. Je suis ton prof.
– Pourquoi ?

– Pourquoi quoi ?
– Pourquoi serait-ce impossible ?
– Je viens de te dire que je suis ton prof.
– Je suis majeur.
– Je sais. Il s'agit d'autre chose.
– De quoi alors ?
– D'éthique. Une question d'éthique. T'ayant accepté comme étudiant, je suis responsable de ta voix, de tes progrès vocaux.
– Imagine un peu comme je serais motivé si nous avions une relation. Ça marcherait un peu comme la carotte.
– La carotte, c'est plutôt toi qui l'aurais !
– Qu'est-ce que tu veux dire ?
– T'inquiète pas. Une bêtise.
– Ah ! Bon. Je te promets de faire de mon mieux.
– Je n'en doute pas. »
Éliane avait beaucoup de mal à maîtriser la situation. D'autant plus de mal qu'il lui plaisait bien. Elle aimait sa compagnie. Une relation charnelle lui paraissait cependant prématurée. Pour ne pas dire impossible.

« De toute façon, il est beaucoup trop tôt pour en parler.
– Nous nous connaissons déjà depuis deux semaines.
– C'est ce que je dis. Beaucoup trop tôt. Tu dois penser à ta voix. C'est la raison pour laquelle tu viens me voir.

– Tu te trompes. Je viens te voir car tu me plais. Tous les jours, je m'entraîne au club de musculation, mais je garde le jeudi pour toi. Pour profiter de ta compagnie.
– Si ça continue, tu vas me dire que tu penses à moi toute la semaine !
– Toute la semaine, peut-être pas. Ce serait exagéré, mais très souvent. C'est certain. Jamais une femme ne m'a fait un tel effet. Tu arrives à tirer de moi des trucs que je ne savais pas posséder.
– C'est normal, je suis ton prof. Je dois pouvoir t'aider à te découvrir. Bien entendu, le changement de la voix passe aussi par un certain mouvement de la pensée ce qui produit une transformation de l'appréhension, donc de la personnalité. C'est psychologique.
– J'aime ce que tu fais avec moi et je voudrais te voir beaucoup plus souvent. Si nous avions une relation, ce serait possible.
– Écoute. Je t'ai, en fait, donné ma réponse sur ce point. Je ne peux par dire que cela ne se produira jamais, mais pour l'instant, c'est exclu. Nous devons penser à ta voix. »

Richard se leva et s'approcha d'Éliane. Il tenta de la prendre dans ses bras. Elle se déroba d'un tourbillon.

– Vois comme je commence à t'encercler !
– Tu profites de mon hospitalité.
– Est-ce vrai ?

– Oui. Garde tes distances. Ne me touche pas. Je peux te donner mon amitié en supplément de ma connaissance. N'en demande pas plus. D'ailleurs, il se fait tard. Tu devrais partir. Tu m'as dit devoir te lever tôt demain.
– C'est vrai. Dis-moi. Que fais-tu tout à l'heure ?
– Aucun plan pour l'instant.
– Nous pourrions nous voir.
– Je me demande si c'est bien sage. Mais, en effet, on pourrait. Pourquoi ne commences-tu pas à m'inviter à dîner au lieu de commencer de but en blanc par évoquer des rapports physiques ?
– Tu sais, je cuisine très bien.
– Eh bien, voilà qui est déjà beaucoup mieux.
– Viens dîner chez moi. Je te jure que nous ne ferons rien de ce que tu ne veux pas. »

Éliane le sonda profondément des yeux. Il avait l'air sincère.

– Bon d'accord. Je viendrai. Quelle heure ?
– Vers huit heures. Que désires-tu manger ?
– Des trucs simples. Je ne sais pas ! Des crudités, de la salade. Prépare ce que tu veux. J'aime tout.
– Tu n'en as pas l'air !
– C'est pourtant ainsi. Je ne suis vraiment pas difficile. Après tous ces voyages à avaler n'importe quoi… Je te jure que je m'en moque. Je viendrai pour te voir toi et ton

environnement, pas pour la nourriture.
– Alors, à tout à l'heure.
– A plus tard ! »

Richard se retint de la prendre dans ses bras. Éliane se sentait déchirée entre son éthique et ses émotions. Elle devait s'avouer avoir un peu peur. La porte refermée sur lui, elle se traita de crétine.

C'était à chaque fois pareil. Souvent, un de ses étudiants recherchait plus que ce qu'elle pouvait ou voulait lui donner. Elle devrait démontrer à Richard que sa requête n'était pas envisageable, mais en serait-elle capable ?

5.

L'aquarium au centre de la paroi affichait la spécialité du restaurant. Deux gros poissons, ronds comme une lune bleue, vaquaient, paresseusement d'un coin à l'autre parmi des algues vert émeraude effilées qui les caressaient mollement. Des guppies zébraient les anémones carmin de leurs rayures azurées tandis que des pattes jaunes, des gouramis rouges, noirs, bariolés formaient et déformaient des escadrilles rapides sur le sable où un corydoras poivré semblait dormir.

Gerrit Hartevelt observait les convives tout en

prêtant une oreille distraite à sa voisine. Le hasard l'avait placé entre Madeleine Ruiter et Chloé Vermont, il contemplait les visages réunis autour de la table. Tous les invités lui étaient connus pour les avoir interrogés sur leur infortunée collègue, Eva Struiter. L'un d'eux, devait en savoir plus, avoir remarqué, peut-être à son insu, pensait-il, un détail qui aurait pu orienter différemment l'enquête, donner un tour nouveau à l'investigation. Mais, jusque là, ce détail primordial refusait de jaillir à la lumière, tapi dans leur mémoire et peut-être plus profond, dans leur inconscient.

L'argenterie armoriée des couverts rutilait soutenant la fulgurance des cristaux taillés. La conversation, de générale, s'était divisée en apartés plus ou moins audibles pour tous.

Madeleine Ruiter, persuadée de converser avec un policier ignare, tentait de lui expliquer les arcanes du dadaïsme :
« L'exotisme dans les avant-gardes n'est pas très explicite. S'il est présent chez les dadaïstes, ils s'en servent d'une autre manière.
– Je vous écoute.
– Prenez, *L'Empereur de Chine* de Ribemont-Dessaignes. Eh bien, vous avez là une structure des plus conventionnelles en actes et en scènes. Acte un : l'empereur de Chine, acte

deux : sa fille Onane et au troisième acte Verdict. Les dadaïstes français sont très cohérents et lucides ». Bart Veweijden se mêla d'attiser le feu de Madeleine.

– Et comment voudrais-tu expliquer cela d'après la structure des actes ?

– Très simplement. Au premier acte, nous avons : la quête de l'absolu, suivie par celle du pouvoir ; convaincre le gouverneur de Chine de devenir empereur. Les Vieillards et Espher sont impliqués dans l'action. Les Vieillards demandent à Verdict de tuer Espher alors que les Vieillards sont tués par Espher qui se suicide. On retrouve là les thèmes des grandes pièces de Corneille et de Shakespeare, non ? Dans le premier acte, il y a une structure verticale ascensionnelle : Empereur, Gouverneur, Verdict et Vieillards.

– Je ne vois tout de même pas en quoi la structure du second acte diffère !

– Vous voulez rire ! C'est une progression horizontale ! Onane quête l'amour du père ou plus exactement de son père. Il y a la quête de l'or, la rencontre de la jeune fille aux yeux de verre. Elle lui arrache ses yeux. Pure cruauté théâtrale. Elle reprend la quête du pouvoir de son père sur le mode de question.

– Admettons. Et quelle serait la structure du troisième acte dans ce cas ?

– Mais, verticale descendante, voyons ! Verdict. La guerre de l'empire contre les

barbares qui l'attaquent !
– Je vois : abaissement et destruction.
– Exactement ! Le théâtre de Ribemont-Dessaignes est un théâtre métaphysique. Ironique et Equinoxe sont des fantoches, des clowns, des personnages qui sortent du commun. Ils ne sont pas subordonnés aux lois de la pesanteur. Aucun des personnages, d'ailleurs, n'est réel. Ils fonctionnent par leur fonction, leur position dans l'espace scénique. Dans ce sens-là, ils sont une exagération de ce qui vaut pour les personnages de la pièce.
– Vous voulez dire que Ironique et Equinoxe sont le contraire l'un de l'autre et que l'opposition entre les deux crée une tension continuelle, que la tension entre les pôles opposés se retrouve partout dans la pièce. Dans l'horloge et aussi entre Espher et Verdict ? » lança Gerrit dans la mêlée. Ahurie Madeleine le fixa avant de continuer :
« C'est l'opposition entre les personnages et les thèmes : la guerre, l'amour. La lutte est une structure de l'univers. Ribbemont-Dessaignes est assez caractéristique de Dada.
– Et quelle est l'attitude des autres personnages par rapport à cette loi universelle de la pesanteur ?
– Le vitalisme de Ribbemont-Dessaignes et de Dada, où la vitalité se trouve en bas, dans le kundalini et non dans la spiritualité ! L'Empereur recherche vers le haut et devient

virtuel dans sa transcendance et en meurt.
– Mais, Verdict meurt aussi puisqu'il fait sa déclaration d'amour devant la tête d'Onane. Tous les deux se retrouvent donc devant le néant ! »

Cela avait été plus fort que lui. Gerrit Hartevelt avait proféré cette assertion avec force. Il en avait assez de jouer le débile de service.

À l'autre bout de la table, Aafke van Rooyen sous le charme de Van Meersen-Tromp, éclatait d'un rire tonitruant aggravé par les nombreux verres de blanc d'abord, puis de rouge qu'elle avalait en deux gorgées sans faillir. Cette femme avait de la descente. Gerrit nota Van Meersen-Tromp remplir son verre dès qu'il était vide, et se garder de suivre le tempo suicidaire avec lequel elle honorait Bacchus. Son voisin de gauche, Bart Verweijden, écoutait Ilse aux lèvres de laquelle Jifar Mehaouid était pendu. Gerrit aurait donné cher pour suivre toutes les paroles qui s'échangeaient pendant ce repas, mais devant l'impossibilité de la tâche, profitant d'un moment où Madeleine avalait une bouchée de son saumon grillé sur lit d'algues, il se contenta de réveiller l'intérêt qu'elle manifestait aussi pour la causerie
« Je suis fasciné par ces dénominations qui envahissent le champ littéraire. Autofiction,

autobiographie, pseudo autobiographie, écriture de soi. Nous avons besoin de vous, universitaires, pour comprendre les subtilités et les connotations de tous ces termes ». Comme il l'avait prévu, Madeleine enfourcha sa marotte et l'éperonna fortement.

6.

Sur la place Max Euwe, les touristes s'agglutinaient autour de l'échiquier géant dont le damier étalé sur le sol supportait les pièces hautes comme des grands enfants. Un des cavaliers noirs à la peinture écaillée, tenait en fourche la dame et un fou des blancs. Quoi qu'ils fassent, les blancs perdraient une pièce maîtresse et la suite de la partie s'annonçait prévisible. Aux échecs, la force de l'adversaire détermine toujours l'issue. Le roi blanc se coucha. Fin de partie. La fontaine irisée crachait la palmure d'un arc-en-ciel nacré.

A vingt mètres de là, sous les lampes jaunes allumées de jour comme de nuit, Alf van Duijn guettait son tas de fiches sur le tapis vert. Pas qu'elles bougeassent beaucoup depuis une heure, mais les cartes qu'il avait en éventail au creux de la paume, lui assuraient de rafler la mise totale. Il n'avait qu'un désir : que ses adversaires poussent le plus loin possible la partie. Il avait perdu jusque-là et s'était accroché croyant à la chance de se renflouer et la chance lui avait donné raison d'avoir gardé espoir. La seule chose qu'il avait à faire était de suivre et de garder une mine impassible. Nul ne devait se douter que son destin se jouait favorablement en ce moment même. Bien que tout à fait détendu quant à la conclusion du jeu, Alf savait paraître sur des charbons ardents et tromper les autres autour de la table. Les cours d'art dramatique suivis dans sa jeunesse portaient leurs fruits. Il avait bifurqué vers des études de Lettres non par manque de talent, mais plutôt par paresse. Il répugnait à apprendre tous ces textes par cœur. Les tirades qui faisaient la joie des autres étaient un supplice pour lui et il avait en horreur de se marteler les dialogues en tête. Pas sa tasse de thé.

Personne ne quittait la table. Personne ne passait. Personne ne se doutait de son jeu. Alf jubilait tout en ayant la mine de plus en plus défaite, juste un soupçon pour que les autres croient en ses cartes pourries, la fièvre du jeu l'entraînant au-delà du raisonnable. Encore un tour de table et les mises montaient. Alf se passa la main sur le front. Sûr de son coup, sûr de le coincer, Bauer doubla la mise avec une lueur de triomphe dans les prunelles. Tuinman se crut obligé de l'imiter. Briggs passa. Alf suivit. Sur la table, les fiches amoncelées équivalaient à dix millions d'euros. La somme correspondait à l'hypothèque qu'il pourrait contracter sur sa maison. Les autres le savaient et le laissaient continuer, persuadés qu'il s'enferrait. Mais, il y avait là de quoi se refaire complètement pour Alf. Il sembla hésiter et doubla. Bauer tripla. Tuinman passa. Une heure s'était écoulée dans un silence, dans une tension intolérable pour tous. Alf jouait son va-tout. Il en était conscient. Mais, le tas de fiches sur le tapis vert allait lui permettre d'assécher ses dettes et même plus.

Bauer, dans une tentation de l'acculer, tripla la mise. Alf suivit et demanda à voir ses cartes. Full house au roi. Alf comprenait pourquoi Bauer était allé si loin. Il était certain de gagner. Gardant le suspense le plus longtemps qu'il put, se forçant à suer, un jeu d'acteur digne des plus grands, il abattit un à un ses cinq as. Poker d'as ! Sans un mot de plus, il rafla la mise. Sans laisser voir sa joie. Sans laisser voir son triomphe. Sans laisser voir son intense satisfaction. Il se dirigea vers la caisse pour échanger et déposer ses fiches. Il savait que Bauer était solvable.

Pour éviter aux joueurs de repartir avec des sacs de sports bourrés de billets, le casino possédait une succursale bancaire où il déposa son gain directement sur son compte. Bauer avait prélevé sa dette de la veille. Des broutilles comparé à ce qu'il avait laissé sur le tapis aujourd'hui. Alf consulta sa montre. S'il avait raté la cérémonie et la réception, il était à l'heure pour rejoindre la compagnie chez Lucius ; faire acte de présence au dîner offert par la faculté au nouveau directeur des études slaves.

7.

La nuit était tombée quand Ruud et Frans sortirent du bâtiment de l'Armée du Salut. Lestés d'un bon repas, ils prirent le chemin du retour, Sam sur les talons. Une fois de plus, cela s'avérait, les repas de l'Armée du Salut étaient plus copieux que ceux du couvent des sœurs Saint Augustin. En entrée, on leur avait servi une soupe de légumes où nageaient du vermicelle en étoiles et des petites boulettes de viande en quantité raisonnable, puis du hachis et des pommes de terre. Le hachis contenait une bonne proportion de viande et les pommes de terre étaient à point. Pas trop cuites ni vitreuses. Pour dessert, le flan à la vanille était plus que passable. Ils ne pensaient pas à se plaindre. Ils avaient bénéficié de rab de hachis et de pommes de terre. Le service à fleurs créait l'ambiance d'un repas familial. Une grande famille d'une cinquantaine de personnes.

Ruud et Frans s'étaient portés volontaires pour la corvée de plonge, ce qui les assurait d'un repas gratuit dans la semaine. Ils avaient essayé de le faire à deux, ce qui aurait fait deux repas chacun, mais le major avait fait valoir la perte de temps. C'est ainsi qu'ils avaient formé une équipe avec Gijsbrecht et Valentijn. Ils s'entendaient assez pour mener à bien la tâche. Tout en discutant, ils avaient nettoyé la salle et entendu les dernières nouvelles au sujet des événements dans l'IJtunnel.

Gijsbrecht et Valentijn revenaient du Musée de la Marine au moment où les voitures s'enfonçaient à grande vitesse dans le tunnel. Ils avaient vu deux voitures plus les forces de l'ordre qui les poursuivaient dans une cacophonie de hurlements de sirènes et de crissements de pneus. Médusés, ils avaient perçu peu après des détonations, puis le bruit d'une explosion. Les pompiers apparurent rapidement sur les lieux, de même qu'un nombre grandissant de badauds. Les touristes de catastrophes et les équipes de télévision accouraient de toutes parts. Munis de leurs téléphones, ils photographiaient ou filmaient en continu l'entrée du trou noir, espérant capter l'image qui ferait la une ou qui ouvrirait le Journal de vingt heures. Sans en être complètement pour leurs frais – l'endroit grouillait d'allées et venues –, ils n'avaient toutefois pu saisir autre chose que des ambulances qui sortaient en silence. Cela signifiait qu'elles étaient vides ou contenaient des cadavres. L'arrivée des forces spéciales en grande tenue avait suscité des commentaires annonciateurs d'apocalypse, tous plus farfelus les uns que les autres, mais la sortie des chiens, au nombre de cinq, des fourgons fourrière avait battu les records de spéculations. Une chose était certaine. S'ils avaient recours aux chiens, c'était pour pister et on ne pistait pas les morts. Donc, il y avait au moins un rescapé et celui-là devait s'être enfui. Telle était la conclusion imposée par les faits.

Gijsbrecht et Valentijn, comme tout le monde, n'en savait pas plus que les ragots récoltés ici et là jusqu'à ce qu'au bout de deux heures, les chiens soient de nouveau enfermés dans la voiture. Le cordon de police n'avait pas été relevé pour autant et, aux dernières nouvelles, le tunnel était toujours fermé à la circulation dans les deux sens.

À la devanture de l'électroménager du Damrak, ils avaient eu confirmation de leurs soupçons. Les informations parlaient de voitures calcinées, de plusieurs morts et le présentateur précisait que le tunnel resterait inopérant dans les prochains jours, la durée nécessaire à la réparation des dégâts occasionnés par l'incendie, l'explosion, les pompiers… D'un évadé ou rescapé, il n'était fait aucune mention et il ne commentait pas la présence des chiens pourtant visibles sur l'écran.

Ruud et Frans devisaient en allant par les rues, échangeant leurs impressions sur le compte rendu de Gijsbrecht et Valentijn. Ils avaient hésité à se joindre à eux pour aller voir s'il y avait du neuf sur les lieux du drame, mais tout compte fait, ils avaient opté pour la négative, se doutant qu'il n'y aurait rien de plus à voir que l'après-midi. Autrement dit : rien. Pour Gijsbrecht et Valentijn, la donne était autre : l'endroit se trouvait sur leur route.

8.

Van Meersen-Tromp jubilait. Il avait à sa disposition un auditoire dans l'impossibilité de lui fausser compagnie, coincé qu'il était sur les chaises autour de la table. Il abreuvait son public de sa connaissance sur l'architecture et les architectes, un domaine dans lequel il excellait, bien que sa spécialité n'ait rien à voir avec les pierres.

« Dans leurs tentatives pour retrouver l'origine de l'architecture antique, plusieurs architectes marchèrent sur les traces d'Alberti. Sebastiano Serlio en 1537, Giacomo da Vignola en 1562 et Andrea Palladio en 1570 stipulèrent dans leurs traités que le langage classique pouvait se développer tout aussi bien pour des raisons esthétiques que pratiques. En revanche, d'autres architectes du XVIe siècle rejetèrent cet idéal d'harmonie avancé par Alberti. Le travail de Giulio Romano dans le Palazzo del Té, à Mantoue le confirme, ainsi que celui de Michel-Ange dans la Bibliothèque Laurentienne à Florence où il prend des libertés avec les proportions et les formes classiques telles que stipulées par Vitruve et Alberti. Leur travail fut taxé de maniérisme, mais selon moi, ce fut un appel à la liberté esthétique que nous appellerions peut-être de nos jours : Liberté d'expression. Pourtant, Palladio pensait que l'élite se devait d'embellir la voie publique avec ses constructions, ce qu'il démontre dans la restauration de l'Hôtel de Ville de Vicenze qui lui apporta la célébrité et la Villa Barbaro, un savant mélange des ordres.

– Pensez-vous, mon cher, que l'élite ne se devrait pas d'embellir la voie publique avec des constructions appropriées ?

– Tout à fait, tout à fait. J'y viens, mais laissez-moi terminer. Donc, après avoir rejeté les plans de Gian Lorenzo Bernini invité en 1664, Louis XIV réunit trois hommes pour dessiner la nouvelle aile du Louvre qui, une fois terminée, deviendra le symbole de la réforme architecturale. En effet, Louis Le Vau, Charles Le Brun et Claude Perrault, appliqueront les principes du Classicisme dans toute sa pureté, sa simplicité et son universalité dans leur réalisation, mais c'est au dernier que nous devons le traité *Ordonnance des cinq espèces de colonnes selon la méthode des anciens*, une traduction améliorée du travail de Vitruve, en ce sens qu'il place les exemples des ordres d'une manière explicite qui permet de mieux juger leur rapport. Comme représentant des Lumières, Perrault voulait investir l'architecture de rigueur scientifique alors qu'Alberti, homme de la Renaissance, la parait de valeurs religieuses. Après cela, les architectes voulurent rechercher les origines naturelles de l'architecture et défaire le Classicisme des interprétations modernes. Jean-Marc Laugier présente dans son *Essai sur l'Architecture* la « hutte primitive » comme le précurseur des temples grecs. Son influence se retrouvera dans plusieurs ouvrages ultérieurs, mais probablement que ses héritiers les plus remarquables furent Étienne-Louis Boullée et Claude-Nicolas Ledoux. Nous devons au premier les plans du cénotaphe de Newton, une sphère car les effets de l'architecture y sont causés par la lumière et au second « La barrière de la Villette », un cylindre placé sur un rectangle, projets plutôt révolutionnaires à l'époque. Ledoux publia *L'Architecture Considérée sous le Rapport de l'Art, des Mœurs et de la Législation*, un essai dans lequel il démontre la relation entre les habitants et les constructions. De ses plans pour la cité imaginaire de Chaux, ressort la question qui le préoccupait tant : Qu'avait produit l'élite pour le peuple au cours des siècles passés ? voici donc votre question !

– Oui, qu'avait-elle en définitive produit ?

– Mais, regardez autour de vous ! Tous ces bâtiments sous forme de palais, d'arcs de triomphe, de théâtres… » Van Meersen-Tromp en délaissait son turbot dont la sauce matelote se figeait en une pellicule grisâtre dans son assiette. « Je vous le demande un peu ! À qui devons-nous tous ces trésors de l'architecture si ce n'est à l'élite justement ? Ce n'est pas vos révolutionnaires, sans-culotte ou soixante-huitards, qui nous ont légué des merveilles. Les premiers ont incendié et rasé des joyaux, quant aux autres, il n'y a qu'à regarder autour de nous !

– Vous occultez la Révolution d'octobre, lança une voix.

– Là, je vous arrête de suite. Le style soviétique peut être apprécié ou non, mais l'université de Moscou et les Sept sœurs de

Staline ont de l'allure…
– Oui, un peu comme l'ancien Empire state building de New York.
– Pourquoi ancien ? Il n'y en a qu'un seul et, à ma connaissance, toujours debout !
– Tout à fait comme notre tour Rembrandt à Amsterdam, en plus modeste, je vous le concède.
– Oui, nous sommes bons dans les imitations.
– Messieurs, messieurs. Je récuse vos propos. Nous avons l'école d'Amsterdam, inimitable et inimitée à l'heure actuelle.
– Et pour cause !
– C'est bien là le problème !!
– Le problème date du dix-neuvième siècle. Il fallait créer une architecture ayant un sens dans cette nouvelle société qui avait perdu ses patrons traditionnels. La réponse n'était pas si simple et elle vint, non pas de France, mais des États-Unis en la personne de Thomas Jefferson, un gentleman d'une grande érudition. Grand admirateur de l'antiquité, celui-ci choisit pour ses premières commissions à Richmond de recréer la Maison Carrée de Nîmes et de reconstruire le Monticello à Charlottesville. En cela, il aidait à établir le Classicisme comme forme architecturale de la jeune République. Jefferson n'inventa pas un nouveau langage, mais certainement une nouvelle manière de dire les choses. Cette nouvelle architecture se

développait aussi en Angleterre avec John Soane et en Allemagne avec Karl Friedrich Schinkel qui alla en Angleterre visiter les derniers développements dans le domaine de la technologie et du design. A son retour, il combina les principes du Classicisme et les nouveaux matériaux de la Révolution industrielle.

– Malgré tout, certains architectes condamnaient le Classicisme comme un style abstrait et intellectualisé. Ils considéraient les bâtiments médiévaux comme la plus haute forme d'expression architecturale. En France, Eugène Emmanuel Violet-le-Duc, en collaboration avec Prosper Mérimée, Inspecteur des Monuments Historiques, dois-je vous le rappeler, proposait de refondre le style gothique dans les nouveaux matériaux. Ses idées furent reprises par Victor Baltard et Félix-Emmanuel Callet qui construisirent Les Halles principalement en acier et en verre dont la ressemblance avec les cathédrales est peut-être cet espace intérieur immense, tout comme le Palais de Cristal à Londres de Joseph Paxton fermement ancré dans la tradition pour la forme, mais où il tient compte du matériau utilisé notamment dans les piliers à charnière qui peuvent bouger selon l'échauffement de l'acier.

– Si le style gothique et le Classicisme ont influencé l'architecture, le second est nettement prédominant. Ses origines forment la base du canon et remontent aux ordres de l'Antiquité. Elles sont transmises dans des ouvrages spécialisés que les architectes d'aujourd'hui continuent à consulter comme des dictionnaires. Même lorsqu'ils ont voulu se distancier du Classicisme, les architectes ne l'on fait qu'en référence à celui-ci puisqu'ils essayaient de s'éloigner de ses règles, en accentuant par cela même l'existence.

– Nous savons tous très bien que toute tentative de casser complètement avec le passé, dans le but de créer un style totalement indépendant, a échoué et le Classicisme a survécu comme base primordiale de l'architecture du Monde Moderne. L'Architecture est un langage dont l'énonciation reste toujours en rapport avec les canons quel qu'en soit l'énoncé ».

La discussion aurait pu s'éterniser si à ce moment, Alf van Duijn n'était apparu à la porte du restaurant avec un air de conquérant du nouveau monde. Tous les regards convergèrent dans sa direction et les paroles s'estompèrent.

9.

Une jupe en cuir noir, des bottines en chevreau du même ton et un pull largement échancré assorti, Éliane avait soigné sa mise comme à l'accoutumée. Blottie dans son manteau de laine peignée, elle se dirigeait vers la porte d'entrée. Elle savait que Richard avait épié l'arrivée de son taxi ; elle avait discerné sa silhouette dans l'ombre derrière la vitre du deuxième étage, mais elle ne ressentait aucune appréhension lorsqu'elle sortit de l'ascenseur. La porte de l'appartement était grande ouverte ; Richard sur le palier. Elle lui tendit la main.

Après les préliminaires d'usage, il lui fit faire le tour du propriétaire, marquant un arrêt significatif devant le grand lit blanc de la chambre à coucher. Éliane fit celle qui ne remarquait rien ; il enchaîna conciliant :
« Tu veux un apéritif ?
– Oui ! C'est en haut ?
– Viens. Montons. Tu as tout vu. »

En effet, le loft se divisait sur deux étages. En bas, la section sanitaire, la chambre à coucher, une chambre d'amis. En haut, un séjour grand comme la place de la Concorde et une cuisine ouverte. Une terrasse déserte longeait tout l'appartement.
« Tu n'as pas de plantes ?
– Non ! et aucun animal familier non plus.
– En revanche, je vois que tu as pas mal de livres.
– Oui, j'aime lire. »

Éliane s'avança et découvrit dans le renfoncement le grand piano et des partitions.
« Formidable ! Tu as un instrument.
– J'ai pensé que si je recommençais à chanter, c'était préférable.
– C'est sûr. »

Elle parcourut du doigt les titres des albums.
« Tu devrais toujours tout chanter en langue originale. N'utiliser les traductions que pour la compréhension du texte si tu ne parles pas la langue dans laquelle tu chantes.
– Mais, c'est impossible de parler toutes les langues !
– Pas du tout ! C'est important de les connaître pour l'interprétation. Les traductions collent rarement tout à fait à la musique. Il y a des heurts inévitables qui malheureusement restent évidents même dans les très bonnes traductions.
– Alors, peut-être que je ne devrais chanter que de l'anglais.
– En dernier ressort, certainement. Mais, pour libérer ta voix, c'est bien de prendre l'italien que tu ne parles pas. Comme cela, tu n'es pas gêné en essayant de transmettre un sens aux mots. Tu suis la musique, la ligne musicale. Les Italiens sont parfaits pour cela. »

Une fois de plus, Richard était subjugué par les explications d'Éliane.
« Pour toi, tout coule de source. Pour moi,

c'est tout nouveau. J'ai toujours cru qu'il fallait savoir ce que l'on chante.
– Bien sûr qu'il le faut. Mais, à la condition de posséder l'instrument pour le faire. Il y a un temps pour tout.
– A propos de temps, je pense que le dîner est prêt. »

Pendant une année, Richard avait suivi des cours de comptabilité. En général, il supportait mal les autorités dans ce sens qu'elles étaient souvent plus autoritaires que compétentes. Il se rappelait avec acuité le différend qui l'avait opposé à un instructeur des aptitudes communicatives qui pérorait :
– La poignée de main socialement dominante a été observée dans les années soixante par les anthropologues. C'est le comportement instinctif des hommes socialement dominants dans le monde des affaires et prend la forme d'une surenchère pour l'obtention de la dominance sociale. Lorsque A et B se serrent la main, A tourne leurs mains vers l'intérieur pour avoir le dessus sur B. B pose sa main sur celle de A, le contact semble empreint de cordialité. A prend B par le coude, donnant l'impression d'être très chaleureux. B déplace sa main de l'emprise de celle de A vers l'épaule de celui-ci. La scène évoque une grande intimité, voire une amitié sincère entre les deux hommes.

« Quelle connerie ! » s'était exclamé Richard.

« Monsieur Price, nous avons fait des recherches considérables dans le domaine du comportement social. Les psychologues sont tous d'accord sur le sujet. Débuter une négociation avec la poignée de main que je viens de décrire, vous donne l'avantage psychologique sur votre partenaire.

– Veuillez excuser mon interruption, mais puis-je parler franchement ?

– Je vous en prie, » avait répliqué l'instructeur légèrement piqué.

« Ce sont vraiment des âneries. J'ignore ce que ces clowns de l'institut de recherche ont observé dans les années soixante mais, ce genre de poignée de main est dépassé. C'est de nos jours une faute grave en affaires. L'effet en est temporel et partiel ; ça donne uniquement l'impression d'être en présence d'un supérieur si vous ne connaissez pas les règles du jeu. Mais, à l'heure actuelle, tout le monde en a entendu parler. Si vous essayez de l'appliquer, on vous accusera de manipulation psychologique. Si vous négociez avec une personne qui est anxieuse à propos de son job ou peu sûre de ses capacités professionnelles, vous pourriez peut-être l'essayer. Cependant, en règle générale, vous n'en avez pas besoin avec une telle personne. De toute manière, vous n'êtes pas supposé battre un client pendant une négociation. La semaine dernière, votre collègue nous a appris que des négociations devaient être profitables à tous les partis engagés. Lequel de vous deux voit juste ? »

Richard était un ingénieur par nature, pas un comptable. Les finesses de ces spéculations lui échappaient totalement. Il était toujours direct dans son approche. Aucune raison pour qu'il change. Avec Éliane, rien de tel. Il ne sentait pas le besoin de l'interrompre. Ce qu'elle lui disait n'était pas en contradiction avec ce qu'il savait. C'était différent. Elle lui parlait de choses dont personne jusqu'à présent ne lui avait parlé. Ni son père, ni ses anciens professeurs. Tout était nouveau et il l'écoutait avec attention et plaisir.

Il posa sur la table des ramequins de toutes tailles, de formes et de couleurs différentes avec des crudités coupées en fines lamelles à la manière japonaise.
« J'ai pensé que tu aimerais les couleurs.
– Oui, c'est ravissant. Une invitation au grignotage. »

Éliane voyait que Richard s'était surpassé pour lui faire plaisir. Enjouée, elle entama ce premier repas en tête à tête. L'invitée parfaite ! Rapidement la conversation roula sur des sujets sérieux. Ils parlèrent de polars et, tout naturellement, en vinrent à la torture.

« J'ai toujours eu peur de la torture, confia Richard légèrement emphatique. Rien que d'y penser, mon cerveau se liquéfie de terreur, mes dents se heurtent. Je sens mon estomac se révulser si je m'imagine lié à une chaise avec en face de moi des tortionnaires qui m'arrachent les ongles ou m'écrasent les doigts à la tenaille. L'horreur m'envahit d'être aveuglé par une lampe avec une roulette de dentiste qui m'irrite un nerf. Non, j'en suis persuadé, jamais je ne pourrais résister à la torture. Je chierais dans mon froc, je me souillerais de bave, je crierais, je m'évanouirais si l'on m'y soumettait. Pénétrer dans une maison en flammes. Oui. Je pourrais le faire. Dans mon cas, il s'agirait plutôt de témérité. Je reçois une dose d'adrénaline et je fonce sauver le bébé qui hurle dans son berceau. Un acte héroïque. Pas que je veuille retirer le mérite des pompiers. Non. Parce que répéter ce geste journellement est une autre histoire. En fait, j'aimerais être un héros et je ne suis qu'un pleutre. J'en suis certain. Pendant la guerre, dans la résistance, j'aurais vendu mes copains sous la torture. Remarque bien que je ne me voie pas en tortionnaire non plus. Enfant, j'ai quelques fois arraché les ailes des mouches, gardé des papillons sous une cloche de verre, attaché des hannetons par une patte à un fil. Pourtant, c'est différent. Aucun ne criait pitié. Mais, torturer un être humain… je ne le pourrais pas. Si encore, il restait courageux, qu'il soit question d'un rapport de forces. À condition qu'il cache parfaitement sa souffrance, je ne dis pas… peut-être. Au premier cri ou pire, à la première insulte ou même à l'ébauche d'un gémissement, je serais incapable de poursuivre. Je l'avoue. Je suis lâche alors que je voudrais être un héros. »

Éliane l'écoutait avec une attention croissante. Peu de gens s'analysaient aussi sciemment. Cependant, sous le découragement apparent perçait le désir de se faire consoler.
« Tu es un peu trop sévère avec toi, commença-t-elle, et puis tu mélanges deux trucs. La douleur physique et la trempe de caractère ne sont pas liées. Sur un point, tu as raison. La torture est un acte complexe. Je crois que les tortionnaires ne sont pas nécessairement cruels, comme on le dit souvent. Je les crois plutôt indifférents aux autres et dépourvus d'empathie. Tu te traites de lâche parce que tu manques de la dose de cruauté requise pour faire souffrir quelqu'un. Mais, c'est à ton honneur d'être attentif aux autres, de les respecter et de pouvoir t'identifier à eux. Tu recherches un adversaire à ta mesure puisque tu admets le rapport de forces.
– Tu crois que je ne suis pas lâche ! Mais, je

ne supporterais pas d'être torturé non plus.
– Moi non plus, tu sais ! Si tu prends le SM, par exemple. Dans un sens, je comprends l'extase des bourreaux. En torture ou en SM, cela me révolte. Malgré tout, je sais qu'il existe des gens qui prennent leur pied en torturant les autres. Ce que je n'arrive absolument pas à assimiler, ce sont ceux qui aiment se faire torturer, que la souffrance puisse leur procurer de la jouissance, qu'ils préfèrent la souffrance au plaisir. Ou bien est-ce que le plaisir est une souffrance ? Je veux dire, est-ce qu'il est aussi près de la souffrance que le rire des larmes ? Est-ce la même chose ?
– C'est peut-être la question primordiale. Ce que l'on prend pour des extrêmes, ne sont en fait que des compléments ou des similarités.
– J'ai parlé une fois avec un grand joueur de tablas indien qui m'a dit "La souffrance, c'est aussi un plaisir". J'y ai souvent repensé depuis et je me demande si l'inverse est valable ?
– Le plaisir, c'est aussi une souffrance ?
– Oui. J'ignore s'il y a eu beaucoup de recherches valables là-dessus. Il faut une force de caractère indéniable pour transformer la souffrance en plaisir, sans parler des masos, bien sûr.
– Oui, mais eux, ce qu'ils font, c'est transformer le plaisir en souffrance. Donc, l'inverse doit être possible.

– Tu crois que les masos jouissent de la souffrance ?
– Tu as raison. De fait, il faudrait considérer deux sortes de souffrance ou de plaisir : le côté physique et le côté moral.
– On parle souvent d'un seuil de douleur plus ou moins élevé. Rarement de seuil de plaisir.
– La douleur et la souffrance sont tout de même loin d'être identiques.
– Comme l'articulation et la prononciation ? »
Richard se moquait gentiment, ce qui échappa à Éliane qui se lançait dans son sujet préféré.
« Tout à fait. L'émission, la prononciation, l'articulation, c'est quoi au juste ? Il y a un tas de mots et d'expressions que les gens emploient l'un pour l'autre à tort et à travers. Cela brouille les cartes au lieu d'éclaircir le problème.
– Langue et langage ?
– Pour ne prendre que ces deux-là. Entendu, la différence est subtile et certainement difficile à cerner, mais néanmoins présente. Le point n'est pas que tout le monde soit d'accord quant à la signification, mais de la définir dans un contexte donné.
– Ce qui donne un consensus amovible.
– J'en conviens, mais je n'ai pas trouvé mieux jusqu'à présent.
– Si je te suis, pour langue et langage, tu pencherais du côté de Saussure.
– Absolument. Mais, signifiant et signifié,

c'est clair. C'est le contenant et le contenu.
– La langue est le contenant et le langage le contenu, non ?
– D'accord. Je tends à croire qu'il existe encore une dimension. C'est la mélodie du langage qui est indépendante de la langue tout en lui étant indispensable. A ce sujet, James Rush a écrit un traité fabuleux, *La Philosophie de la voix humaine*, un bouquin délirant ! Il distingue des signes vocaux ou naturels et des signes verbaux ou artificiels. Il est conscient du fait que lorsqu'une personne parle, ces signes audibles sont rarement produits isolément mais, qu'ils sont unis simultanément dans l'expression et employés dans toutes les combinaisons compatibles possibles ! Il reconnaît cinq attributs à la voix humaine : l'oralité, la force, le temps, la brusquerie et le diapason.
– Rush ? Celui qui possédait une voix plus douce que n'importe quelle flûte ?
– Non. Lui, c'était son père, Benjamin. James Rush, lui, avait peu de talent oratoire. En revanche, son ouïe était d'une sensibilité peu commune. Il a même noté la mélodie du langage. Il se plaisait au théâtre y transcrivant les drames parlés en une notation spéciale inspirée de la notation musicale. Une grande erreur des linguistes actuels est de méconnaître cette dimension de la mélodie du langage dans l'apprentissage d'une langue.

Les Russes, et plus tard les Américains, en ont été très conscients. A l'institut MGU, le vivier des espions à Moscou, les agents sont soumis pendant six mois à l'écoute puis, six autres mois à la diction d'une langue étrangère sans en connaître la signification. Ce n'est que lorsqu'ils ont parfaitement maîtrisé la prononciation qu'ils commencent à travailler la signification et la grammaire. Pour te dire que les films où les mecs du KGB ont un accent épouvantable sont du flan. Un Russe sorti de cette école, est passé maître dans les registres d'une langue mieux qu'un natif !
– Moi qui ne parle que l'anglais, je suis toujours scié de voir avec quelle aisance certaines personnes parlent plusieurs langues. Mon français est déplorable.
– Oui, tu devrais t'y mettre. » Richard, sidéré par la réponse d'Éliane, la regardait les yeux écarquillés.
« Je vois, continua-t-elle, tu t'attendais à un démenti. Eh bien non ! Pas avec moi. Si tu pêches des compliments, tu en es pour tes frais !! » Elle éclata d'un rire homérique sous l'œil incrédule de Richard. Elle en profita pour s'esquiver jusqu'au vestibule où elle happa son manteau au passage.
« Tu pars ?
– Il se fait tard. » Experte, elle pianota le numéro des taxis sur son portable.

10.

Après avoir observé pendant un certain temps l'entrée du tunnel dans le lointain, Harry Grund redescendit au rez-de-chaussée de la bibliothèque et se dirigea vers le restaurant chinois flottant. Cependant, son allure pourrait attirer les regards et le trahir. Il avait sa chambre à l'hôtel Ibis et il n'y avait aucune raison pour ne pas aller se changer avant d'aller dîner. Option préférable. Il voulait récupérer un peu de marchandise pour l'échanger plus tard sur le marché. A cette heure personne ne ferait attention à lui. Par précaution, il décida d'emprunter l'entrée par le métro.

La station à la gare centrale était incurvée et les quais suivaient la courbe. Il était difficile de voir d'une extrémité à l'autre de façon claire sans se pencher dangereusement au-dessus des voies. Grund attendit que la rame parte et descendit les marches sur le ballast, passa le premier refuge et s'engouffra dans le boyau d'aération. Il déboucha à deux mètres du dépôt. La lampe de poche qu'il avait dissimulée dans un recoin était toujours là. Il s'en empara. En se baissant, il sentit sa blessure se rouvrir sous l'effort et le sang dégouliner le long de son bras. Dans le faisceau, quelques gouttes incarnates brillaient sur le sol. La came, empilée contre les parois, lui faisait face. Il enfourna deux sachets dans une poche et sortit. Sa blessure le faisait souffrir, mais cela devrait attendre. Pour plus de sûreté, il quitta les lieux par le côté opposé auquel il était venu. Le saignement s'était arrêté. Il rit en lui-même, se disant que, de toutes façons, les chiens ne viendraient pas par ici le traquer. Il était tranquille.

Il acheta un téléphone portable neuf et une nouvelle carte Sim avec du crédit de communication payé d'avance. Il présenta son faux passeport et l'employé l'enregistra sans commentaires. Personne ne connaissait son numéro présent, mais pour ce qu'il allait entreprendre, mieux valait être prudent plutôt deux fois qu'une. Il était hors de question de se rendre aux urgences et pourtant il lui fallait quelques points de suture.

Les réceptionnistes discutant entre eux ne lui accordèrent qu'un coup d'œil distrait. S'ils pensèrent quoi que ce soit de sa mise, ils ne firent aucune réflexion. Ils en avaient vu d'autres. Le client qui réclamait sa clef s'était peut-être battu pour ce qu'ils en savaient. Pour eux, il était un client. Point barre. Les ascenseurs n'avaient pas de liftiers comme la plupart des hôtels d'Amsterdam et Grund atteignit sa chambre sans encombres. Tout en avalant les sandwiches achetés au kiosque de la gare, il passa les coups de fil nécessaires. Un pour sa blessure, l'autre pour les affaires.

11.

Le bureau de police de la Warmoesstraat était en effervescence. Deux agents tués dans la fusillade de l'après-midi ! Le commissaire Van Dijk assistait à la réunion générale instaurée d'urgence. Garcia et Van den Ouden revenaient de leur ronde pendant laquelle ils n'avaient rien noté de particulier si ce n'est l'absence de transaction. Du rescapé de l'IJtunnel, on n'avait aucune nouvelle, mais l'identité des morts avait été établie par les spécialistes. Il s'agissait des membres de deux gangs rivaux. L'évadé restait un inconnu et on passerait un appel à la population à la télévision, et le lendemain dans les quotidiens. En principe, à Amsterdam, les autorités contestaient l'existence des gangs et en niaient la formation. Les politiciens démentaient leur présence au sein de la communauté, mais la police savait très bien qu'ils existaient. C'était plus que des bandes de gamins. Le crime organisé à grande échelle s'était révélé depuis les années soixante et ses méfaits allaient en s'accentuant avec rapidité.

La mafia avait sévi cet après-midi. De plus, une rixe avait éclaté dans un bar archi-plein dans le district rouge faisant plusieurs blessés dont trois très graves hospitalisés en soins intensifs, et deux morts. Tous les clients présents avaient été embarqués au poste, sauf ceux pour l'hôpital ou la morgue. Les interrogatoires se poursuivaient. Il faudrait taper les dépositions, contrôler les adresses avant de relâcher tout ce beau monde. Il y avait là des Français et des marins russes qui gueulaient dans leur langue que leur bateau allait appareiller sans eux. Renseignements pris, l'escale devait durer encore deux jours, donc, *a priori*, il n'y avait pas le feu. Les interprètes ne savaient plus où donner de la tête. Les agents s'escrimaient. Trier ceux qui avaient vu et ceux qui ne pouvaient avoir vu ; ceux qui avaient participé à la bagarre de ceux qui avaient distribué les coups mortels fut rendu plus aisé par les deux garçons et un indic, fiables tous les trois.

Les policiers savaient être bons pour des heures supplémentaires. En outre, ils avaient un assassinat sur les bras. Le corps d'un homme d'une cinquantaine d'années avaient été découvert le matin vers neuf heures par les agents appelés sur place par le père de la victime qui, lui-même, avait été prévenu par la copine du gars qui, elle-même, se trouvait en Espagne. Une histoire abracadabrante.
« Nous avons le rapport préliminaire

d'autopsie. Il est décédé de vingt-sept coups de couteau dont aucun n'était mortel en soi, mais dont certains ont provoqué l'hémorragie fatale. Voilà en gros ce que nous savons, mis à part les noms, prénoms, et cetera. La copine lui téléphone d'Espagne à six heures hier au soir et ils papotent gentiment de choses et d'autres pendant dix minutes. Le gars n'a pas l'air d'avoir un souci quelconque. Ils doivent se voir le week-end suivant. La caissière du supermarché se rappelle qu'il est passé hier au soir. On a retrouvé le ticket de caisse indiquant dix-neuf heures trente. Vers onze heures du soir la copine rappelle, il ne répond pas. Rebelote une heure plus tard. Il ne répond toujours pas. Bon, la nuit se passe sans qu'il rappelle. Ce matin, elle ne peut toujours pas le joindre, ni sur son portable ni sur son fixe. Son entreprise téléphone à la fille car il ne se pointe pas au bureau et il ne les a pas prévenus d'une absence. Comme il a les clés, elle prévient le père qui se rend sur place et fait la découverte macabre. On n'en sait pas plus que cela. L'appartement est loué donc sa mort ne profite pas aux héritiers. Il a deux fils que l'on reçoit demain. La liaison avec la copine dure depuis une vingtaine d'années avec des hauts et des bas. Ils se voyaient un week-end sur deux. Il habitait ici, elle là-bas. Elle prenait l'avion, restait trois jours et repartait pour deux semaines. Lui, plutôt

volage selon les employés de l'entreprise qu'il venait de vendre. Import-export de viande de boucherie en gros. On épluche tout cela.
– Une question saute aux yeux, lança un policier, pourquoi la fille tenait tant à le rappeler s'ils avaient eu une conversation insignifiante ?
– Oui, il va falloir fouiller profond, car de toute évidence quelqu'un profite de sa mort d'une manière ou d'une autre. Il y a un paquet de fric à la clé avec l'entreprise qu'il vient de vendre. On met les experts comptables là-dessus. A-t-il téléphoné à quelqu'un et vice versa ou les deux ? On en saura plus après avoir auditionné les pères, les fils, la fille avec l'aide du Saint-Esprit ! »

12.

Van Meersen-Tromp était ravi de sa soirée. Il avait discuté architecture avec ses collègues et rien ne pouvait le satisfaire plus qu'étaler ses connaissances en la matière devant un public averti. Après tout, on avait tous nos petits travers et celui-là était bien l'un des moindres de Van Meersen-Tromp. Rentré chez lui, il savourait un Courvoisier VSOP analysant la différence d'avec un XO devant la télévision et profitait du dernier Journal télévisé. Bien que les nouvelles laissassent à désirer, il s'interrogeait sur la fusillade relatée en boucle. Le présentateur faisait état de plusieurs morts dans l'IJtunnel. De l'un d'eux, la police ignorait l'identité et lançait un appel à la population. Un portrait s'afficha où un homme avait les yeux fermés. La photo du cadavre. À sa stupéfaction, Van Meersen-Tromp reconnut un interlocuteur du semestre précédent qui avait accompagné une connaissance lors d'un rendez-vous pour l'histoire des diplômes.

Pour parer à ses goûts dispendieux, Van Meersen-Tromp avait accepté un trafic de diplômes très rémunérateur et pratiquement sans risque. Il en avait touché deux mots à Alf van Duijn car deux signatures étaient indispensables pour parapher les diplômes et les valider. Quant aux tampons et au papier spécial, Van Meersen-Tromp en avait fait son affaire. Il ne s'agissait que d'officialiser une expérience acquise dans la pratique. Les candidats avaient tous réalisé des travaux en la matière pour laquelle ils quêtaient une reconnaissance par une qualification entérinée par l'université. Il n'était que justice de la leur fournir. Argumentation en béton par laquelle Van Meersen-Tromp calmait sa conscience. Il faut dire que le niveau des études à l'université avait franchement baissé depuis la loi Mammouth et que les diplômes valaient beaucoup moins que de son temps. L'université allouait des doctorats là où il y a une vingtaine d'années, le prétendant n'aurait même pas reçu l'équivalent du Master d'aujourd'hui. C'était particulièrement visible chez les étudiants en Lettres qui n'avaient plus besoin, officiellement s'entend, de parler au moins quatre langues modernes. Quant au latin et au grec, le rectorat avait été obligé d'en annuler l'enseignement, le nombre d'étudiants inscrits ne justifiant pas d'en prolonger les cours : trois pour le latin, deux en grec et aucun pour les deux ensemble, pour l'année dernière. Ils pouvaient continuer les cours facultatifs, mais les langues mortes ne faisaient plus partie du corpus.

Van Meersen-Tromp, pour sa part, avait étudié le français, l'allemand, l'anglais, l'espagnol et le russe, langues pour lesquelles il était diplômé d'un diplôme de licence, l'équivalence d'un Master actuel. De plus, il avait fait Lettres anciennes, un corpus comprenant le grec, le latin et l'hébreu obligatoires et il avait choisi le sanscrit en option. Cela lui avait octroyé le poste de doyen et il ne le regrettait pas. Il avait poursuivi, en outre, des études sur l'art. De là était venu son intérêt pour l'architecture. Les mastodontes de sa génération étaient tous des érudits de son calibre. De nos jours, les étudiants voulaient en faire le moins possible et le plus rapidement possible obtenir leur Master, et ils se croyaient les maîtres incontestés du corpus, se permettaient d'évaluer leurs professeurs. Van Meersen-Tromp soupira. Ohbien sûr, la critique avait toujours existé. Mais, de son temps, les professeurs étaient respectés car on leur concédait un savoir. On s'en abreuvait puisque l'on était là pour ça. Même si parfois, on charriait leur personnalité, on savait en faire abstraction et accéder à l'essentiel. Aujourd'hui, les étudiants jugeaient sur les apparences. Quelle ineptie ! Ils voulaient des copains. Les professeurs qui étaient populaires se conduisaient comme des immatures. Arrivaient en retard derrière leur chaire, lançaient des vannes sur l'administration et les règlements et, surtout, évitaient de surcharger les étudiants de travail. Même ceux qui avaient son approbation coulaient doucement vers ce profil. Peut-être que tout le monde n'était pas un champion intellectuel, mais pourquoi venir à l'université dans ce cas ? Van Meersen-Tromp était réfractaire au système qui favorisait des cancres et recalait des as à cause du tirage au sort pour les attributions de places où tous écopaient de chances égales. Une vraie loterie ! S'il ne tenait qu'à lui, il instaurerait un concours d'entrée avec un résultat minimum. D'un autre côté, il n'y aurait peut-être plus personne en Lettres car les étudiants, en règle générale, avaient la lecture en horreur ! Ils préconisaient les ouvrages peu épais et, très peu de préférence ! Trop d'articles, trop d'ouvrages à lire revenaient comme une litanie dans leurs récriminations. Mais, bon Dieu, pourquoi venaient-ils étudier la littérature !??

Subrepticement, la colère l'avait envahi. Il en était là de ses réflexions, lorsque la sonnerie du téléphone le ramena dans la réalité de son fauteuil. Il consulta sa montre par automatisme. Une heure moins vingt. Il pensa immédiatement à sa secrétaire et décrocha. Une voix mâle inconnue résonna dans le récepteur.

13.

Discutant de tout et de rien comme deux vieilles filles, Ruud et Frans étaient parvenus de l'autre côté de la gare et s'assuraient d'être seuls dans les alentours avant de s'aventurer sur le ballast les conduisant à l'entrée de leur tunnel. Sam reniflait ostensiblement et suivait une trace invisible pour eux. Le chien s'affolait de plus en plus et refusait l'injonction de les rejoindre. Les sifflets n'avaient aucun effet et il se comportait de façon étrange. Il était nerveux.

Après s'être assurés de l'absence de toute personne dans les parages, ils s'engouffrèrent dans les escaliers et soulevèrent la grille d'aération menant à leur repaire au lieu de faire le tour par le tunnel du métro. Sam devenu totalement fou, fila tout droit et dépassa leur porte pour se poster en arrêt devant l'entrée de la seconde cache.

« Mais, bon sang ! Qu'est-ce qu'il a donc !?

– Tu penses qu'il y aurait quelqu'un ?

– Peut-être quelqu'un est-il venu. Allons voir.

– Oui, mais posons d'abord nos affaires. »

Quelques instants plus tard, ils rejoignirent Sam allongé, les yeux fixés sur le renfoncement. Frans aperçu des traces brunâtres sur le sol.

« On dirait du sang !

– Oui, cela m'en a tout l'air. Peut-être ferions-nous mieux d'être prudents. »

Frans s'immisça dans l'ouverture et proféra un juron. Sam bondit à sa suite. Ruud se coula à son tour derrière eux. Ils avaient emporté une torche à piles et découvrirent un étonnant spectacle. Ils restaient hébétés, cloués sur place dans l'espace ainsi restreint de la pièce. Du mur au plafond, s'empilaient des sacs en plastique blanchâtre de la taille d'un kilo de sucre. Des paquets éparpillés gisaient à leurs pieds. Tétanisés par leur découverte, ils n'osaient ni bouger ni parler, fixant avec des yeux exorbités de stupéfaction,

les implications de la vision s'offrant à eux.
« Si c'est ce que je pense…, articula enfin Frans, nous ne l'avons jamais vu. »

Il braqua le faisceau de sa lampe sur un sac à ses pieds et vit des traces plus rouges que celles sur le ballast.
« Une personne blessée est venue ici récemment, et si elle revient, le mieux est que nous soyons partis. » D'un commun accord, ils ressortirent avec Sam sur les talons. Frans empocha un des sacs avec l'intention de mieux l'examiner dans leur cache.

Ruud et Frans ne se droguaient pas. À l'encontre de beaucoup de SDF, ils n'étaient pas alcooliques non plus, mais ils étaient au courant des trafics illicites de la cité et des drogues qui s'échangeaient contre des euros ou des paiements en nature. Toutefois, bien qu'ils ne purent déterminer avec certitude la nature du contenu du sachet, ayant trop peu d'expérience en la matière, ils purent s'assurer mutuellement d'avoir entre les mains une substance valant très cher sur le marché des stupéfiants. Sans trop savoir pourquoi, ils penchaient pour de la cathinone de synthèse, la méphédrone, nouvellement apparue dans les rues et sur laquelle ils avaient lu un article. Mais, cela pouvait tout aussi bien être de la cocaïne. La seule chose patente était une fortune à vingt mètres de leur gourbi et cela les tracassait fortement.

Les paquets avaient été entreposés par quelqu'un. Une personne blessée avait pénétré le repaire et en était repartie. Était-elle au courant de leur cache à eux ? était la grande question. D'un autre côté, ils pensaient cela impossible, mais la minute suivante, ils se surprenaient à discuter des conséquences si c'était le cas. Ils savaient autant qu'il faut des mœurs régissant la loi de la rue pour supputer que les propriétaires de la drogue ne toléreraient aucune ingérence en leurs affaires et n'accepteraient jamais que quiconque fut au courant de l'entrepôt. Aller voir la police et déclarer la trouvaille était hors de question. Il faudrait expliquer leur présence sur les lieux, dénoncer leur abri douillet, probablement devoir le quitter.

Doucement, une autre idée germait avec ténacité en leur esprit. Pourquoi ne pas dérober deux ou trois sacs et les écouler sur le marché à leur profit ? C'était si étrange qu'il n'y ait aucune supervision et des hommes pour monter la garde devant un tel trésor. Dans les films qu'ils avaient eu loisir de regarder, la drogue était rarement laissée à l'abandon dans un entrepôt aussi bien fermé soit-il. Comment se faisait-il qu'il n'y ait personne, armé ou non, pour prévenir l'intrusion de curieux ? Ou bien les gars pensaient leur cachette inviolable et ils n'avaient aucune idée du second repaire, le leur, ou alors… ils étaient morts dans la fusillade de l'après-midi et ne reviendraient plus avant longtemps, exception faite pour celui qui avait visité les lieux et avait perdu trois gouttes de son sang sur le sol. De lui pourrait venir le danger car il défendrait son bien. Ils étaient donc plusieurs sur les rangs. S'ils voulaient monter une petite affaire, ils devaient bâtir un plan de campagne. Ils enveloppèrent le sac en leur possession dans une poche en plastique et le dissimulèrent parmi l'amas de couvertures de Sam, assurés que personne ne viendrait le chercher là. Puis, ils prirent la sage résolution de dormir. Ils aviseraient le lendemain.

14.

La cérémonie, la réception, le dîner. Tout avait été parfait. Du moins, tout s'était déroulé de manière satisfaisante. Dans sa cuisine, Xavier but un grand verre d'eau en quelques gorgées avant de se faire couler un bain. Pendant que le niveau montait à bonne hauteur dans la baignoire, il se prépara un cognac qu'il boirait allongé dans l'eau tiède. A une coupe de champagne près, il s'était abstenu toute la journée, voulant garder l'esprit clair. Les lumières tamisées à souhait reflétaient son ombre en plusieurs exemplaires sur les murs blancs. Il avait voulu une teinte apaisante et avait eu la chance de pouvoir acheter cet appartement. Après son séjour de deux mois à l'hôtel, il pouvait enfin prendre possession d'un lieu lui appartenant et le meubler selon ses goûts, c'est-à-dire, pratiquement vide.

Xavier avait les meubles conventionnels en horreur et exception faite d'un profond divan et d'un grand piano à queue et son tabouret, la pièce ne contenait rien d'autre que des lampadaires. Elle paraissait immense. Dans son optique, une table basse était superflue. S'il désirait grignoter quelque chose, il s'attablait dans la cuisine ou bien se calait une assiette sur les genoux. Un renfoncement dans le mur, à l'origine un placard, était transformé en meuble étagères où était posée son installation stéréo reliée à des haut-parleurs dans toutes les pièces et des correspondances de télécommandes par borne Express. Où qu'il soit, il pouvait changer le CD, à condition que celui-ci ait été préalablement sélectionné, monter ou descendre le son ou arrêter le tout. La musique était la seule chose qu'il aimait une fois dans le calme de son chez soi. Au contraire de la plupart de ses collègues, il n'éprouvait pas le besoin d'un bureau à domicile. Son ordinateur portable, sur lequel il transférait tous ses dossiers, lui suffisait amplement. Une imprimante et un scanner de voyage complétaient son matériel informatique et il travaillait rarement le soir ou le week-end. Tout au plus, écrivait-il. En contrepartie, une des pièces avait été métamorphosée et accueillait ses livres qui recouvraient les murs des plinthes aux cimaises et des rangées la traversaient de part en part comme dans une bibliothèque publique. Xavier n'était pas bibliophile et ne collectionnait pas d'exemplaires rares. Il affectionnait autant les formats *Poche* que les livres brochés. Tout était pour lui une affaire de contenu plus que de contenant.

Avant de se plonger dans la tiédeur de l'eau, il écouta Babette pour se mettre dans l'ambiance et se relaxer :

« Allo, Ici Babette à l'appareil. C'est moi-même. Aujourd'hui, je me sens une âme de diva. Toute à soigner ma voix. J'ai commencé à prendre des leçons de chant, car en fait, à part le côté très spirituel, il y a tout de même le côté corporel, physique si l'on veut. En revenant de cette leçon, j'ai ressenti le besoin de me nettoyer physiquement si je voulais atteindre à l'état d'âme nécessaire pour pouvoir me gargariser de vocalises

angéliques. Je me suis fait couler un bain à température idéale, un bain pour moi toute seule. J'ai tâté l'eau avec mon coude pour m'assurer de sa température. Un bain sublime m'attendait. J'ai mis des sels bleus dedans. La bouteille les éjaculait grâce à des pressions à petites doses et ils fécondaient l'eau d'une teinte bleutée. J'ai laissé mes habits tomber à mes pieds, j'ai frôlé l'eau des orteils... Elle était à point. Je me suis laissée submerger et je me suis enfouie dans l'eau. Dans le miroir en face de moi, je me complaisais à mon image embuée, entourée de mousse. J'ai entrouvert les lèvres, me suis tiré la langue et comme mes doigts sous l'eau exploraient d'autres cavités, je me suis mise à gémir doucement jusqu'à ce qu'un cri de plaisir jaillisse de ma gorge. J'ai su alors que je pourrais chanter tous ces airs qui me ravissaient sur CD. Je sais enfin ce qu'elles font ces divas sur scène. Le prof, d'ailleurs, me l'a dit "Chanter est une explosion de joie". Alors, jouissons... »

Cette voix le ravissait à tous les points de vue. C'était presque inconcevable, mais le visage d'Éliane Vermont se superposait aux sons. Absurde, la cantatrice parlait d'une toute autre manière et d'une voix plus profonde. Pourtant, il ne pouvait endiguer le rapprochement qui s'opérait automatiquement en lui. Allongé dans l'eau, il anticipait le plaisir qu'il aurait à prendre des cours de chant avec elle. Placés l'un à côté de l'autre à la réception, ils avaient convenu d'un rendez-vous dans la semaine. Il avait hâte de s'installer dans une discipline musicale maintenant qu'il avait emménagé et cette rencontre arrivait à point nommé. Elle lui avait fait part de sa méthode qui n'en était pas une. Elle enseignait en accord avec l'étudiant. Chaque personnalité requérait une approche spéciale selon elle. Xavier ne pouvait que souscrire à son affirmation. Il aurait abhorré être traité autrement que selon ses capacités propres.

C'était tout de même confondant, cette Babette qui parlait d'un bain alors que lui-même se préparait à en prendre un. Il y avait comme une sorte de synchronicité manifeste, de paracelsica aurait dit Jung. De plus, elle avait décidé de prendre des leçons de chant, tout comme lui ! C'était tout simplement inouï. Il attrapa son téléphone sur le rebord de faïence et recomposa le numéro.

« Allo. Bonjour. Ici Babette à l'appareil. Quelle chance que vous m'appeliez maintenant. Je suis heureuse de pouvoir me confier à vous. Ce soir, je dois chanter. Alors, je suis terriblement nerveuse et j'ai absolument besoin de confort. Dites, vous

voulez bien m'aider ? Je ne sais absolument pas quoi me mettre. Regardez bien et dites-moi la vérité. Cette robe, enfin... le décolleté n'est pas trop profond n'est-ce pas ? Et puis, celle-ci, je crois qu'elle est trop courte. Non ? Alors, c'est le tissu, très transparent. Impossible de mettre des dessous, ils traversent, et, si je mets seulement la robe... dans la lumière des projecteurs... peut-être remarquez bien... cela pourrait faire sensation. Mais, tout de même... Oh, j'ai besoin de vous. Regardez bien cette robe. Comment la trouvez-vous ? Je sais, vous me préférez sans... mais, restons sérieux. Peut-être celle-ci est jolie et à point. Seulement la dernière fois, il m'est arrivé cette histoire terrible. Enfin... c'était un grand succès, un triomphe énorme. Figurez-vous qu'au moment suprême, ma robe au décolleté superbe, mes épaules étaient dégagées, une bretelle a glissé révélant mon côté droit dans sa plus parfaite nudité. Et moi, tout occupée à mes trilles d'escarpolette, je n'avais notion de rien. Le public était en délire. Pourrais-je encore une fois rejoué la Victoire de Samothrace ? »

La voix se taisait soudain. Xavier se demanda combien d'appels devrait-il faire pour retomber sur la même bande. L'anecdote était à chaque fois autre. Seule la voix gardait cette même tonalité envoûtante. Satisfait, il sirotait sereinement le restant de son cognac.

15.

Seule dans le compartiment du direct pour Alkmaar, Marijke regrettait d'avoir déménagé. En règle générale, le temps du trajet lui donnait la possibilité de réfléchir, mais ce soir, après le dîner entre collègues, elle le ressentait comme du temps perdu. Elle connaissait les horaires par cœur, ne ratait jamais son train bien qu'il lui en coutât parfois de quitter une assemblée plaisante pour ne pas arriver chez elle à des heures indues. En outre, il lui fallait fréquemment, tôt le matin, rejoindre l'université pour y donner ses cours. L'avantage dans ce cas, était le temps supplémentaire de préparation pendant le trajet. Une heure pour relire ses notes ou corriger des copies. D'un autre côté, sa tendance à la paranoïa lui faisait supposer ses collègues dégoisant sur elle une fois qu'elle avait abandonné la scène. Un peu de jugeote lui aurait permis de comprendre que bien d'autres occasions de déblatérer les uns sur les autres se présentaient, sans attendre l'opportunité d'un dîner et son départ en avance sur celui des autres.

Ce soir, c'était différent. Elle devrait le lendemain se rendre à l'hôpital psychiatrique où sa mère, internée, avait une fois de plus attenté à ses jours d'une façon peu commune. Allongée sous sa couette, elle y avait mis le feu. Brûlures au troisième degré en avaient résulté. Elle n'avait probablement rien ressenti tant elle était anesthésiée par les somnifères et les tranquillisants administrés à l'heure vespérale. Le personnel hospitalier en était encore à se poser des questions. Comment était-elle entrée en possession du briquet retrouvé sous le lit et avec lequel elle avait enflammé sa literie ? Alors que les médicaments agissaient presque instantanément, comment avait-elle eu encore assez de conscience pour accomplir son geste fatal ? Il était hors de question que ce soit le fait d'un autre pensionnaire ; elle occupait une chambre particulière dont la porte était fermée électriquement après l'administration des derniers soins. Personne ne pouvait s'introduire de nuit dans le bâtiment, les portes étaient fermées à clefs, les sas ne s'ouvraient que sur commande spéciale et toutes les fenêtres possédaient des barreaux entre lesquels même les pigeons étaient incapables de se faufiler pour se reposer sur l'appui. D'autre part, aucun patient à son étage n'avait assez de jugeote pour concocter et réaliser un plan machiavélique qui lui aurait permis d'effectuer un acte criminel de cette envergure. Un petit larcin au réfectoire, la dissimulation d'une cuillère ou rapiner un morceau de sucre étaient bien les seuls crimes que leur cerveau, endolori par les doses massives de valium, pouvaient échafauder. Les disputes étaient rares, les résidents manquant de l'énergie nécessaire à se parler ou s'intéresser un tant soit peu à autrui.

Marijke était envahie par un sentiment diffus de culpabilité. Elle s'était aperçue de la disparition de son briquet au retour de sa visite hebdomadaire l'avant-veille. Ou bien elle l'avait laissé rouler de son sac, possibilité peu envisageable dans son optique, ou sa mère le lui avait subtilisé de la poche de son manteau, accroché à la patère de la porte, durant son absence de quelques minutes pour subvenir à des besoins naturels. Éventualité plus plausible. Si elle se souvenait bien des détails, elle avait pris son sac avec elle dans le réduit, connaissant la manie fouineuse de sa mère. Elle avait oublié les cigarettes et le briquet car il était interdit de fumer dans l'enceinte de la clinique. Sa mère lui avait fait les poches comme quand elle était gamine. Une fois revenue à l'air libre et parlant au médecin traitant sur le perron, celui-ci lui avait offert une cigarette et donné du feu. Attrapant son train de justesse, elle n'avait plus eu l'occasion ou le plaisir de fumer une clope sur le quai. Les wagons fumeurs ayant totalement disparu du paysage ferroviaire depuis des années, arrivée à destination, tâtant ses poches à la recherche de son attirail, elle avait supposé que son Bic était tombé sous la banquette.

Son sentiment de culpabilité était immérité. Sa mère en était à sa dixième tentative de suicide, mais Marijke pensait avoir une part de responsabilité dans celle-ci. Sa mère ne manquait pas d'imagination. C'était une artiste. Une grande pianiste. Une enfant prodige qui avait joué le cinquième concerto de Mozart avec orchestre à l'âge de six ans dans les salles les plus renommées de la planète. Puis, les enfants grandissent et l'attention du public se transforme. Sans se tarir, elle change de nature. Avec l'âge, ils ne sont plus des phénomènes devant qui chacun s'extasie et s'émerveille, mais ils deviennent un pianiste parmi tant d'autres aussi doués qu'ils puissent être, même si leur nom est encore murmuré avec respect et admiration par les connaisseurs. Tous ne franchissent pas ce pas d'une manière adéquate. A dix-huit ans, sa mère avait épousé son impresario, qui avait eu la malencontreuse idée de décéder un an après le mariage. De ce coup du sort, elle ne s'était jamais remise complètement et seule la musique pouvait la consoler. Son second mari, rencontré peu de temps après la tragédie et un admirateur inconditionnel, avait confondu la diva sur le podium et la femme. Inapte à jouir de ses deux maternités successives et de ses enfants, elles les avaient placés en pension dès leur plus jeune âge après les avoir confiés aux bons soins de plusieurs nounous. Impossible d'abandonner sa carrière pour un foyer, elle ne connaissait que son piano. Son divorce l'avait totalement déstabilisée et avait nécessité son premier séjour en clinique. Oubliant plus ou moins ses enfants – Marijke avait un frère – elle alternait tournées de concert et internement, jusqu'au jour où les tentatives de suicide répétées avaient interféré de façon brutale avec ses compétences à respecter ses engagements. Plus aucun impresario ne se risquait à la programmer, son instabilité psychique étant devenue synonyme permanent de grosses pertes financières. Pourtant dans ses moments de lucidité, elle jouait encore divinement et redevenait celle que le monde de la musique avait adulée pendant plusieurs décennies. Ces moments, hélas, se faisaient de plus en plus rares. Il lui arrivait parfois de s'asseoir au grand piano du salon et tous les pensionnaires affluaient, envoûtés par la magie des sons que ses doigts, en dépit du manque d'exercice, savaient encore tirer des touches. Transportée dans des sphères lointaines, la diva flottait très loin au-dessus des contingences matérielles et ravissait pendant plusieurs heures de suite son entourage sous le charme. Heures bénies pour le personnel. Les plus agités des patients se calmaient, séduits par les mélodies enchanteresses ; la pianiste retrouvait son pouvoir sur un public retenant son souffle pour ne pas perdre une miette du spectacle sublime. Elle s'arrêtait d'un coup, mais non sans avoir au préalable ramené les rêveurs à la réalité quotidienne et repartait dans des limbes connus d'elle seule et intransmissibles au commun des mortels.

Marijke descendit du train et alla récupérer sa bicyclette sous le hangar dont elle avait la clef comme la plupart des voyageurs qui ne prenaient pas leur vélo avec eux. La soirée était douce ; les cafés regorgeaient de clients assis en terrasse en dépit de l'heure tardive. Quelques minutes plus tard, elle poussait la porte d'entrée et se retrouvait chez elle où Jan l'attendait en écoutant un quatuor de Beethoven.

16.

Harry Grund possédait une mémoire digne d'un génie en ce qui concernait les numéros de téléphone, les noms et les itinéraires et, cela depuis qu'il était tout petit. Il était né dans un milieu défavorisé. Son père, cantonnier, buvait plus qu'il n'aurait dû et sa mère, femme au foyer, était plus souvent ivre que lucide. Le père de Harry était son troisième concubin. Le premier l'avait quittée dès qu'il avait appris sa paternité prochaine. Elle avait accouché d'une fille, Mary. Le bébé était âgé de quelques mois lorsqu'elle avait rencontré son grand amour, un mécanicien qui s'était fait broyé sous le châssis qu'il révisait. Greeta était restée inconsolable. De cette période datait son goût immodéré pour les alcools forts qui lui faisaient oublier son malheur à en perdre la mémoire. Un collègue de son concubin défunt et sa femme avaient pris soin d'elle et de sa fille jusqu'à ce qu'ils déménagent vers un avenir meilleur. Le père de Harry, Jaap, était entré dans sa vie alors qu'il désherbait les trottoirs près du pavillon que Greeta occupait avec sa fille. Ils s'étaient rapidement mis en ménage, s'étant découvert de nombreuses affinités, principalement en matière de sirupeux. Harry était né peu de temps après. Le pavillon était une location et les arriérés de loyer s'étant accumulés, le propriétaire devenu irascible les avait prié de déguerpir.

La famille avait échoué dans la caravane sur le sentier de la déchetterie. Harry revoyait les saules et les aubépines en fleurs au mois de mai. L'été, l'endroit était presque idyllique, des buissons, des mûriers qui croulaient sous des fruits dont lui et sa sœur se gavaient en guise de dîner. Sa mère, affalée devant la porte sur la vieille banquette de Simca au cuir défoncé, les laissait vadrouiller tout leur soûl tant qu'ils ne la dérangeaient pas. Ils se levaient seuls le matin avec les premiers rayons et partaient à travers bois vers le village après une toilette de chat au ruisseau. Dépenaillés, ils se plantaient devant la boulangerie, fascinés par l'étalage. La boulangère leur donnait des petits pains de la veille qu'ils dévoraient goulûment sur le chemin de l'école. C'est-à-dire, quand ils y allaient. Les maîtres levaient les yeux au ciel devant leur allure, mais s'abstenaient de commentaires. Leur statut de miséreux patentés les faisait bénéficier d'un repas chaud à la cantine.

Incollable sur les dates historiques, Harry était nul devant une opération d'arithmétique inconnue, mais visionnée une seule fois, il se souvenait du résultat mémorisé de manière infaillible, bien qu'incapable de faire la démonstration du calcul. Mary, en revanche, ne semblait avoir aucun don particulier et, sans être une élève modèle, elle faisait ses classes sans problème. Grâce à sa mémoire, Harry suivait le programme sans trop de difficultés. A la fin de la journée, ils reprenaient tous les deux le chemin de la caravane.

Un jour, à leur retour, Greeta avait disparu. A sa place, une femme inconnue les attendait. Elle leur expliqua que leur mère était malade et devait être soignée dans un hôpital. Leur vie changea peu, si ce n'est qu'en rentrant de l'école, ils avaient un goûter et le soir, la femme leur servait un repas chaud avant de partir, ils ne savaient pas où. Ils s'habituèrent à cette nouvelle vie, à ne plus voir Greeta sur la banquette. Cela dura des jours, des semaines, des mois ; ils n'auraient su le dire, vivant dans cette intemporalité qu'est l'enfance. Harry se souvenait que c'était l'été quand Lena s'occupait d'eux et, il savait encore, qu'ils revenaient rapidement au lieu de traîner par les rues. Il se revoyait même faire ses devoirs sur la toile cirée de la table du coin cuisine.

Tout aussi soudain que sa disparition fut le retour de Greeta. Elle était différente. Elle avait tellement changé qu'il avait eu du mal à la reconnaître. Elle avait maigri, s'habillait dans des tons fleuris de robes joyeuses, ses cheveux relevés en chignon. Mais, outre son allure, elle souriait. Du jamais vu. Lena resta encore un moment, puis elle repartit d'où elle était venue. Ce n'est que bien plus tard que Harry comprit qu'elle avait été une assistante sociale commise d'office par le juge des enfants qui avait préféré cette solution à la séparation pour lui et Mary de leur environnement familier.

Plus jamais Greeta n'était assise sur la banquette, les yeux dans le vague lorsqu'ils rentraient de leurs cours. Elle leur tartinait un goûter et le matin, avant leur départ, ils trouvaient les bols, le pain, la confiture prêts sur la table pour le petit déjeuner. Leur père partageait leur repas du soir et discutait avec leur mère. Ils étaient sobres. Enfin, ils avaient une vie familiale.

Un soir, c'était l'hiver ou bien l'automne car il faisait déjà un peu sombre, personne ne les attendait dans la caravane. Il faisait froid. Ils se firent un sandwich avec un quignon de pain et de la confiture. Les heures passèrent. Quand leur père arriva, il faisait nuit noire. Il jeta un coup d'œil circulaire, tira le rideau et se jeta sur son lit. Harry et Mary se couchèrent sans allumer la lampe. Ils restèrent dans le noir n'osant chuchoter leur crainte. Ils s'endormirent. Au matin, leur père était parti et leur mère toujours absente. Ils prirent le chemin de l'école en passant par la boulangère qui lança « Ah, ça ne pouvait pas durer » ou quelque chose d'approchant dont ils ne saisirent pas la signification. Le soir, leur mère était là, souriante avec ses tartines. Harry voulu croire que tout était revenu comme avant, qu'il s'agissait d'un mauvais rêve, mais cela se répéta de plus en plus souvent et elle disparaissait de plus en plus longtemps, revenait, repartait. Ses belles robes fleuries se fanaient, elle oubliait fréquemment les tartines. Son père ne disait jamais rien. Il subissait.

Une fois, Harry était seul – Mary devait le rejoindre plus tard –, en approchant de la caravane, il entendit des rires. Heureux, il se précipita. Au lieu de son père, un inconnu enlaçait sa mère. Terrorisé, il se cacha et regretta l'absence de Mary. Sans savoir pourquoi, il ne tenta pas de se montrer comme s'il était fautif. Pour rien au monde il n'aurait voulu que sa mère sache qu'il était là, tapi sous les arbrisseaux, d'où il voyait cet inconnu tenir sa mère et l'entraîner derrière le rideau. Au bruit de pas sur le sentier, il fut soulagé de la venue de Mary, mais au lieu de sa sœur son père émergea au tournant et se dirigea vers la porte d'un air décidé. Il entra, fit coulisser le rideau sur sa tringle. Le rire de sa mère éclata triomphant et Harry vit son père rebrousser chemin à grandes enjambées, passé près de lui sans l'apercevoir. L'homme quitta sa mère peu de temps après. Elle sortit sur le seuil fumer une cigarette. Il resta dans sa cachette jusqu'au retour de Mary à qui il raconta la scène dont il avait été témoin. Elle voulut à peine le croire, puis comme les hommes se succédaient auprès de Greeta, elle comprit qu'il avait dit la vérité.

A compter de ce jour, le père changea. Il se remit à boire. Greeta, au contraire, n'était plus jamais ivre. Elle riait souvent et leur donnait de l'argent pour qu'ils s'achètent un goûter en ville. Ce fut l'époque des pains au chocolat et des petits fourrés aux raisins.

Qui sait ce qui se passa vraiment ? Il y eut les véhicules de police, les pompiers les doublant sur la route du retour un soir d'hiver. Les gyrophares, les sirènes, les rubans rouges et blancs en plastique, leur père menotté qui montait dans une voiture et les regardait par la vitre. Deux civières recouvertes d'un drap blanc taché de rouge sous lesquels se devinait des corps furent sorties de la caravane. Harry et Mary restaient plantés, le regard hébété. Ils savaient sans qu'on le leur dise. Y avait-il eu un homme de trop ? Greeta avait-elle rit trop fort ? Qui le saura ? Deux jours après, son père s'était pendu dans sa cellule. Les enfants avaient été séparés. Au début, on les laissait se voir. Mary lui rendait visite dans le centre où il était, se rappelait Harry. Les services de la protection de l'enfance… A ce souvenir, un sourire amer lui étira les lèvres. Il avait été placé dans une famille d'accueil, mais ne s'entendait pas avec l'homme de la maison. Pour le punir, on supprimait les visites de Mary. Loin de s'améliorer, la situation empira. On le plaça dans un autre centre. Un autre encore. Puis, une famille l'hébergea. Puis, un centre encore. Puis, une famille et encore un centre. Une autre famille. Un autre foyer. Le premier larcin. L'impunité. La prostitution où les risques étaient moindres. Mais, Harry voulait plus. Il devait prendre sa revanche sur la vie. Il fit les mauvaises rencontres.

Pour éprouver un sentiment d'appartenance, il s'acoquina à des petits braqueurs qui dévalisaient les stations service le long des nationales. Tout allait bien, jusqu'au jour où l'un des acolytes formula le plan d'attaquer une banque. A la perspective d'un vrai holdup, ils étaient au comble de l'excitation. Les systèmes des comptoirs bancaires étaient autrement plus sophistiqués que les distributeurs d'une station BP. Comment passer la sécurité ? Des armes s'imposaient pour faire peur. Harry ne se voyait pas du tout manier un revolver. Il fut désigné comme chauffeur. Le jour J arriva. La bande s'engouffra dans la porte à tambour. Nerveux, Harry laissait tourner le moteur quand les coups de feu éclatèrent. Il vit ses compagnons se ruer vers la voiture. Ils ouvrirent les portières et se jetèrent sur les sièges. Un vigile passait le tourniquet et les mettait en joue. L'un des quatre fut plus rapide et tira. Épouvanté à la vue de l'homme qui s'écroulait par terre, Harry sortit en trombe pour lui porter secours. Ses amis ne l'attendirent pas et pendant qu'il appelait le Samu sur son portable, ils disparurent au coin de la rue dans un crissement de pneus. Harry endigua l'hémorragie à l'aide de sa chemise dont il fit un garrot des manches. L'homme était inconscient lorsque les secours rejoignirent les lieux du drame en même temps que la police qui l'embarqua. Les docteurs furent unanimes. Son intervention avait sauvé la vie du vigile. Sa participation au holdup en tant que chauffeur et son assistance à personne en danger lui valurent une peine minime. Assez toutefois pour qu'à sa sortie, il changeât d'environnement et de compagnons. Il descendit à Paris prendre l'air où au cours d'une virée nocturne, il rencontra Ramsès.

Ramsès, sans lui apprendre tout ce qu'il savait, lui en avait fourni les clés. Avec lui, il visita les musées, se rendit à l'opéra, développa une compétence des styles en musique et en peinture. L'appréciation des cépages faisait partie de leur quotidien. Harry, originaire de la Zélande savourait ses huîtres ;

il fit la connaissance des belons et des fines de claires. Il distingua le beluga de l'esturgeon commun. Harry emmagasinait les données à un rythme soutenu, mais le plus fondamental fut son entrée chez les grands couturiers où il acquit l'art de combiner ses vêtements avec justesse et un goût démontrant l'aisance que procure l'argent. D'un provincial monté à Amsterdam dans son adolescence, il devint en un temps relativement court, un playboy faisant illusion sur la scène parisienne.

Ramsès, fils de milliardaire désœuvré, prit plaisir à dégrossir, puis affiner, celui qu'il estimait être son contraire. Sans que Harry se soit jamais confié, il avait senti la détresse profonde d'un être grandi à l'opposé du monde qui l'avait vu naître. Il engagea un professeur de français et un d'anglais pour parfaire l'éducation de son poulain. Les leçons portant leurs fruits, il était temps de faire le grand saut et lui faire goûter New York, Los Angeles et, pourquoi pas, Hollywood. Harry avait dix-neuf ans.

Ramsès laissait de plus en plus la bride sur le cou de son protégé. Il s'absentait parfois toute une semaine. Il avait ouvert un compte en banque pour Harry qui logeait dans l'appartement du Riverside Drive, lorsqu'il lui annonça qu'ils allaient sur la côte ouest. Harry s'était habitué au luxe, mais la villa de Bel Air et ses cinq cent mètres carrés habitables, ses deux piscines, les salles de billards, de jeux, le théâtre, la salle de cinéma, le sauna, le hammam, la salle de musculation et les suites d'invités, l'impressionnèrent. Ramsès venait d'en faire l'acquisition et Harry commença à trouver la fortune de son protecteur ostentatoire et désira qu'elle fut sienne. Il invitait des hommes et des femmes rencontrés au cours de ses pérégrinations nocturnes. Alors que Ramsès devait s'absenter une dizaine de jours, il planifia une party monstrueuse. Ses amis le félicitaient sur sa propriété ; il ne les corrigea pas de penser qu'il était le maître des lieux.

Ramsès pouvait se lasser aussi vite d'une emplette qu'il pouvait s'engouer d'un nouveau jouet. Il revendit la villa sans en informer Harry et décida de repartir en Égypte sans l'emmener. La vie de Harry bascula. Pas question pour lui de retourner à la prostitution ou à la pauvreté. Sa garde-robe lui restait acquise ainsi que les quelques centaines de milliers de dollars sur son compte. Toutefois, trop peu pour continuer le même train de vie, penseraient certains. Pas Harry. Il avait appris beaucoup de choses pendant son année de transformation. La plus importante pour son avenir était que les gens riches sont avides d'encore plus de richesses et il en fit son bénéfice. Premier objectif, il lui fallait un toit. Il prit contact avec une agence immobilière et déclara vouloir changer de ville. La Floride le tentait. L'agence le mit en rapport avec sa succursale de Miami.

De l'aéroport, il se fit conduire au Ritz Carlton où il avait réservé une suite avec vue sur l'océan. Ses bagages et son allure ne soulevèrent, comme prévu, aucun soupçon. Il visita plusieurs villas, toutes plus sophistiquées les unes que les autres et jeta son dévolu sur la plus luxueuse qui était aussi la plus onéreuse. Présenté comme un millionnaire excentrique par l'agence de Hollywood, il fut choyé par l'intermédiaire qui ne s'étonna pas de la requête de ce client de vouloir essayer la villa et y habiter quelques semaines avant de l'acheter, ce dont Harry n'avait nulle intention.

Les réjouissances se poursuivaient pour Harry et ses fêtes célèbres et garantes d'amusement. Sa générosité était en fait de la poudre aux yeux jetée à ses futures victimes. Son système était simple. Il proposait des affaires bidon avec l'appât d'un gain substantiel auquel bien peu savaient résister. En retour de ses invitations, il se laissait à son tour inviter et la vie continuait. Il engrangeait des bénéfices qu'il dépensait aussitôt, changeant de ville au gré de ses lubies et de ses patronymes. Il servait la même histoire à un public chaque fois différent. Il aurait pu persévérer dans cette voie sans l'accumulation des plaintes des gens qui se faisaient arnaquer car tous ne voyaient pas avec humour de s'être laissé escroquer. Les Américains sont, de façon générale, fairplay mais, là comme ailleurs, il y a des exceptions. L'Amérique du sud ne l'attirait pas car il ne parlait pas l'espagnol. Ce fut le Canada dont il eut vite fait le tour. Un trafic de diplômes le ramena à Amsterdam où il fit la connaissance d'histoires beaucoup plus sévères. La dernière en date était l'une de celles-là. Harry n'était pas un assassin ni un bandit de grand chemin, mais il aimait l'argent et la liberté qu'il procure. Même s'il en avait côtoyé les éléments, il ne faisait pas partie de la pègre. Harry était un arnaqueur et ne pouvait résister à une bonne affaire lorsqu'elle se présentait à lui. Il devait réfléchir et bien abattre ses cartes.

Son premier coup de fil fut pour une vague connaissance du passé qui était docteur.

17.

Léon, la truffe appuyée sur le rebord de son

panier, observait son maître qui venait de reposer son téléphone sur le bureau. Patient, il guettait un signe, escomptant une balade. En effet, Ron van Meersen-Tromp se levait et d'un hochement de tête accompagné d'un claquement de doigts l'incitait à le suivre. Léon ne se fit pas prier et sauta de sa corbeille en direction du vestibule. Van Meersen-Tromp était songeur, troublé sans être inquiet, il repassait en boucle les paroles de l'inconnu. Comment était-il au courant pour les diplômes ? Ces fulminations verbales étaient loin de lui plaire. Il peinait à concevoir l'entière portée des propos de l'inconnu, mais il lui avait refusé un rendez-vous. Il se représentait leur éventuel entretien comme inutile et, peut-être, néfaste. L'homme avait prononcé un nom qui éveillait en lui une réminiscence impossible à préciser. Tout à ses pensées, il suivait Léon qui, profitant de sa distraction, allongeait leur sortie et faisait le grand tour par l'avenue Apollo. Au coin de la rue Beethoven, un marcheur leur emboîta le pas, les dépassa puis bifurqua avant eux dans l'avenue du Stade. Il déposa une enveloppe brune sur le seuil de Van Meersen-Tromp et s'éclipsa sans se faire remarquer alors que celui-ci pénétrait dans son enclos.

Léon renâclait un peu pour rentrer et Van Meersen-Tromp dû le rappeler sévèrement à l'ordre. De ce fait, il faillit ne pas voir le paquet sur le paillasson et posa son pied dessus avant de l'apercevoir. Son nom, écrit au feutre noir en lettres majuscules indiquait qu'il était le destinataire. Aucune mention d'expéditeur ne figurait ni au recto ni au verso. L'enveloppe avait été déposée depuis sa sortie, autrement il s'en serait aperçu. Cela ne laissait pas de l'intriguer. Qui pouvait lui faire parvenir un dossier à cette heure inhabituelle ?

De retour dans son bureau, il prit un coupe-papier et décacheta l'enveloppe. Elle contenait trois clichés en couleur où il discutait avec l'homme dont la police recherchait l'identité. Visiblement, les photos avaient été prises à diverses occasions car ils portaient des vêtements différents sur chacune d'elles et le décor était autre. Avant qu'il ait pu considérer les implications de sa découverte, la sonnerie du téléphone retentit.

« Alors convaincu, énonça la même voix sur un ton qui était plus une affirmation qu'une question.

– Qui êtes-vous ?

– Quelle importance ! Réfléchissez plutôt si la police apprenait que vous connaissiez cet homme et ne vous êtes pas signalé à un bureau.

– Que voulez-vous ?

– Disons que je vous veux du bien.
– Ne jouez pas avec moi. Vous voulez de l'argent. Alors combien ?
– En fait, non. Je ne veux pas d'argent. Je vous l'ai déjà dit, je veux vous rencontrer. Nous avons beaucoup de choses à nous dire.
– Je n'ai rien à vous dire.
– Allons, allons. Réfléchissez, voyons.
– Et comment savez-vous mon adresse et qui a apporté cet enveloppe ?
– Vous voyez bien que nous avons des choses à nous dire. Demain vous conviendrait-il ? Je peux passer chez vous ou à votre bureau. Je vous laisse la préférence.
– Préférence, préférence.... j'ignore qui vous êtes. Je préfèrerais ne pas…
– Avez-vous vraiment le choix. ?Non. Alors ? Je vous téléphonerai demain pour fixer notre rendez-vous. Réservez votre soirée. » Et, il raccrocha.

Van Meersen-Tromp s'interrogeait, mais cette voix ne lui rappelait personne. L'homme, cependant, connaissait des détails de sa vie et de ses affaires qu'il supposait secrètes. Si l'inconnu ne désirait pas d'argent, que pouvait-il lui vouloir ? Il devrait accéder à sa requête et le voir. Sa menace de chantage était à peine voilée et les photos assez explicites pour lui attirer les pires ennuis. Maintenant que l'homme à l'identité recherchée était décédé, il s'était cru à l'abri des problèmes et voilà que sa protection volait en éclats par l'apparition de quelques clichés. Il essayait de se convaincre que les photos ne prouvaient rien, mais elles révélaient clairement un lien à plusieurs reprises qu'il ne pourrait expliquer. De quoi parlaient-ils ? voudrait savoir la police. Il serait difficile de faire croire au hasard trois fois, pas plus qu'invoquer l'oubli. Personne ne goberait une telle histoire. Un homme de sa position ne se retrouvait pas fortuitement par trois fois en conversation avec un gangster impliqué dans un mortel échange de balles avec la police. Quel pouvait être le but de l'inconnu au téléphone ?

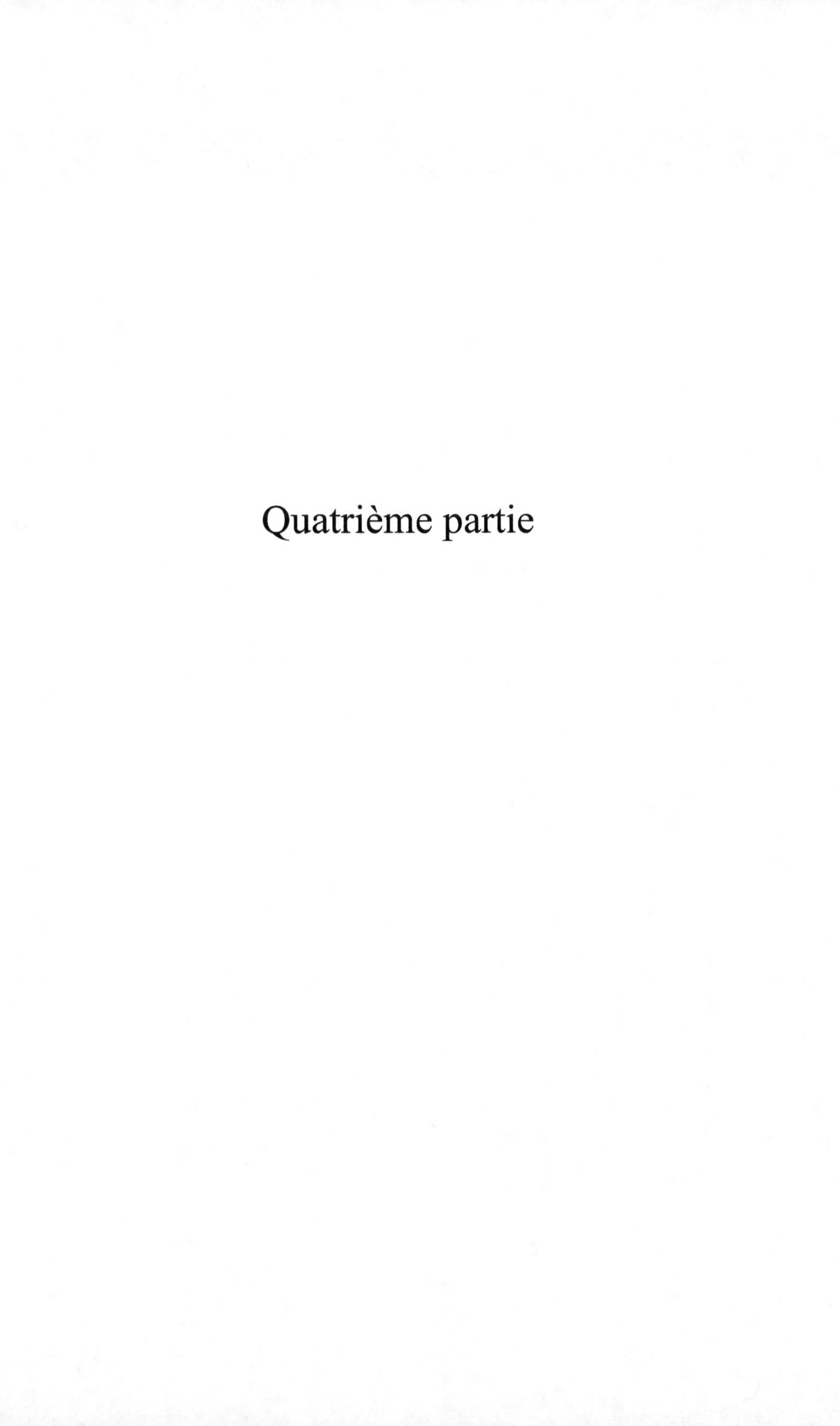

Quatrième partie

1.

Saussure et Martinet, bien calés dans le creux de la couette, ronronnaient de bonheur. Aafke venait d'ouvrir les yeux, pour eux le signe de caresses à venir. Aafke s'étira voluptueusement et étendit le bras pour s'assurer de la présence des deux félins. Tout petits, déjà, ils venaient se pelotonner l'un contre l'autre près d'elle toute la nuit. Ses amis prétendaient que cela manquait d'hygiène, mais pour elle, c'était simplement un peu de chaleur amicale. De les sentir là, le matin, à portée de main, la remplissait d'une joie fugace et indicible. Elle avait essayé bien des fois d'analyser cette sensation sans pouvoir tout à fait se l'expliquer. C'était sa relation à elle. Après les avoir gratouillés un moment sous le menton chacun à son tour, elle se leva et le rituel commença.

En premier lieu, la douche, qu'elle prenait bien chaude, puis froide pour se réveiller complètement. Dûment frictionnée au gant de crin, elle enfilait ses vêtements disposés préalablement dans le bon ordre sur une chaise. Saussure et Martinet, restés allongés, savaient que l'instant approchait où elle se dirigerait vers la cuisine et ils épiaient attentivement chacun de ses mouvements. Le moment venu, ils sautèrent lestement du lit et lui emboîtèrent le pas. Petit déjeuner pour tout le monde ! Croquettes pour eux ; café et toasts beurrés avec fromage et jambon pour elle.

Aafke adorait particulièrement ce moment où, tous les trois, installés devant leur assiette respective, ils savouraient leur première collation de la journée. Elle avait retiré *De Telegraaf* de la boîte aux lettres et lisait avec attention le reportage sur les événements de la veille dans l'IJtunnel. Amsterdam se transformait petit à petit en une vraie ville de gangsters à l'américaine. Comment était-il possible d'avoir une fusillade et une poursuite de voiture en plein jour ! Le nombre de morts était terrifiant. En outre, cela s'était déroulé, du moins le début de l'incident, en plein centre-ville. Les dégâts auraient pu être encore pire. Encore heureux que la circulation ait été immédiatement stoppée dans le tunnel. Aafke avait toujours pensé qu'il valait mieux des ponts et des bacs que des passages souterrains pour traverser le fleuve. Sans être claustrophobe, elle évitait de prendre cet itinéraire, d'autant plus que c'était interdit aux piétons et aux cyclistes, contrairement à ce qui avait été prévu initialement.

Saussure et Martinet avaient avalé leurs croquettes et faisaient démonstrativement leur toilette. Elle rangea les assiettes, les bols, les tasses dans le lave-vaisselle qui commençait à se remplir. Elle le ferait tourner ce soir. Elle préparait sa sacoche, lorsque l'on frappa à la cuisine. Elle ouvrit la porte, se trouva nez à nez avec une voisine à la mine renfrognée. Elle venait se plaindre. Une fois de plus, Aafke avait écrasé ses tulipes et cette fois-ci, elle était très en colère. Cela faisait la troisième fois. On voyait très bien les traces de pneus de bicyclette. Si Aafke était incapable, le soir, de rentrer sans rouler en dehors des pavés, elle n'avait qu'à mettre des senseurs électriques qui éclaireraient le long de l'allée dès qu'elle y pénétrerait. C'était ridicule, à la fin. La voisine avait l'air passablement énervée. Aafke ne s'était rendu compte de rien la veille au soir. Elle avait un peu forcé sur les sirupeux, c'est vrai, mais bon…

Elle assura que cela ne se reproduirait plus, qu'elle allait immédiatement téléphoner pour faire poser des senseurs électriques. Si la voisine avait une adresse, ce serait encore plus pratique. La voisine se renseignerait, elle comprenait. Aafke ne l'avait pas fait exprès.

Aafke, fâchée avec les contingences du quotidien, était bien aise de s'en tirer à si bon compte. Un coup d'œil lui avait suffi pour voir les ravages de la nuit passée. Quelle idée aussi de mettre des tulipes en bordure au lieu d'un petit muret ou, à la rigueur, des arceaux qui auraient fait une bien meilleure délimitation.

2.

La sonnerie du téléphone se vrillait avec insistance dans son rêve. Le cadran lumineux indiquait le numéro de Chloé. Encore endormie, elle colla le combiné à son oreille.

« Je peux te parler ?

– Humm…

– C'est urgent.

– Ben voyons. Vas-y.

– Ce serait mieux de vive voix. C'est super grave. On prend un café ensemble ?

– D'accord, mais passe ici. J'ai un étudiant à neuf heures.

– J'arrive. »

Éliane jeta un coup d'œil paresseux à la pendulette de voyage sur la table de nuit. Elle sursauta en fixant les aiguilles. Sept heures trente. Ce devait être sérieux pour que Chloé l'appelât si tôt. Quoique… Lentement elle choisit ses vêtements, passa sous la douche et revit le film du rêve.

Tout était crème et argent. Les coussins enfouis dans les chromes lui offraient leur refuge le long du boulevard tiède, amolli par la brise qui souffle du désert. La limousine, telle un gros insecte silencieux, longeait le bord de l'océan. Des petits oiseaux folâtres aux plumes bleues, virevoltaient venant du large. Quelques-uns, plus audacieux, s'approchaient et s'écrasaient sur le pare-brise. Etoiles incarnates tranchant sur l'indigo. Posée à flanc de colline, une villa au crépi rose et aux embrasures laiteuses suggérait une pâtisserie pour appétit de géant. Un virage brusque à droite et le décor changea sans transition. Une profusion de piments verts et rouges à demi dissimulés parmi les feuillages touffus des arbustes en fleurs. Des perroquets, assourdis de soleil, dodelinaient à l'ombre des lianes ténébreuses, mêlées aux lierres, aux orchidées et aux vignes juteuses. De l'inextricable fouillis protecteur et hostile à la fois, émergea un chaton angora dont la fourrure soyeuse, jonchée d'étincelles de diamants et de rubis, s'éparpillait jusqu'à terre. Ses yeux illuminés de gaieté questionnaient avec ardeur le silence immobile qui le freina un instant dans sa somnolence repue. Au creux de l'ombre, le visage de sa mère souriait tendrement.

Chloé, moulée dans un long pull qui lui descendait aux genoux, se laissa tomber sur le petit divan de la cuisine.
« Tiens, je nous ai pris des croissants.
– Le café est prêt. Toujours pas de sucre ?
– Non, le sucre me déstabilise. J'ai fait plusieurs expériences. J'en suis certaine maintenant.
– Ça va être dur pour toi qui adores les pâtisseries.

– Plutôt ! Je vais devoir trouver des succédanés. C’est pas tant le sucré qui me plaît que certaines substances. »

Une gorgée de café prise en silence, préparait la révélation qui n’aurait su tarder.

« Le test est positif », articula Chloé.

Abasourdie, Éliane réagit à retardement.

« Comment est-ce possible ? Tu ne prends donc aucune précaution ?

– Mais si, justement, s’emporta presque Chloé, mais c’est certain quand même ! »

L’affolement s’empara d’Éliane. Pas sa copine, pas elle. Pas sa petite sœur. Elle le refusait. Elle crispa les mâchoires pour ne pas hurler. Imperturbable, Chloé continua :

« Alors, tu comprends, j’ai un problème.

– C’est le moins que tu puisses dire !! » s’écria Éliane plus fort qu’elle ne l’aurait souhaité.

– To be or not to be. To become or not to become. Me vois-tu mère oui ou non ? »

La lumière jaillit dans l’esprit d’Éliane que les ténèbres avaient commencé à envahir. Son rire fusa. Impossible de garder son sérieux.

« Ce n’est que ça ? », hoqueta-t-elle entre deux quintes de rire.

– Je ne vois pas ce qu’il y a de marrant là-dedans. Est-ce que tu te rends compte du dilemme dans lequel je me trouve ?

– Absolument ! Mais il y a un instant, je pensais que tu avais le sida. Alors… ».

Ce fut au tour de Chloé d'éclater de rire. « Je te suis ! A tout prendre… »

Éliane se leva et glissa un CD dans le lecteur. La voix de Franco Corelli envahit la pièce et les berça avec ce qu'il y avait de meilleur dans la gente masculine. Elles écoutèrent un instant, silencieuses, les notes de l'introduction à l'air, s'égrenant en arpège brisé, reprises par les vents, créant l'ambiance d'où s'éleva *E lucevan le stelle*… Corelli et sa musicalité soutenue par une technique sans faille, une respiration infinie, semblait être à côté d'elles, là, tout près, dans la cuisine, matérialisé par l'audition d'un conglomérat de boules d'or et de cristal brassées dans l'air immobile. Inconsciemment, elles retenaient leur souffle pour mieux écouter.

« Comment pouvait-on ignorer cette musique ? » se demandait Éliane, ces lignes mélodiques si pures élevaient l'âme, elle en était certaine. Pour elle, c'était le plus puissant des élixirs magiques. Corelli maintenait son diaphragme tendu au maximum et intensifiait le son, prolongeant le la bémol au-delà du possible, semblait-il. Éliane analysait chaque note au fur et à mesure qu'elle l'entendait comme si elle les produisait elle-même, souffrant dans sa chair au tragique de ce destin incarné par le plus grand des ténors. Le temps s'étirait, la plongeant dans un univers où seuls les chanteurs avaient accès, celui de

l'écoute dépassée, de l'extase contrôlée, celui du chant.
« Ce n'est pas à toi qu'il arriverait des trucs pareils, enchaîna Chloé. Pour tout dire, j'ai un gros problème. Et même deux. Primo, suis-je prête à assumer mon rôle de mère ? Deuxio, j'ignore qui est le paternel. » Éliane sursauta.
« Eh oui. Que veux-tu, j'étais infidèle à Eric. Voilà ma punition.
– Ne dramatise tout de même pas. Ce n'est pas une punition, c'est un cadeau. Pense seulement si tu veux l'accepter ou non.
– Sans savoir de qui il vient ?
– Pourquoi pas ? Cela m'arrive de recevoir des fleurs sans carte de visite. Est-ce une raison pour les laisser se faner ?
– Comme tu y vas ma chère ! Y a une légère différence entre un bouquet de roses et un bébé.
– Pas tant que ça, tu verras.
– Tu en parles comme si j'étais déjà accouchée.
– Chloé, si tu avais décidé pour l'avortement, tu n'aurais pas mentionné ton incertitude sur la paternité. Je te connais un peu ma grande. Allez.
– Ce que j'aime chez toi, c'est que ta chasteté ne t'empêche pas de comprendre les autres. On dirait que c'est le contraire. Ton abstinence totale te tient en dehors de cette soupe humaine et te permet d'analyser les

situations avec une rapidité incroyable. N'as-tu jamais envie de nous rejoindre, nous pauvres créatures soumises aux aléas et aux vicissitudes de leurs pulsions libidinales ?
– Pour te dire la vérité. Très souvent. Lorsque je me sens attirée vers un homme, je dois résister, me faire presque violence. Peut-être ai-je simplement peur. Après tout, j'ai déjà eu ma portion de drames et de tragédies.
– De belles histoires aussi.
– Tu as raison. Mais commencer tout en sachant qu'il y aura une fin certaine, je ne peux pas. Tu sais bien qu'il m'est impossible de me lancer dans des aventures sans lendemain. C'est une trop grande perte d'énergie. Et de mon énergie, j'en ai besoin pour suivre la voie que je me suis tracée.
– La voix, oui. Permets-moi de te dire que la vie n'est pas un opéra. » Chloé arrêta d'un geste de la main sa sœur prête à protester.
« Je sais que tu vas dire "pas un tableau non plus". En cela, tu as parfaitement raison. Mais, tu ne peux jamais savoir avant de commencer comment une histoire se déroulera. Tu as peur d'être blessée et je te comprends. Mais, je pense que tu es assez forte pour te protéger en cas de coup dur.
– C'est ma manière de me protéger.
– Oui, oui. Je sais. Inutile de prendre ton air outragé. Ça marchera jusqu'à ce que tu tombes sur un mec qui te plaise vraiment.

– Tu es incorrigible. Sauve-toi future maman. Il est l'heure.
– Tu crois que je resterai attrayante avec le dôme du Sacré-Cœur en façade ?
– Sans aucun doute. Il y a des hommes qui en raffolent ».

D'un cœur léger, Éliane s'apprêta à donner son cours. Devenir tante l'amusait follement.

3.

Assise devant son thé au citron, Madeleine Ruiter se sentait mal à l'aise. Elle avait peu dormi, visitée par d'affreux cauchemars qu'elle s'efforçait d'inscrire dans son carnet, *Knakërbrood* d'une main et stylo de l'autre. Elle hésitait. Devait-elle utiliser la première ou la troisième personne du singulier ? Le je lui offrait plus de contact direct, plus d'identification, mais n'était-ce pas justement ce qu'elle tentait d'éviter ? La troisième personne lui permettait d'instaurer une distanciation entre elle et le texte, ce qui lui offrirait une plus grande liberté d'analyse. Bien qu'elle dût se rendre chez Huizinga dans la matinée, elle aurait préféré avoir une explication avant de lui livrer ce rêve pour le moins étrange, non seulement en son thème, mais aussi en sa composition si lucide. Concentrée, elle commença à noter la vision nocturne qui semblait sortir du réel ou à la rigueur d'un film. Elle opta pour la troisième personne et un narrateur omniscient.

Oh! Ces douleurs lancinantes dans le bas-ventre ne s'arrêteraient donc jamais! Sourdes telles des fers de lance, elles lui labouraient l'entrecuisse pour s'étendre en ondes de souffrance jusqu'au pubis. Elles lui parcouraient l'aine, tiraient sur ses muscles bafoués, rendant ses fémurs cuisants, incapables de supporter le poids de son bassin alourdi par l'affront. De son sexe, suintaient le sang et le sperme mêlés, répandant une odeur âcre et suave. Ses seins, meurtris d'avoir été broyés par les doigts rudes et méprisants, ne lui laissaient aucun répit. Ils souffraient dans chacune de leurs parcelles aussi infime fut-elle. Leurs galbes tendres n'étaient plus qu'un atroce élancement douloureux et brûlant. Sa gorge endolorie empêchait la déglutition de la salive. Tout dans son être corroborait à enflammer le souvenir abominable des heures passées. Pourrait-elle jamais les oublier ?

Jusqu'au goût amer de souillure, répandu entre ses lèvres tuméfiées qui lui mordait la langue comme une réminiscence de fruit pourri.

Combien de temps était-elle restée ainsi à terre, recroquevillée sans faire un mouvement, sans émettre un son ? Elle ne saurait le dire. Le hurlement des chiens dans le lointain la tira complètement de la semi-conscience où elle se trouvait. Ses vêtements en lambeaux laissaient apercevoir les meurtrissures de sa peau. Elle se tâta précautionneusement des doigts et de la paume. Le flux de sang entre ses jambes s'était tari. Peut-être pourrait-elle se relever ?

Il l'avait plaquée au sol, l'assommant à moitié. L'instant où elle avait surpris le bruit des pas derrière elle. Trop tard. Déjà, il était sur elle, une de ses mains fouillant son intimité, l'autre déchirant ses hardes. Elle n'avait pas pu se défendre contre cette force l'attaquant de dos, en lâche. Des larmes de rage envahirent ses yeux lorsque l'écho du rire dément résonna dans sa mémoire. Il riait de sa panique au moment où elle vit qu'il n'était pas seul. Des ombres émergeaient des buissons, se mélangeant à la nuit. Elle ne pouvait les compter. Elle sentit leurs mains l'agripper. Elle fut projetée sur les genoux, le buste plongé vers l'avant, le visage presque enfoui dans la poussière. Une main la prit par les cheveux lui relevant la tête. Le cri s'échappant de ses lèvres fut brisé net par la chose insérée jusqu'au fond de sa gorge couchant sa langue contre ses dents. Des griffes malaxaient ses seins, avec vigueur, avec un acharnement brutal et mesquin. L'horreur la révulsait. Fermer les paupières n'aidait en rien. Elle avait mal. Ils la déchiraient. Leurs jurons. Leurs ânonnements. Leurs éjaculations chaudes sur sa peau nue, dans ses cheveux, sur son visage, au plus profond d'elle. Elle criait dans sa tête. C'était la première fois. C'était la guerre. C'était la loi. Les femmes ne valaient rien à leurs yeux. Elles servaient juste à satisfaire le besoin des hommes redevenus animaux immondes en cette communauté sauvage. Cruelle pour eux également qui, décharnés, creusaient les charniers.

Elle était assignée aux bureaux. Sûr, le chef aurait dû la laisser partir avec les autres. Cela ne serait pas arrivé. Pleine d'abjection, elle se relevait. Le chef savait ce qu'elle risquait en la gardant après la nuit tombée. Elle ne pouvait plus, ne voulait plus penser. Elle tituba vers le ruisseau pour se nettoyer. Ses mains aux ongles cassés et endeuillés se creusèrent en coupole. Elle but avidement l'eau glacée et pure à longs traits.

Au ciel, la lune brillait comme toujours dans sa cour d'étoiles, lui rappelant qu'elle n'avait pas le temps de s'apitoyer sur elle-même. Ils l'avaient guettée, traquée, prise et relâchée. Voilà! Elle était enferrée dans l'engrenage infernal. Elle pouvait à nouveau marcher malgré les crampes déchirantes.

Trébuchant sur les pierres du chemin, elle se dirigea vers la baraque plongée dans l'obscurité à une centaine de mètres. Ses compagnes auraient dû s'inquiéter de ne pas la voir venir. Néanmoins, cela aurait été dans une autre vie. Ici, chacune vivait pour soi. Le Diable pour toutes. Quant à Dieu, était-il là malgré tout ? Elle en doutait. Maintenant, encore plus qu'autrefois.

Des chuchotements étouffés l'accueillirent à son arrivée. A l'appel du soir, une ancienne avait contrefait sa voix pour ne pas attirer l'attention de la garde. Personne ne lui posa de question. Toutes savaient. C'était son tour. Cela se passerait tous les deux ou trois mois.

Dorénavant, ils la battraient tout comme les autres, provoquant l'hémorragie qui lui ferait perdre le fruit. Ils la guetteraient d'abord, scruteraient son ventre qui enflerait. Dans le cas contraire, ils lui sauteraient dessus comme ce soir, avec une violence accrue pour la punir d'avoir trahi leurs espoirs. Le sang des femmes leur était mortellement vital. La chair des femmes était le gage de leur futur. Toutes le savaient. Elles étaient enchaînées à l'insatiable fringale des mangeurs de fœtus continuellement à l'affût de leur ration indispensable. Si par un mauvais calcul l'une d'elles leur échappait, ils lui ravissaient son nouveau-né. Nulle n'en parlait. Le sort de ces petits êtres innocents n'était pas oublié, mais tu. Ils le dévoraient pour se gorger ensuite du lait destiné au nourrisson. Ils la suçaient, l'épuisaient, la transformaient en écorce vide. Toutefois, ils préféraient de loin les fœtus plus riches en oligo-éléments leur assurant, croyaient-ils, la jeunesse éternelle. Plus ils vieillissaient, plus il leur en fallait. Ils s'acharnaient, les ingurgitant à toute heure du jour, avec cependant une prédilection pour le crépuscule. Ils gobaient encore chauds et sanglants les petits glaires de vie sans défense.

C'est à ce moment que l'on entendait le plus crier les femmes. Elles hurlaient sous les coups, abandonnaient dans l'angoisse de la connaissance ce qu'elles avaient de plus précieux au monde et livraient aux bourreaux impitoyables la chair de leur chair, le sang de leur sang, la vie de leur vie...

A la relecture, son rêve dévoilait l'horreur dont il était empli. Madeleine ne parvenait pas à s'éloigner de la fascination morbide qui la collait aux pages. Ce cauchemar était insensé et, pourtant, cohérent dans sa logique aberrante. Elle était d'autant plus subjuguée par les scènes qu'elle était incapable de s'en expliquer la provenance. Elle n'avait jamais subi de violences, ses parents ne la battaient pas, les punitions encourues n'étant jamais physiques. Pour élucider son trouble, elle ne voyait que ses lectures, cela allait de soi.

La veille au soir, elle avait préparé son cours sur *W ou le souvenir d'enfance*. Le récit à la structure complexe l'avait captivée avec ses imbrications entre histoire personnelle et Histoire avec un grand H. L'île qui, au début, ressemble à une utopie entre Moore et Huxley et, l'idéalisation du corps, et la compétition sportive qui laisse un arrière-goût pénible, douloureux. Puis, le basculement vers l'absurde et l'horreur, les viols des femmes dans les Atlantides cruelles. Une dystopie inepte dans son extravagance. Pourquoi autrement un cauchemar de viol, de trahison, de camps ?

Son livre de chevet, *Le Crime d'Olga Arbélina*, l'avait enfoncée plus loin dans l'épouvante avec une impression affreuse et un violent sentiment de dégoût, d'aversion. Elle exécrait ce roman qui éveillait en elle de la répugnance et suscitait chez elle l'indignation. Ce couple incestueux de fils violant sa mère à son insu était hideux et soulevait en elle une forte réprobation. Un inceste abject. Une véritable abomination. Chloé avait beau lui avoir dit que l'écriture en était sublime, elle n'y voyait qu'ignominie et autant elle avait adoré *Le Testament français*, autant elle considérait la trame de celui-ci comme monstrueuse. Elle en oubliait le style et n'y discernait que perversité, un viol du lecteur. Elle frissonna.

Oui, ses lectures exerçaient une influence sur son subconscient avec efficacité et se répercutaient dans ses rêves. Mais, pouvait-on encore parler de rêves ? Les scènes subsistaient avec acuité au réveil, plus comme un souvenir qu'une affabulation nocturne. L'équivalence entre les deux la jetait dans la confusion et un malaise presque inavouable dans l'avilissement ressenti à la dépravation élaborée. Sa frayeur naissait de la révélation de son imaginaire capable d'engendrer un schéma si précis. Elle s'alarmait de ses capacités à forger un univers horrifiant. Une telle laideur était inqualifiable.

4.

« J'ai pensé aux couleurs des voyelles mais je dois dire que je ne suis pas vraiment inspiré. Il y a une chose qui me trouble. C'est que ceux qui se sont penchés sur le sujet ne sont pas vraiment d'accord. Par exemple, si je compare Skriabine et Rimbaud … Tout à fait autre chose !

– Ce que tu dis est vrai. Mais déjà, tu prends

un compositeur et un poète. Pour ma part, bien que j'adore Rimbaud, je remarque qu'il se contredit pas mal. Il dit *A noir* au début de *Voyelles* pour ensuite écrire *Et l'homme saigne noir à ton flanc souverain.* Lis aussi *Les Chercheuses de poux.*

– D'accord. *Les rouges tourmentes, l'essaim blanc des rêves, les ongles argentins.* C'est ça que tu veux dire ?

– Cela même. Note aussi que Rimbaud n'a jamais eu la prétention de connaître la couleur des voyelles. Dans *L'Alchimie du verbe*, il admet avoir inventé. En un sens, il nous prévient de chercher plus loin, de ne pas le croire.

– Je me suis aussi penché sur la philosophie hindoue. Là aussi, les teintes sont accolées à chaque note.

– Dans cette philosophie ancienne, en effet, non seulement chaque voyelle correspond à une note, mais également à une couleur, à un animal, à une planète, que sais-je ! Un véritable système de correspondances.

– On est loin d'une noire ou d'une blanche.

– Sûr. N'oublions pas tout de même que la musique occidentale a, elle aussi, à un certain moment de son évolution, connu la couleur comme signe de différentiation. La couleur n'a pas disparu. C'est seulement que peu de personnes en parlent. Peu la voient par faute de chercher à la voir.

– Un peu Baudelaire non ?
– Tout à fait. D'ailleurs le principe fondamental de l'instrumentation est l'assimilation des sons aux couleurs.
– *"Car ce qui serait vraiment surprenant, c'est que le son ne pût pas suggérer la couleur, que les couleurs ne pussent pas donner l'idée d'une mélodie, et que le son et la couleur fussent impropres à traduire des idées.*" Je cite de mémoire. À propos, j'ai lu quelque part que le Kama-Sutra est une sorte de symphonie. Chaque pose correspond à la manière de chanter une note.
– Bon alors tu dois être inspiré maintenant. »
Éliane exécuta un arpège et choisit soigneusement un exercice.
« Prenons le i s'il te plaît. Très bien. »

Depuis leur dernière entrevue, la voix de Pierre accusait une nette amélioration. Éliane était satisfaite.

« Si je te demande de penser aux couleurs, c'est que cela peut t'aider au lieu de songer à une forme. Une teinte est légèrement plus abstraite dans la manière dont on doit la produire. Prends par exemple la différence entre le o et le i. Le i doit être plus lumineux, plus brillant en essence, le o plus sombre, plus profond. Pourtant, il est nécessaire de reporter la luminosité du i sur le o et vice versa d'accoler la profondeur du o, j'allais dire son obscurité, sur le i. Admettons que le i soit jaune. Il peut être violent jusqu'à l'insupportable, devenir poignant au-delà du tolérable, ample comme une fusion de métal. Le jaune est sans âge, chaud, surprenant, difficile à éteindre, toujours plus vaste que le cadre où on veut le peindre. Le jaune est toujours clair. Impossible de produire un jaune sombre. C'est une source de clarté, de lumière. Le jaune, c'est le soleil, l'or, la noblesse. La vibrance. Le i, c'est tout cela et plus encore. Le i, c'est la porte qui s'ouvre au-delà du temps, c'est ta colonne d'air bien droite, une fontaine sur le jet de laquelle danse une petite balle de ping-pong en équilibre. Le i s'élance droit vers le ciel, droit dans le bleu du o. Un ciel qui peut être moiré de rose à l'aurore ou fuir vers la nuit si tu le nasalises en on. L'indigo peut surgir dans l'eau. Quelle différence entre le o de porte et celui de eau.

Une autre couleur. Le bleu est la plus profonde de toutes les couleurs. Tu peux le fixer, l'admirer sans te fatiguer, sans ciller. Le bleu se dérobe à nos regards. Peut-être la plus froide, la plus banale des couleurs, mais aussi la plus pure, mis à part le vide total du blanc. Peint en bleu, tout objet s'allège dans ses formes. Peinte en bleu, une surface n'est plus une surface. Peint en bleu, un mur cesse d'être un mur. Bleu c'est un peu immatériel, une voie vers l'infini. Tu peux englober tout cela dans le o. Il doit prendre naissance dans la colonne d'air qui, elle-même, repose sur ton diaphragme qui fait office de peau de tambour. Trop ou trop peu tendue, la peau amortit le son à le tuer. Avec la bonne tension, elle l'emmène et le porte au loin. Tu es le tambour, la flûte et le roseau qui ondule dans le vent, mais aussi le vent. En tant que chanteur, tu es l'instrument et l'instrumentaliste tout à la fois.

– Un danseur aussi.

– Différemment. Lorsqu'un danseur rempli l'espace, c'est uniquement par le pouvoir de son charisme qu'il nous oblige à le regarder et à le voir, à l'exclusion de son environnement. Mais, lorsqu'un chanteur remplit l'espace, il s'agit de sa voix qui se propage en vibrations dans tout l'espace. Dans le cas du danseur, il est impossible de percevoir son instrument, son corps, du moment que l'on regarde dans la direction opposée à laquelle il se trouve. Dans celui du chanteur, en revanche, sa voix nous parvient sans que nous ayons besoin de le voir, même si nous nous trouvons dans une autre pièce, sa voix, son chant, nous arrive par delà les murs. Pense aux concerts retransmis par radio, aux CD. Des ballets retransmis de la même façon ? Bien sûr, il y a des similarités entre tous les arts. La danse est un art dans l'espace ; la peinture, un art dans la surface ;

le chant, un art dans le temps. Le chant est un art différent à tout autre car le matériel nécessaire à sa réalisation est impalpable, intangible. La voix est le seul instrument consistant en les forces inconscientes de l'être humain.
– C'est angoissant.
– Aucune raison d'avoir peur. Qu'as-tu à craindre ? Tout au plus un couac. Prends le risque. Laisse le son se former au plus profond de toi-même, laisse-le surgir de cette région que tu ne connais pas encore. La voix est insaisissable. Souviens-toi. En dépit de cela, ta voix est le seul instrument qui t'appartienne en propre. Personne d'autre que toi peut jouer de ta voix. Si tu la traites avec assez d'égards, elle deviendra ta meilleure amie, ta compagne et tu connaîtras les autres par leur voix. Non seulement les humains, mais tous les êtres. Sois indulgent. Sois généreux. Ton i est encore trop crispé. Jaune citron, c'est bien, c'est frais, mais un peu acide. Mets-moi de l'or là-dedans, de la douceur, de la prodigalité. Une immense profusion de guirlandes de Noël, des perles de couleurs. Ah ! J'oubliais. La voix est aussi le seul instrument qui puisse s'améliorer à l'usage. »

5.

La femme de ménage brésilienne s'activait à l'étage et Ilse, réfugiée au salon pour échapper au vrombissement de l'aspirateur, son portable sur la longue table en bois de chêne, scrutait par intermittence l'écran en dégustant sa tasse de café. Elle ordonnait avec peine ses pensées, tout la distrayait dans cette pièce. Les sièges vides lui rappelaient les invités de la semaine passée, venus partager un dîner de crémaillère pour fêter les travaux de rénovation importants dont, avec Bob, son concubin, ils étaient fiers. La terrasse, transformée en serre, rattachée au séjour qui, grâce à une cloison abattue, s'était agrandi d'un tiers, ne formait plus qu'un avec la salle à manger, la superficie ainsi obtenue, spacieuse et confortable, lumineuse dans sa totalité. Le tapissier avait fait un travail remarquable sur les fauteuils et les divans, recouverts de tons assortis sans employer le même tissu ce qui donnait à l'ensemble un air léger de bohême tout en restant sobre et équilibré. Pensive, Ilse observait autour d'elle avec satisfaction.

Le bourdonnement d'un diptère la tira de sa rêverie. Une mouche virevolta, se posa sur le rebord de la soucoupe, plongea vers le résidu de café, sortit sa trompe à l'extrémité en forme de rondelle et tâta délicatement la gouttelette du breuvage, s'envola sur la petite cuillère où elle butina consciencieusement une tache pendant quelques secondes avant de disparaître dans les airs.

Bob n'avait pas participé à la petite sauterie ; Ilse le regrettait, mais il avait prétexté un colloque, alléguant un remplacement de dernière minute. Elle le soupçonnait de préférer s'abstenir de rencontrer ses collègues et ses étudiants. Jifar était aussi resté à l'écart et n'avait pas prévenu de son absence ce qui était pour le moins surprenant. Il était en ville, elle en était certaine, l'ayant croisé dans les couloirs du département la veille où il l'avait assurée de sa venue. Enfin, malgré cela, elle pouvait se targuer d'un succès. Le buffet avait donné entière satisfaction. Un couscous somptueux, suivi de pâtisseries marocaines et précédé d'amuse-gueules, avait rallié les suffrages. Madeleine, Marijke, Gabrielle, Louise, Bart, Chloé, Danielle et Aafke étaient arrivés en même temps. Peu de temps après, Sidonie, Alf, Chris et Joep faisaient leur apparition. D'un commun accord, ils avaient évité le sujet du meurtre d'Eva et la conversation s'était déroulée dans un consensus inhabituel sans s'enliser dans les écueils de la politique.

Ilse avait la politique en horreur. Bien qu'elle professât qu'il était impensable de juger la littérature hors de son contexte social et politique, suivant en cela Said, elle ne pouvait s'empêcher de tout faire pour la ramener au texte et rien qu'au texte, cela depuis qu'elle avait lu un article sur son père et sa collaboration pendant l'occupation allemande.

Ronald van der Brug avait remplacé au pied levé le maire sortant, ou plutôt chassé par les collaborateurs au prétexte qu'il aurait trop peu coopéré. Les Allemands avaient exigé que des travailleurs soient assignés d'office à la construction de l'aéroport. Les fonctionnaires en place avaient tout fait pour lui rendre la vie impossible. Ses ordres étaient sabotés ; on lui remettait des dossiers vides ; sur son bureau, il trouvait des lettres de menaces à peine déguisées dont les auteurs restaient, cela va de soi, introuvables. Qu'à cela ne tienne, son père fit arrêter par les Allemands ses subordonnés dont beaucoup périrent dans les camps. Le journaliste prétendait que son père avait signé la condamnation à mort d'un saboteur. Bien que le document ait disparu, Ilse avait été choquée au plus haut point. Comment était-il possible que son père ait généré tant de haine et suscité un tel article. En outre, le reporter était de sa génération à elle et n'avait donc pas connu la guerre. Elle s'était renseignée discrètement et depuis, ses trouvailles ne la laissaient plus en paix.

La Seconde Guerre mondiale avait commencé le 10 mai 1940. Sans déclaration de guerre, les soldats allemands avaient envahi les Pays-Bas, l'attaque étant une des composantes d'un grand mouvement d'ensemble pour l'occupation de l'Europe occidentale. Bien que les troupes néerlandaises aient été de loin supérieures en nombre, elles avaient perdu la bataille ; résultat, d'une part, de leur mauvaise préparation et, de l'autre, parce que beaucoup avançaient la neutralité du pays comme défense et l'inutilité du combat. Son père était de ceux-là. Il s'était fourvoyé avec le reste. Cela était bien la moindre de ses erreurs. Malgré que les Pays-Bas aient préconisé la neutralité et ne se soient ralliés à aucun traité, ils étaient bel et bien attaqués et en guerre. Les premiers régiments de l'ennemi foulaient le sol néerlandais, et trois jours après, Rotterdam était bombardée. Le Gouvernement, réfugié à Londres pour sa propre sécurité, craignait de nouveaux bombardements. Subséquemment, il capitula. Les Allemands prirent le pouvoir et Hitler nomma des fonctionnaires pour diriger le pays dans le but de le nazifier et de le mêler à la race teutonne. Plus de quinze cent Allemands vinrent installer une administration dans ce sens et recrutèrent sur place des fonctionnaires, dont son père. Il collabora à envoyer des jeunes gens travailler dans les usines d'armements de l'autre côté du Rhin et aussi, encore plus gave, à l'isolement de la population juive. En tant que professeur d'université, il avait contribué à l'éradication des Juifs, *persona non grata*, du personnel de l'établissement. Le pire était la suggestion du journaliste. Son père aurait connu le sort qui leur était réservé puisqu'il avait visité Westerbork d'où étaient organisés les transports à destination de Sobibor et Auschwitz en Pologne. Au centre du texte, s'encadrait une photo de son père, aisément reconnaissable, entouré d'un groupe d'officiels nazis. Impossible de se méprendre. Son père avait frayé avec l'abjection.

Longtemps, elle n'avait pas osé lui parler de sa position pendant la guerre en dépit de l'envie de savoir qui la taraudait. Une part d'elle se refusait à le croire. Mais, le magazine et les preuves étaient là. Accablant. Lorsqu'elle avait enfin confronté son père, il n'avait pas nié ; il ne s'était pas défendu ; n'avait avancé aucune justification. Elle s'était sentie blessée et trahie dans sa confiance. Sa seule excuse, pour autant que l'on puisse appeler cela une excuse, était cette phrase insignifiante et banale : « C'était une autre époque. » Dans sa voix, il lui avait semblé entendre comme un vague regret. A la libération, Ronald van der Brug n'avait nullement été inquiété, pas plus que ses amis. Ils avaient continué à diriger l'université, la ville, sans leurs collègues juifs déportés qui n'étaient pas revenus.

Ilse suspectait son père d'avoir été et d'être encore antisémite. Pas une seule fois, elle ne l'avait entendu déplorer les événements survenus ou condamner les camps d'extermination ouvertement. Elle devait vivre avec cette banalité : « C'était une autre époque ». Comme si cela justifiait les crimes, les horreurs, les massacres, les trahisons.

Blessée, elle avait fait le serment de combattre son père sur son propre terrain. Elle s'était acharnée sur ses études, avait passé une maîtrise, un doctorat, avait été nommée à la tête du département et maintenant, elle voulait défendre les auteurs de la francophonie. Les Maghrébins surtout, mais aussi les Noirs, les Antillais. Tous. Sauf les Blancs. Kourouma, Senghor, Chamoiseau, Laferrère, Djebar, Marouane, Jifar qu'elle inscrivait au programme étaient les étendards de sa révolte, brandis au nez de son père. Pour lui, ils maltraitaient la langue ; pour elle, ils ne le feraient jamais assez : une revanche qu'elle soutenait. Elle en avait fait sa mission. Elle avait abandonné son travail sur Kristeva qu'elle jugeait trop bien intégrée, trop blanche aussi, ayant perdu toute caractéristique étrangère. De Bulgare, elle était passée germanopratine grand teint. Elle ne pouvait plus servir la cause. Pour continuer son projet, les subventions lui étaient indispensables. Elle devait s'assurer de leur allocation et s'allier, pour cela, les bonnes grâces et le soutien de Van Meersen-Tromp qu'elle allait voir ce matin.

Ilse se leva. Il était temps de se préparer à l'entrevue.

6.

Il pleuvait à verse et les étudiants étaient moroses, les cheveux dégoulinant sur leur col et les joues rosies par la pluie qui leur avait fouetté le visage, peu attentifs en dépit de leur présence. Bart Verweijden pensa les inclure dans son cours d'une autre manière. Ils avaient tous le livre de Pierre Mérot sur leur pupitre. Au lieu de leur faire un exposé et qu'ils prennent des notes, Verweijden allait leur poser des questions. Il commença comme si de rien n'était.

« Dans *Kennedy junior*, Pierre Mérot se glisse dans l'intimité d'un adolescent de treize ans et ses frasques. Il s'appelle Ulysse parce que ses parents, Anne et Loïc sont des intellos, mais lui préfère se nommer Kennedy junior et rebaptise ses géniteurs Bob et Ruth, sa sœur Pénélope, In-Vitro et son aînée, Antigone, Maria. La famille occupe un grand appartement dans le boboland parisien ; dans le 9ème district annonce Kennedy junior pour faire newyorkais sur son blog où il livre ses idées sur beaucoup de choses et sur sa vie. Quelqu'un peut-il donner un exemple ? Oui, toi Julia.

– Entre autres, sur les hommes et les femmes avec une ironie acerbe mais non sans justesse d'un certain point de vue. Je peux faire une citation ? » Sur un signe d'assentiment, elle lut : « "*Les humains, bien souvent, ils ont le cœur à gauche et le sexe à droite, et entre les deux il y a un gouffre, et au-dessus du gouffre une sorte de filin, et sur le filin, les humains ils vont et viennent, la plupart, comme des équilibristes. Un jour, il y a le cœur, un autre, le sexe, et, chez les humains, jamais n'existe le repos de la maison centrale.*"

– Très bien. Et si je dis que Kennedy junior fait de la critique sociale, mais plus que tout, une critique de la famille, la sienne et celle des autres, peux-tu encore donner un exemple ?

– Lorsqu'il explique les particularités de sa famille : "*Bob et Ruth sont d'extrême gauche. Ils sont contre le réchauffement climatique, ils nous gavent de produits biologiques, ils achètent régulièrement des saloperies issues du commerce équitable. Ruth boit un thé dégueulasse en provenance des hauts plateaux du Pérou ; il y a une flûte de Pan sur un mur du salon ; l'hiver, In-Vitro porte un bonnet tibétain mauve et orange avec des clochettes en laine ; ils s'échauffent à propos du colonialisme, des États-Unis, etc."*

– Exact. Tu aurais aussi pu parler de sa copine qui s'appelle Rosa parce que son père était un plombier révolutionnaire autodidacte : "*D'ailleurs, il l'a appelée Rosa à cause de Rosa Luxemburg, la spartakiste. Enfin, je vous dis ça, mais j'ai regardé sur Wikipédia, après. Sur le moment, j'avais pas toutes les références, hein ?!*" Comme les jeunes de son âge, Kennedy junior navigue de façon régulière sur Internet où il puise ses références. Il n'y a pas que la relation entre Rosa et son père qui soit hors normes. Dans la famille, les rapports sont loin d'être faciles avec les deux ascendances. Celle de son père, Bob, des petits-bourgeois et celle de sa mère, Ruth, des industriels qui taxent les parents et frères de Bob de zoo. Marieke, pourrais-tu résumer brièvement la description de la famille ?

– Là aussi, Mérot donne dans le comique d'une certaine façon. C'est tout de même plein d'humour lorsqu'il dit : "*En fait de zoo, c'est plutôt une basse-cour. Ils sont quatre*

garçons, chez les Poulet" Kennedy junior avoue avoir un faible pour un parent éloigné qui a bien vécu. Et puis, comme il le dit, les Poulet sont devenus des instituteurs, grâce à la Troisième République : "*Là, le cerveau Poulet a connu une mutation décisive ! Tout illuminé par le Savoir, qu'ils ont été, les Poulet !* "
– Et, qu'est-ce que cela signifie d'être des enfants d'intellectuels ?
– Que la famille soit devenue intello signifie pour les enfants Poulet passer des vacances délirantes sous l'égide du paternel persuadé de la nécessité d'éduquer ses rejetons à tout prix même pendant les congés : "*Oui, l'été dernier, ils nous ont infligé le supplice des PYRAMIDES AZTÈQUES. J'aime autant vous dire que voyager avec deux enseignants fanatiques, deux terroristes culturels, c'est plus qu'un calvaire !*" De toute évidence, il n'est pas tous les jours drôle d'être fils d'intellos. » Tous s'esclaffèrent à cette dernière remarque. Ils savaient de quoi Mérot parlait !
– Oui, Stef. Je ne te le fais pas dire. En effet, nous avons une possibilité d'identification avec Kennedy Junior parce que nous le comprenons à partir de notre situation personnelle. Dans *Kennedy junior*, un soupçon de nostalgie pour ce temps soi-disant béni de l'enfance n'est pas absent non plus.

En témoigne Kennedy junior qui passe un pacte avec sa sœur, un pacte qui les fera se retrouver au-delà du temps et des époques, en toutes circonstances imposées par la vie dans le futur : "*Oui, chacun gravait dans le corps de l'autre un code secret, le code qui nous permettrait, un jour, un lointain jour, de nous retrouver, partout dans le monde, même masqués, masqués de l'horrible masque de l'âge adulte*". » Verweijden avait réussi à réveiller ses étudiants qui maintenant l'écoutaient avec une attention soutenue. Satisfait, il poursuivit :
– Dans ce roman, Mérot décrit les crises d'un couple vu par les yeux de leur fils, mais aussi peut-être plus encore, le mal de grandir d'un adolescent qui se considère homme de droite à treize ans, soutient Israël et trouve Sarkozy génial. La crise du père, Bob, qui veut se taper une minette. La mère, Ruth, qui l'a mauvaise sans le laisser voir, qui prend sur elle. Tout se termine bien dans ce roman où, comme vous l'avez remarqué juste à propos, l'humour prime sur le sérieux. On frise la famille recomposée ou plutôt la famille disloquée, mais les parents se remettent ensemble et comme ils sont, en plus, des bobos écolos, ils utilisent des gadgets spéciaux pour stimuler leur libido défaillante ce qui n'échappe pas à Kennedy junior toujours à l'affût des faits et gestes de Bob et Ruth. Kennedy junior a

acquis sa connaissance sur Internet où il passe le plus clair de son temps à trafiquer des devoirs pour ses copains contre rémunération, une manière de se faire de l'argent de poche. Loin d'être un tendre avec les membres de la tribu, l'adolescent n'a pas la langue dans sa poche sans jamais, toutefois, s'abandonner à la vulgarité. Avec *Kennedy junior*, Pierre Mérot livre un roman léger, mais consistant, sans tabous, avec un brio débridé et une ironie détachée qui met en lumière bien des travers de notre société. Il est clair que vous en avez apprécié la lecture et nous le garderons pour une dissertation ».

Un murmure d'approbation parcourut l'auditoire. La perspective les enchantait et c'est dans un joyeux brouhaha qu'ils quittèrent la salle.

7.

Installé et intégré à la vie amstellodamoise, Xavier songeait à ses loisirs. Loin d'être un fervent sportif, il ne possédait pas d'automobile et se rendait à pied de son domicile à son bureau de la faculté. De là à s'inscrire dans une salle de sport, il y avait une marge et il ne se visualisait pas en survêtement courir dans le parc ou, en short, suer sur un tapis roulant dans un club de gym. La piscine avec ses sons amplifiés, sa musique doucereuse ou carrément tonitruante, son chlore, le rebutait. Non, ce qu'il aimait était flâner en ville. Voilà quel était son sport.

Les Lettres avaient comme avantage de voir leurs départements disséminés sur plusieurs points du centre de la cité, ainsi marchait-il pour aller de l'un à l'autre. Il en profitait régulièrement pour se connecter à Babette dont la voix le ravissait de plus en plus. Il aimait l'écouter lorsqu'il réfléchissait, ce qu'il faisait le mieux en marchant. L'histoire de la Tosca lui avait fourni un alibi. Cette fille à la voix sublime l'avait mis sur une piste, il l'entendait encore ce matin. Les anecdotes différaient chaque fois ce qui augmentait son plaisir.

« Allo. Ici Babette. C'est bien moi à l'appareil. Aujourd'hui, je viens de lire une histoire qui m'a absolument bouleversée. Je dis bien tout à fait bouleversée, retournée, transbahutée, chavirée. Rien que de te savoir là me touche au plus profond de moi-même. Je viens d'entendre une chanson admirable. D'une femme qui a consacré toute sa vie à son art et à l'amour de son art. Elle est très mal récompensée par Dieu, dit-elle. "Seigneur ! Seigneur ! Pourquoi me récompenser ainsi. Tout à l'art, je me suis donnée, j'ai mis des fleurs à la statue de la Madone, j'ai cousu des bijoux sur son

manteau, j'ai brûlé des cierges" qu'aurait-elle pu faire d'autre avec les cierges, je te le demande ? Eh bien, elle le passe sous silence, la polissonne. Après tout, à l'église, il y a une discrétion de rigueur. Tout est laissé à l'imagination. Avec tous les cierges de plusieurs tailles différentes, avec un peu de temps, des voiles de dissimulation et l'envie, on peut faire des choses absolument démentes. Allumés ou non, d'ailleurs, ces cierges… l'important, c'est la taille, n'est-ce pas ? Quant à ces choses démentes, dont je vous parlais… Connaissez-vous cette fille de Hambourg qui éteignait les cierges allumés comme ci c'était avec ses lèvres ? Quel baiser… ! Vous voyez, même les cigares, elle les fumait de cette manière… Enfin, je m'égare légèrement. Cette histoire de dame à l'église m'a embrasé l'imagination. »

Il savait pertinemment qu'il s'agissait d'un enregistrement, mais le passage, un bref instant, au tutoiement l'avait électrisé. Il avait aussitôt enchaîné sur une autre histoire, décidé à se laisser envoûter par le débit particulier de cette voix à la tessiture un peu rauque :

« Allo. Oui. Ici Babette à l'appareil. Je vous écoute et vous m'écoutez. Je vous écoute m'écouter. M'écouter – quel mot charmant. Très proche d'un autre plus approprié à vous-

même qu'à moi. Il faut tout de même en convenir. Soyons francs. "Quel oiseau, quel oiseau rebelle" chantait Carmen. Oui. C'est un oiseau, un joli petit oiseau que je tiens dans ma main. Un enfant rebelle qui se dresse et me montre son petit œil coquin. L'amour est enfant de Bohême. Si je suis Carmen, soyez mon José. Je vous lancerai cette fleur suprême, ma fleur de jeunesse et de charme. Aucune loi ne retient cet oiseau-là. Là-haut, là-haut sur la montagne, emmène-moi. Là-bas très loin sur ton cheval, emporte-moi. Je le tiens à pleines mains et pourtant, il s'en va. Cet oiseau-là est fort et serein. Je le sens au plus profond de mon destin. Rien n'y fait, ni menace ni prière, il continue son va-et-vient. Lorsque je le crois parti, il revient. Lorsque je le tiens, il s'en va. Quel bonheur que cet oiseau-là. Prends garde à toi. Mets ta main là et sens comme son petit cœur bat. Regarde-moi danser, virevolter dans tes bras. Je monte, je monte au zénith de notre force commune et ne fait plus qu'un avec toi.

Il se rendit compte que les paroles étaient inconsistantes et ne l'intéressaient guère ; le timbre le pénétrait et le relaxait, et alors une idée s'imposa. Il aimait tant la voix, reprendre les cours était se faire plaisir. Résolu, il se dirigeait de son pas alerte vers l'adresse d'Éliane Vermont. Le chant l'avait toujours aidé et il était grand temps de s'y remettre sérieusement. Sans avoir une voix de grand soliste, Xavier pouvait tenir sa partie. Ses parents avaient veillé à lui procurer une bonne éducation avec leçons de piano dès l'âge de cinq ans, comme il était d'usage dans la bourgeoisie.

Il revoyait le pavillon en pierres meulières de Monsieur Malinoff, Alexandre Malinoff, où il se rendait les mercredi après-midi. Ses chats s'endormaient parfois sur le grand piano noir qui l'avait toujours un peu impressionné avec sa surface brillante où tout se reflétait déformé par les arrondis, les courbes en creux formant des images concaves fabuleuses et les bosses où elles transparaissaient en allégories convexes. Madame Malinoff ouvrait la porte ; le jeu de Monsieur Malinoff lui parvenait ; ses notes claires et détachées se répercutaient sur les dalles de marbre en échiquier du hall garni d'immenses plantes vertes aussi hautes que des arbres ; la lumière tamisée provenant du vitrail de l'escalier conduisant aux étages où il était monté une fois dont il se souviendrait bien longtemps après.

Selon sa mère, il devait faire ses adieux à son professeur de piano. Il avait douze ans et, vêtu de son costume gris de communiant, ses genoux cachés par les jambes longues du pantalon, son nœud papillon blanc sur une chemise immaculée, il avait dû l'accompagner dans la voiture que conduisait le chauffeur. Sa mère n'avait, à l'époque, pas encore passé le permis ; elle lui avait fait mille recommandations et l'avait instruit des phrases conventionnelles à prononcer à l'adresse de madame Malinoff et de refuser poliment, mais fermement, toute invitation future. Il ne comprenait pas pourquoi. Son professeur était mort, il ne le verrait plus jamais. De cela, il avait conscience, mais pour quelle raison décliner une invitation, l'avait-t-il questionnée. Le verdict usuel était tombé : « Tu comprendras plus tard ». Il avait insisté, argumenté être assez âgé pour en connaître la raison. Sa mère demeurait inflexible. Il avait joué la forte tête et lui avait assuré vouloir savoir tout de suite sous peine de rester dans l'automobile sans descendre une fois sur place. Effrayée par le spectre du qu'en dira-t-on, sa mère avait cédé au chantage et lui avait confié qu'une part d'ombre entourait le décès du professeur, une enquête avait été ouverte. Il apprendrait plus tard, qu'en fait, on avait soupçonné Monsieur Malinoff d'avoir été assassiné par les « Bolchéviques » comme disaient les gens du village en retard d'au moins deux générations et que sa mort aurait été maquillée en suicide. Des années plus tard, l'enquête se solderait par un non-lieu faute de preuve, mais la diversion aurait permis à la veuve de célébrer l'enterrement en grandes pompes à l'église, et au défunt de reposer dans un coin béni du cimetière.

Monsieur Malinoff, très estimé des édiles locales qui lui expédiait ses rejetons, doués et moins doués, avec l'espoir de les voir se muer en petits Chopin, était originaire de Russie. Les bruits couraient qu'il était de noble ascendance, le descendant d'un comte, au moins, réfugié en France suite aux événements de la révolution d'Octobre. On spéculait fortement sur la misère de l'exil et d'aucuns affirmaient détenir des informations qui en auraient surpris bien d'autres si elles leurs étaient parvenues aux oreilles comme eux-mêmes les avaient recueillies. Les suggestions prononcées avec nombre de regards en biais, de mines de conspirateurs laissaient supposer les plans les plus fous. Les malintentionnés, et il y en avait, allaient même jusqu'à chuchoter sur l'improbabilité pour un honnête homme, exilé qui plus est – on oubliait pour la commodité de l'exposé qu'il était de deuxième ou de troisième génération –, de l'impossibilité même à s'offrir un pavillon d'un tel luxe et le terrain tout autour. La plupart ignorait les tournées internationales où monsieur Malinoff, Alexandre Malinoff, jouait les œuvres des grands compositeurs en soliste renommé avec les plus grands orchestres dirigés par des chefs de réputation mondiale.

Xavier connaissait, pour les avoir régulièrement admirées, les affiches sous verre où l'on voyait, seul sur scène ou debout saluant le public aux côtés d'un chef d'orchestre, le pianiste en habit à queue de pie, souriant aux anges. L'une d'elles lui plaisait particulièrement. Monsieur Malinoff accompagnait un chanteur dont Xavier avait oublié le nom. Elle était accrochée dans le hall, à moitié dissimulée derrière un palmier gigantesque.

Madame Malinoff, ce jour-là, n'avait pas ouvert la porte à leur coup de sonnette, mais une parfaite inconnue qui leur avait indiqué l'escalier et les avait priés de monter à l'étage. Tout de noir vêtue, entourée de deux ou trois personnes, la veuve se tenait roide assise sur une chaise au pied du lit funéraire sur lequel reposait monsieur Malinoff en frac, ses décorations épinglées à un petit coussin bleu posé sur le ventre, ses mains alignées le long du corps. Ses paupières closes lui donnaient l'air de faire une sieste, si ce n'est que personne ne faisait un petit somme en grande tenue. A la suite de sa mère, Xavier avait présenté ses condoléances d'une voix pénétrée ; ils s'étaient recueillis devant la dépouille étendue. Xavier jetait des coups d'œil alentour surpris de voir ici encore un second piano.

Madame Malinoff s'était levée au bout d'un moment et les avait précédés dans l'escalier en les invitant à la suivre. Une fois au bas des marches, elle s'était dirigée vers le palmier, avait décroché le portrait et le lui avait mis dans les mains « En souvenir de lui, » avait-elle murmuré de sa voix douce, les yeux pleins de larmes.

8.

Les notes de piano s'égrenaient régulières. Xavier assis sur le sofa au fond de la pièce laissait errer son regard autour de lui. La moquette bleu nuit contrastait agréablement avec les fauteuils et les divans orange clair aux dossiers en forme d'ailes de papillons. Les coussins brodés de bleu et de fil d'or respiraient une opulence discrète et douillette. Un élève, Georges, accoudé au grand piano devant lequel trônait Éliane, son nouveau professeur de chant, se reflétait dans la paroi formée d'un immense miroir aux nuances de bronze.
« Je suis réellement content que tu m'acceptes comme étudiant, parce que j'avais

l'impression de m'enliser. Ce que je veux, c'est aller doucement.

– Ne t'inquiète pas. Nous allons traiter un problème à la fois.

– J'aime mieux.

– Bien sûr. Disons que la voix peut se décomposer en deux parties. La partie métaphysique où on peut mettre ce que l'on veut. Genre : la voix est le seul instrument composé par les forces inconscientes de l'être humain. Plausible, mais pour la technique, cette connaissance, néanmoins exacte, n'avance pas à grand chose. L'autre partie, est la partie soumise aux lois de la physique de la même manière que les autres instruments. La conscience de ces mécanismes aide à mieux faire fonctionner l'appareil phonatoire. Naturellement, pour conduire une voiture, il n'est pas nécessaire d'être mécanicien. Cependant, quelques notions de bases sont indispensables. Savoir si elle marche à l'essence ou au diesel, l'emplacement des pédales des freins, de l'accélérateur… Le moment de passer les vitesses peut aussi être vital pour le moteur. Pour la voix, la même chose. Sans trop approfondir au départ, il faut être attentif aux mécanismes. Les maxillaires, la langue, pour la bouche. La cavité nasale et les sinus pour la face. Enfin, le larynx pour la gorge. Le larynx est l'organe le plus vieux qui soit. Les paléontologues en ont retrouvé des fossiles chez des dinosaures qui vivaient il y a quelques millions d'années. Tous les vertébrés possèdent un larynx. Le larynx est la partie la plus importante de tout l'appareil phonatoire. Il supporte tes cordes vocales. Sa position est primordiale pour l'émission phonique. Il doit être abaissé pour permettre aux cordes vocales de vibrer librement. Le larynx est un cartilage qui n'est complètement ossifié qu'à soixante ans, chez l'homme. Ossifié et en place définitive, puisque seuls les cartilages sont assez flexibles pour être déplacés. Chez les enfants, le larynx se met en place vers les trois ans. Avant, il est placé très haut dans la gorge, ce qui rend l'élocution difficile. C'est pour cela que les petits enfants maîtrisent mal le langage, du moins la prononciation telle que les adultes l'exercent. Chez les animaux, la position du larynx est aussi relativement haute, ce qui les bride dans l'articulation d'une très grande variété de sons identifiables pour notre ouïe. »

Éliane prenait plaisir à décrire le larynx. A chaque fois, son enthousiasme l'entraînait bien au-delà d'une leçon ordinaire. Elle voulait que ses étudiants progressent en connaissance de cause. Qu'ils sachent le minimum ! Pour atteindre ce but, elle devait leur révéler beaucoup de détails et les convaincre de l'importance du phénomène.

Georges chantait depuis trois ans. Jamais on ne lui avait mentionné l'existence de cet organe essentiel. Aberrant !! Toujours, elle s'étonnait. Les profs ignoraient-ils ce qu'elle savait ou bien refusaient-ils de communiquer leur savoir ? Imaginait-on un professeur de piano évitant systématiquement de parler des touches ou de la position des doigts sur le clavier ! Après plusieurs années d'étude, tous ces élèves qui venaient à elle avaient encore une mâchoire clôturée ! Comment était-ce possible ? D'autre part, la plupart des livres sur la question étaient illisibles. Trop de matériel leur donnait un aspect rébarbatif. Quant aux dessins noirs et blancs dont ils étaient ornés… incompréhensibles à moins de posséder de solides représentations de l'anatomie avant de les consulter. Ce qu'il aurait fallu, c'était une véritable méthode sans méthode. Uniquement l'explication de l'appareil phonatoire à l'aide d'images en couleurs où il aurait été facile de distinguer les muscles des os et les nerfs des vaisseaux. Surtout pas de texte. Juste quelques phrases. Elle devrait s'y atteler un jour. Plus tard.

Xavier prit un coussin entre ses mains et l'examina. Sur un fond de velours noir était brodé un papillon éclatant. Des centaines de perles multicolores étalaient ses ailes en un dessin chatoyant, fin et compliqué, se rememora-t-il Grossman. Pourtant, lorsque l'on parlait de papillons et d'un écrivain russe, c'était toujours à Nabokov que l'on faisait référence.

9.

En présence de Sonia van der Bilt, Ilse se trouvait mal fagotée en dépit du soin qu'elle avait apporté à sa toilette. Peu de femmes pouvaient rivaliser avec l'élégance de la secrétaire tirée à quatre épingles. La cinquantaine passée de plusieurs années, Sonia en paraissait facilement dix de moins. Les mauvaises langues avançaient plusieurs opinions sur sa jeunesse persistante. Certains clamaient que seul le travail fait vieillir, signifiant par leurs réflexions acerbes son manque d'occupation, ce qui, bien entendu, était faux. D'autres, plus humoristiques, prétendaient que l'alcool conserve et leurs remarques, si elles ne contenaient pas de vérité dans l'absolu, avaient le don de faire naître un sourire sur les interlocuteurs. Ce n'était un secret pour personne qu'elle gardait volontiers des mignonettes dans un tiroir de son bureau « au cas où », lequel cas faisait surface quotidiennement à l'heure du thé, Sonia favorisant l'alcool devant le sucre dans son breuvage de l'après-midi, et du matin, certifiaient d'aucuns. Toutefois, elle gardait la mesure de ses rasades et les versait avec la même parcimonie que les Anglais leur nuage de lait et leur soupçon de crème. Toujours distinguée, elle donnait la préférence aux tailleurs à jupe droite sous le genou dans les tons gris ou bleu marine, agrémentés d'un chemisier, qui sans être austère, était de coupe stricte et fait sur mesure par une couturière espagnole qui s'évertuait, à son grand désespoir sans résultat, à lui faire adopter quelques froufrous aux manches ou au col que Sonia refusait avec non moins d'assiduité, soutenant avec maîtrise ne pas être une danseuse de flamenco, ce que son attitude laissait deviner sans qu'il soit besoin de cette précision superflue.

Ce matin-là, Sonia van der Bilt portait l'un de ses deux-pièces anthracite à fines rayures blanches sur un chemisier d'un gris très clair qu'enjolivait un sautoir de perles de lignite noire, communément appelée jais, assorti de clips d'oreilles en forme de petites pagodes inversées se jouant dans ses boucles poivre et sel qu'elle avait ramenées en un chignon lâche d'où tournicotaient sur la nuque des mèches rebelles dont on ignorait si elles avait essayé en vain de les dompter ou si elles rehaussaient sa coiffure en toute conscience. Des bas à couture gainaient ses jambes impeccables terminées pas des escarpins rouge sang à talon Louis seize.

Dans son jeans et sa veste en daim sur un chemisier en soie à cravate, bien qu'elle fut allée chez le coiffeur la veille, Ilse avait la nette impression de ne pas être à la hauteur, ce qui, en un sens, était conforme à la réalité, Sonia la dominant de quinze bons centimètres. Une différence signifiante qui se faisait ressentir même lorsqu'elle était assise. Sonia conversait avec un interlocuteur bavard à en juger par le peu de paroles qu'elle proférait tout en triant le courrier du matin, le téléphone coincé entre l'épaule gauche et l'oreille, une attitude inconfortable pour tout autre qu'elle, souriant chaleureusement à la visiteuse en lui proposant un siège d'un mouvement du bras, ce qui eut pour effet d'incommoder Ilse. Piquée au vif, elle ressentit le geste comme une atteinte à sa dignité, persuadée que l'autre voulait lui infliger une avanie.

Pour comprendre cette réaction, il aurait fallu remonter dans le passé, du temps où toutes les deux étaient amies et amoureuses du même homme. Elles partageaient un appartement modeste dans le Wagenaarstraat, un trois-pièces, propriété d'une tante de Sonia qui le leur louait pour un prix dérisoire convenant tout à fait à leur bourse malingre. Jeunes étudiantes, elles s'échangeaient leurs impressions, leurs opinions et leurs sentiments. Toutes les deux suivaient les cours de la Faculté de Lettres, mais Ilse avait adopté le français, Sonia, sélectionné le néerlandais. Plusieurs matières étaient communes à toutes les filières.

Pendant les cours de philosophie des sciences, un garçon venait s'asseoir près d'elles et ils s'étaient retrouvés tous les trois dans un groupe de travail. Ainsi était né leur amitié qui lentement s'était transformée en un sentiment plus fort sans jamais se déclarer. Ils avaient obtenu leur diplôme ensemble. Ilse avait séjourné une année en France et à son retour, Sonia officiait en tant qu'assistante de Ron et elle avait déménagé. Ilse ne sut pas quelle était la nature véritable de leur relation, mais elle se sentit évincée et ne pardonna jamais à son amie de ne pas l'avoir mise au courant dans ses lettres. Elle se maria, divorça, se mis en concubinage et ne put néanmoins gommer totalement ses sentiments pour Ron et absoudre son amie de la trahison qu'elle lui imputait. Les langues allaient leur train et s'accordaient à voir en Sonia et Ron un couple optimiste amovible que d'aucuns nommaient Sartre et Beauvoir. Les années passèrent et si la rancune de Ilse s'était estompée, un geste, une parole, innocents de Sonia ravivait la vieille blessure d'amour-propre. Cette dernière n'avait, d'aventure, jamais eu conscience d'avoir commis un impair et ne suspectait pas l'animosité cachée dont elle était l'objet.

Ilse refusa net de s'asseoir et s'orienta vers la porte de Ron, décidée à s'abstenir des services de Sonia au moment où celle-ci reposait le combiné et lui annonçait : « Il n'est pas encore arrivé, mais il ne saurait tarder, il sait que tu viens le voir ». Ilse se raidit. Elle ne pouvait décemment l'attendre dans son bureau. L'arrivée opportune de Ron lui évita de perdre la face.

Ilse déclina l'offre d'une boisson, elle aspirait à l'entrée directe dans le vif du sujet. De son côté, Ron devinant l'objet de sa visite, cherchait à gagner du temps et se servit sans hâte, touilla dans sa tasse le sucre et le lait avant de s'enquérir de ce qui lui valait l'honneur de sa présence. Ilse le connaissait bien, mais il n'était pas parvenu à son poste sans posséder les qualités requises pour percer à jour les désirs de ses interlocuteurs et elle ne flaira pas la manœuvre lorsqu'il lui adressa la parole d'un air patelin en la regardant à peine, le regard absorbé dans la contemplation de son café ce qui la décontenança quelques secondes.

Elle s'était attendue à un bavardage sans

conséquences sur les conditions météorologiques ou les embouteillages, expliquant ainsi son retard, au lieu de cela, il lui demandait ce qu'il pouvait faire pour elle l'obligeant à lui déclarer tout à trac son problème ce qu'elle fit sans détours.
« Je voulais te parler des subventions. Impossible que la commission conseille ce projet ridicule des écrivains franco-russes comme le suggère Laroche, n'est-ce pas ? Nous devons continuer la recherche sur les Maghrébins !
– Nous n'en sommes plus là. La réunion a eu lieu et on doit me transmettre son rapport, qui est prêt très certainement, dans les jours qui viennent. Je t'informerai la première du résultat de leur délibération.
– Mais, quel que soit leur résolution, la faculté n'est nullement obligée de s'y tenir ?
– Aucunement et n'oublie pas que cela fonctionne dans les deux sens. C'est aussi une tradition, que nous l'avons toujours entérinée et, dans le cas présent, quelle que soit la décision de la commission, nous appliquerons son choix.
– Te rends tu compte de ce que tu dis ! Penses-tu sincèrement que Xavier Laroche qui, soit dit en passant, vient tout juste de rejoindre nos effectifs, soit la personne la plus apte à percevoir les besoins de la faculté en termes de nécessités de recherche ? Non,

n'est-ce pas ? Alors, le bureau des subventions devrait faire preuve de fermeté…
– En suivant tes conseils ?
– Et pourquoi non, je te prie ? » A la minute où elle proférait cette phrase, Ilse se rendit compte qu'elle se fourvoyait et s'était laissée aller à trop de passion. Elle était débusquée, Ron souriait de manière affable.
– Enfin, de toutes façons, comme je le disais à l'instant, nous n'en sommes pas encore là, je te préviendrais dès que j'aurai quelque chose de définitif ».

Il lui signifiait ainsi que l'entretien était clos. Il ajouta pour adoucir la rudesse de ses paroles :
« J'ai rendez-vous dans trois minutes avec l'inspecteur Hartevelt. Garde pour toi ce que je te confie. Joost van Dame va être libéré faute de preuves. L'inspecteur vient de me le communiquer par téléphone et il désire s'entretenir plus avant de cette affaire. »

Les yeux écarquillés de stupeur et la mâchoire pendante, Ilse articula avec peine :
« C'est… c'est impossible.
– Je crains qu'il en soit ainsi », répliqua Van Meersen-Tromp en se levant.

10.

A l'âge de dix ans, Madeleine avait vécu le drame du divorce de ses parents. Déchirée, elle avait subi avec un sentiment de culpabilité leur séparation. Son père, avocat à la cour de Justice internationale de La Haye avait épousé sa mère d'un milieu plus modeste plus sur un coup de tête que de cœur. Optimiste invétéré, il s'était persuadé qu'elle le seconderait dans sa carrière une fois assimilés les us et coutumes du monde dans lequel elle venait de faire son entrée. Madeleine était le résultat de cet optimisme. Sans elle, ses parents se seraient, selon toute vraisemblance, perdus de vue. Sa mère avec une pension alimentaire confortable ; son père heureux de reprendre sa liberté à si peu de frais. Le divorce consommé, trois ans plus tard, son père avait épousé Nina, une secrétaire nettement plus jeune que sa mère. L'histoire était classique, mais l'enfant qu'elle était ne pouvait le savoir.

Madeleine adorait son père qui lui avait de moins en moins prêté attention. La naissance d'un demi-frère avait coïncidé avec la nomination à Bruxelles et, de ce fait, elle le voyait encore quelques semaines par an. Trop peu pour la stabilité de leurs liens d'intimité ; trop pour l'oublier. Sa mère avait mal vécu la situation et n'avait jamais eu d'autre relation. Elle vivait dans une sorte de perpétuelle rancœur, incapable de pardonner à cet homme qui avait troqué sa présence auprès d'elle pour une pension alimentaire. En dépit de son amertume, elle s'abstenait de tout commentaire sur sa conduite, ce qui, en un sens, était pire. Madeleine étouffait sous les reproches non formulés. Elle aurait voulu prendre la défense de son père, mais restait impuissante devant l'absence de griefs articulés. Sous le poids de la carence de communication, un désaccord sans nom s'était établi entre elles, s'agrandissant à devenir un abîme impossible à combler avec le temps.

A dix-huit ans, Madeleine était partie comme jeune fille au pair parfaire son français à Paris. L'affectation de son père à l'ambassade parisienne avait déterminé son choix de s'installer dans la capitale française, inscrite en Lettres modernes à La Sorbonne. Elle avait passé avec brio sa licence. Son père l'avait invitée à venir habiter chez eux. La vie familiale retrouvée lui avait plu, bien que son père et sa belle-mère fussent perpétuellement en sorties officielles. Il leur arrivait de passer un week-end ensemble dans une maison de campagne près de Rambouillet où ils entreprenaient des excursions dans les environs, visitant les châteaux et les musées alentours, et Dieu sait s'il y en avait. L'été, ils organisaient des pique-niques sur les berges de l'un ou l'autre cours d'eau ou dans des clairières ombragées où duveteuses, les fougères vert pâle s'élançaient, hautes comme des hommes, en volutes en forme de houlette à l'assaut des troncs droits comme des cierges. A l'automne, les invitations pour la chasse pleuvaient et les brouillards les enrobaient de leurs bruines touffues dans les frondes. Puis, son père était revenu aux Pays-Bas et, elle l'avait suivi. Sa connaissance de la littérature française et sa parfaite maîtrise de la langue avaient joué en sa faveur à sa sollicitation pour le poste de maître de conférence à l'université.

Wouter Huizinga relisait les détails du dossier de sa cliente, une femme qui rationalisait sa souffrance d'une façon exceptionnelle, mais il devait y avoir une cause supplémentaire à son malaise, une cause qu'elle enfouissait sous le silence des dissections précises d'une introspection sévère. Une affliction, qui, il n'en doutait point, était réelle, transpirait dans ses paroles, une cause ensevelie sous le passé peut-être moins lointain dans les souvenirs fouillés durant les dernières sessions. Au courant des péripéties universitaires autour du meurtre par les journaux, Huizinga trouvait étrange qu'elle n'en soufflât mot comme si elle vivait dans une bulle où les événements du quotidien n'avaient aucun pouvoir de pénétration. Il était temps de planter une épingle dans cette bulle et de provoquer l'éclatement.

11.

« Mais comment est-ce possible ? Je pensais que vous aviez incarcéré le coupable ».

Van Meersen-Tromp était abasourdi. Devant lui, sa tasse de café à la main, Gerry Hartevelt venait de lui faire part de la remise en liberté de Joost van Dame et si ce n'était pas lui l'assassin, cela voulait dire que celui-ci courait dans la nature. A bien y réfléchir, cela était aussi valable si Joost van Dame avait commis le meurtre.

« Nous n'avons aucune preuve contre lui ou pour ce qui en est, contre qui que ce soit. L'absence de motif apparent, je dis bien apparent, est flagrante, mais tout porte à croire que le meurtre a été perpétré par intérêt.

– Mais, vous-même, n'avez-vous pas laissé entendre qu'il s'agissait d'un crime passionnel, auquel cas, tout pointerait dans la direction de Van Dame ?

– Pas un crime passionnel, non. Un meurtrier passionné comme le soulignent les blessures infligées à la victime et le mode opératoire ».

Van Meersen-Tromp allait répliquer lorsque l'on frappa un coup discret mais ferme et la porte s'ouvrit aussitôt, livrant passage à Sonia van der Bilt, sa secrétaire. Elle se dirigea d'une démarche décidée vers le bureau et après un « Votre courrier, Monsieur », y déposa une liasse d'enveloppes triées par ordre de grandeur dont Hartevelt pu voir plusieurs d'entre elles ouvertes et d'autres vierges. Il ne lui échappa pas non plus qu'aucun prospectus ne colorait la pile. Il en conclut que la secrétaire les éliminait vu leur absence d'intérêt pour le doyen.

Van Meersen-Tromp, quant à lui, avait repéré une enveloppe brune dont il soupçonnait le contenu et pâlit violemment à sa vue, pâleur accompagnée par une grimace imperceptible, mais que Hartevelt remarqua néanmoins et imputa à la somme de travail représentée par le tas de courrier impressionnant et se leva pour prendre congé.
« Vous avez là, de quoi réfléchir », fit-il avec un mouvement du menton en direction de la correspondance, paroles dans lesquelles Van Meersen-Tromp entendit autre chose qu'une simple remarque, s'imagina que l'inspecteur avait une idée du pli fatidique et bafouilla une vague réponse en le raccompagnant.

La porte refermée, Van Meersen-Tromp extirpa de l'amoncellement la lettre. Comme sur celle de la veille, seuls ses nom et adresse y figuraient au feutre noir sans marque d'expéditeur. Il l'ouvrit à l'aide de son coupe-papier et après qu'il en eu extrait les clichés, il put constater qu'ils étaient la réplique exacte de ceux qu'il avait déjà en sa possession. Celui ou celle, mais il avait tout lieu de croire en un expéditeur de sexe masculin après le coup de téléphone de la soirée passée, l'homme, donc, était au courant de son adresse de travail et de son domicile ce qui en soit était facile à obtenir, les deux figurant sur ses cartes de visite, si ce n'est qu'il les distribuait rarement. En outre, l'inconnu disposait de certains détails et avait établi un lien entre lui et l'individu des photographies, ce que même Sonia ignorait. Il voyait mal Alf le faire chanter bien qu'il soit la seule autre personne à être dans le secret. Non, la fuite devait venir de l'autre. Quelqu'un voulait reprendre à son compte la production des diplômes, cela ne faisait aucun doute. Mais saperlotte ! Pourquoi ne pas avancer à visage découvert ! Quel intérêt à le menacer, lui Van Meersen-Tromp ! Attendre, attendre que l'autre se manifestât. Il n'y avait pas d'autre solution et, entre-temps, en discuter ou non avec Alf. La question le taraudait de façon lancinante depuis le matin.

12.

« Le *Charivari* a un besoin urgent de nouveaux rédacteurs ! » Otto van Bast, un garçon longiligne à la chevelure poil de carotte mûre qu'il cataloguait de préférence blond vénitien, assénait à chaque réunion la même vérité.

– Oui, on est bien d'accord, mais comment les recruter. L'annonce de la dernière fois n'a rien donné. » Chloé, pragmatique, lançait le débat.

Le comité de rédaction s'était réuni au café Crea. Assis près de la fenêtre, face au canal pour jouir de la vue, les membres étaient confrontés au problème récurrent d'une copie trop infime. Il y avait là, Otto van Bast, le rédacteur en chef et responsable de l'allure définitive du *Charivari*, Chloé Vermont, Stéphane Linden et Maaïke Stoeken qui revenait d'un échange Erasmus à Lille.

« Oui, bon d'accord, mais si on faisait d'abord l'inventaire », proposa Stéphane. Otto consulta les feuilles déployées en éventail devant lui.

– On en a pas plus qu'il y a dix minutes. Tu ne prends jamais de notes », bougonna-t-il avant de lire. « J'ai reçu un truc de Joost sur l'église wallonne ; un petit reportage sur le boulanger qui vient de s'installer à Amsterdam. Ces deux articles sont en français. Un prof a écrit, en néerlandais, sur les problèmes linguistiques de la Belgique. En

fait, il y a deux articles là-dessus.
– Tous les deux en néerlandais ?
– Oui.
– Dommage, non ?
– Oui, bon, qu'est-ce que tu veux ! Les profs qui ne publient nulle part ailleurs nous envoient leurs articles refusés de partout.
– Ouais, on devient une vraie revue académique », ironisa Maaïke.
– J'ai vu qu'Ilse, qui soit dit en passant n'avait que deux publications dans le rapport de l'année dernière, avait indiqué un truc dans *Le Charivari* !
– Bonjour le niveau des profs !
– A propos de prof, on a l'entretien avec Alf, en néerlandais aussi.
– Merde, pas de français ?
– Ça, c'est français !
– Excusez.
– Encore une critique de la pièce *Les Liaisons dangereuses*… néerlandais ; Philippe Toussaint… néerlandais. Un billet d'humeur sur le mariage… néerlandais… Ah, en français le questionnaire de Freek… en français aussi la rubrique « Films » et l'introduction au Cercle d'amis. Non, je me trompe, c'est en néerlandais. Puis, nous avons l'agenda habituel des conférences et autres activités culturelles et le sommaire, et le colophon. Tout ça donne peu de français et surtout, pas assez de pages.

– On peut mettre quelques photos pour remplir.
– Oui, mais même là, il faut encore des trucs. Chloé, tu pourrais faire un compte rendu de ta conférence en Écosse ?
– Oui, pourquoi pas. En français ?
– Trois pages.
– Sûr.
– L'exposé de Stéphane sur Proust serait pas mal non plus, avança Maaïke.
– Si tu es d'accord, on aurait un bon numéro, tout de même. Quelques critiques de livres en plus. Je vais demander aux jumelles.
– Et toi, Otto qu'est-ce que tu nous concoctes ?
– Un article sur la Corse !
– Hourra, s'écrièrent-ils en chœur. » Le sujet de prédilection d'Otto se devait d'être au rendez-vous de chaque numéro.

Sur cette perspective réjouissante, ils firent renouveler leurs consommations et la discussion se dispersa sur les préoccupations actuelles de chacun.
« Hé, regardez qui passe de l'autre côté ! » remarqua Chloé.

Les regards convergèrent vers la silhouette d'Ilse se dirigeant vers le Club de l'Académie.
– J'ai aussi un truc sur le sud de la France et la corrida », lança Otto. « J'étais à Nîmes et j'ai

assisté par hasard à une réunion et j'ai repiqué de l'Internet. Regardez ce que ça donne. Ils y vont très fort.

CORRIDA POUR le Japon = ARNAQUE DE SIMON CASAS ! QUI VA VERIFIER OU VA PASSER L'ARGENT DES 2 CORRIDAS DU 13 MAI ? SIMON TORO PRODUCTION EST UNE ENTREPRISE DE SPECTACLES DE TAUROMACHIE ce n'est pas une association de bienfaisance !!!! Il est temps que la vérité éclate au grand jour ! Tout cela est du bidon pour faire croire que Mr Toro est quelqu'un de bien...
AM: Oui il veux justifier ce crime en se faisant passer pour quelqu'un qui a du cœur, honte à lui et à tout ceux qui vont voir cette horreur!
CL : Les habitants sinistrés du Japon sont peut-être tout de même plus importants que des taureaux non??
J: Oui sans aucune comparaison mais il y a surement d'autres méthodes pour collecter des fonds pour les Japonais. Des concerts ou autres spectacles que de tuer et torturer. Je suis désolé mais les gens peuvent envoyer de l'argent simplement.
KA: Que reste t-il de concret à faire pour cesser ce carnage????
TL: Il y a des moyens beaucoup plus pacifistes et efficaces de réunir de grosses sommes

d'argent au profit des sinistrés du Japon. OUI aux aides humanitaires, mais NON a l'horreur et à la barbarie sous couvert de bienveillance.

CL: Une vie qu'elle soit animale ou humaine est importante ! Je n'accepterais jamais de cautionner des corridas ou tout autre massacre d'animaux pour venir en aide à qui que ce soit, je préfère ne rien donner du tout plutôt que de tolérer cela !

TL: Merci CL ! Je suis toujours consterné d'être critiqué sous prétexte qu'on défend la cause animale. Comme s'il était incompatible de défendre à la fois la cause humaine et animale.

J: J'ai une certaine habitude de la critique qui souvent se trompe d'objectifs pour ne pas dire d'ennemis !!!!

« Mais, ils sont dingues ou quoi ! Ils sont pires que tous les activistes connus !

– Des terroristes, tu veux dire. Tolérance zéro !

– Vous êtes sûrs que l'on peut placer cet échange dans *Le Charivari* ?

– Pourquoi pas ! J'ai changé les initiales. De plus, cela m'étonnerait franchement que notre journal leur tombe entre les mains et qu'ils le lisent. M'est d'avis que ces gens seraient plutôt du genre à éplucher les affiches de corrida ou relever les petites annonces de

vente d'animaux dans les quotidiens pour attaquer les éleveurs de chiens ou les marchands de chats ou de canaris.
– Mais, ils sont d'où ?
– D'un peu partout, je suppose. Tu sais… Internet…
– Et ta réunion, elle était où ?
– A Nîmes, il vient de le dire !
– Oh, mille excuses, cela m'avait échappé !!
– Et la suite, c'est comment ?
– La même chose.

RF: En ce qui me concerne j'ai envoyé des fonds et jamais je n'assisterai à un spectacle d'horreur et de tortures ! Envoyons directement le prix d'une place à une association si tout le monde le fait la corrida n'aura pas lieu d'être ! Si elle existe c'est que des êtres humains prennent plaisir à voir des animaux souffrir!!!
AM : Exactement et puis tuer des êtres vivants pour sauver d'autres êtres vivants je trouve ça idiot comme idée !
JG : Le principe des défenseurs des animaux reste le même : Ni torture, ni barbarie, ni crime commis contre les animaux que ce soit les taureaux, les chiens, chats,...... alors faites des dons pour le Japon en envoyant de l'argent !

« A partir de là, le tour de la discussion

change car une personne à l'opinion différente et plus nuancée s'est jointe à l'échange.
– Tu veux dire quelqu'un POUR la corrida ?
– Non, non. Une personne qui essaie de réfléchir avec eux.
– C'est du suicide !
– Écoutez. Cela va te plaire Chloé. C'est un mec. Enfin – sur Internet on n'est pas certain – mais il est chanteur comme ta sœur.

FD : Pour ma part, je pense que tout le monde décide de quelle manière il vient en aide aux autres. La corrida est partie intégrante d'une culture et on peut l'aborder de plusieurs façons c'est clair. Toutefois, cela me rappelle un peu les végétariens dont la raison de ne pas manger de viande est de ne pas tuer des animaux pour se nourrir et qui portent des bottes de cuir. Et dans le cas qui nous occupent dans ce débat, je ne pense pas qu'il s'agisse de « tuer des êtres vivants pour sauver d'autres êtres vivants » comme l'écrit notre amie. Ce serait mettre des choses très divergentes sur le même plan. Allez, je vous confie un secret: lorsque j'avais quatorze quinze ans, mon plus grand désir était de devenir toréador. Cela ne s'est pas fait car c'était trop dangereux selon mes parents. Je suis devenu ténor. Je puis vous assurer que c'est exactement la même chose !!
J : Ténor et toréador = la même chose en quoi

FD, combien tu as tué de taureaux pour le plaisir de quelques personnes plutôt sanguinaires. La corrida n'est pas une culture et a été longtemps interdite en France jusque dans les années 1950. As tu déjà vu une corrida ? J : Cela dit, je pense qu'à quatorze quinze ans tu ne voyais que l'habit de lumière comme tous les enfants. Beau costume, paillettes, musique, et public mais, le sang qui coule tu l'as vu ??? Je ne crois pas.
AM : Une culture la corrida ? Quelle bêtise ! L'excision est une culture aussi, la lapidation, la soumission des femmes est aussi culturel si on s'arrête à ça ! Devenir toréador ? C'est comme si on se vante de devenir bourreau ! La corrida c'est un animal massacré et qui se vide de son sang pendant une demi heure avec un guignol profondément idiot qui lui court après et un public assoiffé de sang ! C'est lamentable!!!!!
CM : C'est tout simplement encore une fois, le reflet de la bêtise humaine...
BV : Merci M.
MM : Mon cher FD tu dois chanter comme une gamelle parce qu'il te manque une chose c'est un cœur !! S'il vous plait n'appelez plus culture des choses aussi sanguinaires que planter des piques dans un taureau vivant, de faire étriper un cheval... Bon je vais m'arrêter là, la barbarie sous forme de bonne foi me fait froid dans le dos !

AM : Bravo M !!! Merci J ;)
FD : C'est un des problèmes de beaucoup de cultures de penser qu'elles doivent imposer leurs vues aux autres. Oui, malheureusement il y a encore dans nos cultures beaucoup de choses à revoir. Entre autre, le respect de ceux qui pensent différemment de nous. Pour ce qui est de tuer des taureaux, je mange de la viande bien que je sache que les abattoirs sont un endroit répugnant ! Suis-je sanguinaire pour cela ? Que certains le trouvent débile, honteux etc. ne sont que des jugements moraux mesurés à l'aune de leur propre vision. C'est leur droit inaliénable, mais de là à vouloir l'imposer aux autres...
J : ET vous y emmenez vos enfants !
FD : @ J. Les enfants, je ne les emmène pas à un spectacle de football, ou de boxe bien que ce soit pour d'autres personnes un sport digne d'intérêt.
JG : Du courage pour affronter le taureau ??????? C'est un peu comme le chasseur derrière son fusil ?
FD : Allez-y donc vous-même J, et on verra après!!
JG : La chasse : je connais et je ne pratique pas. L'arène : j'ai assisté à une corrida, j'avais quinze ans et je n'ai pas pu supporter ce crime en direct et ce sadisme partagé... Courage devant un taureau affaibli, sanguinolent....... et la foule qui hurle,

déchainée.... Allez y avec vos enfants....
FD : @ J, et bien sûr vous êtes végétarienne ou bien laissez-vous à d'autres (comme moi) le soin de tuer l'animal que vous mangerez !
J : Comment pouvez vous défendre cette fausse culture ?
AM : Du courage pour affronter le taureau mouahaha ! Moi la seule chose que j'aime dans la corrida, c'est quand le torero se fait embrocher, là j'adore et je jubile, je crie un grand BIEN FAIT ! La corrida n'est certainement pas la culture de tout un peuple, elle est la culture de quelques cons, c'est différent !!! Je parie que ta femme se pavane en fourrure, je me trompe ?
FD : @ J. Qui a dit que je la défendais ?? Qui dit qu'elle est fausse ? Non, c'est un des éléments d'une culture. Et bien de la culture occidentale. On peut l'aimer ou pas, mais il faut tout d'abord savoir de quoi l'on parle. Nous reparlerons de tout cela lorsque vous serez descendu dans une arène face à un taureau, vous n'avez même pas besoin d'y toucher.
Il faut rester ouvert aux opinions différentes, quoi que l'on fasse. J'insiste sur ce point. Toujours réfléchir à ce que veut exactement dire l'autre et ne pas lui prêter des paroles qu'il n'a pas dites.
@ A : ne confondez JAMAIS discussion et attaques personnelles. Défendre la cause

animale n'excusera jamais de faire preuve de sadisme envers les humains.
AM : Je ne suis pas sadique envers les humains, je pense juste qu'on récolte ce que l'on sème ! Le torero provoque et fait du mal au taureau, faut pas pleurer s'il lui arrive quelque chose ! Le retour du bâton ! Une coutume barbare doit se terminer point barre, on évolue ou pas !!!
J : Bien dit AM, y a rien à ajouter. Visiblement tous les cornichons ne sont pas dans le même pot tu vois. Le monde artistique n'est pas représentatif ici avec les propos inquiétants de ce ténor. En 39/45, les SS adoraient l'Opéra !
MM : Et c'est vrai quand tu dis que les SS adoraient l'Opéra, tu vois ça m'a toujours choquée, comment des gens qui aiment la musique peuvent-ils faire autant de mal !! Bonne journée à toi et tous ceux et celles qui aiment les animaux, d'autant qu'on ne leur demande pas aux autres de les aimer juste de leur FOUTRE LA PAIX !!!!!

« Forts, ces héros d'ordinateurs. Ils osent derrière leurs écrans. Abominable d'imbécillité ! Totalement fermés aux autres.
– Oui. De plus, le gars les provoque un peu.
– Si on publie, il faudrait peut-être mieux mettre des commentaires.
– Quel genre ?

– J'ignore, mais ces réflexions sur l'opéra et le nazisme… Cela vient de personnes naïves ou quoi ?
– Remarquez comme les vraies questions sont occultées. J'aime bien celle sur les végétariens et les chaussures en cuir…
– Le meurtre des animaux… Moi, en tout cas, je n'aimerais pas être à la place d'un toréador. J'ai vu beaucoup de corridas et presque toujours un mec a été blessé. C'est tout de même dangereux, non ?
– Plutôt. Il faudra aussi corriger toutes ces fautes d'orthographe.
– C'est là que l'on voit le niveau d'éducation des personnes.
– Puisque l'on parle de meurtre, je trouve que nous devrions faire un article sur Eva.
– Merde ! Qu'on n'y ait pas pensé plus tôt !
– C'est un fait divers.
– Peut-être, mais un *in memoriam* s'impose.
– Tout à fait d'accord. »

Toute la rédaction acquiesçait.

« A propos de fait divers, quelle histoire hier dites donc !
– Oui, le film ! »

La discussion roula un moment sur les événements de la veille, puis se tarit faute de munitions. Chacun savait ce qu'il avait à faire et ils se quittèrent sur la promesse d'envoyer leur papier à Otto dans la semaine.

13.

Au bureau de police de la Linnaeusstraat, l'effervescence était à son comble. Des journalistes faisaient le siège à l'entrée, espérant une déclaration du commissaire Pedel qui se tenait coi dans son cabinet. En plus de cette histoire de photos d'enfant nu découvertes par une patrouille dans le Watergraafsmeer, des voisins avaient prévenu la brigade pour deux cadavres dans leur portique du Tugelaweg. Les premières constatations avaient révélé qu'il s'agissait de deux drogués, des touristes allemands qui logeaient à l'hôtel Arena. Leurs corps partis pour l'institut médicolégal montraient plusieurs traces de piqûres à la pliure interne du coude. Ils avaient l'air en bonne condition physique avant leur trépas. Seule l'autopsie et une analyse pourrait dénoncer la substance injectée, mais le médecin légiste avait déjà fait savoir que tout pointait vers une overdose. Suicide ou accident ? Là résidait la question ! Prévenir les parents qui tomberaient des nues, à mille lieux de se douter que leurs rejetons se lançaient dans des expérimentations narcotiques à Amsterdam où, d'après les billets qu'ils avaient sur eux, ils étaient venus écouter un groupe punk au Melkweg.

De Groot avait émis une hypothèse comme quoi cela rappelait les années 80 où de nombreux jeunes touristes étaient retrouvés sans vie car la drogue amstellodamoise, l'héroïne à l'époque, était moins coupée, donc plus forte, qu'en d'autres pays européens et l'accoutumance des amateurs ne les protégeait pas. Leurs doses habituelles contenaient moins de stupéfiant qu'ici et une seule injection pouvait leur être fatale.

La libre circulation des personnes et des marchandises était une bonne chose selon Pedel, mais il aurait dû y avoir une égalisation dans la qualité de toutes les marchandises dont le marché allait s'accroissant, de même que les problèmes occasionnés. Les Pays-Bas et leur politique de tolérance avaient agrandi les opportunités commerciales et l'afflux des narcotiques. La tolérance avait aussi permis de faire les contrôles de qualité et éviter les empoisonnements de toute une génération par des produits frelatés utilisés pour couper la coke ou l'héroïne : le sucre, le talc, la farine, l'aspirine pilée que les mômes absorbaient par intraveineuse avec des conséquences désastreuses. Les conditions d'hygiène avaient aussi évolué en bien avec les distributions gratuites de seringues neuves. Et la méthadone, si elle n'avait pas contribué à en faire décrocher plus d'un, avait au moins eu l'avantage de ramener à un niveau presque *nihil* la criminalité inhérente aux crises de manque et la nécessité de se procurer de la drogue par tous les moyens. Amsterdam comptait trois mille habitués jugés médicalement irrécupérables et à qui le service médicosocial procurait leurs doses quotidiennes et ceux-là se tenaient tranquilles. Plusieurs d'entre eux avaient même repris une activité et participaient à la vie sociale. Non, le plus grand problème restait les touristes impossibles à tous confiner aux frontières. Dans plusieurs villes frontalières, un commerce s'était développé sous l'œil tolérant des autorités, mais c'était souvent les petits revendeurs qui venait s'approvisionner. Pour tous les autres adeptes, Amsterdam restait la Mecque, le Nirvana, bref, la cité de tous les possibles de la défonce pour ceux en quête d'émotions fortes. Une étape obligatoire et, pour certains, elle était l'arrivée. Quel gâchis !

Un coup discret frappé à sa porte le tira de ses pensées maussades. Le planton de service lui apportait une note à sa circulaire. Warmoestraat signalait un corps de femme dont on attendait les analyses, mais dont tout laissait supposer qu'elle put être victime d'une overdose.

14.

La machine Nestlé éructa un râle et un hoquet suivi par un reniflement prolongé et Pieter retira les capuccino mousseux de la grille. Il tendit une tasse à Xavier qui, enfoncé dans un fauteuil confortable dans le coin relaxe du bureau, l'observait faire. Ils s'étaient décidés pour ce rendez-vous de fin de matinée car ils avaient beaucoup à se dire et n'avait pas encore trouvé l'occasion d'un tête-à-tête depuis l'arrivée de Xavier où ils s'étaient vus brièvement.

Xavier lui narra sa leçon du matin avec Éliane ce qui fit sourire Pieter qui y voyait plus que le désir de chanter chez son ami. Bien que ce dernier fut un amateur musicien hors pair et assidu, Hartevelt ne pouvait éviter de penser que la personnalité de la cantatrice entrât en ligne de compte et cela en dépit des protestations de bonne foi de Xavier. Hartevelt le connaissait assez bien pour faire la part des choses mais, il se garda d'insister. Au lieu de cela, ils papotèrent comme les deux vieux amis qu'ils étaient, échangeant des nouvelles sur des relations communes.

Le dîner, la discussion des événements de la veille en ville ainsi que la réception leur fournirent un matériel appréciable pour passer en revue leurs collègues. Xavier s'ébahissait de la manière dont le corps de l'université au courant des manies de chacun les acceptait comme allant de soi. *Nolens volens*, il en faisait partie maintenant et devait s'attendre à ce que ses marottes soient assimilées par tous comme partie intégrante de son individu sans êtres vues comme des tares, des vices ou des qualités. « Vivre et laisser vivre » côtoyait le « Personne n'est parfait, je m'appelle Personne » dans la doxa universitaire. Chacun avait sa spécialisation et peu s'en écartaintt, que ce fut dans une conversation privée entre collègues du département ou devant un public élargi lors de colloques. Cela n'était pas sans amuser Xavier, touche à tout génial. En règle générale, il se dispensait d'émettre des opinions tranchées en dehors de ses domaines de recherche, mais il ne dédaignait pas non plus de spéculer en dehors de ceux-ci si l'occasion s'en présentait et de préférence en compagnie d'un collègue ou ami dont l'érudition sur le sujet le remettrait dans le droit chemin s'il s'égarait, ce qui lui avait maintes fois valu de récolter des données captivantes sur des sujets les plus remarquables dont il savait peu en début de discussion.

Avec la même fascination, il écoutait Hartevelt lui énumérer les particularités des personnes avec lesquelles il serait appelé à travailler et celles avec qui il aurait des contacts plus ou moins directs. La structure des départements était complexe ; ainsi étaient les relations. Directeur des Études slaves, Français d'origine, il donnerait aussi des cours de littérature comparée aux étudiants en Études européennes et des cours de littérature sur l'Extrême contemporain français. En tant que directeur d'un institut de recherches et d'un institut d'enseignement, il était paré pour la question hiérarchique et ne s'attendait à aucune difficulté de ce côté-là. En revanche, Hartevelt le mit, avec subtilité, en garde contre Ilse van der Brug, réputée d'accès rébarbatif, d'un caractère difficile et surtout pour sa propension à tenter d'écarter toute personne susceptible d'empocher des subventions, ce en quoi elle différait peu de la norme dans les milieux académiques. Les autres membres du département de français étaient, selon Hartevelt, de doux inoffensifs plongés dans leurs goûts plus ou moins obsessionnels pour leur sujet de prédilection. *Idem dito* les Allemands, Anglais, Espagnols qui comptaient quelques excentriques mais rien de fou furieux ou de manies sortant de l'ordinaire, lui assura-t-il.

En vrais potaches, ils rirent à gorge déployée, répertoriant à tour de rôle les loufoqueries les plus saugrenues qu'il leur avait été donné de croiser. Lorsque, à bout de souffle, ils reprirent leurs esprits, Xavier en profita pour s'enquérir d'un point qui l'avait intrigué. Comment se fit-il que presque tous les membres du département de français assistèrent au dîner et personne du département des Études slaves ou des Études européennes ? Là, il allait falloir s'y faire, fut la réponse, les services de communication fonctionnaient de façon obscure parfois. Une double réservation avait été faite en amont et les Études slaves avaient programmé un colloque en dehors d'Amsterdam à la même heure. Lorsque l'on s'en était aperçu, il était trop tard pour changer l'un ou l'autre. Les confusions avaient augmenté dans des proportions monumentales avec l'informatisation, mais qu'à cela ne tienne, un second dîner de bienvenue était prévu dans une quinzaine pour satisfaire tout le monde. Et merde, songea Xavier *in petto*, peu enclin à s'adonner aux jeux de société. Comme s'il l'avait entendu formuler sa remarque à voix haute, Pieter haussa les sourcils en une mimique significative ; un éclat de rire commun ponctua l'échange silencieux. Ils consultèrent leur montre respective et virent qu'ils devaient mettre fin à leur entrevue.

15.

Ilse dépassa le CREA sans soupçonner qu'elle faisait les frais des commentaires des étudiants qui observaient son allure. Marchant d'un pas alerte, elle contourna le canal et franchit la porte du Club de l'Académie. Un peu en avance sur l'horaire prévu, elle disposait de tout son temps pour élaborer une stratégie d'intimidation ou bien créer une ambiance de connivence avec Chloé, ce qui serait peut-être préférable pour l'amener à laisser, du moins transformer, son programme de recherche. Si elle refusait, eh bien, prendre des mesures draconiennes serait inévitable. Ilse ignorait encore quelles pressions elle pourrait exercer, mais échouer ressortissait au domaine de l'improbable et elle devrait impérativement recourir à la phase deux de son plan. N'avait-elle pas réussi à convaincre Joke d'abandonner l'idée de déposer un plan de recherche avant d'avoir participé au séminaire d'aptitude à l'approfondissement des analyses littéraires et lui avoir fait miroiter les avantages de soumettre au préalable une seconde maîtrise avant d'entamer la rédaction d'une thèse. Cela lui octroyait deux années supplémentaires avant que cette super douée ne vienne la concurrencer. D'ici là, elle l'inclurait dans son programme, cela, bien entendu, s'il était subventionné, futur que l'étude de Chloé venait faire vaciller. Elle avait sous-estimé cette fille et ses allures de diva je-m'en-foutiste. Avec l'air de se divertir à l'extrême, de brocarder les théories des professeurs à loisir et d'écrire une thèse pour se désennuyer, Chloé avait bel et bien dissimulé son jeu et œuvré comme une forcenée pour arriver à ce résultat. Mais Ilse y remédierait, elle se le jurait.

Ilse s'assit à une table d'où elle pouvait surveiller l'entrée tout en paraissant absorbée dans un dossier apporté en prévision. Prétendre être accaparée faisait partie intégrante de son arsenal de manœuvres en vue d'indisposer son interlocuteur gêné de la déranger. Elle ignorait que ses collègues et ses étudiants se gaussaient de ce stratagème puéril, tout comme de sa propension à alléguer un oubli de rendez-vous. Cette dernière ruse lui valait des mauvais points de ceux qui en avaient été victimes. A la deuxième fois, ils ne la prenaient plus au sérieux.

Chloé écarta, à son tour, les tentures de la porte. Le club s'apparentait à une sorte de grande cabine de bateau avec des lambris acajou, des lampes tempête en cuivre et une balustrade à mi-hauteur derrière une galerie, imitant le pont d'un navire, courait sur les trois-quarts de la salle. Des marines de teintes pâles de royales dimensions, éparpillées sur le vert amende des murs amplifiaient l'illusion nautique. Des gerbes multicolores, immenses dans des urnes d'albâtre translucides, couronnaient l'ambiance d'une touche campagnarde.

Chloé aurait préféré terminer l'après-midi en compagnie de la rédaction, mais elle prit une chaise, face à la fenêtre, aux côtés d'Ilse sans attendre l'invitation de cette dernière. Affecter un peu de sans-gêne devant ses supérieurs faisait partie de l'image de fille sans problème qu'elle s'était créée. Selon l'ordre des choses et, sans surprise, le nez enfoui dans ses paperasses dont Chloé supputait à raison la présence pour la frime, Ilse la pria d'attendre un instant et n'aperçut pas le sourire fugace animer ses prunelles d'un éclair de malice cachée.

Soulagée par le déroulement protocolaire de la prise de contact, Chloé porta les yeux au-delà des vitrages et sonda les cieux. Des épées de lumière s'évadaient en éventail des nuages violacés et fracassaient l'horizon annonçant une ondée prochaine.

Malgré sa détestation de la bicyclette, Chloé avait accepté d'aller faire une ballade avec Marijke qui désirait l'entretenir d'un projet. Elle aurait de loin préféré discuter autour d'une tasse de thé, à la rigueur en marchant, mais Marijke possédait un vélo supplémentaire et comme il faisait beau, elle s'était retrouvée à court d'argument pour refuser. Elles pédalaient le long de la Weespertrekvaart qui avait l'avantage d'être fermée à la circulation automobile. En ce jour de semaine, des promeneurs solitaires, des retraités selon toute probabilité, étaient avec quelques joggeurs, les seuls à fréquenter les bords de l'eau. Dans le lointain se profilaient les immeubles de la cité dortoir du Bijmermeer. Chloé espérait de tout cœur qu'elles n'iraient pas plus loin que Diemen ; elle avait la bicyclette en horreur, estimait ce moyen de locomotion peu naturel.

Habituellement, elle venait ici et se prélassait, tranquillement assise avec un livre sur la berge. Une couverture apportée sous le bras en guise de tapis de sol avait dernièrement été remplacée par un fauteuil pliant ultra-léger. Elle regrettait devoir passer si rapidement devant ses coins favoris. Marijke ne remarquait rien, tout à ses pensées. Elle ignorait comment aborder le problème. Elle voulait proposer à Chloé d'organiser ensemble des colloques, mais savait très bien que le temps lui faisait terriblement défaut pour cela. Tout le travail retomberait sur les épaules de Chloé, mais cela, elle ne pouvait pas le dire. Est-ce que Chloé s'apercevrait du déséquilibre dans la répartition des tâches ?

Elle fut tirée d'embarras par Chloé elle-même qui énonçait les avantages à être l'établissement organisateur au lieu de s'en remettre à une université étrangère. Absence de déplacement, donc un gain de temps considérable ; sujet du colloque choisi soi-même, de même pour les invités. Positive à l'extrême, Chloé voyait toutes les prérogatives sans déceler aucun inconvénient. Elle avait même un thème grandiose : « Les Relations sexuelles dans le roman français de l'extrême contemporain », de quoi attirer pas mal de monde. Comme elle le traduisait : on peut travailler dur et s'amuser franchement en même temps.

Marijke voyait aussi les atouts du sujet. Elles pourraient présenter leur ouvrage respectif sur Houellebecq. Que Chloé en ait déjà publié deux sur l'auteur ne formait pas un obstacle majeur. Elle devrait éviter de mettre l'accent sur la question. Pour Chloé, de son côté, cela ne présentait aucun problème. Elle préparait un troisième livre pour ainsi avoir une trilogie. Mi-sérieuse, elle s'amusait de l'effarement de ses collègues devant ses travaux sur l'auteur le plus controversé du paysage littéraire français. Enfin, c'était avant la sortie des *Bienveillantes* de Littell. Chloé avait aussi sa parade sur ce coup-là, un recueil sur le pavé de neuf cent pages. Mais, son centre d'intérêt résidait ailleurs. Pour elle, il s'agissait de distraction. Et puis, elle aimait bien Marijke qu'elle considérait comme le professeur le plus sympathique du contingent, même si parfois elle était brouillonne.

En fait, les petits défauts des autres recevaient toujours son absolution. « Personne n'est parfait » était l'une de ses citations favorites. Comme beaucoup, elle avait tendance à penser qu'elle l'était parfaite, mais n'avait pas la prétention de le dénigrer aux autres. Du moins en théorie. Les jours où elle plongeait en pleine introspection, elle se morigénait pour son arrogance et en y réfléchissant bien, elle admettait quelque excuse. Après tout, si personne ne lui assurait qu'elle était géniale, elle devait se le dire elle-même pour entretenir son enthousiasme dans les projets les plus fous. Éliane le lui remettait en tête à chaque rendez-vous car, dans le fond, Chloé se voyait proche de la médiocrité un jour pour tomber dans l'euphorie la plus complète le lendemain et s'assurer d'être un génie.

Au bord de l'eau, le vent soufflait plus fort qu'en ville et elles durent ralentir l'allure tant et si bien que, n'en pouvant plus, Chloé offrit de faire demi-tour. Marijke qui avait atteint son but, obtempéra de suite ce qui eut l'heur de surprendre Chloé.

De retour dans l'agglomération, sitôt

dépassée la gare de l'Amstel, elles délaissèrent Dauphine, trop bruyant à leur goût, pour s'installer sur la terrasse protégée du Weesper à quelques mètres de l'Amstel. Assises sur les fauteuils en rotin devant un thé à la menthe fraîche pour Chloé et un café noir pour Marijke, elles observaient une péniche qui larguait les amarres, la lessive claquant au vent, épinglée à une ligne tendue en travers du pont. Le bruit du moteur s'entendait mêlé au bouillonnement de l'eau occasionné par l'hélice. Cinq minutes plus tard, le bateau s'éloignait en amont vers sa destination et avait rendu au regard la rive opposée. Des embarcations diverses remontaient et descendaient le courant. Des mouettes criardes rasaient les flots, tantôt à leur poupe ou en proue à guetter une parcelle de nourriture alors que d'autres se laissaient porter par les courants d'air et décrivaient des arabesques légères encore un peu plus haut. La tâche noire de leur crâne tranchait sur le blanc de leurs ailes et celles qui atterrissaient sur les pavés du quai dégourdissaient leurs petites pattes de teinte orange, trottinaient et picoraient entre les interstices, à la recherche de miettes incrustées entre les brins d'herbe récalcitrants aux piétinements des passants.

Chloé sortit de sa poche un papier, une sorte de manifeste qu'elle tendit à lire à Marijke. « J'ai pensé que nous aurions besoin de justifier notre travail ». Ahurie, Marijke prit le papier et lut.

Nous utilisons "extrême contemporain" pour définir la production littéraire des dix à vingt dernières années. Il s'agit donc d'un concept fluide et insaisissable en un certain sens.

Cette appellation serait une invention de Michel Chaillou en 1989. En fait, ce terme est très confortable et recèle la complexité chaotique d'une situation littéraire toujours en mouvement. Cela aussi bien d'un point de vue chronologique, puisque les limites de l'extrême contemporain se déplacent d'année en année. Et du point de vue de l'hétérogénéité car la production littéraire peut difficilement être définie d'une façon claire et précise. Ce terme, de fait comprend à peu près tout ce que l'on désire y mettre. La production littéraire de cette période est caractérisée par un immense corpus dont la recherche de l'identification des tendances est précaire, et inévitablement partiale, aucun d'entre nous n'étant capable d'ingurgiter la production littéraire dans sa complexe complétude. L'extrême contemporain n'est pas un mouvement littéraire, mais un terme facilitant l'expression et la communication entre chercheurs et amoureux du livre, auteurs...

Or, du fait de son intangibilité, sa non-

délimitation ou plutôt ses frontières amovibles, l'extrême contemporain par son indiscernabilité occasionne de nombreuses failles traîtresses à qui s'aventure en ses abondantes possibilités de dénomination. En outre, traitant d'un corpus mouvant puisque en devenir, le chercheur se voit souvent confronté aux démentis de ses allégations, même bien fondées. Ce qui est vérifiable pour les trois premiers romans d'un auteur peut s'avérer infirmé par le quatrième, d'où l'immense courage requis pour reconnaître l'inanité à penser détenir la vérité recherchée avec détermination.

Chloé avait donc l'intention de faire ces colloques avant qu'elles en parlent !!

Chloé gloussait au souvenir. Elle avait coiffé Marijke au poteau. En rétrospective, elle souriait béate et voyait encore devant elle le visage de celle-ci. Oui, elles étaient bien sur la même longueur d'ondes. Chloé comprenait que le travail d'organisation lui incomberait entièrement pour les colloques…

La serveuse vint prendre leur commande et interrompit le cours de ses réflexions. Ilse rangea son dossier dans sa serviette et s'enquit du menu. Elles étudièrent posément la carte et se firent servir chacune une salade.

Après les préliminaires d'usage sur le temps, la santé et un résumé succinct sur les actualités du jour, Ilse attaqua le sujet de la réunion proprement dit :

« Tu sais, nous apprécions tous ton travail et j'ai une grande admiration pour toi ». Le préambule ne présageait rien de bien merveilleux, Chloé le sentait.

– Mais, il m'est impossible de t'offrir un poste fixe au département. La faculté restreint les budgets et nous avons un arrêt des salaires et toute nouvelle embauche est prohibée ». Chloé éclata de rire soulagée.

« Ce n'est que cela !! Je pensais qu'il y avait quelque chose de vraiment important ». Elle essaya de se reprendre devant l'air ahuri et un peu réprobateur d'Ilse. Pas que cela pût avoir une quelconque répercussion sur sa position. Elle n'en avait pas.

« Enfin, j'ai eu peur qu'après ce qui venait de se passer avec Eva, il y ait un problème majeur… que des cours aient été supprimés… que sais-je…

– Non, en fait rien de tout cela, poursuivit Ilse, je pensais que tu aurais aimé savoir comment se dessinaient tes possibilités d'avenir à l'université. Tu pourras toujours faire des remplacements et c'est très bien que tu aies repris les cours d'Eva…

– A ce propos, interrompit Chloé, je voulais te

dire que je ne pourrai pas continuer. Tu vois, je l'ai fait pour dépanner. Mais, c'est trop loin de mes intérêts personnels. Ma recherche concerne la littérature de l'extrême contemporain, pas la littérature médiévale. De ce fait, j'ai l'impression d'être incapable de donner aux étudiants ce qu'ils sont en droit d'attendre.
– Tu pourrais faire un effort.
– Tout à fait d'accord. Pour cette raison, j'ai essayé. Cependant, je crois impératif d'accepter mes limites. Ma force réside dans la recherche, l'écriture d'articles, d'ouvrages, de recueils…
– Là-dessus aussi, j'ai une remarque. Il ne s'agit pas de publier n'importe quoi, n'importe où ! » Au grand étonnement de Chloé, Ilse s'était laissée emporter et son ton acerbe ne trompait pas. Serait-elle jalouse ? Comment cela serait-il possible ? Elle devait se méprendre car Ilse continuait de sa voix la plus suave :
« Tu devrais réfléchir à une direction et t'y tenir. Choisir un écrivain et travailler sur lui. Par exemple Proust ». Chloé dut retenir la riposte un peu vive prête à sortir de ses lèvres. Au lieu de cela, elle annonça calmement
« J'y songerai. Je te remercie de ton conseil ». Cela eut l'effet de ramener Ilse à d'autres considérations.
« Bien entendu, si tu ne désires plus remplacer

Eva, je te comprends après les explications que tu me donnes. Malheureusement, je ne peux pas te donner de cours dans l'extrême contemporain. Nous avons trop peu d'étudiants, trop de professeurs et pas assez de crédits ».

Chloé s'abstint de lui dire que le problème existait aussi si elle faisait des cours sur la littérature médiévale. Elle acquiesça tranquillement.
« Oui, bien sûr, je comprends ». Elle tut son propre projet et Ilse n'y fit pas allusion. Elles terminèrent leur repas en conversant sur des sujets anodins.

16.
Chloé et Gabrielle s'installèrent sur les sofas de la cafétéria pour attendre Sidonie qui devait les rejoindre à leur session mensuelle. Elles avaient préparé *Mimesis* d'Auerbach, un des indispensables de la critique littéraire. Chloé avait cru comprendre que Gabrielle préférait ne pas séjourner trop longtemps dans son bureau, théâtre de la lugubre découverte.

Le skaï de teinte almandine des coussins était raide et offrait peu de confort. Impossible de se tenir droit sur les divans trop profonds et s'adosser était laborieux à cause de la surface trop large des sièges. Elles sirotaient leur thé

et devisaient tranquillement sur leurs dernières lectures quand soudain la mine de Gabrielle s'assombrit.
« Ilse ne veut pas que je continue mon analyse sur les écrivains africains », confia-t-elle. « Elle m'a laissé travailler dessus jusqu'à présent, et maintenant, elle me demande d'arrêter. Elle me dit que mon corpus est trop large. » Chloé voyait qu'il s'agissait d'un véritable problème pour Gabrielle, même si elle n'en comprenait pas la portée.
« Comment ça ?
– Eh bien, cela fait trop selon elle et j'ignore pourquoi elle a accepté que je travaille dessus tout ce temps. Cela fait plus de deux ans que je m'escrime sur le sujet ! J'ai lu au moins une centaine de livres ! Elle me recommande de me concentrer sur les Asiatiques ».

Chloé se tut. Elle devinait que Gabrielle voulait lui révéler quelque chose sans aucune relation avec les événements récents, survenus au sein de la faculté. Elle était ébranlée, mais par quoi ?
– Je lui ai passé des informations sur le Cameroun et le Congo qu'elle a utilisées pour son ouvrage sans me citer.
– Tu sais, je viens de lire sur le sujet, *Les Secrets de famille de l'université.* Selon l'auteur, c'est assez courant les profs qui piquent les travaux de leurs assistants. Tu vas la confronter ? » Gabrielle ouvrit de grands

yeux :
« Quoi !?
– Si tu vas la confronter.
– Non, comment pourrais-je le faire ?
– Bonne question. Alors, oublie. Loin de moi l'idée de vouloir te donner des conseils, mais si tu ne veux pas lui mettre le nez dessus, oublie. Et puis, tu pourras toujours publier plus tard tes travaux sur les Africains, en refaire un bouquin, que sais-je !
– Ce sera improbable de le faire admettre comme mon travail si elle a tout publié sous son nom !
– Tu pourrais écrire un article là-dessus !
– Je préfère ne pas le faire !
– Alors, n'en parlons plus ! Regarde le côté positif de la chose. Cela te fait moins de travail et une expérience supplémentaire. Morale : ne jamais soumettre tout ton travail à ton mentor à moins d'être absolument certaine que cela ne puisse lui servir à rien ! » Et Chloé éclata de rire tant cela était par trop absurde.

Un mentor était supposé aider ses étudiants, les lire et les diriger dans leurs recherches, pas les éloigner de leurs buts. Au lieu de cela, elles devaient se cacher du leur et taire les travaux qui leur tenaient à cœur. Chloé en avait déjà fait l'expérience avec son mémoire de maîtrise. Marijke, son deuxième lecteur, n'avait pas hésité à s'approprier des pages entières comme étant ses propres formulations lors d'une conférence. Chloé avait cependant été plus rapide. Elle avait publié son mémoire sous forme de livre sans s'enquérir d'une approbation ou d'une autorisation préalable. Elle avait envoyé son manuscrit sans en faire part à qui que ce soit à trois éditeurs. L'un d'eux l'avait accepté. Une fois le contrat signé, elle s'en était ouverte à Ilse qui lui avait promis une préface, jamais écrite, ce dont elle se fichait totalement. Chloé s'en était royalement passé. Tout aussi bien. Elle se souvenait de la rage d'Ilse qui lui avait raccroché au nez lorsqu'elle lui avait fait part de son désir d'envoyer le manuscrit à une date précise. Ilse prétendait ne pas avoir le temps, ni pouvoir écrire aussi rapidement ; elle voulait faire attendre Chloé qui était restée inflexible. Deux ou trois mois plus tard, Chloé avait découvert dans un programme de conférence les noms d'Ilse et Marijke qui y avaient présenté conjointement un papier sur le sujet de son mémoire. Depuis ce jour, elle avait compris la nature intraitable d'Ilse envers ses étudiants et elle s'en était méfiée. Elle avait tout supporté sans un mot, avalant les humiliations, les méchancetés, le manque de respect dans un seul but : obtenir son doctorat. Elle avait atteint son but. Travailler d'arrache-pied sans geindre était sa devise.

Être impitoyable avec soi-même. Cela payait et fonctionnait pour elle. Gabrielle n'avait pas encore trouvé le filon.

L'arrivée de Sidonie fit diversion et d'un commun accord, elles laissèrent le sujet pour se délecter d'Auerbach.

17.

Avec le gain de la manche de la veille, ils avaient acheté un rouleau de papier d'aluminium qu'ils découpaient en carrés de taille égale et empilaient l'un sur l'autre sur un coin de leur table. Ruud et Frans n'étaient pas des experts dans le trafic de drogues. S'ils avaient parfois entendu parler de la coupe, ils ignoraient le fond de l'histoire. Couper comment et avec quoi ? Le problème s'avérait gigantesque car il leur était impossible de demander conseil à l'une de leur connaissance sans éveiller les soupçons car ils ne consommaient pas. Ils savaient pour l'avoir lu que les drogues n'étaient pas seulement des substances récréatives, mais qu'elles étaient utilisées au quotidien, consommées après une journée de labeur épuisante pour se détendre et fonctionner dans son hobby ; les veilleurs de nuit en utilisaient pour se tenir en état d'alerte à leur poste. C'était surtout la cocaïne que reniflaient les chauffeurs de poids lourds pour rester opérationnels au volant le long des routes ou les yuppies devant leurs écrans pendant des heures, les traders en prenaient pour effacer les effets de la fatigue après une nuit de fête en discothèque et retourner en salle des ventes à l'ouverture de l'Amex. Mais la coupe, ils n'étaient pas au courant des dosages, bien qu'ils sussent que de la caféine ou du paracétamol entrassent en ligne de compte pour les mélanges, augmentant ainsi la qualité, pensaient-ils, ainsi que parfois du talc ou de la vergeoise, ce qui leur paraissait nettement moins recommandé. Tous ces procédés leur semblaient relever de la malhonnêteté et ils craignaient de mettre sur le marché un produit frelaté qui les ferait repérer, car dangereux, s'ils mélangeaient des substances toxiques ou incompatibles avec celle en leur possession. Problème majeur, ils méconnaissaient les propriétés de la poudre qu'ils avaient entre les mains. S'ils avaient eu la télévision et avaient regardé le Vingt heures, ils auraient su qu'il s'agissait d'une nouvelle drogue de synthèse, des molécules enctatogènes à l'œuvre parmi les médiateurs directs de la transformation socioculturelle. Comme l'avait indiqué le présentateur, depuis quelques années, la consommation de psychotropes envahissait la société de désinhibition et la perte de repères poussait les gens à l'absorption de produits activant l'empathie, qui rendait possible le retour de la confiance en soi, générait le sentiment d'appartenance à un groupe avec la prise des substances psycho-actives imprégnées d'une image rituelle qu'il était facile d'assimiler à un rite quasi religieux. Le reportage se terminait sur des images d'une rave avec une voix *off* déclinant une conclusion en guise d'avertissement pour la population : « Dans ce contexte de détresse sociale, le développement des drogues empathogènes offre une "solution" à tous ces maux de la société. Gages de performance et d'adaptabilité, ces substances – médicaments psychotropes ou "uppers" (cocaïne, amphétamines) – sont de plus en plus employées et mises en évidence. Les drogues de synthèse favorisent l'empathie, favorisent le rapprochement entre des gens en mal de communication et de vivre. La facilité de synthèse de ces produits, le déni de leur nocivité, l'image des "drogues qui sont pas de la drogue", le bonheur chimique qu'elles engendrent, sont des facteurs incitants à la consommation de ces nouvelles drogues. »

Seulement, Ruud et Frans ne possédaient pas de téléviseur. De ce fait, ils n'avaient pas vu non plus les informations policières sur les corps de deux adolescents retrouvés sans vie sur la voie publique après l'ingestion de drogue ni la mise en garde contre une nouvelle substance et n'envisageaient pas une seconde les ravages que leur idée était sur le point de perpétrer chez les consommateurs. Ils poursuivaient minutieusement leurs préparatifs, uniquement inquiets de la quantité souhaitée par dose et se promettaient d'acheter un pèse grammes dès le lendemain, lorsque les premiers profits auraient été engrangés.

Une autre question d'envergure surgissait : celle du prix. Trop cher, ils ne vendraient rien ; trop bon marché, ils offriraient le flanc à la suspicion. Un gramme, c'était gros comment, se demandaient-ils. Leurs notions, toutes relatives, récoltées pendant leurs leçons de chimie, s'étaient dissoutes dans l'océan du souvenir.

Après avoir longuement et littéralement pesé le pour et le contre, ils optèrent pour emmagasiner la substance pure, en vendre quelques doses et aller acheter de l'aspirine pour couper un peu les suivantes. Cela leur paraissait une mesure adéquate. Ils choisiraient des touristes à la gare et ceux-ci seraient trop heureux de se procurer de la came bon marché avec facilité. Ils en écouleraient une dizaine de doses dans la soirée et continueraient le lendemain. Une cuillère à café pour cinquante euros restait dans les limites du raisonnable. S'ils réussissaient leur coup, ils seraient riches de cinq cent euros ce soir, une fortune à leurs yeux.

Frans puisait avec la petite cuillère dans le sac et versait la drogue sur un carré de papier alu que Ruud pliait de manière à en faire une dose d'allure présentable. Sam poussait de gros soupirs dans son coin. La truffe aplatie sur les pattes avant, il suivait des yeux ses maîtres qu'il n'avait jamais vus si affairés.

La lampe à pétrole répandait une lueur chaude et projetait des ombres démesurées sur la paroi.

18.

« Il faut apprendre à mieux écouter. En un sens, si tu penses à ta voix ou à ton chant en chantant, cela ne peut donner des résultats satisfaisants. Tu dois garder ton équilibre sur la ligne mélodique et tu y parviens grâce à l'ouïe.
– En écoutant ?
– Oui. Tu dois écouter de l'intérieur pour maintenir ta balance. Si tu fais de la bicyclette, tu te propulses en avant, non ? Ta voix est en quelque sorte ton vélo. Tu émets

une pulsion que tu gardes sur une certaine trajectoire à l'aide de l'écoute. C'est à l'intérieur de l'oreille que se trouve notre sens de l'équilibre. Nous écoutons notre balance. Chaque coup de pédale te fait avancer. Tu chantes, tu émets ton son que tu diriges droit devant toi. Chaque note a un cœur, un centre. Un peu comme les perles d'un collier. Toi, tu es le fil. Tu passes au travers de chaque perle pour les enfiler. Tu voles dans un tunnel comme un oiseau dans une travée, sans te cogner. Tu gardes ton équilibre. Tu écoutes. Mais tu n'écoutes pas la musique. Tu écoutes le silence au cœur de chaque note. Tu es la flèche qui atteint le centre de la cible. A cela près que tu transperces la cible pour continuer ta trajectoire sans faiblir, sans faillir. Tu vas plus loin, toujours plus loin. Tu te concentres sur le rien. Dès que tu perçois un son, c'est que tu es en dehors. Tu restes au centre. Écoute, et la lumière t'apparaîtra.
– Boèce ?
– Explique.
– Musica mundana et Musica humana. La seconde est un reflet de la première. Lorsque je chante, je dois être en harmonie. C'est clair. Je peux uniquement y parvenir en écoutant la musique des sphères au-dedans de moi. Je dois rester à l'écoute de l'univers.
– Pas mal ! »

19.

« Baudelaire est différent par son côté esthétique reflété par toute sa poésie. Il a joué un rôle déterminant car il a créé un concept inédit jusque-là : Modernité. Ce mot est lié, à la fois, à *moderne* et indépendant de cet adjectif qui peut, au milieu du dix-neuvième siècle, soit porter un sens purement chronologique, soit renvoyer à la théorie du beau des Modernes de l'époque, c'est-à-dire à l'esthétique romantique. Baudelaire emploie *moderne* dans ce sens lorsqu'il répond, dans le *Salon de 1846*, à la question : "Qu'est-ce que le romantisme ?". Pour Baudelaire, "romantisme" est principalement dans la manière de sentir et non dans le choix des sujets. Pour lui, c'est l'expression la plus récente, la plus actuelle du beau. Sa conception se différentie en cela du concept *romantique* des romantiques pour qui il s'agissait plutôt d'un choix de certains sujets et d'une présentation desdits sujets ».

Madeleine, à l'encontre de ses collègues féminines, ne se teignait pas les cheveux. Son chignon, d'un beau gris cendré, enserré dans un filet perlé, reposait sur sa nuque en une coquille sage. Plus grande que la moyenne, elle était vêtue élégamment d'un ensemble de jersey bordeaux. La jupe droite longue soulignait sa minceur. Elle s'astreignait à des régimes draconiens, alternant repas de poudres protéinées, périodes de jeûne et salades de crudités pour garder une sveltesse de mannequin à la retraite. Des mines de chatte effarouchée, accouplée à des simagrées d'écervelée la faisaient passer pour plus jeune qu'elle n'était en vérité. Malgré son comportement disjoncté, les étudiants l'aimaient bien. Elle avait la réputation de les prendre au sérieux et de préparer ses cours correctement, même si parfois ses explications brumeuses prenaient des tours alambiqués franchement incompréhensibles.

Otto van Bast s'était inscrit à ses deux cours. Celui sur Baudelaire et celui sur l'autobiographie. Il avait exprimé son désir de rédiger une dissertation sur le sujet. Esther et Sarah van Thijn, les deux jumelles de père néerlandais et de mère française, suivaient tous les cours du corpus. Elles se partageaient leurs notes, leurs cours, leurs livres et leurs travaux. Elles s'intéressaient à tous les aspects de la langue, aussi bien à la linguistique qu'aux Lettres. Leurs questions étonnaient par leur pertinence frisant régulièrement l'insolence habilement camouflée par une formulation judicieuse et polie. Les professeurs se trouvaient dans l'impossibilité de leur faire une remontrance quelconque. Madeleine avait une réponse imparable et leur lançait invariablement : « Votre question me prend au dépourvu. Je vais y réfléchir. Je dois consulter mes notes. Je ne voudrais pas prendre le risque de vous induire en erreur. J'y reviendrai la prochaine fois ». Une des raisons pour lesquelles les étudiants l'appréciaient. Elle ne le faisait pas à l'esbroufe et ne craignait jamais d'avouer son ignorance.

Lana Andrianampoimerina, une Malgache bien gironde avec un fessier énorme et des seins à l'avenant qui auraient fait le bonheur d'Osmonde, roulait plus qu'elle ne marchait le long des couloirs. Dans les classes, deux places lui étaient accordées sans problème. Sa nature généreuse, au physique comme au caractère, lui valait l'estime de ses condisciples qui l'admiraient pour son prodigieux savoir sur des sujets les plus divers. Elle excellait en informatique ce qui l'auréolait d'un mérite particulier.

Otto prit la parole : « La raison principale pour laquelle le peintre hollandais Ary Scheffer n'est pas moderne aux yeux de Baudelaire réside dans le fait que cet artiste, selon Baudelaire, ne fait que singer des sentiments sans les ressentir vraiment. De plus, il lui reproche d'avoir recours à la poésie alors que lorsqu'un artiste la recherche, il ne peut la trouver. Toujours selon Baudelaire.

Une autre raison est le sujet choisi par Scheffer qui ne correspond en rien à celui qu'un peintre de talent aurait pris. Les femmes esthétiques qui se vengent de leurs fleurs blanches en faisant de la musique religieuse sont le miroir dans lequel on doit voir la peinture de Scheffer, ce qui est loin d'être flatteur, peu s'en faut ! Quant à Constantijn Guys, il recherche ce que Baudelaire appelle la modernité. Il s'agit de dégager de la mode ce qu'elle peut contenir de poétique dans l'historique.

– Si tu veux parler de modernité, enchaîna Lana, "Moderne" est pour Baudelaire associé à la mode mais, aussi au progrès, du moins l'idée du progrès qu'il voit comme une lanterne moderne qui jette des ténèbres sur tous les objets de la connaissance ». Tous l'écoutaient subjugués, elle citait de tête : "Qui veut y voir clair dans l'histoire doit avant tout éteindre ce fanal perfide". Mais, c'est une mode ; tout le monde, à l'époque, croit au progrès.

– Peut-être, continua Esther, Baudelaire s'en prend au professeur-juré qu'il considère comme une espèce de tyran-mandarin qui lui fait toujours l'effet d'un impie se substituant à Dieu et à l'homme du monde, au bon français qui lit son journal. Selon lui, ces deux types d'hommes sont aveuglés par l'idée du progrès d'une part et par leur incapacité à parcourir “l’immense clavier des correspondances” ». Sarah ne pouvait rester en retrait de sa sœur. Elle enchaîna : « Pour Baudelaire, la modernité, c’est le transitoire, le fugitif, le contingent. Selon Baudelaire, on ne peut se passer de la modernité sous peine de tomber dans le vide d’une beauté abstraite et indéfinissable, stérile peut-être ».

Madeleine trouva le moment opportun pour glisser la suite de son cours : « Si vous parlez de beauté indéfinissable, consultons le poème *A une passante*. Ce poème est un sonnet, une des formes préférées de Baudelaire, deux quatrains suivis de deux tercets. On peut voir deux personnages : la passante et le je lyrique. Dans le premier quatrain, c’est la présentation de l’Autre, la passante : le premier vers situe l’action dans la rue, un thème récurrent de Baudelaire qui offre le paysage des destins anonymes, dans le cas présent, celui de la passante. Les trois vers suivants sont dédiés à la description de la femme, en deuil, grande, mince, telle une statue, et à son action qui la rend séduisante : elle soulève l’ourlet de sa main, probablement pour éviter de salir sa robe. Au second vers du deuxième quatrain, apparaît le je lyrique et son action : il boit dans l’œil, il est crispé, extravagant, comme il le dit. Puis, les deux tercets donnent une nouvelle dimension d’espoir aux deux quatrains ; le je lyrique renaît et pense s'il reverra jamais la passante. Donc, deux parties : l'une où les deux personnages se croisent, l'autre où l'espoir fugitif de se revoir transparaît. On voit dans ce poème quelques thèmes baudelairiens : le voyage, le fantastique (la jambe de statue), le paradoxe de l'espoir et du désespoir. L'idée de modernité s'explique par le fugitif de l'action contextuelle, le transitoire de la situation. Les oxymores chers à Baudelaire : "le plaisir qui tue", "un éclair … puis la nuit !" ».

Après le cours, de retour dans son Bureau, Madeleine recevait les étudiants en mal de dissertation sur le sujet. L'autobiographie en inspirait plusieurs. Otto exposait le plan qu'il s'apprêtait à suivre. C'est alors que leur parvint un cri rauque, presque animal. Un bref regard l'un vers l'autre et ils se précipitèrent dans le couloir.

20.

Des portes s'ouvraient à la volée avec, dans l'embrasure, des yeux exorbités, apeurés. Mue par une inspiration soudaine, Madeleine se rua dans les toilettes pour dames. Haletante, les yeux hagards, Ilse se cramponnait au lavabo. Ses doigts crispés, blanchis aux jointures, faisaient crisser ses ongles sur la faïence. La porte de l'une des cabines béait, découvrant de gros débris de verre, ce qui aurait pu être un vase. Madeleine s'approcha et entoura de son bras les épaules d'Ilse pour la soutenir. Elle avait une entaille sur le front et sa respiration se faisait de plus en plus sifflante. La blessure semblait peu profonde et ne saignait déjà plus. Avec précaution, Madeleine défit une à une les phalanges contractées tout en appelant à l'aide. La secrétaire accourut et poussa un cri au spectacle offert à sa vue.

« Appelle un docteur, elle est en état de choc », lui intima Madeleine tout en conduisant Ilse hors du réduit. Elles la firent asseoir et lui donnèrent à boire un verre d'eau. Ilse revenait doucement à elle.

« Que s'est-il passé ? » interrogea la secrétaire. Ilse secouait la tête hébétée.

– Quelqu'un m'a frappé à la tête lorsque je sortais des toilettes. J'ai entendu un grand fracas et je crois qu'il est parti…

– Un homme ou une femme ?

– J'ignore. Je n'ai pas pu voir.

– Il faut prévenir le doyen ou la police.

– Téléphone au doyen, il saura quoi faire ».

Petit à petit, Ilse reprenait vie. Bien qu'elle n'ait pas perdu conscience, elle avait perdu le Nord. Une tasse de thé se matérialisa près d'elle, grâce aux bons soins de Georgia, la deuxième secrétaire.

Tout le département s'était réuni au secrétariat et ceux qui ne pouvaient plus entrer se tenaient dans le couloir lorsque Pieter Hartevelt fit son apparition. Madeleine lui narra comment elle s'était ruée aux toilettes et l'état dans lequel elle avait découvert Ilse. Il alla inspecter les lieux, vit que les éclats de verre jonchaient toujours le carrelage, éparpillés çà et là, et ordonna de fermer à clé l'endroit jusqu'à l'arrivée de la police. Il s'agissait d'une agression physique qui devrait être versée au dossier.

Entre-temps, Madeleine était allée à l'infirmerie, en avait ramené une trousse de première urgence et avait soigné la blessure de Ilse dont la tête était maintenant entourée d'un gros bandage. L'entaille ne nécessitait pas de points de suture, mais la désinfecter était impératif. Les soins terminés, Ilse répétait à Pieter les événements. Non, elle n'avait pas vu son agresseur et ne pouvait pas non plus affirmer s'il s'agissait d'un homme ou d'une femme.

Son histoire serait la même pour la police. Non, elle n'avait rien remarqué d'anormal. Elle était entrée aux toilettes, avait pris une des cabines et en ressortant, elle avait été frappée. La personne se tenait sur la droite, elle n'avait rien vu avant de sentir l'impact et de s'écrouler. Pieter lui conseilla de rentrer chez elle et à Georgia fut confié le soin de la raccompagner.

L'incident inquiétait plus le personnel qu'il n'y paraissait. Tout le monde resta à boire des cafés, obligeamment servis par la première secrétaire, Iris. Les discussions roulaient sur les probabilités des événements récents. Qui cela pouvait-il bien être et y avait-il un rapport avec le meurtre d'Eva et l'agression du portier ? Questions auxquelles ils étaient bien en peine de répondre avec certitude et les conjonctures allaient bon train.

Pieter Hartevelt, debout parmi les professeurs, écoutait les suppositions toutes plus échevelées les unes que les autres, lorsque son frère, qu'il avait mandé, annonça son arrivée.

21.

Gerrit Hartevelt fit venir le personnel du laboratoire pour relever d'éventuelles empreintes et verser au dossier les morceaux de verre, pièces à convictions. Munis de gants en caoutchouc, deux employés de l'institut ramassaient les éclats et les mettaient avec précautions dans des poches en plastique étiquetées. Les photographes avaient terminé leur travail et pris des clichés des toilettes sous tous les angles. Des petits cartons numérotés indiquaient l'emplacement exact des débris.

Gerrit Hartevelt cogitait. Quelque chose clochait, mais il ne savait quoi. Il regrettait que son frère ait renvoyé Ilse chez elle. Il aurait voulu lui faire jouer la scène. Qu'à cela ne tienne, il le lui demanderait plus tard, le lendemain. Il en était là de ses pensées, incapable de mettre le doigt sur le détail qui le turlupinait lorsqu'il vit Iris, la première secrétaire, prendre un trousseau de clés dans le tiroir de son bureau et se diriger vers une salle dont il ignorait l'existence, ne l'ayant pas remarquée à sa précédente visite. Iris, à l'encontre de Georgia, était une grande femme blonde à la démarche rapide. Elle passa devant lui, marmonna ce qui devait ressembler à une excuse, introduisit sa clé dans la serrure, abaissa la clenche de la porte, ouvrit celle-ci et pénétra dans la pénombre de la pièce où elle actionna un interrupteur d'électricité. Plongé dans ses réflexions, Hartevelt l'observait sans la voir, mais le cri abominable qu'elle poussa avant de s'effondrer le réveilla instantanément et il se précipita à son secours. Le spectacle offert à sa vue le sidéra à tel point qu'il en oublia presque Iris écroulée à ses pieds.

Gerrit Hartevelt avait vu dans sa vie de flic un grand nombre de scène de crime, mais ce qu'il avait sous les yeux dépassait l'entendement. Une jeune femme gisait à terre, son visage et son crâne fracassés n'étaient plus qu'un magma de chairs sanguinolentes dans lesquelles on ne distinguait plus les traits, les cheveux emmêlés s'étalaient de part et d'autre de ce qui avait été une tête. Sur les murs, un doigt, à ce qu'il semblait ,avait tracé de façon maladroite « Mort aux intello » sans « s » et au-dessous « a bas les putes ». Le corps de la jeune femme était allongé sur le dos ; sa jupe remontée sur les hanches exposait son sexe dénudé qui, selon toute vraisemblance, avait été malmené à l'extrême. Hartevelt pensa immédiatement à un crime sexuel jusqu'à ce qu'il visse un gros cendrier de verre sous l'une des tables où s'étalaient des papiers et des stylos éparpillés. Un classeur était tombé sur la chaise renversée. Il vit la scène se dérouler sous ses yeux. La jeune femme étudiait et l'assassin était avec elle. Il lui avait fracassé le crâne d'un coup puissant qui l'avait projetée, étourdie à terre. Elle avait peut-être perdu connaissance. Puis, il l'avait tirée au milieu des tables rangées en forme de U. Là, il lui avait ravagé la face et la tête pour ensuite…

Iris gémit à ses pieds le ramenant à la réalité immédiate. Il lui mit la main devant les yeux pour lui éviter l'affligeant spectacle une seconde fois. Il l'attira à l'extérieur de la salle et l'adossa contre le mur dans le couloir. Les universitaires qui, un instant auparavant, prenaient un café au secrétariat, étaient accourus avec leurs gobelets à la main, sans se douter de l'horreur qui allait leur être servie. Plus d'un en laissa choir sa timbale. Les yeux s'écarquillaient de stupeur, les corps se raidissaient et des mains se portaient devant les lèvres pour comprimer les cris qui voulaient s'échapper. Hartevelt tira la porte.

Il n'eut qu'à appeler les gars du labo présents d'un signe de tête. Le photographe était encore sur les lieux et pouvait se remettre directement au travail. Les policiers avaient maintenant une scène de crime avec un corps et elle semblait autrement sérieuse que l'agression par le mystérieux inconnu dans les toilettes.

« Ces putains de cendriers », grommela Hartevelt d'une voix indistincte que seul son frère entendit sans toutefois en comprendre la signification.

Les membres de la gente universitaire réunie au secrétariat étaient en pleine effervescence et bien près d'une crise de nerfs. Ils ignoraient ce qui se passait. Hartevelt avait donné l'ordre de les tenir enfermés à disposition dans le bureau où ils étaient plutôt à l'étroit. Il ne voulait pas les affoler davantage, cependant il faudrait bien leur dire la vérité et savoir si l'un d'eux avait remarqué une anormalité.

La salle 319 n'avait pas d'ouverture sur l'extérieur du bâtiment. Ses portes, au nombre de deux, donnaient sur le couloir ainsi que la paroi vitrée munie de stores, baissés, ce qui expliquait que personne n'ait vu la scène étrange. Encore une fois, les portes étaient fermées à clé sur le spectacle funèbre. Iris était en état de choc et claquait des dents contre le verre d'eau qu'elle essayait de boire.

22.

Sans aucune complaisance, Éliane s'observait dans le miroir de sa chambre. Elle avait pris deux ou trois kilos. Tant pis. Ce n'était pas le moment d'entamer un régime. Dans deux jours, elle avait un concert. Une idée malicieuse se glissa dans son cerveau et la fit sourire. Elle allait inviter quelques étudiants dont Richard à venir la rejoindre. Elle se hâta de terminer sa toilette. Richard venait ce soir prendre sa leçon. Elle l'appréciait, sans toutefois, le lui montrer. En l'invitant à venir l'entendre, elle se découvrirait un peu mais pas trop. Elle pouvait s'expliquer sa démarche dans le cadre de la relation professeur-étudiant. Elle se refusait à y voir autre chose car il n'y avait rien d'autre. Il s'était appliqué à suivre ses préceptes et il accepterait l'invitation.

Ce soir, il avait mis une chemise à petites rayures roses qui lui seyait bien. Tous les deux se regardèrent étonnés car Éliane avait revêtu une robe de la même teinte. Après juste ce qu'il fallait de formules de politesse d'usage, ils se mirent consciencieusement au travail.

Richard avait fait des progrès considérables depuis la dernière fois. Il apprenait rapidement des rôles entiers grâce à une mémoire surprenante, comme s'il pouvait rattraper le temps perdu pendant lequel il n'avait pas chanté. Sa voix s'éleva pure et légère sans rien perdre de sa force lorsqu'il entonna ce *Lamento di Federico* qu'Éliane affectionnait au plus au point.

« Ça te plaît ? demanda-t-il sûr de lui à la fin.

– Il y a encore beaucoup à faire. » Elle le rabroua légèrement. Avec les ténors, c'était toujours la même chanson. Ils avaient tendance à être très rapidement satisfaits de leurs exploits.

« Tu veux entendre *E lucevan le stelle* ?

– Pourquoi pas ? »

Éliane perçut dans sa manière de phraser son air qu'il avait écouté Corelli comme elle le lui avait recommandé. Jusqu'à la teinte de

sa voix qui tendait à se nuancer délicatement, comme seul le grand maestro savait le faire. Lui refuser un compliment mérité aurait été cruel.
« Juste quelques petits détails et tu pourras aller passer des auditions. » La joie transperça le visage de Richard qui exultait.
« Sans blague ?
– Tout à fait. Il y a beaucoup de ténors qui voudraient pouvoir entreprendre ce que tu réussis sans problème.
– Tu ne peux pas savoir le plaisir que tu me fais !
– Tout le plaisir est pour moi à t'écouter. Tu as pas mal travaillé ces derniers temps.
– Ça, tu peux le dire ! Sans me vanter, je suppose que ce n'est pas donné à tout le monde de pouvoir se concentrer comme je l'ai fait.
– Je le pense aussi.
– Une fois n'est pas coutume, mais nous sommes d'accord là-dessus.
– Vendredi, je ne peux pas te donner de leçon. Je serai à Groningue. »

La déception envahit ses traits, sa voix avait perdu ses couleurs lorsqu'il interrogea :
« Qu'est-ce que tu vas faire à Groningue ?
– Un concert.
– Je viendrai t'écouter… c'est-à-dire si tu le permets.
– J'en serais ravie. » Ses yeux pétillèrent à

nouveau.

23.

La salle 303 se trouvait de l'autre côté des ascenseurs par rapport à la 319 où le second crime avait été commis. Gerrit Hartevelt l'avait réquisitionnée pour mener les interrogatoires des personnes présentes. Les deux secrétaires étaient, l'une absente, l'autre à l'infirmerie, Thomas den Hond, le professeur d'acquisition du langage, le renseignait du mieux qu'il pouvait sur l'étudiante et son emploi du temps.

Elle s'appelait Sandra Cohen, avait terminé son master qu'elle avait écrit sous l'égide de Bart Verweijden et venait de s'inscrire en Master de recherches. En théorie, n'ayant plus de cours à suivre, elle n'avait aucune raison de travailler dans cette salle, sauf si elle avait rendez-vous avec quelqu'un et cette personne devait faire partie du département. En théorie toujours, aucun membre du corps enseignant ne possédait la clé de la 319 en permanence puisque l'endroit n'était utilisé qu'occasionnellement. Oui, il se pouvait que la porte ait été ouverte, oui cela était possible, cela se produisait même fréquemment. Elle avait pu s'installer là de son propre chef. Néanmoins, quelqu'un avait refermé la porte après son décès. D'autre part, il était rare que les étudiants viennent travailler au département après leur master s'ils n'y étaient pas conviés par un professeur. A moins que ce ne soit le portier qui, ne voyant pas de lumière, mais la porte ouverte, ne l'ait refermée sans jeter un coup d'œil à l'intérieur. Si les choses s'étaient déroulées la veille au soir, elles auraient pu advenir de cette façon.

Hartevelt avait écouté presque sans l'interrompre Thomas den Hond qui ne lui avait pas appris grand-chose si ce n'est que le portier possédait un passe-partout compatible avec toutes les portes du bâtiment, ce dont il se doutait, la chose étant coutumière pour un responsable technique. Il n'y avait aucun cours la veille au soir à l'étage et ce matin, les cours avaient débuté à neuf heures. La salle 319 était peu utilisée, réservée aux occasions spéciales ; la secrétaire y était allée en prévision de la remise de diplôme envisagée pour le lendemain, en fait aujourd'hui. Non, bien sûr, elle n'avait aucune idée de ce qu'elle allait y trouver. Hartevelt avait prévu sa réponse, mais il voulait observer sa réaction maintenant qu'elle était un peu remise de ses émotions. Il put voir à ses traits que le choc avait été réel, rien ne l'avait préparée à l'effrayant spectacle qui la faisait encore trembler. Selon elle, Sandra Cohen était une étudiante sans histoires, assidue, en quatre ans, elle avait rendu un mémoire sur *La Jalousie* de Robbe-Grillet dont Iris ne se souvenait plus du titre exact, mais elle pourrait le rechercher. Oui, Hartevelt en voulait bien un exemplaire.

Bart Verweijden, Christa Kastel, Jifar Mehaouid, Marijke Nieuwkerk défilèrent devant lui sans apporter de détails nouveaux sur l'affaire. En revanche, Madeleine Ruiter déclara qu'Ilse en saurait peut-être davantage sur Sandra puisqu'elle avait travaillé avec elle intensément l'ayant recommandée pour le programme du Master de recherches. En outre, ajouta-t-elle, Sandra Cohen et Ilse partageaient un intérêt pour les écrivains des anciennes colonies françaises : Maghrébins, Antillais, Afrique noire. Elle aurait pu confier à Ilse ce qu'elle n'aurait pu livrer à un autre professeur ou une autre étudiante. Il est vrai que les étudiants en passe d'obtenir leur maîtrise se mêlaient peu au reste du cheptel, exception faite, d'un ou d'une amie de cœur ; on les rencontrait rarement avec leurs congénères.

Consultant sa liste, Hartevelt vit qu'Aafke van Rooyen et Alf van Duijn étaient absents de la faculté l'après-midi et il lui faudrait les convoquer au commissariat à moins qu'il ne garde cette salle comme bureau annexe, le temps de l'investigation. Il en parlerait à Pieter, l'endroit étant moins impressionnant que son cabinet de travail aux services de police et surtout plus avenant.

Pieter entra après avoir frappé un coup discret, ce qui était superfétatoire, la porte en verre laissant clairement voir le visiteur de l'intérieur.

« Je suis littéralement effondré. C'est incroyable. Comment l'annoncer aux parents ?

– Oui, c'est une tâche très dure. J'ai envoyé un sergent femme. »

Pieter n'avait pas vu le corps et ne savait pas quoi dire. Gerrit devait s'abstenir de sauter à des conclusions, cependant, selon lui, il s'agissait du même assassin que celui d'Eva Struiter.

« J'attends, bien entendu, les résultats complets de l'autopsie, mais pour moi cela ne fait aucun doute.

– Mais, quel est le lien ? Et quel peut-être le mobile ?

– Là, franchement, tu m'en demandes trop. Je n'en ai pas la moindre idée pour l'instant. Mais, ne perdons pas de vue qu'un membre de la faculté sinon du département puisse être impliqué.

– Cela ressemble à un très mauvais film.

– C’est le cas de bien des meurtres, tu sais. J’ai téléphoné avec Van Dijk. Je le verrai ce soir. Avec toutes ces commotions et ces histoires qui s’enchevêtrent, il dort au bureau.
– Mais, qui cela peut-il être ? Joost van Dame est hors de question, n’est-ce pas ?
– Difficile à savoir maintenant. Les indices sont clairs, mais le mobile reste caché. Nous ferons appel à un analyste comportemental, bien qu’il ne s’agisse que de deux cas. On peut malaisément parler de tueur en série, mais mieux vaut prévenir que guérir.
– Tu ne t’attends tout de même pas à d’autres crimes !
– Sait-on jamais… »

24.

Après la scène de l’université et les interrogatoires préliminaires, Hartevelt avait hâte de se ressourcer auprès de Remco et Anneke qui l’attendaient avec impatience pour connaître la suite des aventures de Maria Morevna. Il trouva inutile de mettre Marlyne au courant de l’atroce crime survenu au département de français. Elle l’apprendrait bien assez tôt et, pour l’instant, il était incapable d’en parler avec elle. Il aurait voulu lui épargner cette horreur, mais savait que les medias s’en empareraient voracement et qu’elle le verrait le lendemain au plus tard dans le journal.

Le chat miaulait devant la porte et, tout heureux de voir son maître, vint se frotter la queue sur ses jambes de pantalon pendant qu'il introduisait la clé dans la serrure.

« En haut, » cria Marlyne, de la salle de bains. Les cris de joie des enfants se mêlèrent à sa voix.

Gerrit leur répondit qu'il montait et sentant le besoin de décompresser, il se dirigea vers la cuisine, ouvrit le frigidaire et se servit une Heineken. Il la décapsula en tenant avec satisfaction la bouteille fraîche et la but d'un trait sans reprendre sa respiration. Il devait expulser les images de Sandra Cohen, gisant dans son sang, les questions et les réponses de son cerveau agité avant de se joindre aux ébats insouciants des enfants. Il avait voulu les voir, s'assurer que tout allait comme il devait à la maison avant de regagner le bureau. La nuit s'annonçait longue et il avait juste le temps de lire un peu avec Remco et Anneke, ce qui lui viderait la tête.

Il monta les escaliers et entra dans la salle de bains qui ressemblait à un champ de bataille navale si l'on pouvait le dire ainsi. Canards, ballons, bateaux gisaient sur le carrelage autour de Remco qui regardait l'eau s'écouler de la baignoire. Anneke s'était enroulée dans une serviette éponge comme une grande, refusant de se servir de son peignoir de bain qu'elle trouvait soudain enfantin avec ses lapins jaune et rose sur fond d'herbe vert tendre. Quant à Remco, il s'ébrouait nu comme un ver, priant sa mère d'attendre que toute l'eau ait disparu aspirée par le siphon, spectacle qui le fascinait avec son tourbillon avalant les bulles de mousse de la surface.

Dès qu'ils virent leur père, les enfants voulurent attirer son attention. Anneke sur sa tenue qu'elle considérait très adulte et Remco sur le captivant tableau de la baignoire presque vide. Il les embrassa et les complimenta, leur donnant à comprendre qu'il pouvaient tous les trois s'installer dans le grand fauteuil pour lire ensemble. Gerrit avait hâte de sentir la chaleur de leur corps contre lui, se plonger dans le conte et oublier le quotidien. Pour les enfants, se carrer dans le grand fauteuil signifiait jour de fête. Le grand fauteuil était en réalité un sofa à deux places de dimensions réduites sur le palier et formait un coin lecture avec deux poufs et une bibliothèque. Deux adultes s'y trouvaient à l'étroit, mais pour des enfants, il était idéal. A défaut d'être large, il était confortable et ils s'enfoncèrent dans les coussins de chaque côté de leur père après avoir enfilé leur pyjama et leurs chaussons. S'asseoir dans le grand fauteuil équivalait à une veillée. Gerrit ouvrit le livre où ils l'avaient abandonné la dernière fois.

« Vous vous souvenez de ce qui s'était passé ?

– Oui, oui, s'écrièrent Remco et Anneke en chœur, il y a un grand oiseau qui est venu chercher les sœurs et le petit prince est resté tout seul avec une seule sœur.

– Eh bien voyons ce qui va se passer maintenant. »

« Une autre année se passe sans apporter beaucoup de changements et un jour, Ivan-Tsarévitch dit à sa sœur cadette : – Petite sœur, il fait si beau. Vois le ciel bleu, promenons-nous au jardin ! » Ils parcourent les allées fleuries et soudain une nuée noire obscurcit les alentours, un vent tourbillonne, les éclairs fulgurent et déchirent les nuages bleuis par l'averse. – Rentrons, ma sœur ! » A peine sont-ils à l'abri au palais que les grondements du tonnerre retentissent, le plafond se sépare en deux et un corbeau s'abat sur le pavage. Ses pattes ont tout juste touché le sol qu'il se transforme en un vaillant guerrier dans une armure resplendissante, encore plus beau que les deux précédents. – Ivan-tsarévitch, je venais autrefois en ami, et aujourd'hui je demande la main de la tsarevna Anna. – Ma sœur est libre de

choisir ; si tel est son désir, qu'elle t'épouse. » Après de somptueuses noces, le chevalier emporte la tsarevna loin dans son royaume. Ivan-tsarévitch est maintenant complètement seul et il finit par s'ennuyer. « Et si j'allais en visite chez mes sœurs », se dit-il. Sitôt dit, sitôt fait, il se met en route. Après des jours et des jours de marche, il parvient à un champ jonché de morts. « Il y a eu une bataille, c'est clair » se dit-il. Il met ses mains en porte-voix et crie à la ronde :

– S'il y a un survivant, réponds-moi ! Qui est l'auteur de ce massacre ? Une voix répond : – C'est Maria Morevna, la belle tsarine. »

Marlyne se joignit à eux et s'assit sur un pouf. Bien que ce fût l'heure du coucher, elle n'avait pas le cœur à interrompre la lecture. Elle aimait les voir tous les trois blottis l'un contre l'autre. La voix de Gerrit se fit encore plus tendre lorsqu'il reprit :

« Ivan-tsarévitch poursuit son chemin et il arrive près d'un camp de tentes blanches où se tient une superbe femme. Il comprend qu'il est en face de la belle tsarine Maria Morevna. Elle l'accueille avec ces paroles : – Salut, mon tsarévitch, quel bon vent t'amène, es-tu venu de ton plein gré ou par contrainte ? Ivan-tsarévitch, n'a pas besoin

de réfléchir et il réplique : – Les vaillants guerriers ne voyagent jamais par contrainte ! – Très bien. Je suppose que tu as le temps et que tu n'es point pressé. Dans ce cas, sois mon hôte et reste dans mon camp. »

Ivan-tsarévitch ne refuse pas, bien au contraire. Il passe deux nuits avec la belle Maria Morevna et, comme il lui inspire de l'amour tout autant qu'il tombe amoureux, il l'épouse. La belle tsarine l'emmène dans son royaume. Toutefois, elle ne peut rester en place très longtemps et au bout d'un certain temps, l'envie lui reprend de faire la guerre. En quittant le palais, elle met en garde son jeune époux : – Ivan-tsarévitch ! Promène-toi tant que tu le désires, visite tous les recoins du palais et du parc, mais lui montrant une porte fermée, elle lui précise : Ne t'avise pas d'entrer dans ce débarras ! » Sitôt après le départ de la tsarine, Ivan-tsarévitch, dévoré de curiosité, se précipite vers le débarras. Il pousse la porte et, dans la pénombre, voit Kochtcheï l'Immortel attaché par douze chaînes. Le sorcier l'implore : – A boire, par pitié ! Je suis au supplice depuis dix ans sans manger ni boire, j'ai la gorge sèche ! » Ivan-tsarévitch écoute son bon cœur et lui offre un seau d'eau ; le sorcier le boit d'un trait et en redemande : – Un seau ne suffit pas à étancher ma soif ; j'en voudrais encore ! » Ivan-tsarévitch lui donne un autre seau ; Kochtcheï le boit également, en réclame un troisième, le boit aussi, puis, ses forces recouvrées, il rompt les douze chaînes d'une secousse des bras. – Merci, Ivan-tsarévitch !, dit-il, Tu ne reverras jamais ta Maria Morevna ! » Il s'échappe par la fenêtre, rejoint la belle tsarevna, Maria Morevna, s'en saisit et l'emmène chez lui. Ivan-tsarévitch pleure à chaudes larmes. Sa curiosité et sa désobéissance lui ont joué un vilain tour. Alors, il se met en route : – Je la retrouverai, se dit-il, advienne que pourra. »

Marlyne prit Anneke assoupie dans ses bras et la porta dans son lit et Gerrit se chargea de Remco qui avait lâché son nounours par terre en s'endormant. Il le borda et revint ramasser l'ourson qu'il cala dans les bras de son fils. Il était à nouveau prêt à affronter les vicissitudes du métier. Apaisé, il embrassa Marlyne, franchit la porte et plongea dans la nuit pour rallier le commissariat.

25.

Devant eux, étalés sur les cageots qui leur servaient de table, bleu, bruns, orange, jaunes et verts, s'étalaient des billets en vrac. Ruud et

Frans béaient d'aise. Ils s'étaient tenus à leur plan et avaient vendu les dix doses de poudre blanche.

Débouchant sur l'arrière de la gare en sortant de leur tunnel, ils voyaient les habitués, prostitués mâles et femelles, en quête d'un client qui les pourvoirait de quelques dizaines d'euros, de quoi s'acheter une dose. Ruud et Frans avec Sam sur les talons, se faufilaient dans le couloir central et ressortaient sur l'esplanade face au Damrak. Ils se doutaient que les touristes, exception faite de quelques intrépides, ne s'aventureraient pas de l'autre côté, peu accueillant, et traîneraient près des arrêts de tram et de bus. En écoutant, mine de rien, leur conversation et leurs remarques chuchotées, ils comprirent que les garçons devant eux étaient en quête de sensations fortes et désiraient trouver de la drogue. Alors que Frans restait en arrière avec Sam, Ruud s'avança au milieu d'eux et les assura qu'il avait en poche ce qu'ils cherchaient. Il ne lui fallu pas beaucoup de temps pour les convaincre que trois doses pour sept suffiraient largement. Il leur recommanda de se trouver un petit coin pépère pour se lancer dans leur expérience et leur désigna la route pour se rendre au parc Vondel lorsque l'un d'eux, un rouquin au visage parsemé de taches de son, parla de bord de l'eau et de tranquillité près du port (on était à Amsterdam, putain !), ce que les autres acceptèrent avec joie. Ils décidèrent de se ravitailler en chips et boissons que Frans leur conseilla de prendre non alcoolisées. Ils opinèrent d'un air entendu. Les kiosques abondaient en marchandises et le groupe se dirigea vers l'un des étalages pour les emplettes nécessaires à leur pique-nique.

Ruud et Frans arpentèrent le Damrak, devisant sur la facilité de l'aventure. Ils avaient misé sur des touristes, sans préciser s'il s'agirait d'étrangers, et des provinciaux avaient fait l'affaire. Ils s'engagèrent dans une ruelle pour rejoindre le Nieuwendijk et croisèrent deux Italiens qui les abordèrent pour leur demander où s'approvisionner. Trop heureux de les obliger, Ruud leur vendit quatre doses. Ils étaient ébahis par la banalité du négoce. Tout en surveillant les alentours, ils repéraient les touristes et les trois doses restantes furent écoulées avec autant de facilité.

De retour dans leur repaire, ils contemplaient leur bénéfice net de la soirée, ramassé en à peine deux heures.

26.

De retour au commissariat, le planton de service, Korwal, lui remit un message du patron. Van Dijk l'attendait d'urgence au premier étage. Hartevelt aurait préféré s'asseoir tranquillement dans son bureau, mais les ordres du commissaire étaient explicites. Il grimpa l'escalier et quelle ne fut pas sa surprise en pénétrant dans l'antre du chef. Assis, une tasse de café à la main, se tenait Otto Krijger, son coéquipier attitré qu'il croyait en Grèce en vacances. Quelques jurons virils de bon aloi fusèrent ici et là lorsque Otto expliqua son congé écourté sur un appel de la boîte. Il avait laissé une petite amie se dorer au soleil crétois et avait sauté dans le premier avion, trop heureux d'échapper aux coups de soleil, aux moussakas et autres délicatesses. Un peu de regret vis à vis de l'ouzo peut-être.

Hartevelt n'était pas mécontent de le retrouver car Otto, en plus d'être un fin limier, était un analyste comportemental hors pair. Cela lui éviterait de travailler avec un inconnu.
« Absence de mobile apparent, hein ? » enchaîna-t-il après les effusions des retrouvailles.

Hartevelt appréciait particulièrement cette façon de Krijger d'entrer dans le vif du sujet sans préliminaires superflus.
« En apparence, oui. Toutefois, je m'interroge

et mes tripes me disent qu'il y a autre chose.
– Comme si on voulait faire croire à un tueur en série ?
– Oui. Quelque chose cloche dans ces deux meurtres. Tous les deux se sont déroulés à l'université, l'un dans un bureau, l'autre, le second, dans une salle et les deux victimes ont été retrouvées derrière une porte fermée à clé. Avec votre permission, commissaire, le mieux est de nous rendre dans la salle de crise que nous venons d'installer.
– Allons-y. »

Sur le mur, des photos en couleurs des deux victimes étaient épinglées ainsi que des clichés des lieux pris sous des angles divers. Sur un autre panneau, il y avait des dessins des lieux à l'échelle avec des flèches indiquant les distances. Un autre tableau, un peu à l'écart, affichait des photos des toilettes du troisième étage et la position des bris de verre, marquée par des petites signalisations en carton, numérotées. Krijger s'empara d'un dossier sur la table contre le mur et lut à haute voix :
« Eva Struiter. Découverte dans un placard par Gabrielle et Franck Sonar, le vendredi soir à vingt et une heures environ, au département de français de l'université d'Amsterdam dans la Spuistraat, troisième étage. Ça a dû la lui faire retomber au mec, dis donc ! Un cendrier

de verre sur une des étagères s'est révélé être l'arme dont s'est servi l'assassin. Aucun crime n'avait été commis à cet endroit auparavant, ni par ailleurs dans aucun des bâtiments de l'université les dernières cinquante années, pour autant que nous puissions en juger d'après les archives. Remonter plus loin dans le temps serait superfétatoire, non ? La victime n'utilisait pas de drogue, ne fumait pas. Elle était en bonne santé au moment du décès. Pas d'indices. Personne n'a remarqué quoi que ce soit. Le petit ami, Joost van Dame, est arrêté puis remis en liberté ?
– Pas de preuves ! Et, selon moi, il n'est pas coupable.
– L'acharnement sur le visage, comme pour la défigurer, indiquerait que le meurtrier la connaissait. Vilain les entailles, brrr ! La deuxième est dans le même état ?
– A peu de choses près, oui. Mais Sandra Cohen a été violée avec un objet. On attend les résultats de l'autopsie pour les détails. Tiens, une photo de l'inscription sur le mur.
– Fautes d'orthographes, hein ? Notre gars s'en prendrait donc aux universitaires pour se venger de son manque d'éducation ? Pas impossible. Là, il s'agit donc du deuxième crime à quelques mètres de distance du premier. Tu m'as bien dit qu'Eva Struiter avait été tuée dans son bureau.

– Oui, cela ne fait aucun doute. Le corps n'a été déplacé que du siège devant l'ordi au placard où l'assassin l'a dissimulée.
– En principe, les victimes ne couraient pas de risques connus. Elles sont sur leur lieu de travail, pour ainsi dire, viennent toutes les deux de familles respectables, possèdent une réputation de bosseuses. Le petit ami a été libéré…
– Oui, je sais. Il y a un problème. Un peu avant le meurtre de Sandra Cohen. Le médecin légiste pourra nous préciser l'heure exacte.
– Je suis d'avis de le convoquer demain matin.
– Oui, mais j'y crois pas.
– Moi, non plus pour ce qui est du second coup, pour tout t'avouer. Le criminel a pris un grand risque en opérant à l'université où il y a tant de passage et beaucoup de personnes qui ont des trucs à faire à n'importe quelle heure, mais il peut y avoir plusieurs raisons à cela. Ou bien… il était persuadé de ne pas être capturé, ce qui soit dit entre nous, ne s'applique pas au petit copain car si c'était lui, il saurait qu'il avait la police au cul. Notre homme est peut-être tellement stressé qu'il est inconscient des risques courus. Il peut être émotionnellement immature ou alors, il a besoin d'une excitation. Y a-t-il eu des trucs du même genre de rapportés ces dernières

années ? Non, n'est-ce pas ? Un crime l'après-midi, l'autre le soir. Notre bonhomme a des horaires flexibles. Dans le second cas, il a passé plus de temps avec la victime pour gribouiller sur le mur et pour lui bousiller la chatte.

– On sait qu'Eva Struiter a été vue à la cantine pour la dernière fois ; on ignore encore pour Sandra Cohen, mais je parierais la cantine ou la bibliothèque. Vu la gravité, Voorburg a promis son rapport en fin de matinée.

– Allons nous reposer un peu et rendez-vous ici à huit heures pour interroger les témoins convoqués ». Il n'était plus question de ménager qui que ce soit, ils devraient se présenter au bureau.

Cinquième partie

1.

Dans la cuisine spacieuse aux murs blancs, la lumière du jour baignait chaque recoin, pénétrant par les grandes baies vitrées qui ouvraient, une rangée sur l'avenue, l'autre sur le canal longé par un sentier pour piétons, un ancien chemin de halage, où seuls parfois passaient un promeneur et son chien. Le grand frigidaire, façon américaine, rutilait sous les rayons du soleil venant des vasistas supérieurs dont Xavier avait laissé les stores relevés. Le plan de travail en Corian au milieu servait de table du petit déjeuner. La pièce avait été entièrement réaménagée de manière judicieuse.

L'architecte avait émis plusieurs règles imparables et indépassables, parlant de triangle d'activité, de cheminement du propre et du sale, de hauteurs et de mesures à respecter et de l'éclairage. De ce fait, les plaques de cuisson, l'évier et le réfrigérateur s'étaient révélés les trois piliers de l'aménagement du plan car, avait dit le spécialiste, il s'agissait des zones principales où s'exercerait le travail courant. Xavier l'avait laissé dire. Ses agissements coutumiers dans cet espace se résumaient à se verser un verre le soir et à mettre la Senseo en route le matin. À l'occasion, il pressait un jus de fruit ou prenait un yoghourt dans le frigidaire. Oui, en un certain sens, on aurait pu dire que la plus grande partie de ses déplacements se déroulait de l'un de ces points à l'autre ce qui était facilité grâce aux égales distances entre ces trois points d'activité.

La hauteur des plans de travail et de l'électroménager avait été respectée. Toutes les surfaces se trouvaient à environ quatre-vingt-quinze centimètres. Xavier aurait été en peine d'énoncer ce qui se trouvait derrière toutes ces portes basculantes, tournantes, à pivots, coulissantes, mais il appréciait l'ambiance claire et propre pour commencer ou terminer sa journée. Le lave-vaisselle était placé dans le voisinage de l'évier et de la poubelle ce qui se démontrait pragmatique à l'usage, il devait en convenir. La cuisine, dans sa totalité, avait été conçue dans un style ingénieux ; il pouvait d'un même élan vider son lave-vaisselle et remplir les placards avec les tasses propres. Son four micro-ondes à hauteur des yeux contenait des promesses culinaires à respecter un week-end prochain où il entrerait dans la peau d'un chef.

Les sources de lumières pour le soir, étudiées avec soin, comprenaient, en plus d'un plafonnier pour diffuser un éclairage général, des spots braqués sur les points névralgiques de ce qui aurait fait les délices d'une ménagère patentée dans ce domaine équipé pour un spécialiste. Quelques néons de couleurs pastel, posés sur le haut des meubles reflétaient une teinte légère au plafond et des LED encastrés dans les plinthes animaient le sol des mêmes teintes claires.

Xavier circulait avec aisance d'un point à l'autre et, pour la première fois depuis très longtemps, il se prit à penser à une présence féminine à ses côtés au réveil. Pour palier un tant soit peu à ce manque, il composa le numéro de Babette.

« Allo ! Ici Babette à l'appareil. Quel bonheur de vous avoir à l'autre bout du fil. Vraiment, cela me donne un plaisir insoupçonné... Je suis probablement la seule à en percevoir l'impact profond. Oui, très profond plaisir de vous savoir à l'écoute. Aujourd'hui, j'étais en veine de sciences et j'ai lu un ouvrage édifiant sur l'éducation musicale. Là, on y parle des enfants de chœur qui ont une éducation vraiment large à ce qu'il paraît. Oui, très large due à certaines pratiques de leur fonction auprès des prêtres et due également au fait qu'ils restent ensemble la plupart du temps. Ces enfants de chœur, donc, sont absolument discrets et muets comme la tombe quant à la musique qu'ils apprennent. Chanter, bien sûr, jouer de la flûte et acquérir un doigté vertigineusement rapide quant à la dextérité avec laquelle ils s'exécutent sur les flûtes les plus récalcitrantes. Toutes les marques, toutes les fabrications leur sont

familières. Ils acquièrent de cette manière un jeu de lèvres d'une incomparable subtilité. La musique même très très loin… Il y a également un instrument qu'ils jouent de même avec une dextérité toute professionnelle. C'est le jeu de cloches. Bien qu'il soit de nos jours souvent mécanisé, le jeu de cloches est par excellence le jeu des enfants de chœur. De par la nature même du jeu et de par l'ambiance qui met ce jeu à portée de leurs mains, ils peuvent s'y adonner à toute heure du jour. Des adeptes du carillon. Si cela ne fut réservé à la gente masculine, je me serais bien faite enfant de chœur. »

La voix se tut. Dans le silence qui s'ensuivit, Xavier compris qu'il venait de l'écouter pour la dernière fois. Il voulait ardemment être avec Éliane Vermont et se réjouissait d'avoir une leçon dans la matinée. Babette était un ersatz qui avait fait son temps.

2.

Hartevelt ne put se retenir de montrer sa surprise. Krijger passait la porte du bureau avec, en laisse, un énorme molosse.
« Tu fais quoi avec ce klébar ?
– Je le garde. Je suis sa nourrice pour ainsi dire.

– Tu vas le garder ici ! s'écria Hartevelt ahuri.
– Oui, pour deux jours. C'est celui de Dick Gawalda. Il doit rester à l'hôpital pour une petite intervention, alors je prends soin de son bestiau. »

Sans plus de formalité, Krijger s'installa derrière son bureau et le chien se coucha sur la couverture qu'il lui avait étendue à cet effet dans un coin.

Au bout d'un instant, Hartevelt regarda avec une méfiance mitigée Krijger se lever et lui demander s'il voulait un café.
« Et lui ? s'enquit Hartevelt avec un mouvement du menton en direction du chien paraissant sommeiller sur le plaid.
– Rien à craindre, il ne bougera pas tant qu'il n'aura pas reçu un nouveau commandement. D'ailleurs, il est doux comme un agneau et la seule chose qui l'excite, c'est la came. Tant que tu ne sors pas ton attirail de junkie, tu ne risques rien ! » Et il partit dans un rire tonitruant, tout à fait dans son style.

Hartevelt ne s'offusqua aucunement de la méthode, le chien était paisible et semblait ne lui porter pas plus d'intérêt qu'aux murs. Il se plongea dans le dossier des meurtres à l'université et relut tous les détails consciencieusement prenant mentalement des notes. Ils n'étaient toujours pas plus avancés.

Ils peinaient à trouver un mobile probant. Pourtant, il en était de plus en plus persuadé, la clef de l'énigme se trouvait à l'université même. L'enquête piétinait vraiment. Il ne leur restait qu'à tout reprendre depuis le début, quelque chose avait échappé à l'un comme à l'autre.

Krijger revint avec un plateau sur lequel tenaient en équilibre deux gobelets, deux sandwiches et un grand saladier d'eau.
« Ça, c'est pour Alto, hein mon père », fit-il en posant le récipient près du chien qui le voyant approcher, se leva complètement au mot de « repos » et lapa à grands coups de langue la moitié du liquide.
« Et bien, on avait soif, hein mon père », émit Krijger en même temps qu'il lui flattait le flanc du plat de la main.
« J'ignorais que tu avais un complexe filial non résolu, s'esclaffa Hartevelt, mon père par ci, mon père par là, vous en faites une paire tous les deux !
– Figure-toi que je pense sérieusement à prendre un chien, moi aussi. On s'entend très bien tous les deux et lui, au moins, ne me soûle pas avec des réflexions débiles.
– Te fâche pas. Tu me fais rire, c'est tout. Je ne t'avais encore jamais visionné dans le rôle de nounou pour chien.
– Eh bien, maintenant, c'est fait. Tiens,

attrape », et il lui lança un des sandwiches.

Hartevelt lui fit part de ses déductions, maigres il est vrai, sur l'état du dossier. Oui, Krijger était d'accord, ils avaient loupé quelque chose. Un détail avait dû leur échapper et la seule solution était de reprendre l'enquête au début. Ils décidèrent alors d'aller visiter l'aula de l'université, faire un brin de causette au portier qui s'était fait agresser. Si cela ne les amenait pas plus près de l'assassin des deux jeunes femmes, l'homme pourrait peut-être les renseigner sur des allées et venues inhabituelles qu'il aurait remarquées sans y prêter attention sur l'instant. Souvent, un infime détail pouvait être révélateur d'un ensemble beaucoup plus complexe, et Dieu sait si cette affaire l'était.

Krijger fixa la laisse du chien au collier de cuir grâce au mousqueton, ils sortirent.

Le soleil, bien que timidement, se reflétait dans l'eau du canal. Au lieu de prendre la voiture, avec ce que cela comportait d'inconvénients pour se garer dans le centre, Hartevelt et Krijger préférèrent longer le Ouderzijdsachterburgwal qu'ils rejoignirent après avoir traversé le Ouderkerkplein sur lequel s'érigeait « Belle », la statue de Els Rijerse de La Haye. La sculpture en bronze, dressée devant la plus ancienne église d'Amsterdam, était une initiative de Mariska Majoor, une ex-prostituée, et elle était dédiée à tous les travailleurs du sexe au monde.

Selon Majoor, il y avait des millions de travailleuses parmi le monde, qui ne recevaient pas de la société le respect auquel elles avaient droit et « Belle » symbolisait d'une façon forte et permanente la manière dont ces travailleuses voulaient être perçues. Des femmes solides et indépendantes.

Regardant la statue, on n'en doutait pas. Une femme droite, coiffée d'un chignon haut relevé, campée sur des talons aiguille, les mains sur les hanches, dans l'embrasure d'une porte. Une parfaite représentation de la prostituée typique d'Amsterdam où la profession était légale. Toutefois, la veille de l'inauguration, une habitante de la place, insatisfaite de voir désormais cette statue trôner devant ses fenêtres, avait agressé Mariska. Hartevelt s'en souvenait très bien comme il le racontait à Krijger. C'était lui, en effet, qui avait arrêté la femme, ne la relâchant que le lendemain de la cérémonie. Elle n'avait plus jamais causé de problème et jusqu'à présent, personne n'avait tenté d'endommager le bronze.

Le chien marchait entre eux, ne cherchant pas à renifler les poteaux, et s'adaptait à leurs pas lorsqu'ils devaient ralentir ou au contraire accélérer l'allure à cause des passants envahissant le trottoir. Une fois à la hauteur du Grimburgwal, ils prirent à droite, direction Langebrugsteeg, traversèrent le Rokin pour suivre le Spui sur la droite et se retrouver devant les grilles de l'aula de l'université. Celles-ci étaient verrouillées et ils durent faire le tour par derrière en passant par la ruelle. Les battants de la lourde porte dans la Handboogstraat étaient fermés, mais un bouton de sonnette vétuste, encastré dans le mur les invitait à faire état de leur présence, ce qu'ils firent.

Le chien redressa la tête.

« Il capte des sons imperceptibles à notre oreille », annonça fièrement Krijger, comme un père devant les premiers mots de son fils.

– Oui, un as ton klebs », répondit laconiquement Hartevelt.

Sans qu'ils aient pu discerner le moindre mouvement derrière le bois, la porte s'entrebâilla pour, avec un grincement rauque, s'ouvrir complètement sous la poussée de la main d'Hartevelt. Ils entrèrent dans un hall dallé en échiquier noir et blanc. Le marbre brillait étonnamment, en revanche, aucun être humain pour les diriger ne se manifesta. Une pancarte indiquait qu'ils avaient pénétré dans l'enceinte de l'université, ce dont ils se doutaient déjà. Ils voulaient monter les degrés d'un large escalier devant eux, mais le chien tira soudainement sur la laisse pour les emmener vers le fond du hall d'entrée. Après tout, c'était aussi la bonne direction s'ils se rendaient à l'aula. Le chien possédait un meilleur sens de l'orientation fut la conclusion de Krijger.

Enfin, un homme en uniforme bleu marine apparut dans l'embrasure d'une porte et s'enquit de leur visite. Ils déclinèrent leurs identités et montrèrent leur insigne. L'homme lança un coup d'œil dubitatif vers le chien sans faire de réflexion et leur désigna le chemin pour se rendre à l'aula où le collègue qu'ils cherchaient les attendait. Il venait d'annoncer au téléphone leur venue à un interlocuteur invisible. Il passa devant eux, ouvrit une petite porte et ils se trouvèrent dans l'aula. Le portier venait à leur rencontre.

Ils le reconnurent tout de suite. John Woudstra, grand et mince, vêtu d'un jeans et d'un pull beige, venait de quitter l'uniforme et les avait attendus dans son bureau. Il avait la jouissance d'une petite pièce derrière le comptoir, petite pièce qu'il partageait avec ses collègues. La machine à café d'usage trônait à côté de la bouilloire électrique, les sachets de sucre, les cuillères en plastique et les gobelets de carton, alignés sur un plateau posé sur une paillasse d'époque en granit. Au-dessus, le chauffe-eau dessinait une touche de modernité à ce qui avait peut-être été une cuisine ou un office à en juger par les carreaux en faïence de Delft qui ornaient tout un pan de mur. Le même sol en damier noir et blanc que le hall d'entrée était recouvert d'un tapis à fleurs.

John Woudstra leur offrit du café qu'ils acceptèrent de bon cœur, mais ce qui les intéressait était d'entendre encore une fois son histoire, si cela ne le dérangeait pas, et si possible, de leur faire voir où les événements s'étaient déroulés. John Woudstra, à l'aise, leur décrivit minutieusement son emploi du temps. Il venait le vendredi après-midi vers quatre heures, mettait la machine à café en route, retirait ensuite ses chaussures pour en mettre de plus confortables. Il ne prenait jamais de thé, il avait un faible pour les capuccino bien serrés et comme il était le seul qui en prendrait, il en profitait pour ajouter une dose supplémentaire dans le filtre. Il s'asseyait au bureau de la porte d'entrée avec son gobelet, échangeait quelques nouvelles avec son collègue qui, invariablement, le quitterait à cinq heures et commençait déjà à préparer son départ en week-end. En règle générale, lui se faisait un thé et ils discutaient le plus souvent sans être dérangés car le vendredi après quatorze heures c'était calme, le téléphone, pour cette même raison, les interrompait rarement.

Au départ de son collègue, après avoir fermé les grandes portes et les grilles, John effectuait une première ronde. Hartevelt et Krijger voulurent faire avec lui le chemin qu'il empruntait. Oui, c'était toujours le même. Oui, quelqu'un aurait pu le savoir. Il lui arrivait parfois de croiser un professeur encore à la tâche, mais moins qu'en semaine.

Leur café bu, ils quittèrent le comptoir de l'entrée et Woudstra guida la marche. Ils traversèrent la nef, grimpèrent les degrés en bois conduisant au balcon. Devant une porte à mi-étage, Alto se mit en arrêt et gratta le sol d'une patte d'abord, puis de plus en plus furieusement des deux pattes avant, comme s'il voulait creuser un trou. Surpris, Krijger le regarda, lui intima l'ordre d'être tranquille. Le chien gémit, se coucha et ne voulut plus bouger de là. Rien n'y fit, il refusait de partir.
« Qu'y a-t-il derrière cette porte ? », demanda Hartevelt.
– Rien d'intéressant, c'est une salle d'anciens vestiaires que l'on utilise pour remiser des vieux trucs. »

Krijger appuya sur la clenche qui résista. Alto aboya deux coups brefs.
« Eh bien, c'est fermé. Vous avez une clef ? » interrogea Hartevelt qui avait compris la situation.

– Oui, je vais la chercher », s'empressa le portier, et il revint quelques minutes plus tard avec un trousseau.

Il fut aisé de choisir quelle serait la bonne clef : elles portaient toutes un numéro qui correspondait à celui inscrit près de la serrure sur une petite plaque d'émail. « Ah, si c'était toujours aussi simple », se prit à penser Hartevelt. La porte ouverte, le rottweiler s'élança tel un obus avec Krijger sur les talons, se planta devant les vestiaires et aboya de plus belle. Hartevelt, avec un coup d'œil à son compagnon, sortait son portable de sa poche et composait le numéro du commissariat en demandant d'amener aussi un serrurier. Il n'y avait pas de clef pour les vestiaires et à l'ébahissement du portier qui les savait hors d'usage, ils étaient cadenassés. Alto qui avait compris qu'on ne partirait pas avant de les avoir ouvert, restait assis, ne quittait pas Krijger des yeux pour s'assurer que son message avait été perçu correctement, aboyait brièvement de temps à autre et reportait son regard vers les portes closes.

3.

« 27 octobre, je reviens d'une conférence en Écosse. L'Écosse, je ne connaissais pas, raison pour laquelle j'avais fait une proposition de communication : "Mémoire du

présent. Présence de la mémoire. Le Mythe du présent dans Les Particules élémentaires *de Michel Houellebecq". Houellebecq, j'aime bien. Pas tout. Surtout le premier, comme tout le monde. Peut-être un peu plus que tout le monde, mais le troisième roman, en fait le cinquième ouvrage et le quatrième récit,* Plateforme, *est, selon moi, un peu trop du genre à « épater le bourgeois ». Ce qui ne m'a nullement empêchée de le lire. C'est même fort en y réfléchissant bien. La plate-forme d'où l'on surplombe, car non seulement une plate-forme est généralement plate comme son nom pourrait le laisser supposer, mais aussi plus précisément surélevée par rapport à son entourage. Que l'on pense aux plates-formes maritimes érigées pour l'exploitation pétrolière ! Donc, un espace d'où on occupe une position dominante. Car c'est bien de quoi il s'agit dans* Plateforme *de Houellebecq. La plate-forme d'où l'Occidental survole le Tiermondial. Le substantif Tiers-mondial, tout comme Occidental cumule les informations. C'est un néologisme, mais rassurez-vous, il est anachronique. Un mort-né. Pour déjouer ce qu'il aurait de trop évident, sous-développement, pauvreté, couleurs, il a été escamoté vite fait par Sud, évocateur de plaisir, de soleil, de sexe agréable et bon marché chez Houellebecq, mais aussi dans la presse quotidienne. Le Sud. Et pauvres de nous, nantis du Nord. Misère météorologique versus luxuriance méridionale. Comme si cela n'était pas encore assez, Houellebecq vient nous dire, enfin pas lui mais son antihéros, que nous, ceux du Nord, nous souffrons d'indigence sexuelle et de carence émotionnelle. Notre libido se paie une faillite aiguë. Le Remède : le Sud. Eux, les Autres, ceux du Sud, savent encore baiser. Pour tout dire, ils n'ont plus que cela. Et comme ils sont bien trop pauvres et bien trop cons (c'est nous qui soulignons) pour mettre sur pied un système d'exportation rentable, la seule chose qu'il leur reste est de se vendre sur place. Dans ces conditions quoi de plus naturel pour l'homme blanc, pardon du Nord, les femmes c'est pour plus tard, que d'aller consommer au paradis les délices de ses fantasmes sexuels sans grande originalité. Cela me donne envie de crier : Houellebecq, quelle trouvaille fulgurante ! L'autochtone en vide-couilles à l'usage d'individus disjonctés de la société consommatrice de latex. L'analyse économique de Houellebecq serait percutante s'il n'omettait de préciser où sera installée l'usine de recyclage de capotes. Ça manque. Ça fait désordre. En revanche, au niveau des personnages, l'auteur fidèle à lui-même, place des protagonistes à l'insulte facile avec une vision acérée du monde dont la ligne philosophique se résume à une courte phrase « Tous des cons ! » Apologie ? Utopie ? Idéologie ? Plaidoirie ? Réquisitoire ? A vous de le lire. Une vraie brocante. Irrespect filial, franches engueulades, soirées idylliques, mépris raciste ou haine raciale, larcin mesquin, attentat terroriste avec en basse chiffrée du cul, du cul et encore du cul. Pour les développements sur Eros et Thanatos ou les délicatesses de troubadours, faudra repasser une autre fois ! Houellebecq ne fait pas dans la dentelle. Tartiné sur 369 pages pour 20 €, le bouquin, édité chez Flammarion, se dévore d'une traite. Fragiles de l'estomac, s'abstenir. L'indigestion, c'est pour le lendemain. Voilà ce que je dirais si j'étais moins hypocrite. Je pourrais l'écrire aussi. Une critique littéraire. Pourquoi pas ? Pourtant, le contraire se passe. Houellebecq m'inspire et ses personnages me plaisent infiniment. Pas de second degré pour moi. Je leur parle.* La Possibilité d'une île *m'a endormie. En revanche,* La Carte et le territoire *m'a enthousiasmée. Mais revenons à notre escapade écossaise.*

Cette conférence, c'était des vacances en somme. Jusqu'à ce matin. Mais ça, je préfère encore oublier un peu. Disons, jusqu'à ce que j'arrive là-bas. Il sera bien assez tôt pour s'en occuper.

Je voyage par bateau et en train.

L'avion, je passe. Je souffre de claustrophobie plus ou moins aiguë suivant les saisons. L'automne semble être propice à l'éclosion de mon malaise. Donc, ferry d'Ijmuiden à Newcastle, puis expédition ferroviaire de Newcastle à Montrose avec changement à Edinburgh, pour terminer en taxi jusqu'au Burn. Contre toute attente, mon périple se déroule sans anicroche.

Dès que je mets les pieds dans ma cabine sur le Queen of Scandinavia, je m'enquiers des possibilités d'aller prendre l'air frais sur le pont. Horreur, c'est deux étages plus haut avec une coursive de trente mètres interminables. Impossible ! Mon billet indique « Commodore de luxe ». J'ai donc droit à un balcon privé, absent en l'occurrence. Légèrement nauséeuse, je repars à la recherche du commissaire de bord et lui fait part de la méprise. Ma cabine est « Commodore » alors que j'ai payé « Commodore de luxe ». Il scrute les papiers obligeamment tendus. Me demande de le suivre à son bureau, consulte son ordinateur et, miracle des miracles, m'indique sur l'écran une autre cabine qui me semble sur le pont supérieur. Nous repartons au trot le long des coursives. Chance, nous montons, nous rapprochant de l'air frais. Mon intuition est juste. Ma lecture de l'écran aussi. J'ai droit à une superbe suite avec balcon privé. Ouf, je respire littéralement mieux. Complaisamment, le gars trifouille les boutons des radiateurs. Je suppose qu'il allume le chauffage.

« Dans cinq minutes, vous aurez une bonne température. Voyez, ici se trouve le thermostat. Je vous fais apporter vos bagages. » Le luxe, de toute évidence, jusqu'à présent, je me les étais coltinés toute seule. Je reste là béate, les yeux fixés sur la mer où les vagues se creusent. Je peux ouvrir les portes et humer l'air salin. Forte de cette nouvelle position, je vais au restaurant jouir d'un repas copieux. La traversée sera dure, je le sens. Mieux vaut souffrir le ventre plein que creux. Je m'éternise aussi longtemps que possible dans la salle désertée. Beaucoup de passagers ne supportent pas le tangage et se terrent dans leur cabine. Après m'être resservie trois fois de chaque plat, pour faire durer le repas au maximum, je dois bien partir.

J'étouffe dans la cabine pourtant spacieuse. La plus chère du navire. Première classe de luxe (Commodore). Une idée fixe me taraude. En cas de calamité, ce sont les passagers de première qui sont évacués les premiers. Titanic *n'a fait que corroborer mes élucubrations pathologiques. Je ne suis pas encore prête à périr ! Cette phobie me coûte la peau des fesses. Payer quelques centaines d'euros pour aller m'entortiller dans des couvertures en proie aux embruns... Le vent et le froid me font réintégrer la cabine au milieu de la nuit. C'est moins immense, mais nettement plus chaud. De manière à être prête à toute éventualité, (lire : répondre prestement au signal d'alarme que je connais par cœur sans l'avoir jamais entendu, sept coups de sirène brefs et un long), je m'allonge tout habillée sur les deux fauteuils, les bottes aux pieds. Malgré une houle sévère, je n'ai pas le moins du monde le mal de mer. Mon problème est autre.*

J'ai dû m'endormir à un moment quelconque puisque je me réveille, fraîche et dispose, à sept heures du matin. Nuit noire à l'extérieur des hublots, seule l'écume des vagues contraste, blanche sur fond d'encre.

Je reprends la direction de la salle de restaurant pour jouir cette fois d'un petit déjeuner avec buffet spécial et réservé. Le luxe a tout de même du bon. Le jour se lève. Newcastle à l'horizon. L'entrée dans le port est un soulagement. J'ai survécu. L'aspect des ruines qui dominent la jetée démontre la relativité de la dénomination des choses. Ce château fut nouveau en son temps. A l'heure actuelle, seuls quelques pans de remparts en témoignent encore. Débarquement à l'heure. Je suis probablement la seule passagère des Commodores qui prend le bus pour se rendre au centre ville.

A la gare, un Dixieland Band, vêtu de pantalons blancs, de jaquettes mauve rayé bleu avec canotiers assortis s'essouffle sur le quai. Le train officiel de Sa Majesté entre en gare. Je me retrouve, Dieu sait comment, mais sans le vouloir, dans l'enceinte réservée. On me plante d'office une flûte de champagne dans la main. Il est dix heures et demie du matin, AM comme ils disent ici ! Quoi faire ? Eh bien, sourire comme tout le monde autour de moi et serrer quelques mains tendues dans ma direction. Après une nuit mouvementée, le surréel me rattrape. Sa Majesté se penche à la fenêtre, agite vaguement sa main gantée dans notre direction en dodelinant de la voilette. Hélas, Dear, moi aussi j'ai un protocole à respecter. Mon train part dans cinq minutes d'un autre quai. Je pose le champagne et sa coupe sur le premier plateau à ma portée. La fin de cet épisode m'est fermée à jamais.

De Newcastle à Edimbourg, la ligne de chemin de fer longe la mer et les falaises, vision agréable. La gare d'Edimbourg se révèle sans surprise tout comme le tortillard qui se traîne pour Montrose. En revanche, le taxi me conduit vitesse grand V direction le Monroe. Est-ce une chauffeuse ? Une chauffrice ? Du moment qu'il ne s'agit pas d'une chauffarde ! Au Royaume-Uni, le trafic à bâbord me préserve d'anticiper les manœuvres. Grand bien m'en fasse ! D'après la dame, tout est lovely ici. Les couleurs, le paysage, le temps. « Isn't it? Yeah ! Absolutely lovely ! » La remarque est justifiée par les teintes automnales qui ont envahi la forêt que nous traversons. J'ai plus l'impression de me trouver sur une météorite que dans une automobile. A la gentillesse de ma conductrice, je comprends que la note sera salée. Je ne suis pas déçue à l'arrivée. Quarante-neuf livres. C'est du vol, mais je paie avec le sourire !

L'entrée est tout ce que l'on peut attendre d'un manoir de ce côté-ci de la Manche. Boiseries sombres, dallage noir et blanc. Je m'écroule sur le sofa du salon sans vergogne. Je suis vannée ! Le directeur me prend en pitié : « Poor thing she is exhausted », et m'octroie une chambre aussi royale que pourrait se souhaiter. Le Monroe house est une vieille demeure écossaise léguée aux universités par une famille aisée. Les Monroe. Des colloques, des séminaires, des conférences y sont organisés régulièrement et les universitaires peuvent aussi venir y séjourner en famille ou pour y travailler.

Le dîner nous réunit dans une ambiance conviviale. Après le dessert, assis dans de profonds fauteuils autour d'un feu de cheminée, nous écoutons la première intervention. James Rother de Glasgow expose "The Policing of Desire in the

Gabrielle Russier case", l'histoire d'une femme professeur de lycée aux rapports amoureux interdits. Pour intéressante que soit l'affaire, je suis heureuse d'en voir la fin et de regagner le refuge de mon lit pour enfin dormir.

Les communications à la conférence Monroe sont riches et variées avec des professeurs des universités écossaises et britanniques mais aussi de France. French Studies oblige ! Les langues de travail sont le français et l'anglais et les horaires quasi militaires. Une discipline de caserne règne dans ce cadre grandiose sans aucune gêne. On est ici pour travailler.

Les pièces immenses donnent sur la pleine nature. Assise à la table de travail devant ma fenêtre, je peux observer des écureuils qui, la queue en panache, cherchent des noix et des graines au sol et des faisans qui traversent le fond de la pelouse. Deux heures de marche à pied sont nécessaires pour faire le tour de la propriété. Je m'en abstiens. Je préfère discuter et relire ma communication. Bien m'en a pris. Un arc-en-ciel, prometteur d'une ondée prochaine, déchire la vallée de part en part.

Le week-end passe rapidement avec des communications qui rivalisent d'intérêt. Tous respectent les vingt minutes rigoureusement. Stendhal, Bataille, histoire des sexes côtoient les lieux de mémoires et les textes médiévaux. Charles Baudelaire tient compagnie à Shakespeare et on retrouve Jules Romains quelque peu oublié de nos jours. L'heure du départ arrive et je refais le trajet en sens inverse.

La mer est d'huile, mon somme de loir. Claustrophobie envolée. Je jouis de ma traversée. Au réveil, la crête des vagues est rose. Le soleil levant colore l'écume vaporeuse. Quoi de plus sublime qu'un petit-déjeuner pris en pleine mer avec l'infini pour compagnon. Malgré le soleil rose duveté, je dois me rendre à l'évidence. Les vacances sont terminées. Une rude tâche m'attend. Remplacer au pied levé Eva.

Chloé relisait son compte rendu pour *Le Charivari*. « Correct », évalua-t-elle. Elle pouvait l'envoyer à Otto. Il lui restait à écrire une critique sur un livre de … elle ne savait pas encore qui… et elle aurait achevé sa contribution pour ce mois-ci. Elle se souvenait de son retour et la nouvelle du meurtre d'Eva comme si c'était hier. Et, maintenant, Sandra. Quelle horreur !

Elle ne pouvait s'empêcher de ressasser les détails connus, peu nombreux par ailleurs. Eva était une thésarde qui avait terminé sa thèse et devait la défendre ; Sandra avait tout juste terminé sa maîtrise. *A priori*, aucun lien entre les deux jeunes femmes. Elle avait aussi vaguement entendu parler de l'agression du concierge et, pire, de celle d'Ilse. Pour le portier, elle n'avait aucune idée de ce qui s'était passé. En revanche, elle était au courant pour Ilse. Elle savait qu'Ilse et Sandra travaillaient ensemble sur les auteurs maghrébins. Chloé rêvassait, tripotait ses papiers, revoyait les étapes de son voyage et cette pancarte à la gare de Melrose : « Un train peut en cacher un autre ». Soudain, une pensée fulgurante lui traversa l'esprit : et si le meurtre d'Eva, ou même celui de Sandra en cachait un autre ? Mais lequel ? Un nouveau meurtre à venir ? L'agression d'Ilse ? Elle frissonna et s'assura que la porte de son bureau était verrouillée. Rassurée, elle s'installa derrière son ordinateur, les doigts volant sur les touches du clavier, la critique prenait forme.

4.

Alf van Duijn prenait son mal en patience. Il avait été convoqué au commissariat pour être interrogé sur le meurtre de Sandra Cohen, le second en deux mois. Pour ce qu'il en savait, elle avait suivi ses cours en première année. Là résidait une des différences avec Eva Struiter dont il avait été le directeur de thèse. Il avait eu peu de contact avec Sandra en dehors des cours. Il se souvenait qu'elle lui avait demandé conseil à propos d'un ouvrage sur les sotties car elle lui avait dit vouloir se spécialiser sur le sujet. Il y avait peu prêté attention ayant l'habitude de voir les étudiants changer d'intérêt au cours des quatre années du Master et, il était fréquent que leur mémoire porte sur tout autre chose que ce dont ils avaient l'intention en début de cursus. Ceci dit, Sandra Cohen avait l'air sérieuse et ses résultats étaient satisfaisants, ce qui ne l'avait pas empêchée de faire un mémoire sur les écrivains francophones.

Hartevelt ne pouvait s'empêcher de penser que Van Duijn lui cachait quelque chose. Aurait-il eu une relation avec cette étudiante ? Après tout, il était célibataire et elle était majeure et mignonne. Mais, dans ce cas, pourquoi le taire ? Il aiguilla l'interrogatoire en ce sens et Van Duijn écarquilla les yeux :
« Vous voulez dire si j'avais une relation personnelle avec elle ? Mais, non, je vous l'ai déjà dit. Je ne lui ai presque jamais parlé en dehors des cours ».

Son ton laissait supposer qu'il n'était pas le moins troublé par la répétition de la question. Au contraire, il affirma comprendre l'insistance d'Hartevelt et sa recherche d'exactitude. Lorsque Hartevelt lui fit remarquer que dans les deux affaires, il s'agissait d'une de ses étudiantes, il sembla réfléchir un instant, puis, hochant la tête il précisa que cela était valable pour Eva et beaucoup moins pour Sandra qu'il n'avait eu qu'en première année lorsqu'elle n'avait pas encore vraiment eu de professeur attitré.

Krijger qui s'était contenté d'écouter sans poser de questions, assis sur le rebord de la fenêtre, sa position préférée, demanda si Van Duijn pensait que Sandra Cohen puisse avoir des ennemis parmi les étudiants. Van Duijn fit une petite moue dubitative un court instant. Selon lui, tout était possible, bien évidemment, mais il n'avait jamais entendu, au cours de sa carrière, parler d'une telle haine parmi la population estudiantine qui aurait entraîné la mort violente d'un de ses membres. Peut-être en temps de guerre, mais ici… maintenant à Amsterdam… il ne pouvait s'imaginer une chose pareille. Il devait s'agir d'un fou et il serait préférable de faire garder les étages par des vigiles et de conseiller aux étudiants, filles et garçons, par mesure de prudence, de ne plus se déplacer seuls, mais toujours deux par deux au minimum. Tel était son avis et il allait en faire part au doyen.

Krijger reporta son regard de l'autre côté de la rue. Sur un balcon, une mère soufflait dans un cercle des bulles pour son gamin émerveillé.

Elle lui tendit l'appareil pour qu'à son tour, il fasse s'envoler des ronds irisés d'arc-en-ciel dans l'air frais du matin. Le petit devait mal diriger son expiration car rien ne se produisait. Sa mère lui fit une autre démonstration, il avançait la main, s'emparait de l'attirail avec toujours aussi peu de résultat. Intrigué, il regardait dans le gobelet et le portait à ses lèvres. Sa mère le lui enlevait des mains et le môme, frustré, trépignait sur place en dépit des bulles qui s'échappaient devant lui. Enfin, il se calmait, tentait de les saisir et riait aux éclats lorsqu'il réussissait à en crever une. « Si seulement la vie pouvait rester aussi simple », soupira Krijger avant d'enfourner le chewing-gum dépouillé de son papier argent qu'il avait puisé dans sa poche.

Depuis qu'Hartevelt avait arrêté les cigarettes, il évitait d'enfumer son bureau ou leur voiture. La nicotine ne lui était pas indispensable et il considérait quelques heures de sevrage comme une pause salutaire.
« Tu en penses quoi de ce prof ? » voulut savoir Hartevelt.
– Il sait ou il cache quelque chose. Si cela à un rapport avec les crimes… l'avenir le dira. On sait quoi sur lui ? »

En une phrase, il avait résumé le problème. Exception faite des données réunies par l'université et qui consistaient en un curriculum professionnel sans aucun détail personnel, ils n'avaient pas d'informations sur les professeurs. Une enquête en profondeur s'annonçait à l'horizon. Les voisins, les anciens collègues, les étudiants... À cet endroit de leur énumération, la secrétaire passa la tête dans l'entrebâillement de la porte, Ilse van der Brug venait de se présenter à la réception.

5.

« Difficile de croire qu'elle ait été tuée par hasard. Qu'il s'agisse de la copie du meurtre d'Eva Struiter, je n'y crois pas non plus. Par contre, je mettrais ma main au feu que les deux crimes sont liés d'une façon ou d'une autre et que l'assassin est animé d'une haine peu commune.

Que s'est-il passé ? A-t-elle été surprise, horrifiée... ? Les deux, selon toute probabilité. Comment le savoir ? Nous partons de la mort pour remonter vers la vie, nous avançons à reculons et au final, avec de la chance, nous pouvons établir quand et comment la victime a été éliminée. Parfois, nous comprenons pourquoi, mais en aucun cas nous ne saurons ce qu'elle avait au fond du cœur au moment de sa mort. On essaie de recoller les morceaux de sa vie pour avoir une image à peu près correcte de ses derniers instants. Pourquoi est-elle venue ici ? Avec qui ? Était-elle seule ou avait-elle rendez-vous et dans ce cas était-ce avec son meurtrier ? Ne sommes-nous pas en présence d'un crime parfait ? Oh, pour ce qui est des preuves, nous en avons à foison, même l'arme du crime nous a été fournie, dans les deux cas, sur un plateau. Des cheveux en veux-tu en voilà, ce qui n'a rien d'étrange dans la situation. C'est une salle de cours ! C'est le contraire qui serait étonnant. Même chose pour les empreintes digitales qui s'avèrent être celles d'autres personnes que la victime. Bien entendu, nous ferons des vérifications, mais tout comme dans le bureau d'Eva, il ne faut pas s'attendre à retrouver celles de Joost van Dame, et que celles des étudiants soient présentes, rien de plus normal, n'est-ce pas ? Ces données sont circonstancielles et ne vous aideront pas beaucoup, j'en ai peur, inspecteur. »

Nico Voorburg prit une pochette d'allumettes qui traînait sur la table et entreprit de rallumer son cigare qu'il gardait au coin de la bouche au grand déplaisir de Hartevelt privé de tabac depuis qu'il avait décidé d'arrêter de fumer et mâchait sans entrain des tablettes de chewing-gum. Voorburg émit un bruit de succion avec les lèvres comme il approchait la flamme de

son Havane. Attentif aux paroles du médecin légiste, Otto Krijger, assis sur le rebord de la fenêtre, balançait rythmiquement sa jambe gauche croisée sur son genou droit.
« Pourquoi les deux crimes sont-ils liés ? » interrogea-t-il sans que l'on sache à qui en particulier s'adressait sa question. Ce fut Hartevelt qui enchaîna :
– Oui, on part d'un lien à cause de ce foutu cendrier et du fait que cela se passe à l'université !
– Et n'oublions pas non plus l'attaque sur l'autre professeur.
– Elle a eu de la chance de s'en tirer à si bon compte.
– Ce qui est étrange, c'est que ce se soit passé en plein jour. S'agit-il du même assassin ? Elle a été incapable de voir s'il s'agissait d'un homme ou d'une femme qui lui tombait dessus. Otto, pourrait-il être une femme ?
– Rien d'impossible à cela. La haine, comme la peur parfois, peut décupler les forces d'un individu, mais ne néglige pas de prendre en considération les parties intimes de Sandra Cohen qui ont été saccagées. Si je peux terminer avant de vous quitter, bien que vous trouverez tout cela dans mon rapport, elles l'ont été avec le cendrier. Il est rare qu'un crime sexuel entraîne des blessures superficielles sur les parties génitales. Là, il n'y a aucune pénétration et on a retrouvé des

poils pubiens sur le cendrier avec des traces de sang appartenant à la victime ainsi que du liquide vaginal. Les gars, je ne veux pas faire votre travail, mais à votre place je chercherais du côté de quelqu'un qui a voulu faire croire à un crime sexuel.
– Mais dans quel but, nom de Dieu !
– A vous de voir. Pour l'inscription sur le mur, on s'est servi de la ceinture en tissu de la fille comme d'un pinceau. Il s'agit bien du sang de la victime qui a été utilisé en guise d'encre. Qui que ce soit, il ou elle a le cœur bien accroché car à chaque fois, il lui a fallu faire face au visage défiguré pas vraiment ragoûtant comme spectacle ! Des nouvelles du petit ami ?
– Pas encore. Les parents disent qu'il est allé se réfugier dans un bungalow qu'ils possèdent du côté de Egmont ou Zandvoort, à la mer en tout cas. Nous attendons le rapport de la brigade sur les lieux. » Hartevelt consulta ses notes. « Zandvoort, c'est ça. Haarlem s'en occupe. » A la fin de sa phrase, le téléphone sur son bureau se mit à sonner.
– Et merde », s'exclama-t-il après avoir écouté son interlocuteur, « ne touchez à rien, on arrive ». Il raccrocha pour ajouter aussitôt « Joost van Dame a été retrouvé pendu. Ça a l'air d'un suicide. Le collègue ne pouvait pas en dire plus. Bon ! la journée commence bien !! »

6.

La voix était loin d'être déplaisante. Un peu trop haut placée, peut-être. Éliane écoutait au travers des mots pour n'entendre que le son. Tout son être était en attente, à l'écoute de l'autre. Cette première entrevue était toujours décisive pour se faire une idée valable de la personne en face d'elle. Le son lisse, noir dans les éclats de rire qui ponctuaient les phrases sans raison apparente, lui révélait la peur de se donner tout en jouant de la séduction. Cet homme d'un mètre quatre-vingt qui frisait les cent kilos, s'offrait à elle. Mais, gare à la femelle qui s'aventurerait trop près de ce monsieur. Éliane détectait dans l'attitude et le ton un soupçon de mépris. Aucune n'était digne de lui. Misogyne ? Peut-être. Malheureux, sûrement ! Marc Weinstein venait pour une leçon de chant et dévidait sa vie privée.

« J'habite chez mes parents depuis deux ans. Je donne des cours de mathématiques au lycée. Je suis divorcé et mon ex-conjointe me cause des problèmes. C'est mon deuxième mariage, alors vous comprenez, maintenant, je suis vacciné. On ne m'y reprendra plus. J'ai donné sept ans de ma vie à ma première femme. La seconde, je ne l'ai pas épousée. J'avais compris. Ça a duré deux ans ! Enfin, je ne suis pas là pour vous raconter ma vie. Ce que je veux, c'est chanter. Je chante déjà, remarquez. Je connais la musique, si je puis dire. Je joue du piano et du cor anglais. »

Le tout était débité sur un ton presque monocorde ponctué d'éclats de rire qui résonnaient dans les sinus. « Je sens que ma voix reste freinée, qu'elle ne s'exprime pas comme elle le pourrait. Vous comprenez ? »

Pourquoi avait-t-elle accepté de voir ce gros balourd ! La détresse qui perçait sous l'assurance de l'élocution précise ? Probable !

« Que chantez-vous ?

– Je suis un ténor !

– Évidemment », ne put-elle s'empêcher de proférer comme pour elle-même.

Toutefois, cela fut prononcé sans ironie aucune. Elle était légèrement triste d'entendre cette souffrance enfouie :

« Quel est votre répertoire ?

– Lyrique ! Uniquement lyrique. *La ballade de Renaud.* Avec un peu de technique, je pourrais facilement chanter Nadir ou Werther.

– Ne vous méprenez pas. Il se pourrait très bien que votre voix évolue d'une manière différente de celle que vous escomptez.

– Que voulez-vous dire ?

– Eh bien, quelquefois, nous produisons en début de carrière… » Éliane choisissait ses paroles avec précaution pour ne pas le brusquer ni le blesser. «… cela arrive très souvent…, un autre registre que celui auquel

nous appartenons réellement.
– Vous voulez dire que je ne suis pas un ténor ?
– Pas nécessairement. Il m'est encore impossible de juger puisque vous n'avez pas encore chanté pour moi. » Tout en parlant, elle s'empara de la partition de Lully et préluda au piano.
« Vous la savez par cœur ?
– Oui, oui ! Ça ira. »

Elle assista à une transformation assez inattendue. Le balourd d'un instant, tassé près du piano, s'éloignait du creux de l'instrument. A sa place, un grand jeune homme élancé et souriant se campa au centre de la pièce et considéra admiratif les portraits accrochés autour de lui.
« Plus j'observe ces lieux, et plus je les admire. Ce fleuve coule lentement. Et s'éloigne à regret d'un séjour si charmant. Les plus aimables fleurs et les plus doux zéphyrs. Parfument l'air qu'on y respire. Non je ne puis quitter des rivages si beaux. Un son harmonieux Se mêle au bruit des eaux. Les oiseaux enchantés se taisent pour l'entendre. Des charmes du sommeil J'ai peine à me défendre. Ce gazon, cet ombrage frais, Tout m'invite au repos. » La voix se tut. Seuls les derniers accords retentirent en sourdine pour se perdre dans le silence à leur tour.

Marc était dressé dans une attente enfantine, quémandeuse. Éliane s'en serait voulu de le décevoir.

« Vous avez une très belle voix. »

Visiblement soulagé, il se détendit. Il ignorait que ce verdict était le plus insignifiant qui soit. De toute évidence, il chantait cet air depuis de nombreuses années sans jamais avoir progressé. Ni musicalement, ni vocalement. Le passage indiquait clairement qu'il était un baryton, mais Éliane se garda de le lui dire maintenant. Il aurait d'abord fallu que la confiance s'installât, qu'il travaillât régulièrement et surtout, qu'il arrêtât de chanter dans un autre registre que le sien. Un tas de conditions qui n'étaient pas remplies présentement.

« Vous savez. Je ne suis pas encore décidé si je vais prendre des leçons avec vous ou non. »

Ce fut au tour d'Éliane d'être soulagée.

« C'est à vous de voir » prononça-t-elle d'un ton aussi neutre que possible.

« Avez-vous des diplômes ? » La question la surprit.

– Que voulez-vous dire ?

– Moi, j'ai une maîtrise de mathématiques et j'étudie en ce moment pour avoir une maîtrise de chimie.

– Ah ! ça. Si on parle maîtrise, j'ai une maîtrise de Lettres modernes.

– Oui, mais moi, je suis Maître ès Sciences. Lorsque j'ai passé mon CAPES, il n'y avait pour toute la France que cinq cent candidats alors qu'en littérature, il y en avait quinze cents. C'est une différence. » Éliane avait du mal à croire ce qu'elle entendait. Ce fut posément qu'elle lui asséna :
« Je vois. Toutefois, les deux restent incomparables, n'est-ce pas ? Cependant, dans *L'Encyclopédie des compositeurs d'opéra répertoriés dans le monde*, il n'y a que cinq cent membres et je fais partie du nombre. Et puis, si je ne dispose que d'une Maîtrise de Lettres, je suis Docteur en Musicologie. Au Moyen Âge, la musique faisait partie de la même faculté que les mathématiques. D'autre part, laissez-moi vous dire que le public se moque des diplômes. Pour la voix, c'est pareil. Lorsque je suis sur scène, ce ne sont pas des bouts de papiers signés de tel ou tel professeur de telle ou telle université qui me sauverait si ma voix venait à me faire défaut. C'est un autre genre de savoir, un savoir qui ne s'apprend que confronté à soi-même pendant des heures et des heures de travail solitaire et acharné. Vous me direz, c'est la même chose pour les maths. Peut-être aurez-vous raison. Mais sur scène, il faut assurer le moment venu, plaire au public aussi. Etre là le moment voulu. Et ça, à un quart de millième de seconde près. Une faute de calcul

n'entraîne qu'une erreur d'opération. Vous refaites les calculs jusqu'à ce que vous trouviez la solution, et le tour est joué. Une faute à l'opéra, c'est un effet de dominos immédiat qui peut engendrer une catastrophe. Y avez-vous jamais songé ? C'est ça le problème. Une question de différence au niveau des responsabilités ou alors, il faudrait parler de la NASA.
– Des responsabilités, moi aussi j'en ai. Je donne des cours. Je sais ce que c'est que d'enseigner !
– Je n'en doute pas.
– Vous connaissez les mathématiques ? »
Éliane avait pris sa décision. Elle ne l'accepterait pas comme étudiant. Elle pouvait dès lors se faire complaisante. Lui offrir le sentiment de satisfaction auquel il aspirait tant. Le remettre dans son univers avant qu'il ne la quitte était tout ce qu'elle pouvait faire pour lui.
« Pas du tout. Expliquez-moi la base. Je suis nulle sur le sujet.
– Si vous n'y connaissez rien, ce peut être difficile.
– Les difficultés ne me rebutent pas. Nous avons le temps. Je suis une élève attentive. Asseyons-nous par ici. » Elle l'entraîna vers la cuisine.
« Désirez-vous une tasse de thé ou un expresso ?

– Un expresso, volontiers. » Calé dans un fauteuil, il s'élança sur son terrain favori, sûr de ne pas perdre pied.
« On place les chiffres en catégories par lettres. N, ensemble des entiers naturels comme 1, 2, 3, 4, 5 ; D, ensemble des décimaux dont le nombre de décimales est limité ; Z, ensemble des relatifs qui comprend les entiers et les décimaux : -4, -5, -2,45 ; Q ou les ensembles des rationnels. Ce sont des nombres considérés comme fractionnaires, par exemple, 4/7 ou aussi les ensembles de nombres ayant une écriture décimale périodique et illimitée : 0,666666 ou 0,239239239. R qui sont les réels, suite décimale non périodique et illimitée V2 V3. Vous suivez ?
– Passionnant ! » Éliane n'avait pas besoin de se forcer. Elle admirait toujours inconditionnellement les personnes qui connaissaient à fond leur sujet et possédaient le talent de le rendre clair et simple à un novice.
« Et après ?
– Vous êtes sûre que ça vous intéresse ?
– Absolument. Dites-moi la suite !
– Là, je vous dis mon cours. Si vous voulez, je vous l'expédie par Internet.
– Plutôt une version papier. Mais, racontez d'abord la suite.
– Une fois que vous savez ça, vous pouvez

aborder les opérations.

– Les soustractions, les divisions, les multiplications ?

– N'oubliez pas les additions ! L'addition a des propriétés importantes. La commutativité, c'est-à-dire que les termes sont permutables sans engendrer de changement dans le résultat de l'opération : 2 + 1 = 3 ou 1 + 2 = 3 et l'associativité : 1+(1+1) = 3. L'existence d'un élément neutre 1+0 = 1, donc le zéro et l'existence d'un opposé 3+(-3) = 0. L'addition d'un élément et de son opposé redonne l'élément neutre correspondant à cette opération. 0 pour l'addition et 1 pour la multiplication. Dans le cas d'une multiplication, on ne parle pas d'opposé mais d'inverse, exemple : 2x0,5 = 1 ou 3x0,33 = 1. La multiplication possède les mêmes éléments. Commutativité : 2x3 = 6 ou 3x2 = 6 ; associativité : 2x3x4 = 24 ou 4x2x3 = 24. Comme nous venons de le voir, un élément neutre le 1 et un élément inverse : 2x0,5 = 1 ou 10x0,1 = 1 ou 100x0,01 = 1 »

Marc souffla un peu sur son café.

« Vous êtes certaine que cela ne vous ennuie pas ?

– Au contraire, je vous assure. Tout est tellement clair de cette façon. » Éliane savait que le seul moyen de lui faire plaisir était de lui prêter une oreille attentive pour ce qu'il avait de plus cher. Apparemment, les maths

étaient sa véritable passion.
– La soustraction correspond à une addition d'un nombre avec l'opposé du deuxième nombre intervenant dans la soustraction. Exemple : 2-4=2+(-4)=(-2) ou 2-4=(-2)
– Ou 2-6=(-4)
– Parfait, vous avez saisi. Quant à la division, elle représente la multiplication du premier nombre par l'inverse du second : 25 :5=(5) 25x1/5 ou 25x0,2=5
– Je vois. 100:4=25=100x1/4=25 ou 100x0,25=25. C'est cela n'est-ce pas ?
– Tout à fait.
– Je suppose que de savoir ça équivaut à peu près à la connaissance de l'alphabet dans les Lettres ?
– A peine. » Éliane entendit dans la réponse le sentiment de supériorité. Cependant, loin de s'en offusquer, elle s'en amusa et c'est avec une note de gaieté qu'elle poursuivit.
« Votre voix est bien placée en parlant. Vous devriez chanter de la même manière.
– Peut-être alors devrais-je me contenter de parler ?
– C'est à vous de savoir ce que vous voulez. Vous avez une vie bien chargée, non ? Votre passion, c'est les maths, pas le chant pour autant que je puisse en juger ?
– C'est vrai. Mais j'aime la musique. Je corrige toujours mes copies avec un CD dans le lecteur. » Aïe ! pensa Éliane, la musique en

tapisserie. D'une voix qui restait polie, elle s'enquérait :
« Quel genre de musique ?
– De tout, même du classique ! Vivaldi.
– *Les Quatre saisons.*
– Bach.
– *Les Concerts brandebourgeois.*
– Mozart. Mais, dans le classique, seulement de l'instrumental. Dès que quelqu'un chante, c'est plus fort que moi. Je dois écouter, même si je ne comprends pas le langage.
– C'est un bon point pour vous », s'exclama Éliane ravie.
« Merci. C'est peut-être par respect. Je sais ce que c'est d'être en chaire à discourir. Chanter en concert, c'est un peu la même chose ? » Éliane acquiesça, conciliante.
« Vous devez être très bien en chaire. Vous avez de la prestance et une voix pour charmer votre auditoire.
– Je ne suis pas Prix Nobel, vous savez !
– Non, mais ce qui n'est pas encore peut très bien le devenir.
– Vous exagérez !
– Pas du tout. Pourquoi les grands hommes ont-ils fait des découvertes ? Parce qu'ils ont regardé le même problème que leurs prédécesseurs et leurs contemporains d'une façon différente. Une nouvelle manière d'appréhender l'équation, rien d'autre. Mais, en prenant bien le temps d'analyser chaque

étape. Que ce soit Galilée, Copernic ou Einstein.
– Einstein, son Prix Nobel lui a coûté son mariage !
– C'est sûr que tout à un prix. Mais, qu'est-ce qui vous retient. Le prix vous l'avez déjà payé !
– Vous y allez fort !
– C'est que vous n'y allez pas ! Il faut y aller Marc. Allez au charbon ! Suivez la voix de votre cœur.
– Lorsque j'étais petit, ma mère a voulu me conduire chez un psy car seules les maths m'intéressaient.
– Vous avez quel âge maintenant ?
– Vous me donnez combien ?
– Trente.
– Vous me flattez, j'en ai trente-quatre.
– Trêve de plaisanteries ! Remuez-vous. A trente-quatre ans et deux mariages derrière vous, vous êtes adulte. Votre mère avait peut-être tort.
– Mais, je ne veux pas vivre uniquement pour les maths !
– Alors, restez comme vous êtes et cessez de vous plaindre ! Dites-vous bien que c'est un choix conscient au lieu de vous laisser envahir par un vague ressentiment, une frustration malsaine. C'est vous qui faites votre vie. Personne d'autre !
– Il y a les aléas !

– Eh bien, pour un mathématicien, vous laissez beaucoup de place au hasard !!
– Ce n'est pas ce que j'ai voulu dire.
– Réfléchissez bien et prenez votre décision en accord avec vous-même.
– Oui, vous avez certainement raison. C'est très sage ce que vous dites. Je vous téléphonerai.
– Au revoir. Merci pour le cours de maths », lança Éliane lorsqu'il s'engouffra dans l'embrasure de l'ascenseur.

7.

La transition de la ville à la campagne se faisait brutalement. On sortait d'un enchevêtrement de rues pavées de briques ou goudronnées pour se retrouver en plein au milieu des champs, bordés de fossés remplis d'eau, où paissaient des vaches et des moutons sagement séparés les uns des autres par les canaux au bord desquels pêchaient des hérons bleus, immobiles, fondus dans le paysage. Sous la surface perlée de lentilles devaient se cacher des grenouilles ou même nager des petits poissons et des anguilles pour que les échassiers se tiennent sur les berges. Passée l'heure d'affluence, la circulation était fluide. Hartevelt et Krijger n'avaient aucun mal à filer en direction de Haarlem.

Ilse van der Brug ne leur avait rien appris qu'ils ne savaient déjà sur la marche de l'université. En tant que directrice du département, elle connaissait les professeurs et l'ensemble des cours donnés depuis son entrée en fonction, une vingtaine d'années auparavant. Elle ne pouvait imaginer que le mécontentement d'un ancien étudiant se manifestât d'une façon aussi barbare. En dépit de son mal de tête, elle était venue, le docteur lui ayant confirmé l'absence de contusion cérébrale. Elle voulait participer, dans la mesure de ses moyens, à la progression de l'enquête. D'autre part, elle devait se rendre en fin d'après-midi à l'ambassade de France recevoir sa médaille de Chevalier des arts et des lettres.
« Oui, eh bien moi, je la sens pas du tout cette nana, » déclara Krijger de but en blanc selon sa droiture coutumière. « Elle est pas franche du collier. Trop barbare ! Comme si on n'avait jamais vu des intellos se déchaîner sur leur victime ! Elle a eu de la chance, ça c'est sûr !
– Le gars a dû être dérangé. Et, en plein jour… c'est une autre histoire.
– Le lendemain du second meurtre, il s'attaque à une troisième victime.
– Du moins, on est certain que Joost van Dame est hors circuit.
– Ce qui n'empêche qu'il aurait très bien pu

faire Sandra Cohen et attaquer Ilse van der Brug, partir à Zandvoort et se pendre ensuite. L'université est ouverte le soir jusqu'à dix heures… oui, je sais, il aurait dû avoir rendez-vous…

– Et un mobile. Tout tourne autour du mobile. Pourquoi aurait-il fait cela ? Tant qu'on ne saura pas le pourquoi, on ne saura pas qui. »

Hartevelt gara la voiture banalisée sur le terre-plein à l'entrée des bungalows près de deux Ford de la police. Leurs collègues de Haarlem étaient sur place en nombre. Un agent en faction devant le portail leur indiqua le chemin.

Au milieu de l'allée centrale, un cours d'eau anémique où flottaient quelques canards était surmonté de ponts en bois à distance régulière. Des massifs de fleurs roses et blanches de part et d'autre créaient l'illusion d'un décor japonais, mais la ressemblance s'arrêtait là. Les cabanes plantées dans leur jardin bien soigné, pelouses rases et arbres taillés au millimètre, évoquaient des week-ends paisibles de retraités s'adonnant à la culture de variétés rares et précieuses, tant les allées tirées au cordeau paraissaient faites pour des pas mesurés. En dépit des nombreux arbustes, offrant nombre de recoins, il était difficile d'imaginer des enfants chahutant, jouant à cache-cache, riant et criant parmi les efflorescences, les nains à bonnets multicolores ou les hérons en plastique aux abords de bassins minuscules ornés d'un jet d'eau souffreteux. En revanche, il était facile de voir l'aisance avec laquelle n'importe qui aurait pu se dissimuler dans l'une ou l'autre des parcelles.

Hartevelt et Krijger tournèrent à droite dans la troisième allée, une sente plutôt. Le gravier avait fait place à du mâchefer broyé, recouvert de mousse sur les bas-côtés. Les maisonnettes enfouies sous les frondaisons étaient à peine visibles. Le numéro cinquante ne dérogeait pas à l'ambiance. Là aussi, un agent était posté pour repousser d'éventuels curieux. Un ruban rouge et blanc délimitait la scène bien au-delà du jardin en question.

8.

Les dernières notes du piano se dissolvaient dans le silence feutré du studio où Xavier venait de produire les vocalises exigées par Éliane au cours de sa leçon. Pour prolonger cette aura acoustique, elle émit un dernier arpège qui, liquide, se dissocia dans une série de sons grêles, cristallins. Ils se regardaient, les yeux rivés l'un à l'autre, respiraient à l'unisson et sentaient une agréable torpeur s'emparer de leur être, les irradiant dans la douceur excitante de la musique flottant encore avec une persistance arachnéenne dans l'atmosphère ouatée.

Après l'étudiant du matin et ses équations mathématiques, Éliane appréciait, presque avec béatitude, ce ténor charmant. Une euphorie de sympathie s'établissait entre eux et tout naturellement, elle lui proposa une tasse de thé, son prochain cours n'étant prévu que pour l'après-midi. Enchanté, Xavier accepta avec une volupté anticipée.

Il retraça pour elle son parcours, étonné de se livrer si aisément, avec tant de détails qu'elle ne semblait pas juger superflus mais, au contraire, écoutait avec une attention soutenue, la tête légèrement inclinée sur le côté comme pour mieux saisir le fil de ses émotions.
« Certains mots m'ont beaucoup impressionné. D'autres, m'ont énormément déçu. Un de ces mots est le mot chaton. Je devais avoir un peu moins de trois ans et j'étais incapable de prononcer le ch. Je parlais de saton. Je partis avec mon grand-père chercher des chatons. Pourquoi cela me frappa-t-il ? C'est bien simple. J'aurais aimé avoir un petit chat. Chez nous, il y avait des chiens. Pas de chat. J'étais fou de joie. Enfin,

j'allais avoir un petit chat à moi. Alors que je supposais que nous irions à la ferme, nous marchâmes à travers champs, à travers bois. Arrivés dans une clairière, mon grand-père étendit le bras.
"Regarde, les jolis petits chatons", me dit-il. "On va les ramener." J'avais beau écarquiller les yeux, je ne voyais rien qui ressemblât de près ou de loin à un chat. Seules des branches se balançaient dans le vent, ondoyaient sous les poussées de la brise. J'étais fasciné par le spectacle. C'était beau, bougeait dans un froissement d'écorce tendre, faisait un bruit très doux.

Mon grand-père coupa quelques branches avec son canif et fit un bouquet qu'il me tendit.
"Là, regarde comme ils sont jolis !" Je ne distinguais toujours pas de petits chats. J'avais probablement mal regardé, pensais-je dans mon innocence. Les petits chats avaient dû s'enfuir. Nous allions les attraper plus tard. C'était l'évidence même. Mais non. Nous reprenions le chemin de la maison. Quelle horreur ! Et mon chat alors ? Selon mon grand-père, je l'avais dans mes bras. Sans bouger, j'observais les branches. Je fermais les yeux, j'écoutais. Rien. Même lorsque je retenais ma respiration, les branches ne bruissaient plus comme avant. Mais où étaient les chatons ? Pourquoi appeler le vent

« chaton », me demandais-je. Très longtemps, j'ai pensé que « chaton » désignait une sorte de vent qui soufflait sur les branches dénudées. Qu'il s'agisse des bourgeons me semblait impossible. Tous les ans, au printemps, j'y repense.

– Quelle histoire touchante ! s'exclama Éliane avec ravissement, est-ce la raison pour laquelle vous êtes devenu littéraire ?

– Peut-être. Savoir la signification profonde des mots peut faciliter la communication, vous ne trouvez pas ?

– Oui, mais il me semble toujours que cela est presque impossible d'obtenir un consensus véritable sur la question. Ne vous est-il jamais arrivé de penser qu'un mot simple pouvait avoir des connotations très diverses pour votre interlocuteur ?

– Absolument. Je suis entièrement d'accord avec vous. Est-ce pour cela que vous êtes devenue musicienne ?

– Je me le suis souvent demandé. D'un autre côté, j'ai tout de même choisi la voix comme instrument où les paroles sont d'importance, du moins, la façon de les prononcer. Mais bon… la musique l'indique aussi, nous avons la partition comme support de l'expression, le compositeur a résolu tous ces problèmes de communication des sentiments, des émotions, des pensées.

– Les chanteurs peuvent-ils communiquer

autrement que par le chant ?
– Hum... un chanteur lyrique conserve son calme, réserve son énergie pour le chant ; vous verrez rarement un chanteur devenir violent autrement que verbalement ».

Ils se turent de concert, pensèrent en même temps aux deux morts subites et brutales de l'université. Un homme bestial, cruel, avait détruit l'équilibre paisible du département de français. Qui savait s'il n'allait pas encore frapper à nouveau. Éliane frissonna avec une brève grimace de dégoût superposée à ses traits. Xavier se crispa à l'idée de l'horreur lui traversant l'esprit, voulut rassurer Éliane, la protéger des pensées assombrissant cette matinée ensoleillée et seules des paroles d'apaisement ne seraient suffisantes. Il fallait dédramatiser la situation et pour cela, la confrontation avec la réalité était inévitable. C'est avec assurance qu'il prononça :
« J'ignore les détails de ces deux affaires, et je ne connaissais aucune des deux jeunes femmes mais, selon moi, la solution est sous nos yeux et nous y sommes aveugles.
– Vous pensez qu'il suffirait de mieux se concentrer pour parvenir ainsi à démasquer l'assassin ?
– Oui, j'en suis persuadé et la police doit s'y activer sérieusement. Elle découvrira le lien qui réunit ces deux homicides.
– Comme cela... vous suggérez un scélérat

commun aux deux crimes… Quel pourrait-il être ? Vous avez raison, ce peut être le même responsable mais, quel est son profit ?

– C'est une question que les inspecteurs doivent se poser car s'ils étaient en possession de la réponse, ils auraient le tueur à portée de mains.

– Oui… une faculté de Lettres… un département de français dans une ville où, relativement peu de gens parlent cette langue… deux jeunes femmes assassinées d'une manière sauvage, à deux mois d'intervalle…

– Et n'oublions pas la directrice du département, elle-même agressée.

– Oui… Quel est le dénominateur commun ? Il pourrait y en avoir plusieurs.

– Les deux victimes parlaient le français.

– Le professeur aussi.

– Exact.

– Elles se rendaient, d'une façon régulière, au même endroit, c'est-à-dire le troisième étage de la faculté où est situé le département de français.

– Pour cela, elles prenaient l'ascenseur, passaient le portillon d'entrée, bref, suivaient le même chemin.

– Donc, le portier les voyait quotidiennement, du moins, les jours où elles allaient à la fac.

– Hmmm… le portier… Oui… Il y a aussi cette histoire du concierge molesté dans

l'autre bâtiment.
– Méfions-nous de sauter hâtivement à des conclusions, mais cela donne à réfléchir. Continuons.
– Eh bien… L'une avait terminé une thèse, l'autre son mémoire. J'ai cru aussi comprendre que, physiquement, elles étaient très différentes et que les deux crimes présentaient des divergences très significatives.
– Tout bien considéré, nous n'avons que la langue française comme dénominateur commun dans tous les cas. Vraiment trop peu, j'en ai peur, pour résoudre cette équation.
– Il semblerait, oui… »

Ils avaient beau scruter leurs données, plutôt minces en somme, ils ne discernaient rien qui puisse les éclairer un tant soit peu. Sans le savoir, ils s'accordaient avec la police sur le manque de motif apparent. Ils se séparèrent en se promettant de réfléchir chacun de leur côté mais, sans grand espoir d'une révélation pharamineuse. En revanche, ils se sentaient, après avoir discuté ensemble d'une manière constructive, plus proche l'un de l'autre et fixèrent sans plus attendre leur rendez-vous pour le lendemain.

9.

La brume matutinale s'échevelait au-dessus des prés, enveloppait de son haleine ouatée les fossés et les canaux dans une opacité d'où émergeait parfois un envol de héron. Midi approchait. Mis à part cette exception météorologique pour la saison, la scène n'avait rien de particulier. Le corps de Joost ballotait dans le vide. Un pendu est presque toujours un suicidé. Le tabouret renversé, le masque facial frisant le grotesque, l'inclinaison de la tête le confirmaient. Son suicide était patent et ne laissait aucun doute quant à la nature du décès. La langue, telle une grosse boursoufflure, semblait prête à jaillir d'entre ses lèvres exsangues. Ses yeux exorbités pointaient vers l'horreur de sa dernière vision. Pas de jeu sado-maso qui aurait mal tourné. Van Dame portait ses vêtements correctement mis sur lui, jusqu'à ses lacets de chaussures soigneusement noués.

D'après les premières constatations du médecin légiste, la mort remontait entre cinq et neuf heures du matin. On savait que Van Dame était sorti de détention à minuit pile la veille. Ses parents avaient déclaré qu'il s'était rendu directement au bungalow comme il l'avait, par ailleurs, annoncé à son avocat. Il voulait réfléchir, leur avait-il dit au téléphone. Il faudrait attendre les résultats définitifs de l'autopsie pour fixer l'heure exacte du décès, mais il ne pouvait en aucun cas être l'assassin de Sandra Cohen. Aucun doute là-dessus.

Bien en évidence, il avait laissé deux lettres. L'une, pour la justice, l'autre, pour ses parents.

Chère Maman, cher Papa,
Vous avez toujours été pour moi de merveilleux parents et c'est avec regret que je vous cause le chagrin qui sera le vôtre lorsque vous lirez cette lettre. Vivre sans Eva m'est impossible. Surtout, si je pense à la façon dont un malade a mis fin à son existence. Comment continuer, après cela, d'autant plus que les soupçons pèsent sur moi, comme si j'étais son assassin. Les policiers se trompent et vous le savez bien. Ils m'ont relâché. Oui, mais j'ai peur que s'ils ne trouvent pas le coupable, ils me fassent porter le chapeau. Peut-être qu'ils font leur boulot, mais c'était horrible leurs questions. Vivre en prison est intolérable. Tous les jours, je pensais à Eva et à vous deux. Je la voyais comme nous étions ici au bungalow pendant nos séjours heureux. Jamais, non plus, je ne pourrai supporter le regard de ses parents. Vivre alors qu'elle n'est plus est un reproche constant que je me fais. En cela, je me sens responsable de n'avoir pas su ou pu la protéger. Pardonnez-moi. J'ai bien réfléchi et

c'est la meilleure solution pour tout le monde. Je pars la rejoindre. Elle sait que je suis innocent et elle m'attend.
Pardonnez-moi. Je vous embrasse tous les deux et vous serre sur mon cœur.
Votre fils, Joost, qui est innocent, il vous le jure et qui vous aime.

Les parents devraient identifier le corps. Pour la lettre, on ferait appel à un graphologue qui l'authentifierait à l'aide d'autres écrits. Mais, il semblait d'ors et déjà certain qu'elle était de la main de Joost van Dame. Il assurait donc ses parents de son amour inconditionnel et conjurait la police de retrouver le meurtrier de sa bien-aimée et leur reprochait leur bévue en l'accusant mal à propos, ce qui avait retardé la capture du coupable.

Krijger et Hartvelt exécutaient en silence le trajet de retour vers la capitale. Encore sous l'impression des missives de Van Dame, chacun ruminait des pensées sur la question.
« Pauvre gars, soupira tout à coup Krijger, ce qui résumait assez bien la situation.
– Oui, » répondit laconiquement Hartevelt. Ni l'un ni l'autre n'avait cru en la culpabilité de Van Dame. Il ne restait plus qu'à découvrir le meurtrier des deux femmes.
« A l'évidence, il s'agit du même type et je suis de moins en moins convaincu qu'il nous

faille uniquement chercher un homme.
– Qu’est-ce qui te fait dire cela ?
– Selon moi, le rapport entre les deux meurtres est clair. Pas de crainte là-dessus, mais le *corpus delicti* correspond absolument pas dans les deux cas. D’un côté, tu as une victime avec le crâne fracassé, tout habillée, coincée dans un placard, donc dissimulée pour qu’elle soit découverte le plus tard possible ; de l’autre, une victime avec le crâne et le visage fracassés, mi-dévêtue, un vagin intact malgré le dénudement, l’entrecuisse travaillé, exposée avec au mur des inscriptions barbares, misogynes écrites avec le sang de la victime. Toutes les deux font partie de l’université d’Amsterdam. L’une docteur, l’autre en passe de le devenir. Petite précision, non anodine, les deux scènes se déroulent dans le même département et chaque fois, le bureau pour l’une, la salle de cours pour l’autre, le lieu est fermé à clef. Mes tripes me disent qu’une personne de la fac est impliquée et sérieusement et que cette personne nous mène en bateau. D’autre part, on a l’attaque sur le professeur de français et celle sur le portier. Ces deux derniers s’en tirent avec quelques bosses, des contusions et un œil au beurre noir. S’agit-il de la même personne qui leur est tombée dessus ? Dans ce cas-là, ils ont de la chance d’être en vie. Grande différence, les attaques létales se passent dans la journée

pour Eva et la soirée pour Sandra. Pour le prof et le portier, la journée.
– On dirait qu'on a voulu effrayer la prof sans vouloir la tuer.
– On dirait. Oui. Dommage qu'elle n'ait pas pu voir son adversaire. D'un autre côté, elle ne serait certainement plus ici pour nous le décrire. »

Le peu de circulation dans Amsterdam requerrait une attention limitée de Krijger au volant. Devisant de choses et d'autres, ils atteignirent sans encombres l'aire de stationnement souterraine du commissariat.

10.

« Pour savoir si Houellebecq est authentique comme tu l'affirmes, il faudrait en premier lieu définir ce que tu entends par là. Selon moi, Houellebecq est loin d'être né *ex nihilo*. Il s'insère dans le paysage littéraire français, cela est incontestable. Mais, peut-on dire qu'il le rénove ou qu'il lui insuffle une nouvelle vie ?
– Il a des épigones.
– Ah, oui. Lesquels ?
– Eh bien tous ceux qui pratiquent l'écriture houellebecquienne.
– Et cela consiste en quoi ? A inclure quelques propos salés ? Tu connais Pierre

Louÿs, Bernard Sève, Dustan, Philippe Djian ?
– Non.
– Et Osmonde. As-tu lu Osmonde ? Parce que si Houellebecq arrive à épater le bourgeois, Osmonde est autrement philosophique.
– Dans quel sens ? Je ne l'ai pas lu.
– Prends par exemple l'article de Bruno sur Marseillan-plage. Osmonde va beaucoup plus loin. Au lieu de décrire ce qu'il voit, il brosse ce qui se passe au-delà. C'est une incontestable fiction philosophique. Une superbe mise en abyme. De plus, c'est une étudiante du héros qui écrit. Godbarsky, prof de philo, un raté dépressif. Sa femme le trompe avec un Noir, ce qu'il ne peut supporter.
– Tu m'étonnes !
– Oui, mais, c'est la manière dont c'est écrit qui est sublime. Une écriture à se lécher les doigts, je te jure. Sa femme, Rosa, le met dehors et, par hasard, après avoir été interné en clinique psychiatrique – il a pété les plombs –, il devient photographe pour une revue pornographique. Quel parcours ! Je te passe les descriptions ! Dans un autre roman, il déclare que la vie humaine ne dure que vingt mille jours. Bref, tu dois impérativement le lire.
– Est-ce que c'est une littérature transgressive ?

– Alors là ! Impossible de te suivre. Tu sais bien que pour moi, ce terme ne veut rien dire de la façon dont tu l'emploies. Pour toi, la transgression commence avec Houellebecq et selon moi, déjà Platon transgressait les codes ! De tous temps, il y a eu des écrivains transgressifs.
– Oui, mais on ne les appelait pas comme ça.
– Maintenant, non plus.
– Si ! Palahniuk, Houellebecq, Beigbeder, Bret Easton Ellis…
– Et pourquoi pas Ernaux pendant que tu y es.
– Ernaux ? Pourquoi ?
– *L'Evénement* ! A l'époque, c'était tout de même transgressif d'écrire sur son avortement, non ? Et pourquoi pas François Bon avec *Sortie d'usine* ?
– Ça n'a aucun rapport !
– Ah, non ? Eh bien, décris-moi la transgression ou l'écriture transgressive.
– Je suis en train d'écrire un ouvrage là-dessus.
– Je te préviens. Je vais le descendre en flammes ! » Chloé éclata de rire devant la mine déconfite de Marijke. Une fois de plus, elles débattaient de leurs auteurs. Marijke s'en tenait au corpus de l'université et donnait ses cours. Chloé, libre, explorait toujours plus loin et la taquinait. Mais, aujourd'hui, en route pour l'ambassade de France, elles ne pouvaient éviter de discuter le sujet qui les

effrayait.
– J'ai fait un mauvais rêve cette nuit. C'est terrible ce qui se passe à la fac.
– Oui… La police a l'air de patauger sérieusement. On se croirait en plein film ou plus exactement en plein polar.
– Penses-tu qu'il s'agisse d'un tueur en série ?
– Tu veux dire, s'il y aura d'autres cas ? »

D'un commun accord, sans s'être concertées, elles s'interdisaient d'utiliser le mot meurtre, comme si de contourner la dénomination précise gommait l'événement, les soustrayait à l'ambiance néfaste où l'allusion franche aurait pu les enclaver.

Elles furent soulagées d'arriver à destination et de se plonger dans l'air frais de fin d'après-midi. L'ambassade était à quelques minutes de la gare et elles optèrent pour la rejoindre à pied.

11.

Immergée dans les accents de la musique, Éliane sursauta aux ding dong effrénés de l'interphone. Damien, superbe et charmeur, fit son entrée.
« Quelle prestance Don José !
– Ah ! Si tu étais mezzo, c'est toi que je choisirais comme *Ma Carmen adorée* ! »

Ils s'embrassèrent. C'était un jour

spécial pour eux. Le lendemain, il s'envolait pour Montréal où il chanterait Carmen avec Caroline, une autre étudiante d'Éliane.

Encore et encore, ils s'imprégnèrent des accords tantôt langoureux tantôt tonitruants qu'ils analysaient presque intuitivement. Les trois thèmes principaux du prélude reviendraient tour à tour tout au long de l'opéra à diverses reprises et, cela jusqu'à ce qu'ils explosassent ensemble dans l'acte final. Ils établissaient d'emblée l'exotisme qui signait l'ambiance, mais aussi le côté obscur de l'œuvre, le drame omniprésent. La première partie déversait la joie de vivre, la gaieté pseudo-espagnole qui, à la fin du dernier acte, annoncerait la corrida. Mesure à quatre temps. Pour causer son effet dramatique, Bizet l'altérait juste un peu, ce qui provoquait le dépaysement du public. Celui-ci s'y attendait d'autant moins qu'il espérait la continuation en quatre temps. La musique, solide, implantait d'une manière flamboyante une certitude de plain-pied par des changements harmoniques simples et contrastants : La Majeur, Ré Majeur, La Majeur, Do Majeur, La Majeur. Puis la chanson du Toréador retentit avec cette instrumentation splendide de cris, de bravades et de triomphe, colorée par les cuivres. Soudain, le temps semblait s'arrêter et se suspendre ; le prélude s'enfonçait dans l'obscurité du Ré mineur avec des trémolos et des bruissements fortissississimo d'où émergeait un nouveau motif angoissant, inscrit en seconde augmentée.

« Tout y est dans cette ouverture ! Pas étonnant qu'elle ait été reprise dans tous les tons ! Où que tu sois, ces thèmes sont archi-connus. Incroyable ! J'ai peine à croire à la chance de participer à une telle production.

– Et tu en es la vedette, n'oublie pas ! Comment te sens-tu ?

– La grande forme. Les répétitions commencent le 30. Trois jours pour surmonter le décalage horaire. Ce devrait être suffisant. Il y a une chose qui me tracasse un peu. C'est le Si bémol. Fortissimo ? Pianissimo ? J'ai pratiqué les deux. Bien sûr, … Si bémol… Cependant, je trouve plus authentique en pianissimo.

– Tu as absolument raison. *Ô ! ma Carmen. Et j'étais une chose à toi.* Il ose à peine le prononcer de crainte qu'elle se moque de lui. C'est bourré d'émotions contenues. Pour moi, c'est clair. José est un tueur, un vrai psychopathe, presque un serial killer. N'empêche qu'en face de Carmen, il ne sait plus ce qui lui arrive. Il perd les pédales. Jamais une femme ne lui a fait cet effet-là. Il est touché à mort. Ce qui le rend si poignant. Sa passion l'emporte, plus forte que lui. Il est incapable de se contrôler. Vraiment touchant.

Sur ce point-là, aucune différence entre l'opéra et la nouvelle. Juste que Meilhac et Halévy l'ont transformé en un brave petit gars.
– J'ai vraiment du travail à faire l'évolution du début à la fin. Psychologiquement, c'est très lourd.
– La première fois que tu chantes, c'est d'un lyrisme à faire se pâmer les lustres *Parle-moi de ma mère*. Tu gagnes ton public. Ensuite tu le gardes en haleine jusqu'au *C'est moi qui l'ai tuée ma Carmen adorée.* On pourrait croire que tu passes d'un bon fils à sa mère à un monstre meurtrier. Ce n'est pas ça. Tu as déjà tué. Tu es un gars passionné. Passion du jeu notamment. Tu as déjà tué un adversaire. Tu essaies de te réhabiliter à l'armée où tu as dû te réfugier pour éviter la prison. Seulement… ta nature l'emporte à chaque fois que tu te retrouves dans une situation de crise. Tu as un bon fond. C'est pour cela que tu laisses s'échapper Carmen. Tu as bon cœur, mais ta passion meurtrière est réveillée par le jeu de Carmen. Elle te fait tourner en bourrique. Alors, ta nature violente et passionnée reprend le dessus. C'est ça qui rend ton rôle complexe. Ce balancement entre les deux. Deux affects caractérisés par Micaëla et Carmen. »

Ding ! Dong !

« Quand on parle du loup, on en voit la queue.

– Et voilà la Carmencita !

– *Quand je vous aimerai ? Ma foi, je ne sais pas* » entonna avec grâce Caroline.

« C'est la grande forme, je vois !

– Je suis prête à me le faire, ce Montréal !

– Tant mieux. Attends le quatrième acte, tu le sentiras passer !

– Oh ! Ça va !! Parle-moi de ta mère !! » La plaisanterie, bien qu'éculée fit son effet et de bonne humeur, le trio s'attela aux derniers petits détails d'interprétation.

12.

De retour au commissariat, Hartevelt et Krijger garèrent la voiture, montèrent les escaliers au lieu de prendre l'ascenseur et, d'un commun accord, se dirigèrent vers la cafétéria. La secrétaire de Van Dijk faisait la queue et leur fit signe dès qu'elle les aperçut :

« J'ai mis une note sur votre bureau, le commissaire veut vous voir à votre retour.

– Du nouveau ou c'est juste pour le rapport ?

– Les deux, il m'a semblé. »

Elle ne leur en dit pas plus et ils décidèrent de déjeuner rapidement avant de se rendre chez le patron. Une fois n'était pas coutume, ils pourraient bénéficier d'un repas chaud au lieu des sempiternels sandwiches rassis. Hartevelt choisit un *stampot* aux carottes et au oignons avec deux portions de bœuf bouilli et une tarte agrémentée d'une grosse giclée de crème chantilly ; Krijger opta pour les choux de Bruxelles, une côte de porc et un tiramisu dont il raffolait. Après être passés à la caisse assez rapidement, ils s'installèrent près d'une fenêtre.

Nico Voorburg vint les rejoindre à leur table avec une tasse de café, les écouter relater les événements de Sandvoort.

« Eh bien, voici votre suspect numéro un à l'abri. Il n'était pas votre coupable du second meurtre et d'après ce que vous me dites, il s'est vraiment suicidé… Oui, pendaison avec chute… Oh, les vertèbres cervicales ont été rompues sur le coup par l'arrêt net de la chute à cause de la corde et le tabouret a entraîné le corps qui ne trouvait plus aucun appui. J'attends un coup de téléphone de mon collègue de Haarlem, mais il y a gros à parier que nous aurons un arrachement de l'extrémité de la moelle épinière, ce qui aura provoqué une atteinte immédiate des centres nerveux qui commandent la respiration et certaines fonctions cardiaques. Même si le cœur peut continuer de fonctionner un moment, l'arrêt brutal de la respiration génère l'évanouissement. Le sujet souffre peu, il meurt inconscient le plus souvent. L'horreur pour lui, c'est lorsque la corde est trop courte pour qu'il puisse prendre appui sur le sol complètement et trop longue pour qu'il y ait

cet effet de chute brusque. Là, on parle plus de strangulation que de pendaison, même si le résultat final est le même, remarquez bien. La corde comprime alors le cou, ce qui empêche le bon fonctionnement de la circulation sanguine d'où un œdème et une cyanose bien visible au niveau du visage et de la langue. Une strangulation se reconnaît toujours immédiatement à ces signes. D'autre part, l'œdème cérébral entraîne aussi une perte de conscience, mais plus lente et le décès met beaucoup plus de temps à faire son entrée. Dans ces cas-là, l'intervention d'un tiers peut, parfois, sauver le malheureux, si elle n'est pas trop tardive, cela va de soi. Je vous épargne les détails.
– Parce que là, tu restais dans les généralités ? Merci de nous en prévenir », ironisa Hartevelt.
« Oui, j'ai pitié de votre ignorance en la matière.
– Tout ça pour nous dire, je suppose, que Joost van Dame est bien mort. Tes précisions nous sont d'un immense secours.
– J'ai autre chose pour vous. L'heure du décès : six heures pile du matin.
– Bon, c'est au moins une certitude dans ce méli-mélo d'à peu près et d'inconnues.
– Heureux d'avoir apporté ma contribution à l'élaboration de la solution.
– Oui, merci »

Sur ces paroles réconfortantes, Hartevelt et

Krijger se levèrent ; leur rendez-vous avec Van Dijk les attendait.

Comme à son habitude, Van Dijk était assis derrière des piles de dossiers avec une chemise rouge qu'il tapotait du plat de la main en leur faisant signe de prendre place sur les sièges devant son bureau.
« Messieurs, le nom de Harry Grund ne vous dit probablement rien, commença-t-il de but en blanc, mais ses empreintes digitales ont été retrouvées sur le plastique des paquets de poudre que vous avez eu l'heureuse initiative de dénicher à l'université. » Cette entrée en matières valait un compliment dans sa bouche.
« Par une coïncidence énorme, les autres correspondent à celles de trois des tués de l'IJtunnel. Il y a de fortes suppositions qu'il soit le rescapé. »

Hartevelt et Krijger tournèrent la tête l'un vers l'autre, incrédules se regardèrent. Le commissaire continuait :
– Même s'il manque à l'appel pour l'instant, j'ose miser qu'il refera surface à un moment ou l'autre. N'oublions pas qu'il était blessé et alors il nous dira où est la cargaison car tout laisse croire que les sachets du vestiaire sont l'infime partie d'une livraison plus conséquente. » Il se tut un instant avant de poursuivre. « Autre chose. Ce matin, les corps

de deux Italiens ont été découverts dans leur chambre d'hôtel. Overdose selon les premières constatations. Triste. Et pire encore. Sur l'embarcadère numéro quatre, sept jeunes de Rotterdam, sans vie également. Même chose. Nous attendons les rapports du laboratoire pour confirmation, mais ce pourrait être à cause de cette nouvelle saloperie, trop forte pour des non-initiés, ce qu'auraient pu être les jeunes de cette nuit. J'espère que vous voyez l'ampleur et les implications du problème. Il nous faut mettre la main sur cet arrivage avant que la ville n'en pâtisse encore plus. Pensez à la réputation d'Amsterdam, si les touristes y meurent comme des mouches. Ah, j'oubliais. L'autopsie de la femme du Magna Plazza a révélé qu'elle était décédée du même truc. Elle semblerait avoir eu des liens avec l'un des gangsters du tunnel. Une petite fête ayant mal tourné, selon toute vraisemblance. Ah ! que c'est beau l'amour. Tenez, vous avez tout là-dedans. »

Il leur tendit la chemise, leur signifiant par la même occasion que l'entretien était clos et qu'ils n'avaient plus qu'à résoudre le problème.

13.

Les salons de l'ambassade de France étaient illuminés *a giorno*. Bien qu'il fasse encore jour à l'extérieur, les lustres rutilaient de leurs ampoules en forme de flammèches tremblotantes, imitations de bougies qui ne créaient pas l'illusion. Les portes latérales béaient sur les jardins, mais la compagnie restait coagulée près du buffet et surtout près du bar. Des maîtres d'hôtel en smoking et des soubrettes vêtues de noir avec un petit tablier blanc serti de dentelle, passaient des plats où petits fours et caviars s'entassaient élégamment. Des sandwiches minuscules aux teintes vives coloraient des napperons de papier étalés sur les plats d'argent. Les conversations à bâtons rompus se poursuivaient en un murmure incessant dans cette ambiance feutrée procurée par les riches tentures d'Aubusson sur les murs bleu ciel. Les anges du plafond surveillaient la scène, soufflant dans des trompettes de cuivres, entourés d'angelots fessus. Madame l'ambassadeur avait prononcé une allocution et remis à Ilse van der Brug une médaille à laquelle pendouillait un ruban vert, la déclarant par la même occasion Chevalier des arts et des lettres. Cette dernière avait à son tour débité un petit discours tout autant de circonstance et remercié chaleureusement les invités d'être venus assister à sa consécration.

Chloé enregistrait autant de détails qu'elle le pouvait, bien décidée à faire un rapport complet à Éliane qui n'avait pu l'accompagner. Chloé la soupçonnait d'avoir inventé une excuse car elle ne raffolait pas des réceptions. Elle évitait autant qu'elle le pouvait de faire acte de présence dans ces sauteries, comme elle les appelait, où il fallait faire fonction d'objet de décoration et être aimable avec de complets étrangers. Elle n'avait pas tout à fait tort, se disait Chloé. La première chose qu'Ilse lui avait demandée était, bien entendu, si Éliane allait venir. A l'annonce de sa réponse négative, elle avait arboré une moue fugace, mais qui n'avait pas échappé à Chloé et trahissait son désappointement. Il est vrai qu'Éliane Vermont était une personnalité haute en couleurs et que sa présence donnait un cachet autre à tout rassemblement du monde universitaire, plutôt terne par nature. Puis, Chloé était une rivale alors qu'Éliane pouvait être considérée comme une admiratrice dans l'optique de Ilse, ce que, par ailleurs, elle était loin d'être, mais cela, Ilse l'ignorait.

En parfaite maîtresse de maison, l'ambassadeur s'adressait à chacun de ses invités. Elle était au courant des travaux de

Chloé et la félicitait, ce qui n'était pas du goût de Myriam Dekker, une journaliste amie d'Ilse et spécialiste de la littérature française pour un quotidien néerlandais. La plupart de ses articles étaient des traductions intégrales de ceux parus dans *Le Monde des livres*, sans mention des sources. Au temps pour l'éthique journalistique. Pour cette raison, Chloé avait très peu, pour ne pas dire aucune estime pour elle.

L'ambassadeur était originaire de l'Île de Noirmoutier et elle se plaisait volontiers à décrire cette particularité nommée Le Passage du Gois, une route découverte à marée basse et submergée par le reflux. Elle expliquait la grande différence entre cette chaussée et la Waddenzee néerlandaise, où une mare de boue permettait l'accès aux îles du nord des Pays-Bas. Incomparable, ma chère, avec l'Île aux mimosas, au bois de chênes verts et aux marais salants. De quoi faire rêver l'assemblée. Et comme cela arrive souvent en ce cas, chacun y alla de son île.

Ce genre de réception ne s'éternisant jamais, après un délai respectable pour l'occasion, les maîtres d'hôtel et leurs plateaux disparurent et les jeunes soubrettes passèrent une dernière fois pour récolter les verres vides. Les lumières se firent moins vives, c'était imperceptible, mais un signal tout de même et chacun se dirigea vers le vestiaire récupérer ses affaires confiées aux soins d'une grosse femme rousse efficace et après maintes salutations, bises ou poignées de mains, on se sépara avec la promesse de se revoir prochainement. Madame l'ambassadeur s'était discrètement éclipsée.

14.

Par une intelligente construction juridique, Alf van Duijn avait hérité de l'appartement de ses parents avant leur décès. Un héritage n'était peut-être pas l'appellation qui convenait. Ils avaient créé une fondation, nommé Alf président et fait donation de leur quatre-pièces en ville à la dite-fondation en toute légalité. Monsieur et Madame van Duijn, francophiles acharnés, s'étaient retirés à Villefranche-de-Conflent dans les Pyrénées orientales où ils jouissaient de leur retraite anticipée. Cet arrangement avait tout pour plaire à Alf, installé dans la propriété d'Amersfoort en bordure de forêt les week-ends et logeant en ville en semaine.

Alf, confortablement assis sur un prie-dieu atterri là on ne savait plus comment, ses parents et lui-même n'étant pas de fervents pratiquants, transformait chaque visite en un événement spirituel et parlait à ses plantes, persuadé de les stimuler par ses paroles. Conseillé par un copain, il avait choisi une production continue toute l'année, le système lui coûtant peu de son temps, maintenant que tout était en place. Il jouait avec plaisir au jardinier, se sentait lié à la terre et à la nature par un pacte secret.

En dépit des inconvénients représentés, Alf avait opté pour les semis au lieu de planter des boutures du commerce dont l'avantage était un gain de temps puisqu'il était inutile de passer par la phase de la séparation des mâles et des femelles ce qui garantissait une moisson plus rapide. D'autre part, la possibilité de récolter par la même occasion des araignées et autres insectes destructeurs était grande. Il avait donc semé de belles graines bien rondes, brun foncé et gris ambré. Après une période de croissance, la végétation en était à son second cycle et entrait dans la phase de floraison, l'éclairage artificiel permanent influençait la pousse plus rapide qu'en plein air, la nuit étant inconnue à la plantation.

Écarter tout danger de suspicion de la part des voisins n'avait pas été une mince affaire et l'installation de lampe à thermostat derrière les vitrages paraissait adéquate ainsi qu'un filtrage des odeurs grâce à un branchement sur le canal de la hotte aspirante qui débouchait sur les toits. Sur le sol, une bâche imperméable d'un seul tenant, remontée d'une dizaine de centimètres le long des murs, prévenait les problèmes d'inondation inhérents aux cultures en appartement. Le débit d'électricité avait nécessité une augmentation du voltage pour laquelle Alf avait invoqué la mise en place de deux solariums et d'un chauffage de sauna, ce que les employés avaient trouvé valable pour lui délivrer un permis. Pour éviter d'attirer inutilement l'attention, il avait réservé deux pièces pour les plantations et le reste de l'appartement était meublé normalement.

Devant cette mer verte, Alf réfléchissait à la prochaine action à entreprendre. Il n'étêtait jamais ses plantes. A raison de huit plantes au mètre carré, les têtes lourdes produisaient un rendement maximum, alors pourquoi les couper. Pour avoir plusieurs embranchements au sommet ? Mais cela portait préjudice à la plante dont l'énergie devait être employée à se reformer et la récolte n'en était pas supérieure.

A la propriété, il venait de commencer une plantation en extérieur qui avait aussi ses charmes. Laisser la nature faire son travail sans intervention de sa part, sans se préoccuper de l'électricité, mais des insectes et toutes sortes d'animaux rongeant les feuilles formaient un danger non négligeable avec la météorologie jouant de façon indéniable au moment de la récolte, le mois d'octobre étant par nature pluvieux et apportant dans ses brumes le risque de moisissure pour les fleurs. Pour cette raison, son choix s'était naturellement porté sur des Lowryder, plus précoces et dont le temps de floraison était plus court. Par précaution, les plantations se trouvaient en dehors de l'enceinte du parc, là où les ronces d'un côté et le mur à demi écroulé façonnaient une clairière abritée des vents et chauffée par la réverbération des pierres les journées ensoleillées. Si la plantation venait à être découvert, il serait impossible de la lui imputer, personne parmi ses amis n'en avait connaissance et les jours où il se rendait sur les lieux, il prenait soin d'emporter une canne à pêche pour donner le change.

A sa grande satisfaction, quelques Snow white atteignaient déjà les deux mètres, le pourcentage de THC étant très élevé dans cette variété gagnante de la Coupe Néerlandaise du Cannabis.

Si Alf cultivait ses plantes, c'était aussi bien sûr pour se faire sa provision de fumeur invétéré, mais il aimait cette végétation, plus belle que la plupart des plantes d'appartement ; les ficus avec leurs grosses feuilles vernies, glacées, luisantes, les philodendrons dentelés et celles qui fleurissaient de couleurs trop vives, superficielles, factices. Il appréciait ces tons vert sur vert de sa plantation, le velouté timide de la floraison, les feuilles aux doigts tendrement ciselés et, en plein cœur d'Amsterdam, c'était un plaisir de se lover parmi une petite jungle annonciatrice d'incalculables délices.

Alf tâta sa poche et décida de se rouler un joint en compagnie de ses végétaux prometteurs.

15.

Il se faisait tard et Chloé, restée à l'atelier, avait eu envie d'entendre la voix chaude et réconfortante d'Andreï Nekimov. Il avait rappelé trente minutes après qu'elle lui ait laissé un message. Andreï Nekimov ne prenait jamais directement un appel ; jaloux de sa vie privée, il les filtrait, et s'évitait des mauvaises surprises éventuelles. Selon leur habitude, ils discutaient à bâtons rompus. Andreï Nekimov avait les polars en horreur, littérature dont Chloé raffolait.
« Vous parlez de polars de deux cent pages parce qu'il faut bien avoir deux cent pages

pour que cela s'appelle un livre. Je ne pinaille pas car les lecteurs sont, dans ce contexte, intéressés par votre opinion et non la mienne, mais entre nous les polars que j'affectionne font toujours plus de cinq cent pages. Je pencherais plutôt pour ceux de sept cent ou neuf cent pages et il s'agit plus de thrillers, disons des romans à intrigues avec, de préférence, une intrigue principale et une ou plusieurs intrigues secondaires, des ramifications sociales, psychologiques, policières, géographiques, historiques parfois, se déroulant dans des milieux aussi divers que métropolitain, naval, rural, informatique, écologique etc. Les personnages doivent être bien creusés avec des conflits, et non des stéréotypes, éviter le cliché éculé du policier alcoolique, tabagique mis à la porte du domicile conjugal à cause de ses horaires fantasques (sous-entendu qui a sacrifié son mariage, sa famille à son travail, son devoir de protéger le quidam lambda), frustré de savoir sa femme dans les bras d'un autre et heureuse, lui qui est incapable de sentiments en dehors de la compassion éprouvée pour les victimes d'assassins sadiques.

J'exige aussi de l'auteur un travail invisible sur la langue avec de la recherche dans le vocabulaire, cela va de soi, mais aussi et surtout dans le détail bien ficelé grâce auquel je puisse pénétrer dans une scène et observer le décor à mon aise et les mouvements des personnages, des animaux et des insectes, afin que je puisse appréhender la lumière, l'obscurité. Lorsque je parle de détail, je veux non seulement la poussière qui se joue de la lumière dans un rayon de soleil filtrant à travers une fente des persiennes et se répercutant sur le papier peint de la chambre, ce qui est élémentaire, mais je désire voir la teinte crayeuse de ce rai créant de ses particules emmitouflées de matité, la touffeur ocrée de la chambre, l'exhalaison des ténèbres artificielles de midi. Qu'il ne me dise pas le diptère qui bourdonne, mais la mouche trottinant sur la cuillère à café et tâtant avec délicatesse de sa trompe en forme de sabot, la goutte sèche et brune laissée par le breuvage matinal du protagoniste. S'il y a des fougères, je veux voir sur les crosses duveteuses vert Véronèse, les minuscules poils boucanés, raides comme les soies d'un sangliers lilliputien. Quant au suspense, il est loin d'être l'apanage indispensable aux romans à intrigue, mais devrait s'écouler de tout ouvrage qu'il soit scientifique ou littéraire, roman, nouvelle, poésie ou essai, puisqu'il est ce qui me fait moi, lecteur, désirer poursuivre la lecture pour savoir le développement d'une argumentation, l'originalité d'une thèse, les circonvolutions d'une intrigue, les ramifications de la composition, la variété du

style de l'auteur, sa vision, bref, en un mot, tourner la page.
– Comment pouvez-vous lire une telle écriture ! » s'exclama Nekimov qui avait écouté avec beaucoup de patience l'argumentation de Chloé. « Neuf cent pages ! Mais c'est impossible. Ce sont des romans qui ne mènent nulle part, une écriture plate, insignifiante. La vie est si courte, vous savez, il faut lire l'essentiel.
– Oui, bien sûr, l'essentiel… mais peut-il être le même pour tous ?
– Un roman doit changer votre vie, sinon pourquoi le lire ? La lecture doit être une lecture nécessaire. Le livre lu devrait traiter des grands sujets, des grandes questions existentielles : la mort, l'amour, la fugacité de l'être, le Bien, le Mal… Pour le reste, le divertissement, nous avons le cinéma, la télévision qui sont beaucoup mieux appropriés pour cela. Chaque livre doit proposer un chemin de salut, pourrait-on dire, il doit être une sotériologie. Et, vous voyez, il y a trop de livres inutiles…
– Oui, je vous comprends.
– Oui. »

En définitive, ils tombaient toujours d'accord et se comprenaient fort bien, peut-être parce qu'ils se voyaient peu et avaient toujours quelque chose à se dire et avaient, entre chaque rencontre, eu le temps de repenser à leur échange. Ils se plaisaient, mais restaient lucides. Satisfaits l'un de l'autre, ils prirent rendez-vous pour le mois suivant et raccrochèrent. S'appeler, se voir, échanger, formait la base de leur relation amicale.

16.

Daniel passa la tête par la porte entrebâillée après avoir frappé.
« Tu es visible ?
– Entre. Assieds-toi. » Éliane se détourna du miroir pour lui faire face.
« Ça va aller ?
– Bien sûr. »

Éliane se tenait droite sur sa chaise pour ne pas froisser son costume. Son attitude raidie n'échappa pas à l'observation avertie du chef d'orchestre. Quelque chose clochait. Il ignorait quoi. Éliane avait refusé de se confier. Elle prétendait que tout allait pour le mieux. Il n'était pas dupe, mais il n'était pas question de lui arracher des paroles lorsqu'elle avait choisi de se taire. Toutefois, il voulait la mettre à l'aise. Le dernier air de *Gioconda* était mortel pour une cantatrice aussi chevronnée fut-elle. Les répétitions s'étaient bien déroulées et l'avant-première avait été à la hauteur de ses espoirs les plus fous. Daniel était jeune, ambitieux et c'était un chef à chanteurs. Ceux-ci l'aimaient bien car il était généreux et mettait tout l'orchestre au service de la voix. On parlait déjà de lui comme d'un nouveau Serafin.

« Si tout va bien tant mieux. Donc, je te laisse la bride sur le cou. T'emballe pas quand même au départ. Reprends-toi immédiatement après le sol, ensuite je te suis. »
Il chantonna les mesures de l'introduction et lu dans ses yeux qu'elle était fin prête. Quel que fut le problème qui la tracassait, il s'était évaporé avec la mélodie de l'air. Soulagé, il la quitta.
« A tout à l'heure. » Qu'elle ne lui répondit pas ne le gênait pas outre mesure ! Elle épargnait sa voix. Un signe de tête lui avait suffi.

« Suicidio ! »

Le cri retentit dans la salle obscure. Inhumain de vérité. Ce n'était plus du théâtre. C'était le désespoir d'une femme trahie, bafouée qui broyait les tripes des spectateurs. Subjugués, ils entendirent l'effroi dans la voix et le noir qui glaçaient le cœur de l'artiste aux dernières notes. *L'avel.* Le précipice s'ouvrit devant eux dans le silence le plus complet. Puis, comme mue par un ressort, la salle entière se déchaîna dans une ovation spontanée, qui était tout autant un cri de soulagement. Après la tension à laquelle elle avait été soumise pendant ces minutes interminables, les applaudissements, loin de rompre le charme, le prolongeaient. Bravo à cette femme qui savait se sacrifier par amour. Un chahut orchestré recouvrit sa souffrance. Tout juste s'ils ne se congratulaient pas. Dans leurs mains, la jubilation trouva l'exécutoire qu'elle n'aurait pu trouver en paroles. La frénésie diminua. Le calme revint. L'opéra se termina dans l'excitation générale et les larmes furtives de ceux incapables de retenir leurs émotions. Ils étaient nombreux.

Rideau. Rappels. Révérences. Rappels encore et des fleurs. Un vrai tapis de fleurs jonchait le devant de la scène. Encore une héroïne enterrée dans les règles pour la énième fois.

Éliane se réfugia dans sa loge. Enfin, elle put souffler. Pas longtemps cependant. La cérémonie des autographes l'attendait. Déjà, ils s'amassaient en file dans le couloir, prêts à tendre leur programme et leur stylo dès que la porte s'ouvrirait. Pour ne pas les décevoir, elle restait toujours en costume. Ce n'était pas elle qu'ils venaient voir, c'était l'Autre.

Le reflet d'une immense gerbe de roses rose et blanches capta son regard dans le miroir. Elle se leva, l'inspecta, lut la carte. « Xavier » Un seul prénom. Elle sentit une douceur l'envahir. Lentement, très lentement, le blanc se mêlait au rose qui pâlissait légèrement.

Après une représentation, Éliane détestait se retrouver dans un endroit public. Xavier avait eu la délicatesse de commander un repas dans la loge. Un garçon roula une table surchargée vers le milieu de la pièce. Après l'avoir remercié d'un signe de tête, Xavier installa les mets sur une table basse devant le sofa. Il approcha un fauteuil.

- « Tu préfères quel siège ? »

Dans son déshabillé blanc, Éliane était encore un peu Chimène ou Gioconda lorsqu'elle s'assit sur le bord du fauteuil. Il comprenait son besoin d'éloignement. Elle séjournait encore dans les limbes de la musique. Comme elle avait l'air fragile soudain ! Aucun rapport avec cette créature altière qui arpentait la scène ce soir. La majesté de son maintien lui rappelait le dernier air. Il aurait voulu la chérir dans ses bras. Il se retenait sachant très bien qu'elle l'aurait repoussé, qu'elle n'était pas encore prête. Lentement, elle émergeait à la vie quotidienne. Il s'affaira autour de la table, plaça et déplaça un plat, une assiette. Elle faisait un effort visible sur elle-même pour parler.

« Je suis contente d'être avec toi. D'habitude, je préfère être seule. » Xavier se garda bien d'émettre un commentaire quelconque. Il savait qu'elle reprenait lentement pied. Son regard se faisait plus inquisiteur. Elle inspecta les plats posés devant elle. Elle était revenue de son long voyage.
« Ça a l'air très bon tout ça.
– Tu as faim ?
– Je meurs de faim ! Ces matinées sont épuisantes ! »

Ils parlèrent de tout et de rien. De tout, sauf de la représentation. Xavier attendit qu'elle entame le sujet, ce qui n'aurait su tarder.

« Je sais que j'ai bien chanté ! J'ai été superbe !
– Et on dit que les ténors sont vains !
– Ce n'est pas de la vanité. C'est la pure vérité.
– Je te le concède. Tu as été splendide.
– Quoiqu'il y ait quelques petits trucs que je ferai différemment la prochaine fois. Le é de *Hélas*, était un peu raide, trop sec, trop étroit. Ceci dit, je suis satisfaite.
– Le public était transporté. Douze rappels, c'est quelque chose non ?
– Le public, le public… », bougonna Éliane.

« C'est tout l'un ou tout l'autre. Ou il t'adore et tu ne peux rien faire de mal ou il te sacque et, quoi que tu fasses, ce ne sera jamais bien. On a eu de la chance, c'est tout. N'empêche que je dois encore travailler pour atteindre ce que je veux faire. Disons que je suis sur la bonne voie.
– La bonne voix, non ?
– Une bonne voix, c'est un début, rien de plus. Il ne faut jamais se prendre la grosse tête, comme on dit. » Changeant brusquement de sujet. « Ah ! Comme on est bien ici ! »
Xavier lui prit la main par-dessus la table et l'attira doucement à lui. Docile, elle se laissa faire, vaincue par sa gentillesse et sa compréhension.

17.

Toujours aussi impeccable dans un tailleur de laine peignée anthracite à jupe droite dont les rayures crème s'harmonisaient avec un chemisier en soie souple au col cravate orné d'un camée ivoire, Sonia van der Bilt, campée sur ses talons assortis, se tenait dans l'embrasure de la porte et annonçait un visiteur. S'effaçant sur le côté, elle laissa entrer un homme en pantalon de tergal marine, chemise bleu ciel, un pull négligemment rejeté sur les épaules, qui s'encadra un moment dans le chambranle puis, foula d'un pas souple le berbère et s'assit avec une nonchalance étudiée, bien que naturelle, pendant que Sonia refermait discrètement derrière lui.

Ron van Meersen-Tromp le reconnut à l'instant où sa silhouette s'esquissa sur le seuil et, s'il ne savait pas la raison de sa visite, il comprenait qu'il avait devant lui un acolyte de l'homme tué dans la fusillade et que sa venue laissait présager des problèmes en perspective.

L'homme se tenant le dos droit, appuyé sur le dossier du fauteuil, croisa les jambes et commença sur le ton d'une conversation anodine à égrener son appréciation de l'ameublement du bureau, souriait en direction de Léon dans son panier et tardait à aborder l'objet de sa présence. Van Meersen-Tromp soupçonnait bien que cet homme avait un plan précis et que les meubles étaient le cadet de ses soucis. Il voulait assurément reprendre à son compte le trafic des diplômes. Van Meersen-Tromp n'y voyait aucune objection, toutefois, l'homme ne se prononçait toujours pas dans cette direction, bien au contraire, il continuait sur les intempéries de la semaine passée et la météorologie du jour.

Après s'être courtoisement nommé, Harry

Grund révéla que l'histoire des diplômes, bien qu'une affaire lucrative et intéressante, n'était rien en comparaison de celle qu'il venait proposer qui serait, et de loin, nettement plus rémunératrice. Ron était-il d'accord pour monter une affaire plus rentable. Van Meersen-Tromp, un peu interloqué d'entendre son prénom dans la bouche d'un parfait inconnu, ce qu'était son interlocuteur qu'il n'avait vu qu'une seule fois avant aujourd'hui, répondit prudemment qu'il désirait ne pas s'engager à la légère et aurait besoin de plus amples détails avant d'exprimer une opinion nette sur ce point.

Selon Harry Grund, puisque Harry Grund il y avait, choisir d'adopter ou de rejeter la proposition qu'il avait en vue était une option qui ne se posait même pas, tant il était persuadé que Ron verrait les bénéfices plus que satisfaisants que l'on tirerait de ce commerce rentable. Cela valait la peine d'étudier la question ensemble et, pour ce faire, Harry viendrait le soir chez lui au grand déplaisir de Ron qui essaya bien, mais en vain, de protester. Il ne voulait pas de commerce avec qui que ce soit, il avait le pressentiment que celui-ci serait illicite « Comme si votre trafic de diplômes était permis par la loi », se rit d'une voix tranquille Harry Grund, « Disons… dix heures chez

vous. Vous serez de retour de l'ambassade. »
Suffoqué que cet Harry Grund fut si bien au fait de son emploi du temps, Ron van Meersen-Tromp réalisa que toute échappatoire du piège refermant ses mâchoires d'acier lui était interdite. Désemparé, il opina de mauvais gré, assujetti à cet homme dont il ignorait tout, contraint d'accepter un plan, louche à n'en pas douter, qui n'augurait rien de bon, à la nature anonyme, obscure et inexpliquée.

A dix heures moins dix, Ron van Meersen-Tromp, un peu oppressé, revint de sortir Léon après la réception à l'ambassade où il avait fait acte de présence à la remise de médaille d'Ilse. Il espérait encore que cet Harry Grund faillirait à son engagement et ne paraîtrait pas à l'heure dite. Hélas, son espoir fut trahi. A dix heures précises, l'homme se présentait sur le perron. Il avait échangé sa tenue nonchalante pour un costume plus sévère qui lui allait fort bien, privilégiait sa silhouette élégante. Van Meersen-Tromp fit un pas de côté pour le laisser entrer.

Toute trace de familiarité avait disparu chez Grund. Il se comportait en véritable homme d'affaires, présentait son plan comme un vendeur vanterait les avantages d'un produit quelconque à cette différence que le sien consistait en plusieurs mesures tout à fait illicites pouvant entraîner de lourdes condamnations pénales ce que Van Meersen-Tromp ne pouvait envisager sans une horreur anticipée. Pourtant, comme le lui signifiait Harry Grund, ses options restaient limitées : ou bien il acceptait une participation active ou bien les révélations faites à la police sur son accointance avec le quidam lui causeraient des désagréments qui, loin de rester dans le domaine des éventualités, se révèleraient des plus ennuyeux de façon certaine.

La perspective glaçait Van Meersen-Tromp. Il devait, à tout prix, se débarrasser de l'intrus. Réfléchir était impératif. Par quel hasard se voyait-il impliqué dans les élucubrations de cette créature qui, en outre, le menaçait de chantage ! Ces photos ne démontraient rien de plus que quelques rencontres avec cet homme, si l'on voulait. Concrètement, elles ne prouvaient aucun lien profond, tout au plus témoignaient-elles d'une conversation qui aurait tout à fait pu être anodine. Il leur manquait le son pour signifier la nature de leurs propos dont Van Meersen-Tromp pouvait prétendre ne pas se souvenir vu leur insignifiance. Qui oserait prétendre le contraire, qu'ils agençaient leur trafic de diplômes ? Pas lui Grund, n'est-ce pas ? Et si Van Meersen-Tromp avait omis de répondre à l'avis de recherche… eh bien… c'est par ce qu'il en ignorait l'existence voilà tout. Ses

diverses occupations du moment ne lui avaient pas laissé regarder la télévision. Grund pouvait envoyer les clichés, Van Meersen-Tromp s'en souciait comme d'une guigne !
« Vraiment », prononça Grund avec une incrédulité feinte. Alors même que le son de ce mot retournait au silence, sans précipitation, comme avec une lenteur calculée, il porta sa main droite à sa poche intérieure gauche et en retira un magnétophone électronique, gros comme une petite boîte d'allumettes dont il pressa un bouton pratiquement invisible, à peine un renflement argenté sur la surface crème de l'engin et la voix claire et distincte de Van Meersen-Tromp résonna dans la pièce où chacune de ses dernières paroles se répétait comme en écho à celles qu'il venait de prononcer.
« Et avec ça en plus », interrogea de sa voix tranquille Grund et il se leva prêt à partir.

Ivre de panique et de rage incontrôlées, Van Meersen-Tromp se rua sur lui dans une tentative de lui arracher l'objet compromettant des mains ; surpris par cette attaque inattendue, Grund éleva brusquement le bras, fit un pas en arrière et déséquilibré tomba sur le côté, heurta le coin de la table basse de la tempe.

Van Meersen-Tromp fixait le corps de Grund immobile. Mort sur le coup. Un cadavre que Van Meersen-Tromp délesta prestement du magnétophone qu'il fourra dans sa poche.

Un mince filet de sang s'écoulait de la blessure que Léon, alarmé par le fracas du corps chu à terre, hésitait à lécher. Une idée affolante et apaisante à la fois faisait son chemin dans l'esprit de son maître. Il était hors de question de prévenir la police. Comment expliquer la présence de cet individu chez lui ? Transporter le corps à l'extérieur s'avérait tout aussi problématique, à moins d'attendre les petites heures de la nuit et, même là, il ne pouvait avoir la certitude de passer inaperçu. Une seule solution s'offrait à lui. Dépecer le corps, l'entasser dans le congélateur ou l'incinérer dans la chaudière au fur et à mesure, ce qu'il entreprit après avoir pesé le pour et le contre. Les vêtements furent les premiers livrés aux flammes.

Dans la buanderie du sous-sol, pendant son travail de boucherie destiné à faire disparaître toute trace du passage dans sa maison de cet être humain, pas un instant Van Meersen-Tromp ne pensa qu'il pouvait y avoir une compagne, une famille ou des amis qui s'inquiéteraient de la disparition d'un mari, fiancé, amant, père, frère ou ami cher. Seul lui importait son confort personnel qui se résumait à éviter des ennuis avec la loi et, une fois sa triste besogne terminée, seul le soulagement du travail fini l'accapara. Il n'eut aucun regret et encore moins de remord, il s'activa à brosser le bac à lessive qui ne servait plus ; revenu au salon, il s'assura que pas une goutte de sang ne dépareillait le tapis et pourrait trahir quelque activité excentrique et fort de la tâche accomplie, se versa une large rasade de Jack Daniel's, bien méritée selon lui. Il ouvrit les fenêtres sur la nuit, la chaudière, poussée à fond, envoyait son eau brûlante dans les radiateurs qui, glougloutant, propageaient une chaleur suffocante dans les pièces surchauffées.

Tout en ingurgitant l'alcool à petites gorgées revigorantes, il repassait en esprit les événements de la journée, sûr de n'avoir rien omis. Personne de sa connaissance, Sonia comprise, n'était au courant de ce rendez-vous et Grund semblait bien avoir agi seul et de son propre chef. Encore une chance qu'il ait gardé sa vieille chaudière à charbon ! Sur cette pensée le dynamisant, il prit dans la bibliothèque les *Essais* de Montaigne. Pas question de s'endormir cette nuit.

18.

De retour de l'ambassade, Chloé était passée à l'atelier. Elle était exténuée. Elle préparait son exposition et se demandait combien de temps elle pourrait encore combiner les deux. Les recherches et son travail. Jusque-là, tout s'était bien déroulé, mais avec les colloques prévus en supplément des toiles qu'elle voulait terminer, cela faisait beaucoup. Tous les soirs, il se faisait de plus en plus tard. Elle rentrait exténuée.

Elle sentait à peine ses jambes et tituba en sortant de voiture. C'est probablement la raison pour laquelle elle ne vit pas la voiture qui démarra en haut de la rue. Le chauffeur avait oublié d'allumer ses phares avant de déboîter ce qu'il répara en prenant de la vitesse, éblouissant Chloé. Elle se figea comme un lièvre pris dans le faisceau des lampes. Au lieu de ralentir, le chauffeur accéléra, la culbutant de plein fouet. En un éclair, l'impact la réveilla brutalement avant de la plonger dans l'étourdissement de l'évanouissement. Elle eut juste le temps, une fraction de seconde, de trouver la silhouette au volant familière, sans pouvoir pour autant s'en expliquer la raison, et sombra dans le noir. Les feux arrière disparaissaient, la laissant inconsciente sur le macadam. Entrée dans le coma, elle ne sentit pas, plusieurs minutes plus tard, le chien d'un promeneur la renifler avec persistance. Son maître se saisit de son portable et appela les secours.

En un temps record, la rue si calme auparavant rugissait des sirènes de police et d'ambulances ; les lumières des maisons alentours inondèrent les porches et les voisins, en pyjama pour la plupart, virent une civière emporter un corps sanglé dans des couvertures et relié à des tuyaux de couleur et de forme différentes.

Sans témoin oculaire et sans savoir le déroulement exact des faits, il fut toutefois facile pour les policiers de conclure à un chauffard ayant pris la fuite au vu des contusions multiples évidentes. Le sac de la victime renfermant ses papiers, l'identification fut aisée. Dans ces conjonctures, une chose perturbait les policiers : l'absence de traces de freinage, comme si le chauffard n'avait pas vu l'accidentée avant de la percuter. Avait-il conclu à une poubelle mal placée dont la teinte l'aurait à moitié dissimulée sur l'asphalte ? Mais, dans ce cas, n'avait-il donc pas scruté son rétroviseur pour contrôler la justesse de sa supposition ? Était-il ivre ? D'après les premières constatations et l'aspect de la femme étendue à terre, le choc avait dû être d'une violence à enfoncer la tôle. Il était impossible que le conducteur ne se soit aperçu de rien.

19.

L'enquête faisait du sur place. Ses collègues n'avaient pas plus de mouvement dans la leur. Hartevelt, ce soir, était heureux de retrouver la tranquillité de son foyer et ses enfants impatients d'entendre la suite de l'histoire.

Des cris de joie l'accueillirent sur le seuil et Remco annonça avoir été très sage. Hartevelt s'empara du livre que lui tendait Anneke qui résumait à voix haute :

« Tu sais, Ivan Tsarevitch, il est parti voir ses sœurs et l'aigle et le faucon, et ils ont tous eu des cadeaux, mais lui y peut pas rester parce qu'il va avec Maria Morevna que le vieux sorcier il a gardée chez lui, mais quand il revient il y a plus personne. Et maintenant, on va savoir si le vieux sorcier il les rattrape.

– Tu veux parler de Kochtcheï L'Immortel ?

– Oui, il a dit que une fois c'était possible, mais si Ivan y revenait, il le tuerait.

– Alors, voyons voir. »

Kochtcheï éperonne son cheval qui part au galop et rejoint Ivan-Tsarévitch. « Je t'avais prévenu, crie-t-il alors qu'il l'attrape, le hache menu et enferme ses restes dans un tonneau qu'il cercle de fer et jette à la mer.

Cela fait, il ramène chez lui Maria Morevna captive qui pleure son cher mari. Au même instant, les objets d'argent que le tsarévitch a laissé chez sa famille noircissent. « Ah, disent les sœurs et les beaux-frères, c'est signe de malheur ! L'aigle s'élance dans la mer et repêche le tonneau. Le faucon s'envole chercher de l'eau vive et le corbeau part en quête de l'eau morte. A eux trois, ils brisent le tonneau, sortent les morceaux d'Ivan-tsarévitch, les lavent et les assemblent. Le corbeau les asperge d'eau morte et le corps redevient entier. Le faucon l'arrose d'eau vive. Ivan-tsarévitch tressaille et revient à la vie. Encore un peu abasourdi, il prend la parole en bâillant : « Oh, j'ai dormi longtemps, je pense, » fait-il en étirant ses bras. « Sans nous, tu ne serais pas encore réveillé ! répondent ses beaux-frères. – Viens donc passer quelque temps chez nous. – Non, mes amis ! Je dois délivrer d'abord Maria Morevna. »

Retourné auprès d'elle, il lui dit : « Demande à Kochtcheï l'Immortel d'où lui vient son superbe et rapide coursier. La belle tsarine profite d'un moment favorable pour interroger le sorcier, qui répond : – Dans un pays lointain, quelque part au bout du monde, derrière un torrent de feu, habite Baba-Yaga la sorcière. Elle monte une jument pour faire chaque jour le tour du monde. Elle a beaucoup d'autres excellentes juments. Je les ai gardées pour elle pendant trois jours, sans perdre une seule bête, et elle m'a offert un poulain en récompense. – Et comment as-tu réussi à traverser le torrent de feu ? – Avec ce mouchoir. Il suffit de l'agiter trois fois à droite pour faire apparaître un pont très haut que le feu ne peut pas atteindre. » La nuit venue, Maria Morevna, qui a écouté attentivement, lui vole son mouchoir pendant qu'il dort. Elle répète l'histoire à Ivan-tsarévitch et lui remet le mouchoir.

Ivan-tsarévitch, part à la conquête. Arrivé devant le torrent de feu, il agite son mouchoir et le franchit sans problème grâce au pont qui surgit des flammes. Il se dirige vers la demeure de Baba-Yaga. Ayant cheminé longuement sans boire ni manger, il rencontre un oiseau d'outre-mer avec sa couvée. « Je vais manger un oisillon, dit-t-il. – Non, non, Ivan-tsarévitch supplie l'oiseau, laisse la vie sauve à mes petits. Je saurai te rendre service d'ici peu. » Il poursuit son chemin à travers bois et aperçoit une ruche sauvage. « Hum, du miel. Je vais en prendre un peu, car j'ai faim, déclare-t-il. La reine des abeilles répond : – Ne touche pas à mon miel, Ivan-tsarévitch ! Je saurai te rendre service d'ici peu. » Il s'abstient et continue sa route. Tout à coup, il se trouve en présence d'une lionne accompagnée de son lionceau. – Au moins vais-je manger ce lionceau, car je meurs de faim ! – Épargne mon enfant, supplie la lionne. Je saurai te rendre service d'ici peu. – Bon, d'accord ! » Il repart, affamé. Il chemine, chemine et parvient finalement à la maison de Baba-Yaga, entourée de douze piquets dont onze portent des crânes humains. « Bonjour, grand-mère ! – Bonjour, Ivan-tsarévitch ! Es-tu venu, de ton plein gré ou par nécessité ? – Je voudrais mériter un de tes puissants destriers ! – A ton aise, mon tsarévitch ! Pas besoin de travailler pour moi une année. Si, au bout de trois jours, tu as bien gardé mes juments, je te ferai cadeau d'un destrier. Sinon, ne t'en déplaise, ton crâne surmontera le douzième piquet. » Ivan-tsarévitch accepte le marché. Baba-Yaga le nourrit, lui donne à boire, et lui ordonne de se mettre au travail.

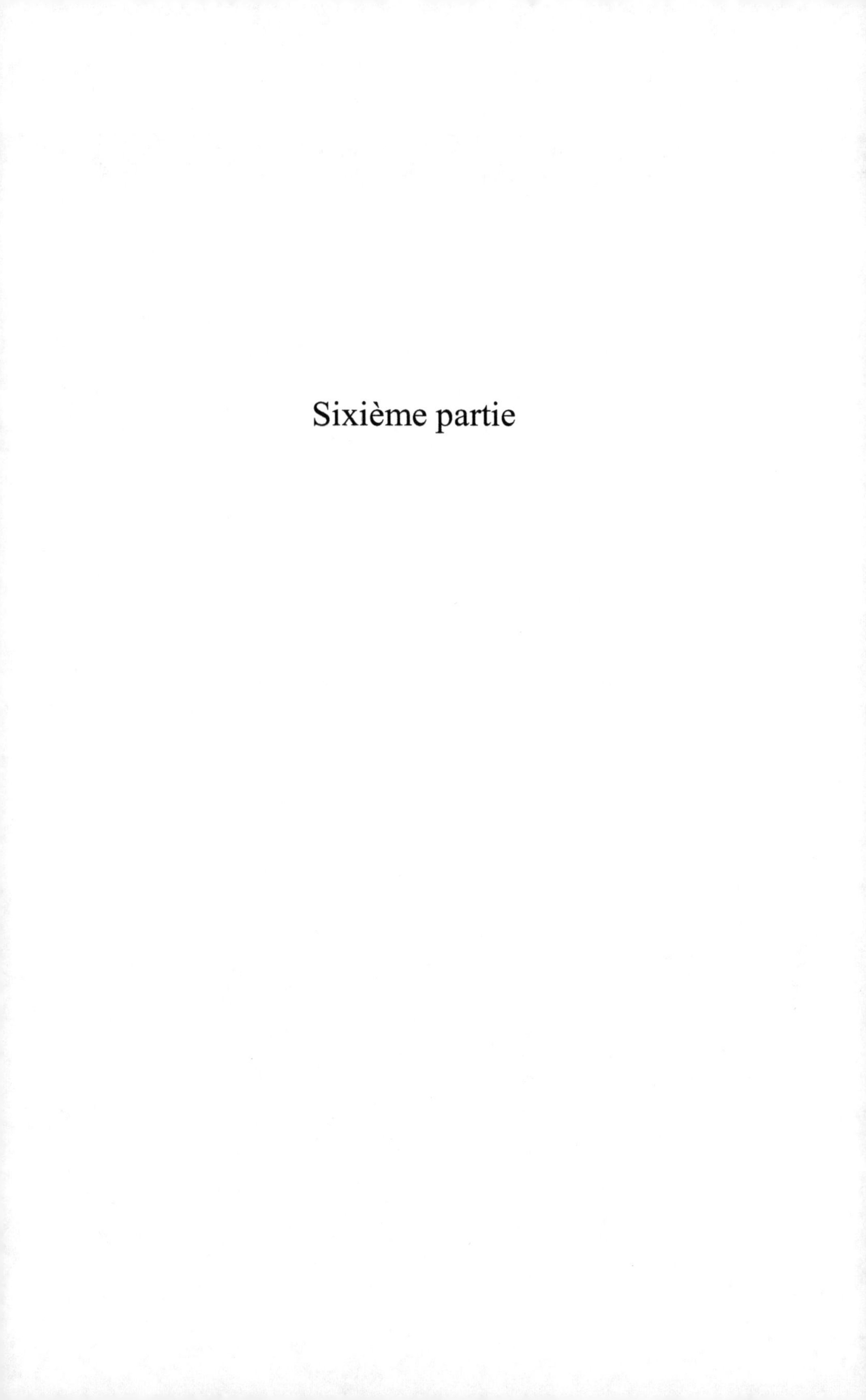

Sixième partie

1.

Un orage dément et une pluie torrentielle l'avaient longtemps tenue dans une semi conscience par le lancinant harcèlement des gouttes, lacéré par les fulgurances précipitées des éclairs rageurs griffant l'obscurité de leurs ongles bleutés. Une pile de livres s'écroulant dans une brusque déflagration l'avait fait sursauter en touchant le sol. Elle avait eu presque peur. Le fracas distinct, sauvage, signifiant, mais significatif de quelle notion exactement... D'un avertissement peut-être... Enfin, elle s'était enroulée dans les méandres d'un cauchemar.

Elle marche dans un couloir, une sorte de tunnel. Les murs sont nus et sales. Elle sait qu'ils seront glacials et humides si elle les effleure. Ils sont recouverts de carreaux de faïence, jaune pisseux, presque incolore. Le décor ressemble à un passage souterrain pour piétons. Elle marche, marche et marche encore. Très bas au-dessus d'elle le plafond lui frôle les cheveux. Nulle part un morceau de ciel visible. Soudain une vision fulgurante lui transperce le cœur. Elle comprend d'un coup. Il s'agit des vestiges d'une rue. Les trottoirs sont encore discernables. Les portes également. Certaines vert foncé, d'autres, marron. Toutes fermées. Elle marche, et marche encore plus loin. Tout est désert.

Sombre malgré le vieux lampadaire contre lequel ni homme ni chien n'ont pissé. Cela sent le renfermé. Il fait de plus en plus frais ou bien est-ce elle qui a froid ?

Au-dessus de toutes les portes, des numéros sont inscrits, aucun nom. Elle se met à marcher lentement dans la pesante désolation de cette artère sans vie. Nulle part un être vivant. Il y a certainement eu un tournant dont elle n'a eu aucune notion car elle arrive à une rotonde. Là, plusieurs rues identiques à celle qu'elle vient de parcourir se rejoignent. Au milieu, un énorme pilier soutient le plafond. L'éclairage a changé. Accrochés de guingois, des néons brûlent avec parcimonie.

Elle entend des pas derrière elle. Elle se retourne : une femme, serrant un enfant de trois, quatre ans dans les bras, la regarde. Des sanglots violents la secouent subitement. Elle hurle : « Ils arrivent ! Ils arrivent ! » Elle s'élance d'un bond dans l'ombre, fuyant son regard hébété. Que veut-elle dire ? Qui vient ? Progressivement des cris percent le silence ; des pleurs deviennent audibles. Cela provient de derrière le gros pilier. Elle le contourne et elle les voit.

Dans l'une des rues, des hommes en complet veston impeccable, ouvrent brusquement les portes. Ils tirent sans ménagement les femmes et les enfants à l'extérieur. Les nourrissons sont rejetés avec leur mère à l'intérieur. Les enfants en état de marcher sont rassemblés, poussés dans un coin comme un troupeau. Ils travaillent systématiquement, consciencieusement, méthodiquement. Aucune porte n'est oubliée. Petit à petit, ils se rapprochent de la rotonde. Une mère et un enfant s'agrippent l'un à l'autre. C'est la femme qu'elle a vue auparavant. D'un claquement de doigts, les messieurs donnent l'ordre aux soldats, surgis du néant, d'arracher l'enfant à sa mère. Elle se débat telle une louve prise au piège. Mais que peut-elle faire contre tant ? Son enfant lui est enlevé de force. Elle s'effondre, gémit douloureusement. Une mitrailleuse crépite dans la nuit. Le silence aboie profondément, s'installe rapide, étonnant. Pas pour longtemps. Des voix l'atteignent de nouveau. L'enfant, le dos collé au mur, est tenu en joue par deux soldats. Les voix émanent des trois hommes qui lui parlent. Le petit ne veut pas les écouter. Il est inquiet, agité. Il essaie de fuir, se cogne aux fusils. Les voix s'enflent à devenir des cris. Les murs, le plafond, le pilier renvoient l'écho du vrombissement des mots incessamment répétés. Au bout d'un temps qui lui paraît interminable, l'enfant se calme. Finalement, il les suit.

D'une autre rue, elle voit un cortège de petits enfants qui vient vers elle. Ils portent tous le même tablier noir sur un habit de pensionnaire. Ils marchent par rang de quatre. Sans rire. Sans parole. Sans chanson. Parfaitement au pas. Sans se presser, mais régulièrement. Ils sont classés par ordre de grandeur. Elle remarque des enfants de plus en plus âgés passer devant elle. Les plus vieux portent l'uniforme de l'armée. Subitement, le défilé se termine comme il a commencé. La rotonde est aussi déserte qu'au début. Une fois de plus, elle est seule.

Elle doit sortir d'ici. Elle doit s'échapper. Elle enfile l'une des rues. Elle recommence à marcher. Le sentiment de ne pas progresser s'empare pernicieusement d'elle. C'est une rue tellement, tellement longue. Sans transition, elle en voit la fin. La lumière du jour tombe diffuse, tout là-bas, à l'extrémité. Pourquoi cette angoisse, si dans quelques minutes, elle sera à l'air libre ? Pourquoi, pourquoi est-elle effrayée ? Car elle a peur. Que verra-t-elle au bout de la rue ? Quoi ? Quoi?

Sa respiration alourdie engourdit ses poumons, serre son cœur dans une mâchoire de marbre. Elle marche le plus lentement possible. Elle craint la révélation que lui apportera la clarté. Malgré tout, elle avance. Péniblement, mais elle y arrive. Soudain, elle ressort enfin à l'air libre. Dehors. Mais nulle part un brin d'herbe. Nulle part un arbre. A leur place, seuls d'énormes blocs de granit entourés de pierres plus petites lui font face. Des pierres, des pierres et encore des pierres. Elle cherche un passage parmi les cailloux. Elle escalade des gorges escarpées dont les parois se dérobent. Elle trébuche, s'écorche les genoux et les poignets, se brise les ongles. Elle halète, ensanglantée, les tempes prêtes à éclater. Elle se faufile dans une crevasse pour éviter un gros rocher. Au détour, elle découvre des cages. La pluie a aidé la rouille à ronger les barreaux. Les traînées rougeâtres trahissent le chemin forcé emprunté par les ondées. Elle doit passer le long de ces cages. Elles sont toutes tombées en décrépitude. Plusieurs n'ont plus de toit. D'autres, plus de murs. Toutes cependant brandissent fermement leurs barreaux intacts encore debout.

De toute évidence, il s'agit des ruines d'un jardin zoologique. Des plaques en plastique blanc aux lettres gravées en noir indiquent les noms des espèces jadis hébergées : OURS BRUN, plus loin : ZEBRA, plus loin encore : XYZ. De cette dernière cage un bruit furtif lui parvient. Un léger bruissement. Sur le sol en ciment, des enfants entassés pleurent doucement.

En vain, elle attend les larmes. Trop impuissante, même pour pleurer.

Madeleine avait noté scrupuleusement tous les détails dont elle se souvenait encore sous l'emprise de l'angoisse de la nuit.

2.

Ils virent entrer une petite vieille qui se déplaçait en avançant péniblement les pieds, s'appuyant sur un déambulateur avec, dans le panier du bas, un minuscule chien confortablement installé sur des couvertures écossaises. Elle était arrivée le matin de bonne heure et avait réclamé le commissaire, refusant de parler à qui que ce soit de l'objet de sa visite. Elle ne s'était pas laissée éconduire et avait attendu patiemment sans bouger du banc où elle avait pris place. Vu son grand âge, le planton de service, au bout d'une heure, avait prévenu le commissaire Van den Bosch qui était en conférence avec Krijger et Hartevelt. Elle avait refusé café et thé proposés et elle avançait vers eux de sa démarche cahotante, prononçant des paroles d'apaisement au chihuahua qui ne semblait pas en avoir besoin et regardait alentour de ses yeux de bottines sans s'affoler. Après s'être assurée qu'elle était bien en présence du commissaire, elle se présenta : Anna-Maria van Burlower. Elle venait au sujet de l'accident d'hier au soir, si le commissaire et ces messieurs étaient au courant. Oui, bien sûr. Eh bien, elle avait tout vu et elle s'étonnait que personne ne soit venu l'interroger, alors elle était là pour donner sa version des faits.

Comme souvent le soir après avoir été promener Miranda, elle buvait son chocolat près de la fenêtre du salon.
« Vous voyez, je n'allume jamais l'électricité à ce moment-là pour m'habituer à l'obscurité avant d'aller dormir. J'ai un peu de mal à m'endormir si je reste dans la lumière vive. Lorsque nous revenons de notre petit tour, Miranda et moi, je prends ma douche, je me fais un chocolat chaud avant comme cela il a le temps de refroidir… Je dis chocolat chaud, mais… c'est plutôt tiède, en fait, pas froid, mais… Bon enfin, vous me comprenez. »

Les trois hommes opinèrent sans répondre ; ils ne voulaient pas couper le fil de ses pensées cahotantes et, bien qu'ils auraient souhaité qu'elle en vint au cœur de l'histoire, ils évitaient de la brusquer et se montraient patients.
– Donc, ensuite, je me prépare pour la nuit, j'allume ma couverture chauffante et, en robe de chambre, je sirote mon chocolat qui, entre-temps, est à température idéale. Je regarde par la fenêtre un peu par habitude car il n'y a pas grand-chose à voir à cette heure.

Il était à peu près minuit lorsqu'une

voiture est venue se garer le long du trottoir devant chez les Verhoeven, juste en face sur la gauche. J'ai tout de suite pensé "Tiens, ils ont une nouvelle voiture, ce doit être le fils." Mais le chauffeur restait au volant après avoir éteint les phares. Et puis, il a démarré à nouveau et il s'est mis devant chez moi ! Là, quelle n'a pas été ma surprise de voir que ce n'était pas le fils Verhoeven du tout. Il est bien plus grand. Je ne comprenais pas ce que cette personne faisait là dans le noir devant ma pelouse. Elle a reculé toujours dans le noir, devant chez les voisins, les Blackerveld. Je pouvais voir qu'elle n'était pas très grande, mais impossible de distinguer son visage, elle avait un chapeau qui faisait de l'ombre. J'ai attendu encore un moment et j'étais pour aller me coucher quand la petite Vermont est arrivée. Je la reconnais bien. Elle a verrouillé ses portières. Elle se gare toujours en face, comme ça, sa voiture profite de l'ombrage des arbres s'il fait du soleil et qu'elle part un peu tard dans la matinée. Elle commençait à traverser la rue et j'ai vu la voiture foncer sur elle tous feux éteints d'abord, puis avec les grands phares. C'était la voiture qui était là juste avant. La petite Vermont a fait un valdingue, je ne vous dis pas. Elle n'a rien vu venir, elle fouillait dans son sac, certainement à la recherche de ses clefs. J'étais tout d'abord pétrifiée car c'était clair que l'autre l'avait écrasée et ne s'arrêtait pas. J'avais peur que le chauffeur fasse demi-tour et revienne, mais il a disparu au coin de la rue. La petite ne se relevait pas. J'étais abasourdie, ça je peux vous le dire. Il n'avait même pas freiné, au contraire, je crois bien qu'il avait accéléré. Encore sonnée, je me suis levée pour téléphoner. J'ai donné mon nom et mon adresse et j'ai dit ce qui s'était passé. Comme personne n'est venu me voir, je suis venue ici. Ne croyez pas que j'invente. Cela s'est passé exactement comme je vous le dis. »

Les trois hommes se regardèrent un bref instant et le commissaire prit la parole :

« Madame van Burlower, nous vous remercions de votre témoignage qui nous est très précieux et vous avez bien agi en venant me trouver. Si vous le voulez bien, nous allons vous poser quelques questions et ensuite, un de mes collègues prendra votre déposition. Pensez-vous que vous reconnaitriez la voiture, la marque ou la couleur ?

– Pour ce qui est de la marque… je m'intéresse peu aux voitures, mais la couleur était bleu foncé. Je l'ai bien vu, car devant les Verhoeven, il y a un lampadaire qui l'éclairait.

– Bien merci. Était-ce une petite ou une grosse voiture ?

– Plutôt moyenne, mais petite avec sur le capot une sorte de gros chat, peut-être même

un tigre, qui faisait de la boxe. Je le voyais briller. Je me suis même fait la réflexion que ça devait être rapport au tigre dans le moteur, vous savez la publicité qu'ils passaient à la télévision. Cela vous aide-t-il ?
– Énormément, madame. Vous rappelez-vous autre chose, un détail qui vous aurait surprise ou un truc que vous auriez remarqué ?
– Pas vraiment, un truc important non… mais, juste que sur le tableau de bord, il y avait un clown blanc. Enfin, il me semble que c'était un clown, une de ces poupées tout en blanc avec un chapeau pointu. J'ai naturellement pensé à un Pierrot, mais à part ça… non… je ne vois pas autre chose. Juste que je me suis dit que cet homme avait les mains très fines, elles étaient sur le volant, et que c'était bizarre qu'il reste là dans le noir avec son moteur qui tournait doucement. Je me suis demandée qui il pouvait bien attendre. Je pensais à une femme, une liaison adultère, parce que dans notre rue, à part la petite Vermont, il n'y a que des couples et des familles. Oui, elle est la seule célibataire. Oui, … peut-être qu'il l'attendait. Qu'en pensez-vous ?
– Il est malheureusement encore trop tôt pour tirer des conclusions. Si vous le voulez bien, nous allons prendre votre déposition. »
Comme par enchantement, la porte s'ouvrit et un agent se matérialisa sur le seuil pour emmener Anna-Maria van Bulower et

Miranda dans un autre bureau.

Krijger et Hartevelt étaient au bureau Koninginneweg car la victime de l'accident, Chloé Vermont, était de l'université d'Amsterdam et tout ce qui touchait, de près ou de loin, l'université faisait dorénavant partie de leur dossier. Si la petite vieille avait vu juste, quelqu'un avait bel et bien tenté de supprimer la jeune femme. Pour quelle raison ? Ils étaient maintenant en possession d'indices précis : une voiture bleu foncé et un Pierrot sur le tableau de bord. Ils lancèrent tout de suite les recherches. Il fallait savoir, en premier lieu, si une personne de l'université possédait un tel véhicule. En sortant, ils aperçurent Ilse van der Brug à la réception. Elle habitait dans le coin et ils n'y prêtèrent qu'une attention modeste. Elle leur rendit leur signe de tête.

3.

Près de la machine à café, deux patients discutaient sérieusement, chacun défendant son opinion avec force arguments à l'appui. L'un d'eux tenait un gros volume sous le bras. « Moi, je pense que le libéralisme, comme système totalitaire, fut pas mal non plus... Il faut aussi écrire le livre noir du capitalisme, ce qu'a commencé Naomie Klein avec sa stratégie du choc... Ce que voulait faire Gilles Perrault. Nous ne sommes pas sortis des totalitarismes et nous n'en sortiront sans doute jamais. Quand à dire que nous sommes en démocratie, ça me fait doucement sourire. Ce qu'il faudrait écrire, c'est le livre noir des totalitarismes sous la forme d'un dictionnaire et non pas définir un totalitarisme par ce que n'est pas l'autre... Quant à la démocratie, elle reste entièrement à construire ! Depuis la Grèce antique, il y a eu des tentatives écrasées dans le sang à chaque fois : Budapest en 1956, le Chili en 1973…

– C'est un devoir de dire combien le communisme a été un MENSONGE, dont il ne reste que deux ou trois dictatures implacables ! On peut toujours s'attaquer au capitalisme : il est là, et tous les pays au monde vinrent plutôt vers lui que vers le stalinisme et ses avatars monstrueux !

– Quand on fait partie du monde ouvrier, on ne peut penser comme cela, mais pourquoi le monde capitaliste a-t-il engendré le stalinisme et l'hyper capitalisme actuel qui se nourrissent l'un de l'autre ? Sans le stalinisme, le capitalisme aurait-il survécu ? Puisque la Chine "communiste" est le dernier soutient du capitalisme américain, c'est elle qui finance son déficit. Attention à ne pas tomber dans un travers manichéen. S'il est un devoir, c'est de dénoncer les connivences entre les deux mondes, les deux avatars du monde industriel qui ont fait autant de dégâts l'un que l'autre, les deux systèmes sont aussi invivables l'un que l'autre. »

Ces patients qui n'attendaient pas de visite, fuyaient leur chambre et venaient prendre qui un café qui un thé ou, à la rigueur, un chocolat chaud. Le distributeur de boissons fraîches était boudé.

Un troisième homme, qui jusque-là était resté silencieux et écoutait la discussion, se lança dans le débat :

« Je suis avec Robert : c'est un DEVOIR de dénoncer le communisme. Je reviens d'Israël, où de nombreux rescapés de l'URSS témoignent des atrocités qu'ils ont subies. Les mots manquent pour exprimer l'horreur.

– Vous ne voulez pas voir qu'il y a d'autres points de vue que le vôtre... Moi ma thèse, si vous saviez écouter, est de dire que sans le capitalisme, il n'y aurait jamais eu de stalinisme. Quant au communisme, il est comme la démocratie : il n'a jamais existé dans la période moderne. Maintenant, vous pouvez pervertir à l'infini le sens des mots si ça vous amuse, ça renforce votre confort intellectuel qui est basé sur peu de chose. Quand le communisme a existé, c'est sur une longue période et ce sont les empires dont les terres appartenaient à l'État et cultivées collectivement. Un des exemples est l'empire Inca, mais aussi l'empire assyrien. Le gros problème de nos sociétés "modernes" est la bureaucratie et le manque total de démocratie que ce soit à l'Est comme à l'Ouest. On peut comptabiliser les génocides, il y en a autant des deux côtés, le Rwanda ou les Palestiniens ce n'est pas, à ce que je sache, un problème du communisme, on peut en citer à l'infini. La raison en est que nos systèmes sont fondés sur la prédation et le pillage et, depuis plus de cinq siècles, ça fonctionne comme cela. En fait, au moment de la naissance du capitalisme et de l'esclavage moderne.

– L'Histoire jugera ! Mais ce n'est pas vraiment le capitalisme qui a mis les Bolchéviques et Lénine au pouvoir, soyez sérieux ! »

Un grand échalas, en robe de chambre, qui buvait son chocolat à petites gorgées, crut bon d'ajouter.

« L'homme doit sans cesse conjuguer le plaisir et l'exultation, en même temps que l'ordre et la discipline. Une société idéale voudrait plutôt de l'austérité, des privations, des sacrifices et beaucoup d'ascétisme. Mais, chacun veut sa part du gâteau. Une société idéale voudrait alors de la chaleur, du plaisir, des permissions et beaucoup de liberté. Eternel paradoxe. D'autres part, les conflits permettent à l'homme d'exulter et de se

figurer un combat contre quelque chose, alors qu'il n'y a que l'amour qui est vrai, simple et authentique. Également, il faut satisfaire tout le monde dans une urgence plus ou moins urgente... Comment dans ces cas-là, ne pas faire preuve de malhonnêteté ? Car enfin ! Qui serait prêt à donner dans l'urgence ? Tout système répond de ce que sont les hommes, et de ce qu'ils font, selon l'endroit où ils se trouvent, et selon l'époque. Je suis perverti, donc je mets en place un système empreint de correct exigé, de politiquement correct, un système juste, bon et inoffensif en apparence, à la limite de la transparence, afin de mieux triompher de lui. Je suis un homme, et ce dont j'ai besoin c'est d'une vierge rentable, pour ensuite, ou plutôt pendant, exulter de son travail en la pillant. Et quand je ne peux plus piller, je la viole, je lui donne une autre identité, elle reste vierge car elle n'aime aucun système, puisqu'elle passe d'un système à un autre, et à nouveau elle amasse du butin, qui est ramassé petit à petit et cetera.
Le communisme a perduré, entre autres, parce que l'URSS était, à l'époque, le seul pays capable de rivaliser avec les États-Unis. Ce pays a pris la grosse tête, et il s'est dit qu'il fallait devenir aussi identitaire que les States, avoir un modèle, sans être les States, avec les moyens et les constitutions slaves. Puis, les dirigeants, et même Staline je pense, se sont

rendu compte sans le dire et sans SE le dire, que c'était bel et bien un échec. CQFD double ration de crimes et de contrôle pour tout le monde. Et, c'est vrai je pense, croyez-vous que Staline aurait dit aux États-Unis qu'il s'agissait d'un échec ? Beaucoup d'ego là-dedans, de lâcheté, de mégalomanie, et d'orgueil donc… Il est vrai, et je termine, que le système féodal était assez respectable. Les gens avaient une place, ils servaient à quelque chose de précis, ils étaient nourris, logés, ils étaient protégés, ils produisaient eux-mêmes des choses qu'ils revendaient à d'autres. S'ils avaient trop d'ambition, le seigneur les rappelait à l'ordre, et le commerce s'effectuait de domaines seigneuriaux en domaines seigneuriaux, comme si les terres étaient parsemées de petits états... C'était plus facile à gérer…

– Le système féodal n'a rien à voir ni avec le communisme ni avec le capitalisme. C'est Jacques Soustelle qui a dit que l'empire Inca avait une structure communiste, propriété étatique et des terres et de la production, dans un de ces livres sur le sujet. Vous créez volontairement l'ambiguïté parce que vous défendez des idées préconçues sur tout. Il est très facile de pervertir la terminologie, c'est ce que font tous les religieux et les dogmatiques. Le stalinisme n'a perduré que pour empêcher la révolution mondiale, il est le complément au capitalisme indispensable à la survie de celui-ci... Si vous voulez, je peux vous en faire la preuve économique par la Chine, pays communiste qui paie la dette américaine pour que le système ne s'effondre pas, mais bien sûr, vous planez au-delà de tout cela. Le problème, c'est que l'un et l'autre étaient hyper productivistes et qu'ils ont amené, ensemble, le monde au bord du gouffre, sans régler aucune des tâches historiques que la révolution bourgeoise avait pris à son compte, sans amener en quoi que ce soit la démocratie. Aujourd'hui, grâce à Friedmann, les économistes fous et à l'école de Chicago, le monde est au bord du gouffre économique aussi. C'est parce que le système féodal s'est effondré que le capitalisme a surgi, l'un ne va pas sans l'autre. Toute civilisation est amenée à disparaître pour être remplacée et notre vieille civilisation capitaliste est amenée, comme les autres, à disparaître. C'est la vie des civilisations et la loi de la nature humaine. Le stalinisme est un produit de cette décomposition. Le communisme et la démocratie sont à inventer, comme le pensait Kropotkine.

– Le système féodal s'est effondré à cause, ou grâce, j'allais dire, à l'ego des hommes qui voulaient toujours plus, à cause, ou grâce à la science qui ne pouvait pas se contenter d'une constitution en domaines des terres, à cause, ou grâce, à la démesure des hommes qui, même si elle n'est rien sans mesure, est quand même de la démesure. Le patriotisme, la tolérance rimant avec suffisance, la liberté rimant avec caprice, le militarisme ambiant qui ne peut pas inspirer la confiance... Autant de ces choses démocratiques, soi-disant, qui ont plus permis à l'homme de bien bander, que de rester de simples hommes. Le progrès s'immisce toujours insidieusement, pour satisfaire des besoins primaires, cependant que l'homme se construit de verticalité en verticalité, ce qui est paradoxal. Nous avons flatté l'homme trop longtemps. Nous l'avons trop longtemps pris pour une star. Nous cherchons trop à rassembler les peuples, à les concilier, économiquement et culturellement, alors que ceci est un idéal bâtard. Si je suis japonais, et que j'élève des requins et des dauphins pour les manger, commandez moi des requins et des dauphins, mais ne me demandez pas de donner dans l'élevage porcin. Nous voulons tout uniformiser, coller des étiquettes sur les bovins que nous sommes ; ce qui s'appelle de l'individualisme bête et méchant. Les gens à forte personnalité sont bannis, critiqués, décortiqués, étouffés pour ne pas dire censurés par l'inconscient collectif, et donc tués dans l'œuf. Économiquement et culturellement, c'est du pareil au même ; l'identité des pays n'existe que parce que parallèlement à ça, il faut que les pays n'aient pas d'identité, ou presque pas, pour intégrer l'économie. Si on n'en est pas encore tout à fait là, on va droit dedans. L'homme a besoin d'un système, parce qu'à plusieurs, c'est le bordel. Et pourquoi à plusieurs, c'est le bordel ? parce que l'homme est paumé de nature.

– C'est parce que ce sont les prédateurs qui font des systèmes pour d'autres prédateurs et que c'est la règlementation de la chasse qui domine, chasse au gibier et chasse à l'homme. D'où le capitalisme qui est le système de prédation ultime, auquel je n'aspire pas... Maintenant, les dix pour cent de prédateurs font la loi sur l'ensemble de l'espèce et créent des systèmes à leur mesure et cela depuis toujours. C'est ce qui a créé les systèmes politiques depuis le début de l'humanité. Au Moyen Âge, seuls les seigneurs pouvaient chasser et avaient le droit de cuissage. Selon moi, il faudrait inverser la tendance simplement et aussi parce qu'il n'y a plus rien à chasser. La chasse aux Indiens et aux Noirs à l'origine du capitalisme est une réalité, le but premier était l'extermination d'espèces entières et ça a réussi pour les Amérindiens ! Il ne reste plus que dix pour cent de ce qu'ils étaient avant la conquête.

– Je crois que tu es de mauvaise foi quand tu dis que tu n'aspires pas au capitalisme…

Néanmoins, dans ton intimité, je peux comprendre.
– Un jour, peut-être, les communistes feront leur autocritique ! J'ai des amis qui ont connu les prédateurs soviétiques. Il faut arrêter de faire croire à l'Humanité que le communisme, c'était pas si mal que ça ! On l'a dit aussi pour les régimes fascistes ! ASSEZ de mensonges historiques !
– C'est vrai ! Mais, ce n'est pas pire que le capitalisme et ça se complète l'un et l'autre. Ce que vous appelez le communisme n'est que le stalinisme... Le plus gros mensonge historique est de faire croire que l'un vaut mieux que l'autre... L'un aboutit au fascisme dans ses crises, l'autre est une forme de dictature bureaucratique, mais l'un et l'autre se complètent, sont complémentaires.
– Tu ne dis pas que des bêtises certes, mais l'essentiel de ce que tu dis est une bêtise selon moi.
– Regardez ce qui c'est passé avec les Kmers rouges, financés par qui ? Ça n'a jamais été très clair... Maintenant, ils sont dans les principaux rouages économiques du pays, même si deux ou trois lampistes ont payé pour l'ensemble de la bande. Ça veut dire qu'ils sont encore utiles au développement du libéralisme dans leur pays et ce sont les principales forces économiques... Il y a des milliers d'exemples de ce type de par le

monde. Chacun, dans cette histoire est à sa place et joue son rôle, mais les masses populaires, elles, continuent à payer et le prix fort pour des exactions qu'elles ont subies... C'est toujours le même scénario. L'Europe va donner sa présidence à un pays, la Hongrie, qui interdit et contrôle sévèrement la liberté d'expression, sans que personne ne s'en offusque, Hongrie ancien pays de l'Est, rapidement converti au libéralisme.
– Bolchéviques, Khmers rouges... Maoïstes : quelle tromperie… et meurtrière à souhait. La Corée du Nord s'ouvrira au libéralisme, comme la Chine fait du capitalisme... Reste Cuba ? Idem !
– Comme le capitalisme ! Les gens qui sont affamés au Maghreb et en Afrique par la spéculation et qui meurent assassinés dans la rue, le sont directement par des régimes soutenus par le FMI et la banque mondiale. Quand les capitalistes feront-ils, eux, leur autocritique sur tous les méfaits qu'ils perpètrent journellement dans le monde ? Pourquoi demander aux uns ce qu'on n'est pas capable de faire soit même. Les mêmes erreurs ont été commises des deux côtés du rideau de fer pour exactement les mêmes raisons. »

La discussion était loin d'être terminée, cependant tous se turent : une ravissante infirmière aux charmes indéniables poussait un chariot en direction de l'ascenseur.

4.

Ruud et Frans étaient atterrés. A la Une du *Volkskrant* s'étalait en gros titres la mort de touristes italiens et celle de garçons sur le port. Une photo de plusieurs d'entre eux ne laissait subsister aucun doute sur leur identité. Il s'agissait de leurs clients de l'avant-veille. Le journal du matin précisait qu'ils avaient été victimes d'une nouvelle drogue de synthèse qui venait de faire son apparition sur le marché et dont les effets, lorsqu'elle était absorbée pure, se révélaient de force létale, comparable à une overdose d'héroïne.

Ils n'avaient pas souhaité la mort de qui que ce soit. Ils avaient prévu de gagner un petit pécule et s'interrogeaient s'ils devaient ou non arrêter toute tentative dans ce sens. En outre, le stock de marchandise à portée de main restait tentant, mais de là à prendre la responsabilité du décès de leurs semblables… La perspective incluait un grand pas qu'ils hésitaient à franchir.

Loin d'être des dealers pur-sang pour qui l'attrait du gain primait sur tout, Ruud et Frans envisageaient bien de s'enrichir un peu, après tout, leur séjour dans les tréfonds du métro aurait pu être meilleur, ils auraient pu avoir un autre gîte, mais accumuler des richesses aux dépends d'autrui ne faisait pas partie de leur prérogative, car, tout compte fait, ils avaient connu de pires situations et surtout de pires endroits que leur retraite du moment qui, somme toute, possédait un confort relatif et, où ils se sentaient à l'aise, sans propriétaire pour leur rendre la vie difficile, sans voisins et sans loyer à payer.

D'un autre côté, renoncer purement et sans plus n'était pas obligatoire. Faire un petit commerce lucratif sans nuire à personne devait rester envisageable. Le tout était de trouver un *modus vivendi* et pour cela, connaître les proportions exactes où la drogue, inoffensive, procurerait uniquement du plaisir aux amateurs de sensations fortes. De leur position de non-utilisateurs, Frans et Ruud l'ignoraient, mais ils avaient le profil idéal de dealer. Proposer sans tester jamais la marchandise, ils éviteraient la dépendance.

Le mieux était donc de passer au centre informatique de la bibliothèque où ils pourraient glaner sur Internet les informations nécessaires maintenant qu'ils savaient, grâce aux articles du journal, le nom de la poudre ravageuse. Sam étant interdit de séjour à la Mecque livresque des antres du savoir, Ruud resterait avec lui à l'entrée pendant que Frans irait au troisième étage. Il n'était pas indispensable d'être membre pour consulter un ordinateur.

Avec son pull vert, son jeans jaune et son cache-nez rouge négligemment jeté par-dessus l'épaule, Frans détonnait à peine dans cet univers blanc, moucheté par les dos des livres. Son accoutrement, qui aurait pu paraître farfelu autre part, se fondait, ici, parmi les silhouettes bigarrées où dominaient les écoliers et les étudiants. Il s'assit derrière un écran libre et tapa sa recherche dans Google. Il désirait en premier lieu se renseigner sur les propriétés générales des drogues nouvelles. On était loin des joints de sa jeunesse ! Avec, tété à six ou sept, le pétard passant de main en main, chacun s'installant dans une extase toute subjective et suggérée, amorcée par les promesses d'effets incandescents. La convivialité à ce partage d'un fruit défendu engendrait une euphorie factice, ressentie non à cause de la drogue, mais, il s'en était rendu compte plus tard, au plaisir d'être ensemble et de partager une expérience commune interdite. Même si les histoires les plus folles couraient sur la composition du haschisch, le hasch comme on disait alors de l'air entendu et supérieur de celui qui y avait goûté et en était revenu. Des dealers peu scrupuleux y auraient ajouté de l'opium pour créer des dépendances funestes, l'infime quantité absorbée par chaque fumeur en faisait une bouffée anodine. Il n'en était plus de même. Les saloperies du jour tuaient. Il en tremblait encore en enfonçant les touches du clavier.

5.

Dans la salle de crise, Krijger avait établi un bilan provisoire de la situation pour ses collègues.

« En règle générale, les mobiles de crimes de sang sont de l'ordre de trois. Ou bien les gens perçoivent l'appât d'un gain quelconque. Un héritage qui miroite, une prime à l'assurance. D'autres crimes sont le résultat du feu de l'action. Dispute qui va trop loin, bagarre qui tourne mal et les autres sont commis sous l'influence de la drogue ou de la boisson. Ils peuvent aussi être un mélange des trois, mais c'est plus rare. Disons que pour certaines personnes, le crime est le seul moyen envisagé pour atteindre leur but : se procurer de l'argent, de la drogue, besoin qu'elles ne pourraient pas satisfaire par un autre moyen ou beaucoup plus difficilement car le crime est parfois, pas toujours remarquez, une solution de facilité, factice bien entendu. C'est aussi de façon fréquente, l'instrument d'une vengeance ou la manière de mettre un terme à un comportement inacceptable de la victime du point de vue de l'assassin. Dans les deux premiers cas, vous verrez une dose de raffinement qui ne sera pas nécessairement présente dans le dernier. Toutefois, il nous arrive d'être en présence de crimes dont la teneur est plus étrange. Leurs racines puisent aux compulsions psychologiques du criminel. Nous sommes alors devant un cas de psychopathologie. Une force souterraine pousse cet homme – ce sont rarement des femmes – à accomplir des actes gratuits en ce sens que la perpétration de l'acte trouve sa justification en l'acte lui-même. Le crime est le but et non pas le moyen. L'acte peut être mineur, comme voler des sous-vêtements féminins dans une supérette, sur une corde à linge. Mais, cela peut être aussi grave que le meurtre en série. Le profilage fonctionne lorsque la motivation du criminel est, dans une mesure probable, d'ordre psychopathologique. Je ne pense pas, néanmoins, que les crimes que nous avons ici soient de cet ordre-là. Ce n'est pas sûr non plus qu'ils aient été commis par la même personne.

– Le manque de signature.

– Mais,… le cendrier…

– Non. Le cendrier est le *modus operandi*.

– Je pensais qu'il s'agissait de la même chose.

– La confusion est commune. Le mode opératoire est la façon dont opère un criminel. Certains n'agissent qu'aux abords des autoroutes, d'autres font le guet dans leur voiture, d'autres entrent par effraction dans un appartement galerie, d'autres ne s'en prendront qu'à des victimes dans des villas, d'autres feront croire qu'ils ont besoin d'aide pour attirer leur future victime, etc. Donc, c'est très varié et concerne le type de victime, femme, homme, enfant, étudiant, personnes âgées et j'en passe ; l'endroit, l'heure auxquels les crimes sont commis : parking, villa, appartement, jour, nuit, soirée… les outils ou le matériel en font partie. Utilise-t-il des cordes et quel genre, une arme à feu ou blanche et… laquelle ? Puis, nous avons encore, la manière dont l'agresseur approche ou attaque sa victime. S'agit-il d'un solitaire ou d'un couple opérationnel ? Si c'est un couple est-il occasionnel ou habituel ? Vous vous souvenez de Charles Manson ? Eh bien, là, vous avez un groupe d'assassins opérant toujours ensemble. La famille. En résumé, le mode opérationnel comprend toutes les marques distinctives que l'assassin a pu laisser derrière lui sur les lieux et les abords du crime.

– Alors dans notre cas, le fait que cela se passe à l'université, que les meurtres soient commis avec des cendriers en verre, qu'il s'agisse d'étudiantes ou de personnel universitaire. Ces choses-là ?

– Oui. Et la signature serait ce qui relie tous ces actes entre eux. Le petit quelque chose qu'il n'aurait pas eu besoin de commettre pour tuer ses victimes, mais qu'il aurait fait tout de même. Laisse-moi te donner un exemple. Si un braqueur fait se déshabiller les caissières d'une banque, cela se comprend car les femmes voudront se rhabiller avant d'appeler la police, ce qui lui octroiera plus de temps pour fuir. En revanche, s'il les photographie nues, en les obligeant à prendre des poses érotiques ou pas, c'est une signature car cela n'apporte rien de plus à son acte qu'une satisfaction personnelle. Si un violeur entre dans une maison et viole l'habitante, c'est compréhensible puisque c'est ce qu'il est venu faire. C'est son *modus operandi*. Mais, s'il allume des bougies avant ou pendant l'acte, il s'agit de sa signature car c'est frivole pour obtenir ce qu'il est venu chercher. Il signe son crime. C'est un acte inutile, tout comme de prendre des photographies des caissières. Le MO peut-être très différent. C'est ce qui est nécessaire pour commettre le crime ; la signature est inutile, superflue, mais essentielle psychologiquement au tueur pour obtenir satisfaction. C'est une sorte d'empreinte personnelle, un rituel, qu'un tueur en série ressent le besoin de laisser sur la scène du crime. Or qu'avons-nous ? Rien de tout cela.

– Et ce ne serait pas possible que le cendrier soit la signature. Que le mode opératoire et la

signature ne soient qu'une seule et même chose ?
– Tout est toujours possible, bien entendu. Mais, là, franchement, je ne crois pas. Ce serait trop facile. »

Les hommes commencèrent à se disperser dans un brouhaha de chaises et d'interpellations. L'agent de service à la réception pénétra dans la salle, posa son regard sur l'assemblée et après avoir eu localisé Hartevelt qu'il cherchait, s'approcha de lui et lui remit un message d'Éliane Vermont. Elle avait reçu un texto de Chloé la veille, mais ne l'avait lu que ce matin et elle le lui transmettait au cas où ce serait important. Après en avoir pris connaissance, Hartevelt fit signe à Krijger de le rejoindre. Il lui tendit le papier.

Reçu courriel copine Sandra. SC RDV Ilse salle 319. Travailler ensemble. Pouvait pas aller cinéma. Occupée > 9h. Vais tel Ilse bises.

– Hum…, fit Krijger pour tout commentaire.
– Oui, elle a omis de nous en parler. A nous de lui demander pourquoi. »

6.

Lentement, le soir tombait. Le ciel s'assombrissait. De rose et or, il devenait marine avec quelques bandes de couleur orange à l'horizon où le soleil avait disparu depuis un moment déjà. Les oiseaux s'étaient tus et le silence envahissait la campagne. Un chien aboya dans le lointain, un autre lui répondit. L'homme, allongé à plat ventre derrière un buisson, releva la tête et dirigea son regard vers la grange et la ferme. De là, ne provenait aucun bruit ; les grandes portes coulissantes s'ouvraient sur un trou noir. L'homme ajusta ses lunettes de vision et rampa en direction d'un arbuste sur sa droite. Parvenu à l'abri des branchages, il se souleva graduellement et avec d'infinies précautions, il tira à lui sa mitrailleuse qu'il épaula. Sur le mur de ferme, une fenêtre s'anima et on put voir filtrer de la lumière en une tache rectangulaire jaune sur le sol à l'extérieur. L'homme orienta le canon de son arme de façon à avoir l'ouverture éclairée dans sa ligne de mire. Il prenait appui sur les coudes et se tenait immobile, dissimulé par le feuillage. Une seconde fenêtre s'éclaira. L'homme se tint aux aguets, prêt à faire feu, puis la porte s'ouvrit d'un seul coup et une silhouette s'encadra un bref moment. L'homme, tel mu par un ressort, appuya sur la détente et la figure sur le seuil explosa. Au même instant, des fenêtres vint la riposte, des flammes crépitèrent révélant la position de l'ennemi. L'homme se releva, sur un genou d'abord et, tout en lâchant un feu nourri, boula sur la gauche dans un creux du terrain. Tout redevint calme. Il faisait maintenant nuit noire. Les corps de trois hommes gisaient devant lui. Deux pendaient des fenêtres et un autre s'était écroulé devant la porte.

Les yeux exorbités à force de fixer l'objectif, l'homme distingua à peine l'ombre furtive qui traversait le noir de la porte béante de la grange sur sa droite. Il devait faire une sortie, se dit-il. Partir de ce trou où il se tenait et atteindre la Jeep garée à l'autre extrémité de la maison. Il prit son élan. Une salve salua sa tentative à laquelle il répondit en tuant l'inopportun qui voulait lui barrer le passage. Ce fut comme un signal. De l'autre côté, une flamme rouge étincela et la terre jaillit en mottes à une dizaine de centimètres de son visage. Il se mit à courir en zigzags et dévala la pente. Il tirait au jugé, faisait mouche une fois sur deux, abattant des ennemis qui s'effondraient dans la cour. Son tir incessant les empêchait de tirer avec précision. Ils le rataient. Il tint bon jusqu'au muret en meulières où il put se protéger et reprendre son souffle. Il avait réussi à s'approcher assez près du but. Il pouvait utiliser sa grenade. En sureté derrière les pierres, il longea le mur, dégoupilla sa grenade et la balança dans la grange. Une déflagration illumina la nuit quelques secondes plus tard. Il se rua vers la voiture, en arrosant la façade de plusieurs salves, sauta dans la voiture et démarra. Il était hors d'atteinte. Alf van Duijn poussa un cri de victoire et lâchait les manettes de la console quand on frappa à la porte.

En pardessus léger et chapeau, Van Meersen-Tromp se tenait sur le pas de la porte. Van Duijn lui fit signe d'entrer et de s'asseoir sur une chaise d'où il enleva une pile de dossiers.
« Je te fais un café ? » s'enquit plus pour la forme Van Duijn qui mettait la Senseo en marche après avoir rempli le niveau d'eau avec une bouteille de Spa bleue. « Alors qu'est-ce qui t'amène ? »

Van Meersen-Tromp avait répété son allocution en cours de route, aussi, sans hésitation, débita-t-il son laïus sur la nécessité d'arrêter le trafic des diplômes, sans rien dévoiler des dernières péripéties survenues qui l'avait incité à prendre cette décision. Bien que cela fût légèrement ennuyeux d'un point de vue pécuniaire, Van Duijn n'en laissa rien paraître et acquiesça.
« Oui, bon, on s'en doutait bien qu'il le faudrait un jour ou l'autre, mais pourquoi précisément maintenant ? As-tu eu des échos quelconques ?

– Pas le moins du monde. Juste une intuition. Cela fait deux ans et demi que nous le faisons et, il me semble, qu'une petite pause serait bénéfique.
– Si, non profitable, ajouta Van Duijn avec son humour coutumier.
– Oui, tout à fait. »

Van Duijn servit le café et ils burent une gorgée en silence. Prolixes l'un et l'autre par nature, ils commentèrent les événements au sein de l'université, s'attardant sur les meurtres sans se plonger dans les détails maintenant connus de tous. Quel pouvait être le cinglé s'insinuant dans les rangs du département pour en décimer les membres ? Telle était la question que tous se posaient. Van Meersen-Tromp et Van Duijn n'échappaient pas à la règle.

Sans avoir trouvé de réponse adéquate, ils se séparèrent ; Van Meersen-tromp en route pour son bureau et Van Duijn préférant explorer de nouvelles aventures du *Déserteur*. La conversation lui ayant ôté toute velléité de travail sérieux, il empoigna les manettes dès qu'il eut coiffé son casque.

7.

Derrick Gawalda, venu chercher Alto, avait accepté avec plaisir le café proposé par

Krijger. Il était encore sous le choc de l'opération de l'oreille qu'il avait subie et expliquait l'aération par la trompe d'Eustache comme s'il avait pratiqué l'intervention lui-même. L'anesthésie locale avait été horrible car il devait rester complètement immobile tout en sentant ce que le chirurgien trafiquait dans le conduit. Non, il n'avait ressenti aucune douleur, mais l'effet était saisissant, surtout lorsque la fraise était entrée en action parce que le docteur travaillait sur les parties osseuses. Le bruit était désagréable à un point… Pour tout dire, il devrait garder son bandage pendant une dizaine de jours, ce qui le rendait sourd du côté gauche et il ne pourrait pas se rendre à la piscine, ni prendre l'avion et éviter les efforts violents pendant deux mois. Pour l'avion… ce n'était pas au programme, mais il regrettait la piscine et…

La sonnerie du téléphone lui coupa la parole. C'était le bureau du Koninginneweg. Un professeur de l'université, Ilse van der Brug, avait déclaré le vol de sa voiture, une Peugeot 407 bleu marine. Krijger bondit de son siège, se rua vers la porte et hurla dans le couloir à l'adresse de Hartevelt qui était dans un bureau voisin. Était-ce une coïncidence ce vol ? Il n'y avait plus qu'à s'informer si elle avait un Pierrot sur son tableau de bord.

Ils mirent rapidement un plan d'action sur pied. Parler de nouveau à Ilse van der

Brug, mais avant cela, placer un garde auprès de Chloé Vermont s'avérait primordial. Le hasard existe rarement dans les affaires criminelles. Ils avaient la ferme conviction que l'accident avait été prémédité. Quelqu'un s'était emparé de la voiture d'une personne de l'université pour détourner les soupçons. Ilse van der Brug avait-elle un ennemi acharné ou bien le vol avait-il été inconsidéré et l'assassin s'était-il juste approprié une voiture quelconque ?
– Vous oubliez une autre possibilité les gars », intervint Gawalda. « Et si votre prof était le chauffard ? Ce ne serait pas la première fois qu'un quidam ferait une déclaration bidon.
– Oui… mais, là je ne vois pas pourquoi un prof essaierait d'en raccourcir un autre…
– Vrai. Elle dit que sa voiture était garée devant chez elle le soir. Elle l'a vue en revenant de l'ambassade avec son copain et elle n'y était plus ce matin quand elle a voulu la prendre.
– Mouais… Possible…
– Bon, tchao. Si j'ai des idées, je vous bigophone. » Alto suivit son maître qui partait.

Hartevelt et Krijger cogitaient à voix haute lorsqu'ils reçurent un appel les informant que Chloé Vermont semblait sortir du coma.

Ils descendirent au galop les volées de

marches menant au parking, s'engouffrèrent dans la voiture banalisée, foncèrent vers la clinique. Chloé Vermont se réveillait.

8.

Bart Verweijden avait fermé à clef la porte de son bureau. Aujourd'hui, il avait donné un cours à neuf heures et il était venu directement de son domicile à l'université sans faire, vu l'heure matinale, son détour habituel par les locataires du quartier rouge. Qu'à cela ne tienne, quiconque aurait pu jeter un œil sur son ordinateur à ce moment-là, aurait été loin d'y voir le travail acharné d'un professeur de Lettres. Bart Verweijden s'était offert, l'avant-veille en DVD, *Les auto-stoppeuses dévergondées*, de quoi satisfaire sa libido.

Sur l'écran, deux belles filles, pulpeuses à souhait, en short, un short si court qu'il laissait voir la naissance du fessier, l'une brune et l'autre blonde, toutes les deux savamment maquillées sur des talons aiguille de quinze centimètres, le corsage généreusement échancré sur des formes opulentes, levaient le pouce sur le bord d'une route de campagne.

Une Ferrari rouge décapotable s'arrêtait et un homme les invitait à le rejoindre dans son véhicule, ce que les deux belles faisaient après avoir jeté leur sac sur le siège arrière. La blonde s'asseyait au milieu et avec un grand sourire reconnaissant remerciait le conducteur en nichant sa main gauche dans le creux de l'aine du gars qui lui rendait son sourire en l'attirant vers lui et lui poussait la tête vers son entrejambe. Sans se faire prier, la fille plongeait la tête sous le volant pendant qu'elle faisait glisser la fermeture éclair de la braguette et se mettait à le sucer frénétiquement. La brune dégrafait son corsage libérant des mamelles aux larges aréoles qu'elle massait voluptueusement de la paume gauche pour, avec la droite, se masturber sous les yeux du conducteur qui profitait du spectacle avec ravissement. Il dirigeait la Ferrari dans une allée boisée, s'arrêtait dans une clairière, arrachait le short de la blonde, la retournait lestement et l'enfourchait sans plus de façon par derrière, agrippait ses seins à pleines mains, lui imprimait un va-et-vient furieux. La brune venait dans son dos lui passait la langue entre les fesses qu'elle écartait d'une main alors qu'elle lui massait les testicules de l'autre.

Un garde-chasse surgissait à l'orée du bois, troquait prestement son costume de velours pour une tenue d'Adam, et sodomisait la brune qui hurlait de plaisir. Les gros plans sur l'anus dilaté de la fille où s'enfonçait un membre phénoménal avaient quelque chose d'incongru. Entre-temps, la blonde était retournée comme une sole et le propriétaire de la Ferrari lui agrippait les cheveux, puis les seins et l'asseyait sur son membre durci. A califourchon, la fille le chevauchait le poitrail offert, il lui malaxait les seins, se relevait avec la fille toujours empalée, la faisait glisser à terre et lui enfournait son phallus entre les lèvres après l'avoir offert à l'œil inquisiteur de la caméra. Goulûment, la blonde tétait comme une forcenée, frôlait le gland de la langue, massait les bourses et l'homme se retirant brusquement lui giclait son sperme sur les joues, les yeux, la gorge, la poitrine et, elle, elle gardait un air extasié, se pourléchait les lèvres et étalait le sperme sur son ventre. Non rassasiée cependant, elle allait à quatre pattes s'agenouiller sous sa copine pour fourrager de la main et de la langue dans le pubis rasé et le conducteur de la Ferrai donnait à la blonde son pénis à suçoter.

C'en était plus que Bart Verweijden ne pouvait supporter, il éjacula dans le Kleenex qu'il prit rapidement à cet effet. Ce DVD venait de prouver son efficacité cent pour cent. Essoufflé mais ravi, il se rajusta et s'apprêta à lire une ou deux dissertations.

9.

Des sons confus lui alourdissaient les méninges, se mêlant à une vision cotonneuse et blanchâtre. Sans pouvoir discerner ses membres, Chloé percevait son corps endolori dans chaque parcelle. Une sensation d'éveil la bernait car elle dormait encore. Ses vertèbres semblèrent soudain s'animer et prendre vie une à une. Son cou maintenu dans un carcan se soulevait au rythme de sa respiration. Ramener ses doigts vers sa paume lui coûta un effort titanesque. Confusément, une voix familière qu'elle ne sut reconnaître lui parvint. Des mots indistincts, des bruits de pas, de gargouillis… Elle essaya de décoller ses paupières, mais l'effort taxait sa volonté au-dessus de son endurance. Elle se laissa sombrer dans l'atmosphère ouatée de son inconscience que déchiraient des lambeaux fugaces d'images.

L'ébrouement d'un moteur au démarrage... le choc sur le macadam. Des mains qui s'emparent de son corps... le noir givré de la nuit d'où surgit une voiture. Le flou d'un visage... un homme ? ... une femme ? Des piétinements, le froid de la chaussée. Sensation d'envol avant le dur contact ou bien est-ce l'inverse ?

Ses lèvres brûlaient et s'étiraient. Le muscle

de sa langue emplissait toute la cavité buccale. Elle le ressentait jusqu'au fond de la gorge. Déglutir était un supplice. De la lumière filtrait entre ses cils qui doucement frémissaient. Le jour laiteux envahit sa vision. Soulagement. Ses jambes étaient toujours là. Elle prit conscience de ses orteils. Elle s'enfonçait dans la matière spongieuse de sables mouvants. Une note sourde revenait lancinante lui cogner les tympans. Le sang circulait. Elle voyait. Elle ouvrit les yeux. Tout était blanc. Elle distinguait des taches et des lignes colorées.
« Ne faites aucun effort. Vous êtes en sécurité. Restez allongée. Vous êtes réveillée, je reviendrai dans un instant. »

Vision fugitive. La voix l'apaisa. Ouvrir les yeux l'avait fatiguée au-delà de toute mesure. Elle préférait se rendormir.

Elle sort de sa voiture, ouvre la porte arrière, prend son ordinateur sur la banquette, fait le tour pour ouvrir le côté passager et agripper le sac à provisions sur le plancher. Où a-t-elle commis une erreur ? Elle a répété les gestes tant de fois accomplis. La pression du pouce pour enclencher la fermeture automatique des portes. Le ronronnement bref qui perce la nuit. Elle traverse pour emboîter l'allée. Le choc lui fait lâcher prise. Ses bras s'ouvrent laissant s'échapper provisions et sacoche. Sa dernière pensée est pour ses précieuses données. Elle les a sauvegardées sur son compte me.com ! Délestée, elle s'écroule contre la carrosserie qui la projette sans ménagement au sol.

Éliane, accourue à la clinique, observait depuis de longues heures Chloé qui lentement émergeait des vapeurs de l'anesthésie. Selon le personnel hospitalier, cela ne signifiait aucunement qu'elle allait reprendre connaissance. Elle souffrait de fractures aux côtes et aux membres, mais toutes sans complications. Un bras et une jambe dans le plâtre en étaient la conséquence, somme toute, bénigne. Par mesure de sécurité, on lui avait mis un carcan de cou. Bien que les scanners n'aient révélé aucune lésion vitale, elle pouvait rester dans le coma et cela de façon imprévisible. Quelques heures, quelques jours, quelques mois… Ses contusions étaient multiples et elle avait subi un traumatisme crânien.

On frappa doucement à la porte et Ilse van der Brug s'encadra, le visage à demi dissimulé derrière un gros bouquet de roses rose et blanches. Une infirmière l'accompagnait, venant dire à Éliane que le docteur pouvait la recevoir maintenant.

10.

Hartevelt et Krijger atteignirent l'hôpital en moins de quinze minutes. Ils laissèrent leur véhicule sur le parking des taxis sur le 's-Gravesandeplein et piquèrent un sprint sur le trottoir. La porte à tambour tournait trop lentement à leur gré et les ralentissait inutilement. Dans le hall, leurs pas résonnaient plus que les autres. Bien qu'ils s'efforçassent de ne pas courir, leur allure vive dans cette ambiance sourde attirait les gens qui les fixaient étrangement, presque avec suspicion, les patients en pyjamas tout comme les visiteurs. Tous avaient un air maladif dont on ne décelait pas s'il était dû à l'entourage blanc, de la verrière du plafond au sol de marbre veiné. Seules couleurs, les inscriptions sur les panneaux indiquant les services. L'ascenseur, à l'extrémité du hall, les obligeait à traverser la place sous les regards consternés de quelques infirmiers, hommes et femmes, venant en sens inverse. Cinquième étage. Trop haut pour monter les escaliers à pied.

Ils patientèrent devant les grandes portes coulissantes bleues qui s'ouvrirent avec un chuintement doux, ponctué par le tintement d'une clochette électronique. Comme ils s'apprêtaient à appuyer sur le bouton de leur étage, un homme se déplaçant sur deux béquilles et sortant du restaurant leur fit signe de retenir l'ascenseur. Krijger le toisa sans ciller et enfonça son index dans la touche du cinquième. Ils manquaient de temps pour être polis. Hartevelt émis un grognement indistinct et opina de la tête, démontrant, par son geste, qu'il approuvait son collègue.

Par chance, leur montée fut sans escale et ils débouchèrent au service de chirurgie. Là, ils hésitèrent, prirent à droite, pour s'apercevoir qu'ils faisaient fausse route, section C, rebroussèrent chemin vers les chambres du groupe A.

A côté du bureau des infirmières, Éliane Vermont discutait avec un docteur. Ils se joignirent à eux. Chloé Vermont émettait des signes de conscience, elle sortirait du coma, mais… C'était presque un miracle qu'elle n'ait pas été tuée sur le coup. Elle avait survécu à des fractures multiples. Elle s'en tirerait avec des plâtres aux membres du côté gauche. Son sac avait amorti sa chute lui évitant une fracture du crâne, expliquait le chirurgien.

« Cela ne l'a pas préservée de souffrir d'une commotion cérébrale avec de petits saignements de certaines parties du cerveau. Ces contusions n'entraînent, en règle générale, pas d'atteintes neurologiques graves, exclusivement quelques troubles du comportement souvent réversibles. La raison pour laquelle elle pourrait rester dans le coma quelques heures voire plusieurs jours. Nous n'avons pas pu discerner d'hématome sous-dural, ce qui est une bonne chose car ce type d'hématome est à l'origine (après un temps de latence variant de quelques jours à quelques mois) de céphalée, de troubles de la parole, de paralysie, de confusion, d'agressivité et de troubles du comportement. En revanche, l'hématome extra-dural que nous avons constaté, c'est-à-dire une collection de sang située entre la boîte crânienne et la dure-mère, qui est le méninge rigide ayant pour but de protéger l'ensemble du système nerveux situé au-dessus du crâne, entraîne souvent des maux de tête associés à des troubles de la conscience parfois accompagnés de somnolence voire de coma. Le coma de votre sœur peut donc avoir plusieurs origines. Nous en saurons plus dans quelques jours. Il n'est que de grade I. »

Éliane en tête, ils s'acheminèrent vers la chambre A 509 devant laquelle, assis, le policier chargé de la surveillance se leva à leur approche. Il n'avait rien à signaler de particulier. Il leur ouvrit la porte. Au chevet du lit, une personne qu'ils prirent tout d'abord pour une infirmière s'activait près de Chloé. Horrifiés, ils virent qu'elle pressait un oreiller sur le visage de la malade. Elle sursauta et lâcha prise. Ils reconnurent Ilse van der Brug habillée de blanc. Le docteur se hâta de prendre le pouls de Chloé, constata qu'elle était en vie ; et démontrait tous les signes d'un réveil ; Hartevelt prit Ilse van der Burg par le coude, l'aida à sortir ; l'agent s'excusait et balbutiait qu'il ignorait les conséquences de la présence de cette personne ; Éliane se morigénait de l'avoir laissée seule avec sa sœur ; Krijger appelait sur son portable des renforts. Heureusement, le mal était bénin, la position de la tête sur le côté avait protégé Chloé de l'étouffement et les visiteurs étaient arrivés à temps.

Hartevelt menotta Ilse van der Burg et la mit sous la responsabilité de l'agent pour l'emmener au poste en lui enjoignant de prendre un collègue à la rescousse une fois les renforts arrivés.

11.

Par un ces hasards sans explication médicale dont seule la chimie corporelle avait le secret, l'agression d'Ilse qui aurait dû ôter la vie de Chloé, lui redonna l'entière conscience de son entourage. Ses cheveux trempés lui collaient aux tempes. D'hallucinants maux de tête lui broyaient le crâne, elle sortait en sueur d'un cauchemar angoissant où elle avait mal au dos, se levait pour aller boire un verre d'eau à la cuisine et vacillait sous la douleur lui transperçant le ventre. Affolée, elle constatait baigner dans son sang. Elle se laissait retomber avec lourdeur sur les draps maculés. Avec peine, elle se saisissait du téléphone et composait le numéro. La sonnerie à l'autre bout lui vrillait la trompe d'Eustache mettant ses tympans en feu. Elle crispait les mâchoires, bien décidée à ne pas lâcher le portable, se rappelait qu'Éliane était en voyage et se résignait pour le Samu.

Dans la brume vacillante de sa remontée à la vie, deux êtres l'entouraient, un docteur et une infirmière et derrière eux, la tache claire, orangée de la robe d'Éliane qu'elle identifia grâce à cette teinte ensoleillée à nulle autre semblable. Les inconnus s'écartaient de son lit, tels les voiles d'un vitrage gonflé par la brise et sa sœur s'asseyait à son chevet.
« Ma pauvre petite chérie. » Éliane lui passait les doigts dans les cheveux. Chloé ouvrit les yeux. Un maigre sourire étirait ses lèvres.
« Comment es-tu là ? balbutia-t-elle.
– Le Samu m'a prévenue. Je suis arrivée directement. J'étais à Schiphol. Damien et Caroline sont de retour.
– Ça sonnait, ça sonnait. J'ai cru que tu étais à Monte-Carlo. Tout s'est embrouillé dans ma tête. La panique, quoi ! Ce qui m'étonne, c'est

qu'ils aient pu entrer chez moi. Ils ont défoncé l'entrée ?
– Heu… ».
Éliane hésitait. Chloé avait-elle oublié l'accident. Avait-elle rêvé ou bien sa mémoire à court terme refusait-elle de fonctionner et se souvenait-elle d'un événement plus lointain dans le passé. Le thérapeute lui avait conseillé, si cela se passait, de ne rien entreprendre, de ne rien brusquer, d'attendre que les choses se mettent en place d'elles-mêmes.
« Quelle histoire, reprenait faiblement Chloé, j'ai fait un cauchemar affreux et je me réveillais dans mon rêve… C'était pire que tout…
– Ne te fatigue pas.
– Non, non, Chloé secouait la tête sur l'oreiller, il faut que je te dise. Cela me revient. J'embrouille tout… l'accident… », souffla-t-elle, les yeux exorbités… « je me souviens… Ilse au volant fonçait sur moi… et pourquoi était-elle ici tout à l'heure ?… Chloé pressa les doigts d'Éliane dans sa paume.
– C'est abominable n'est-ce pas ?… Tu me raconteras après…
– Oui, repose toi maintenant. Nous en discuterons plus tard. Dors maintenant, je reste près de toi ».

Éliane trouvait inutile d'entrer dans les détails de la tentative d'assassinat, mais Chloé rouvrait les yeux et la fixait.

– C’était elle, hein ?... Et le bébé, je l’ai perdu. »

Des larmes silencieuses, de soulagement autant que de tristesse, coulaient sur leurs joues. Chloé était sauvée. Elle revenait dans le présent. Elle soupira et, heureuse contemplait le visage aimé dont les cernes bleutés accentuaient la beauté. Éliane lui rendit son sourire. Elle savait la force de Chloé et ne doutait point qu’elle surmonterait aussi cette épreuve-là.

12.

Ilse van der Brug se retrouvait seule dans sa cellule. Le docteur venait de repartir après lui avoir bandé la main droite qu’elle avait meurtrie en frappant sur la porte comme une forcenée. Il lui avait fait boire une potion calmante et elle ruminait son échec. Avoir été incapable d’achever Chloé, savoir que celle-ci survivrait à l’accident et à la tentative d’étouffement l’avait mise en une rage folle dès qu’elle s’était vue entre quatre murs. Sa situation lui paraissait irréelle.

Elle avait refusé de signer sa déposition pour l’instant, se murant dans un silence obstiné et légal jusqu’à la venue de son avocat qui ne saurait plus tarder. Elle en avait assez dit pendant le trajet en voiture et dans le bureau de l'inspecteur. Le décor avait tout pour la déprimer, mais ressasser sa défaite était bien le pire. Elle aurait mieux fait d'attendre qu'Éliane revienne et rester avec Chloé seule sous un prétexte quelconque avant d'essayer de l'asphyxier ou bien avait-elle trop tardé dès qu'Éliane était sortie avec le médecin. Oui, ce devait être cela. Elle avait hésité quelques minutes de trop, failli à saisir immédiatement l'opportunité qui lui était offerte, raté sa chance d'en finir à tout jamais avec cette stupide péronnelle. Si elle avait agi avec plus de discernement, elle serait maintenant la seule en possession des subventions, car nul doute que Chloé disparue, la faculté les lui aurait allouées. Au lieu de cela, il était plus que certain que Chloé en profiterait et cela la mettait hors d'elle.

Elle suivait des yeux la procession d'une mouche dans un rayon de soleil sur la paroi. L'insecte s'arrêtait, semblait se chauffer dans la lumière, se lissait les pattes avant. Ses gros yeux ne voyaient pas les fils de la toile arachnéenne dans l'ouverture du vasistas où son vol la propulsait, l'engluant dans l'entremêlement visqueux parmi quelques vestiges des victimes l'ayant précédée. Ilse observait avec attention le combat du petit diptère incapable de se libérer, s'empêtrant, au contraire, par ses soubresauts incontrôlés, encore plus efficacement dans une sorte de cocon grisâtre. D'une anfractuosité ayant échappé jusque-là à son regard, surgit une grosse araignée noire aux pattes velues, qui se dirigeait vers la mouche. Ilse frissonna, répugnée par la mise à mort se déroulant sous ses yeux. Inapte à en voir davantage, elle se tourna vers la porte et surprit un mouvement dans l'œilleton et sut qu'on l'épiait. Un bruit de clefs lui fit croire qu'on venait la libérer, mais ce n'était qu'une proposition de thé. Elle accepta. La force de se révolter l'avait abandonnée. Elle venait de comprendre que même la venue de son avocat n'y changerait plus rien. Elle avait perdu la partie.

13.

Tranquillement installés dans leur bureau avec un café brûlant devant eux, Hartevelt et Krijger devisaient sur les événements passés. Ils avaient résolu ensemble bien des affaires, mais aucune comme celle-là. L'assassin s'était révélé être une femme ne reculant devant rien pour parvenir à ses fins.
« Tu vois, je comprends mal pourquoi elle a tué Eva et Sandra avant de s'en prendre à Chloé qu'elle a finalement ratée. Pourquoi avoir changé de méthode qui lui offrait plus

de certitude et qui avait bien fonctionné ? Un accident de voiture est aléatoire.
– Oui, la petite Vermont aurait pu en ressortir paralysée ou mourir. La professeur a pris des risques inimaginables. Et dans la rue avec sa propre voiture et à l'hôpital où elle savait qu'elle pouvait être découverte, ce qui est d'ailleurs arrivé.
– Elle n'y a certainement pas pensé sur le moment. La seule chose qui comptait pour elle était de supprimer Chloé Vermont.
– Tout cela pour une histoire de subventions. Des gros sous, donc… »
Ils sortirent de la pièce et montèrent au troisième étage où le commissaire Van Dijk les attendait.
« Prenez un siège, messieurs. J'ai lu votre rapport provisoire. Vraiment complexe cette histoire. Ainsi, cette femme, Ilse van der Brug, aurait tué deux collègues simplement pour détourner les soupçons de sa cible véritable ! Des tordus, nous en avons eus, c'est certain, mais machiavéliques à ce point… jamais encore. Au point de s'automutiler pour faire croire à une agression. Quelle déviance ! Elle n'ouvre plus la bouche depuis sa crise d'hystérie. Elle sera déférée au parquet. Le pire pour elle, d'après ses dires, est de savoir Chloé vivante. Rien que pour cela elle risque gros. Avec les deux meurtres en plus, aucune chance qu'elle s'en

sorte. Vous avez fait du beau travail. Peut-être avec un petit coup de pouce de madame la Chance. Bon, il reste encore cette histoire de drogue à élucider, drogue que vous avez découverte par hasard. Vous le sentez comment ?
– Les deux ne sont pas liées, c'est sûr », répondit Krijger. « Le laboratoire a confirmé qu'il s'agissait bien de Ice. Les victimes retrouvées derrière la gare sont décédées d'overdose. Cela est confirmé aussi et la drogue qui les a tuées était de même provenance que celle trouvée à l'université. C'est tout.
– Oui… cela nous avance peu de le savoir. J'ai eu des contacts avec tous les bureaux, personne répondant au signalement de l'évadé du tunnel n'a été rapporté ni par un médecin ni par un pharmacien pas plus qu'un service d'urgence d'un hôpital. Notre homme s'est donc volatilisé et avec lui la possibilité d'en apprendre plus sur un éventuel arrivage.
– Le mec est tout de même gonflé s'il trafique tout en étant recherché.
– Oui, mais dans un sens, on n'a aucun signalement précis, si ce n'est qu'il a dû être blessé. C'est peu. D'autant plus que sa blessure pouvait être cachée et superficielle. Même s'il a perdu du sang, elle pouvait être bénigne et n'avoir pas nécessité l'intervention d'un docteur.

– Très juste Hartevelt, vous avez entièrement raison. C’est bien cela le pire… Les corps seront rendus aux familles et nous, on pourra seulement patienter qu’il y en ait d’autres pour faire avancer l’enquête. En attendant, on renforce les patrouilles aux environs de la gare et on reste sur le qui-vive. Merci, messieurs, vous pouvez disposer. »

14.

Sur les bancs de l’amphithéâtre, se pressaient pêle-mêle les professeurs et les étudiants. Bien que la réunion ait été organisée à la hâte pour les membres du département de français, étaient rassemblés dans l’hémisphère des représentants d’autres sections, attirés par la teneur incroyable et sensationnelle des événements qui avaient filtré bien au-delà de la faculté de Lettres. L’assemblée ignorait quelles seraient les communications que les doyens allaient faire. Tous avaient entendu parler des meurtres sauvages perpétrés depuis plusieurs semaines, mais peu étaient encore au courant de l’arrestation d’un des professeurs comme l’auteur des barbaries. Pieter Hartevelt avait pris la décision de ce ralliement dans le dessein de prévenir le personnel et éviter ainsi le choc d’apprendre la nouvelle au Vingt heures.

Son allocution serait concise car il y

avait peu à dire. Il avait rapidement consulté Ron van Meersen-Tromp en tant que doyen de l'université. Celui-ci s'était déclaré tout à fait d'accord sur le principe et avait accepté de s'adresser à l'auditoire. Un autre speech serait délivré par Alf van Duijn puisqu'il avait été le directeur de thèse de la première victime, Eva Struiter, et que la seconde, Sandra Cohen, avait suivi assidument ses cours et avait envisagé un moment les études médiévales comme filière.

Alf van Duijn était encore abasourdi par ce développement inattendu, insensé, de la veille. Incapable d'appréhender exactement la nature de l'affaire, le dénouement dépassait les limites de sa compréhension. Comment Ilse avait-elle pu être l'instigatrice d'un tel drame, l'auteur, en fait, de tels massacres ? Les conjonctures lui échappaient. Les éclaircissements fournis dans la matinée par Pieter étaient loin d'élucider le problème, aucune justification ne lui paraissait valable. Bon sang ! lui aussi avait parfois commis des actes répréhensibles, mais jamais un meurtre ne lui serait venu à l'esprit. Trafic de diplômes, plantation de cannabis. Personne n'en mourrait. Cela n'engageait que lui, en fait. Surtout, aucune brutalité n'était impliquée. Au contraire. La falsification des diplômes n'engendrait pas de férocité et avait aidé un nombre incalculable de personnes qui, sans cela aurait été spoliées de rémunération confortable. Quant à ses plantes, leurs récoltes adoucissaient les soirées auxquelles il conviait des copains, les fêtes où il était invité et une abondance de moments méditatifs où il avait coutume de concocter ses articles à la réputation internationale. Bien mesuré, son comportement, s'il comprenait quelques actions délictuelles, n'en était pas moins profitable à une quantité appréciable de gens, ce qui les rendait tout à fait licites du point de vue de la morale.

Alf van Duijn était habituel de ces ratiocinations justificatives de son attitude envers ses propres actes. La culture du cannabis à grande échelle, ce qu'étaient indubitablement ses plantations, était interdite, mais il trouvait cela absolument justifiable puisqu'il ne négociait pas son produit, mais l'offrait toujours à ses amis, leur procurant du plaisir ou du moins de la plénitude, denrée capitale pour jouir de la vie. D'autre part, ses plants servaient aussi sa consommation personnelle et lui évitaient de ce fait, d'être pris dans l'engrenage de l'offre et de la demande ayant cours en ville, le tenait à l'écart d'avoir à souffrir l'éventualité d'une moindre qualité ou, pire, les contingences d'un rapport déplaisant avec un fournisseur malhonnête. On n'est jamais si bien servi que par soi-même aurait pu être sa devise. Totalement fasciné par ses propres élucubrations, il oubliait presque la raison pour laquelle il avait revêtu un costume, le discours qu'il devrait prononcer dans quelques minutes dès que son tour serait venu.

Sur l'estrade, légèrement incliné devant le pupitre où reposaient, éparses, les feuilles de papier sur lesquelles il avait griffonné à la hâte quelques notes, Pieter Hartevelt prenait place devant le grand tableau blanc. Le préposé à la salle lui fit signe que le micro était branché et qu'il pouvait commencer. Un brouhaha au fond, près de la porte, attira son attention. Van Meersen-Tromp faisait une entrée espérée discrète et s'empressait de rejoindre le premier rang parmi les collègues du département de français.

Ron van Meersen-Tromp avait été époustouflé d'apprendre les méfaits d'Ilse. Ils se connaissaient depuis leurs années estudiantines et il n'avait jamais supposé les sentiments nuisibles courant sous les dehors anodins. En fait, se disait-il, la nature profonde des autres nous échappe, on passe des années à se croiser sans jamais avoir appris le comportement ultime de l'autre, sans pouvoir prévoir ses réactions, ignorer les tréfonds de son être et les pulsions l'animant, sans être au courant de ses émotions, se méprendre intégralement sur ses capacités. A bien y voir, Ilse et lui se ressemblaient beaucoup plus qu'au premier abord. La différence, et de taille, résidait dans l'impunité dont il était certain et l'incarcération de Ilse et l'improbabilité d'un élargissement après deux meurtres avérés et une tentative, ratée, d'assassinat. Ce qui le surprenait le plus était l'acharnement d'Ilse sur ses victimes et l'agression de trois personnes dans le but d'en supprimer une seule. Ces agissements manquaient certainement d'efficacité. Les prémices des meurtres auraient été l'attribution imminente de subventions à Chloé Vermont. En la faisant disparaître, Ilse supposait les crédits ainsi résiliés, faute de récipiendaire, lui étant alloués. En mettant fin aux jours d'Eva Struiter et de Sandra Cohen, elle s'efforçait de faire admettre la présence d'un tueur en série, d'un obsédé ayant pris pour cible la faune universitaire, d'autant plus qu'elle aurait failli, elle-même, succomber au maniaque, grâce à la mise en scène régie par ses soins.

Une question tarabustait Ron van Meersen-Tromp : pourquoi avait elle bouleversé sa méthode et tenté d'abattre Chloé Vermont avec sa voiture, une façon peu efficiente et pleine d'incertitude quant au résultat. C'était doublement insensé. Modifier la logique de ses principes et adopter une démarche pour le moins hasardeuse, comparée au procédé efficace qui avait été le sien jusque-là, relevait de la folie pure et simple.

Avec un tel sujet de réunion, les applaudissements auraient été déplacés aussi, un silence recueilli accueillit-il la fin de l'allocution de Pieter Hartevelt qui faisait signe à Van Meersen-Tromp de venir à son tour sur l'estrade. Encore plus ou moins perdu dans ses pensées et satisfait de ses cogitations récentes, le doyen monta les trois marches et s'adressa à l'auditoire qui retenait son souffle, ne voulant manquer aucune de ses paroles qui furent brèves et emplies de compassion que tous crurent sincère.

Après avoir apprécié Alf van Duijn au meilleur de sa forme tant sur l'énoncé que sur le contenu, la foule se dispersa, bien décidée à secouer les frissons de forte réprobation, d'exécration, de répulsion et presque de haine envers cette collègue qui salissait ainsi le corps de métier d'une façon aussi hideuse. Des mots fusaient à voix basse et flottaient dans les chuchotements qui se fondaient au piétinement étouffé sur le linoléum : « ignominie », « infamie », « abomination », « atrocité », « abjection », « monstruosité »…

15.

A peine a-t-il conduit les juments au pâturage qu'elles ruent, et se dispersent au galop et les voilà disparues. Ivan-Tsarévitch s'assied sur une pierre et pleure de détresse. Puis après avoir pleuré toutes les larmes de son corps, il s'endort. Le soleil décline lorsque l'oiseau d'outre-mer vient le réveiller. « Debout, mon tsarévitch ! Les juments sont rentrées. » Ivan-tsarévitch se lève et retourne chez Baba-Yaga qui rage et crie à ses bêtes : « Pourquoi êtes-vous revenues ? – Comment faire autrement et ne pas revenir ? Des oiseaux du monde entier nous ont attaquées, ils ont failli nous crever les yeux. – Soit, demain, au lieu de vous égailler dans les prés, dispersez-vous dans les bois touffus et cachez vous dans les fourrés. » Ivan-tsarévitch passe une bonne nuit. Au matin, Baba-Yaga le prévient : « Gare à toi, mon tsarévitch, si tu perds une seule de mes juments, ta tête surmontera le douzième piquet ! » Ivan-Tsarévitch conduit les bêtes au pâturage. Aussitôt, elles s'enfuient au galop dans les bois. Ivan-Tsarévitch s'assied de nouveau sur une pierre, fond en larmes, pleure, pleure et finit par s'endormir. Le soleil s'est couché derrière la forêt lorsque la lionne accourt : « Debout, mon tsarévitch ! Les juments sont rassemblées. » Ivan-Tsarévitch se lève et retourne chez Baba-Yaga. Elle rage plus que jamais et crie à ses bêtes : « Pourquoi êtes-vous revenues ? – Impossible de ne pas revenir ? Des bêtes féroces du monde entier nous ont attaquées et ont failli nous mettre en pièces. – Soit, demain vous irez dans la mer ». Ivan-Tsarévitch passe encore une bonne nuit. Au matin, Baba-Yaga le charge de garder ses juments : « Si tu en perds une, ta folle tête surmontera mon douzième piquet. » Il conduit à nouveau les bêtes au pâturage. Aussitôt elles se sauvent, la queue en bataille, et s'enfoncent dans la mer. Les voilà dans l'eau jusqu'au cou. Ivan-Tsarévitch ne peut rien y faire. Il s'assied sur une pierre et pleure toutes les larmes de son corps, puis il s'endort. Le soleil s'est couché à l'horizon lorsqu'une abeille survient et lui dit : « Debout, Ivan-Tsarévitch ! Les juments sont au complet. Rentre et ne te montre pas à Baba-Yaga, mais va te cacher à l'écurie. Il y a là un poulain galeux vautré dans le fumier. Prends-le et pars à minuit. » Ivan-Tsarévitch se lève, se glisse jusqu'à l'écurie et se tapit derrière les crèches. Baba-Yaga rage et crie à ses bêtes : « Pourquoi êtes-vous revenues ? – Comment ne pas revenir ? Une nuée d'abeilles nous a assaillies et de nous piquer partout, jusqu'au sang ! » Baba-Yaga s'endort. A minuit, Ivan-Tsarévitch s'empare du poulain galeux, le selle, l'enfourche et galope vers le torrent de feu. Parvenu à la rive, il agite trois fois le mouchoir à droite et un pont magnifique et solide apparaît. Ivan-tsarévitch le franchit, agite deux fois le mouchoir à gauche, et le pont devient tout mince ! Au matin, Baba-Yaga se réveille et constate la disparition de son poulain galeux. Elle s'élance à la poursuite du voleur. Elle file à une vitesse vertigineuse dans son mortier de fer, rame du pilon, efface ses traces à coups de balai. Parvenue au torrent de feu, elle se dit : « Voilà un pont pour franchir ce torrent ! » Elle s'y engage, mais quand elle est au milieu, le pont s'effondre dans un bruit assourdissant. La sorcière tombe dans les flammes et périt de mort atroce. Ivan-tsarévitch retourne auprès de Maria Morevna qui se jette à son cou. « Quel bonheur ! Tu as échappé à la mort. Comment as-tu fait, cher époux ? » Ivan-Tsarévitch lui conte son aventure. Entre-temps, le poulain galeux est devenu un magnifique destrier. « Fuyons ! dit alors Ivan-Tsarévitch.

– J'ai peur, répond Maria Morevna. Si Kochtcheï nous rattrape, il te hachera de nouveau menu. – Il ne nous rattrapera pas !

Mon coursier vole comme un oiseau.
Ils montent en selle et disparaissent sur le destrier. Kochtcheï l'Immortel rentre de la chasse et son cheval trébuche. « Qu'est-ce qui te prend, vieille carne ! Voudrais-tu me faire tomber ! Aurais-tu de mauvais pressentiments ? » Le cheval répond – Ivan-Tsarévitch est venu, il a emmené Maria Morevna. – Pourrons-nous les rattraper ? – Je ne sais pas. Ivan-Tsarévitch a maintenant un coursier très rapide. – Ah, qu'importe, tu dois les surpasser, répond Kochtcheï, il faut que je les poursuive. Au bout d'un temps plus ou moins long il rejoint les fugitifs, saute à terre et brandit son sabre tranchant. Aussitôt le coursier du tsarévitch rue et donne un grand coup de sabot à la tête de Kochtcheï et lui fend le crâne. Ivan-Tsarévitch l'achève à la massue. Puis il entasse des branchages, y met le feu, brûle le cadavre du sorcier et disperse les cendres au vent. Maria Morevna monte sur le cheval de Kochtcheï, Ivan-Tsarévitch sur le sien, et ils vont rendre visite à leurs familles. Partout on leur fait un joyeux accueil. Après ces joyeuses retrouvailles, ils regagnent leur propre royaume où ils vécurent heureux, dans l'aisance et l'abondance.

FIN

Table des parties

Notes

Ce livre a été imprimé par CreateSpace
Dépôt légal : Août 2015

www.ingramcontent.com/pod-product-compliance
Lightning Source LLC
Chambersburg PA
CBHW052340020726
47503CB00001B/43